LOS LITIGANTES

JOHN GRISHAM

LOS LITIGANTES

Traducción de
Fernando Garí Puig

El papel utilizado para la impresión de este libro ha sido fabricado a partir de madera procedente de bosques y plantaciones gestionadas con los más altos estándares ambientales, lo que garantiza una explotación de los recursos sostenible con el medio ambiente y beneficiosa para las personas.

Por este motivo, Greenpeace acredita que este libro cumple con los requisitos ambientales y sociales necesarios para ser considerado un libro «amigo de los bosques». El proyecto Libros Amigos de los Bosques promueve la conservación y el uso sostenible de los bosques, en especial de los bosques primarios, los últimos bosques vírgenes del planeta.

Título original: *The Litigators*

Primera edición: noviembre, 2012

© 2011, Belfry Holdings, Inc.
Todos los derechos reservados.
Publicado por primera vez en Estados Unidos por Doubleday, una división de Random House, Inc., Nueva York, y en Canadá, por Random House of Canada Limited, Toronto.
© 2012, Random House Mondadori, S. A.
Travessera de Gràcia, 47-49. 08021 Barcelona
© 2012, Fernando Garí Puig, por la traducción

Printed in Spain – Impreso en España

ISBN: 978-84-01-35356-7
Depósito legal: B-20.998-2012

Compuesto en Comptex & Ass., S. L.

Impreso y encuadernado en Cayfosa Impresia
Ctra. Caldes, km. 3
08130 Sta. Perpètua de Mogoda

L 353567

1

El despacho de abogados Finley & Figg se definía a sí mismo como un «bufete-boutique». Ese inapropiado apelativo se empleaba siempre que era posible en las conversaciones rutinarias e incluso aparecía impreso en los distintos proyectos ideados por los socios para captar clientes. Utilizado con propiedad, habría denotado que Finley & Figg era algo más que el típico despacho formado por una simple pareja de abogados: «boutique» en el sentido de reducido, talentoso y experto en algún área especializada; «boutique» en el sentido de exquisito y distinguido, según la acepción más francesa de la palabra; «boutique» en el sentido de un bufete satisfecho de ser pequeño, selectivo y próspero.

Sin embargo, salvo por el tamaño, no era nada de lo anterior. La especialidad de Finley & Figg consistía en tramitar casos de lesiones lo más rápidamente posible, una rutina cotidiana que requería poco talento, nula creatividad y que nunca sería considerada exquisita ni distinguida. Los beneficios resultaban tan esquivos como la categoría. El bufete era pequeño porque no tenía capacidad para crecer. Y si era selectivo, se debía exclusivamente a que nadie deseaba trabajar en él, ni siquiera los dos individuos que eran sus propietarios. También la ubicación delataba una monótona existencia entre las categorías inferiores de la profesión. Con un salón de masajes vietnamita a su izquierda y un taller de reparaciones de cortacéspedes a la derecha, saltaba a la vista incluso para el ojo menos experto que Finley & Figg no era un negocio próspero. Al otro lado de la calle había otro bufete-boutique —la odiada competencia— y más despachos de abogados a la vuelta de la esquina. De hecho, todo el barrio rebosaba abogados, algunos de los cuales trabajaban por su cuenta, otros en pequeños bufetes y unos cuantos más en sus propios bufetes-boutique.

F&F estaba en Preston Avenue, una bulliciosa calle llena de antiguos chalets reconvertidos y destinados a todo tipo de actividades comerciales. Los había dedicados al comercio minorista (licorerías, lavanderías, salones de masaje); a los servicios profesionales (despachos de abogados, clínicas dentales, talleres de reparación de segadoras) y de restauración (enchiladas mexicanas, baklavas turcas y pizzas para llevar). Oscar Finley había ganado el edificio en un pleito veinte años atrás. No obstante, lo que a la dirección le faltaba en cuanto a prestigio lo compensaba con la ubicación: dos números más abajo se hallaba el cruce de Preston, Beech y la Treinta y ocho, una caótica convergencia de asfalto y vehículos que garantizaba, como mínimo, un accidente espectacular por semana; con frecuencia, más. F&F cubría sus gastos generales con las colisiones que ocurrían a menos de cien metros de su puerta. Otros bufetes —boutiques o no— merodeaban por los alrededores con la esperanza de encontrar algún chalet disponible, desde donde sus hambrientos abogados pudieran oír el chirrido de los neumáticos y el crujido del metal.

Con solo dos letrados y socios, era obligatorio que uno de ellos fuera el «sénior» y el otro el «júnior». El sénior era Oscar Finley, de sesenta y dos años, que había sobrevivido treinta como exponente de la ley de los puños que imperaba en las calles del sudoeste de Chicago. Oscar había sido policía de a pie, pero unos cuantos cráneos rotos lo obligaron a dejarlo. Estuvo a punto de acabar en la cárcel, pero en vez de eso tuvo una revelación y se matriculó en la facultad para estudiar derecho. Al ver que ningún bufete lo contrataba, montó un pequeño despacho y se dedicó a demandar a todo el que pasara por allí. Treinta y dos años más tarde, le costaba creer que hubiera malgastado todo ese tiempo poniendo demandas por recibos vencidos, parachoques abollados y resbalones, y tramitando divorcios rápidos. Seguía casado con su primera esposa, una mujer aterradora a la que todos los días deseaba presentarle una demanda de divorcio, cosa que no podía permitirse. Tras treinta y dos años ejerciendo la abogacía, Oscar Finley no podía permitirse casi nada.

Su socio júnior —y Oscar era propenso a decir cosas como «haré que mi socio júnior se encargue del asunto» cuando intentaba impresionar a jueces, colegas y, en especial, a clientes potenciales— era Wally Figg, de cuarenta y cinco años. Wally se veía a sí mismo como un abogado duro, y sus airados anuncios prometían toda clase de comportamientos agresivos: «¡Luchamos por sus derechos!», «¡Las compañías de seguros nos temen!» o «¡Nosotros vamos en serio!». Esos anuncios se podían ver en los bancos del parque, en los autobuses, en taxis, en los programas de fútbol de los institutos e incluso en los postes telefónicos, aunque eso violara unas cuantas ordenanzas municipales. Había dos medios cruciales donde no aparecían: la televisión y las vallas publicitarias. Wally y Oscar seguían discutiendo sobre el asunto. Oscar se negaba a gastar tanto dinero —ambos medios eran tremendamente caros—, pero Wally no dejaba de insistir. Su sueño era ver algún día en televisión su sonriente rostro y su reluciente cabeza abominando de las compañías de seguros, al tiempo que prometía jugosas indemnizaciones a los accidentados que fueran lo bastante inteligentes para llamar a su número de teléfono gratuito.

Sin embargo, Oscar no estaba dispuesto a pagar ni siquiera por una valla publicitaria. A seis manzanas de la oficina, en la esquina de Beech con la Treinta y dos, muy por encima del denso tráfico y en lo alto de un edificio de pisos de cuatro plantas, se levantaba el mejor cartel publicitario de toda el área metropolitana de Chicago. A pesar de que en esos momentos exhibía publicidad de lencería barata (aunque con un anuncio muy bonito, según reconocía el propio Wally), aquella valla llevaba su nombre escrito en ella. Aun así, Oscar seguía negándose.

Si el título de Wally era de la prestigiosa facultad de derecho de la Universidad de Chicago, Oscar se había sacado el suyo en un centro ya desaparecido que en su día había ofrecido clases nocturnas. Ambos habían tenido que presentarse tres veces al examen. Wally llevaba cuatro divorcios a la espalda, mientras que Oscar seguía soñando con el suyo. Wally deseaba un gran caso, con muchos millones de dólares en concepto de honorarios. Oscar solo anhelaba dos cosas: el divorcio y la jubilación.

Cómo aquellos dos hombres habían llegado a ser socios en un chalet reconvertido de Preston Avenue era otra historia. Cómo sobrevivían sin estrangularse mutuamente era un misterio cotidiano.

Su árbitro era Rochelle Gibson, una mujer negra y fornida, con un carácter y una sabiduría ganados a pulso en las calles de las que provenía. La señora Gibson se encontraba en primera línea: atendía el teléfono, la recepción, a los clientes potenciales que llegaban llenos de esperanza y a los descontentos que se marchaban hechos una furia, el mecanografiado ocasional (sus jefes habían aprendido que si querían algo escrito a máquina les resultaba mucho más sencillo hacerlo ellos mismos), el perro del bufete y, lo más importante, las constantes discusiones entre Oscar y Wally.

Años atrás, la señora Gibson había sufrido un accidente de coche en el que no tuvo culpa alguna. Sus problemas se agravaron al contratar los servicios de Finley & Figg, aunque no lo hizo por propia elección: se despertó veinticuatro horas después del choque —saturada de analgésicos e inmovilizada por escayolas y tablillas— y lo primero que vio fue el rollizo rostro de Wallis Figg, que la miraba sonriente. El abogado se había puesto una bata de hospital, colgado un estetoscopio del cuello y representaba convincentemente el papel de médico. Consiguió engatusarla para que firmara un contrato de representación legal, le prometió la luna y se escabulló de la habitación tan sigilosamente como había entrado. Acto seguido, se dedicó a hacer una carnicería con el caso. Rochelle Gibson percibió una indemnización de cuarenta mil dólares que su marido se pulió en juego y bebida en cuestión de semanas, lo cual condujo a una demanda de divorcio que Oscar Finley se encargó de tramitar junto con su declaración de insolvencia. La señora Gibson no quedó especialmente complacida con la actuación de ninguno de los dos abogados y decidió demandarlos por negligencia profesional. Aquello fue un toque de atención para ambos —no era la primera vez que los denunciaban por ese motivo—, de modo que hicieron todo lo posible por aplacarla. A medida que sus problemas se multiplicaban, la señora Gibson se convirtió en una presencia habitual en el bufete, y con el tiempo los tres empezaron a encontrarse cómodos los unos con los otros.

Finley & Figg era un lugar difícil para cualquier secretaria: el sueldo era bajo; los clientes, a menudo desagradables; los colegas que llamaban por teléfono solían ser groseros, y las horas, interminables. Aun así, lo peor de todo era tratar con los dos socios. Oscar y Wally habían intentado la alternativa madura, pero las secretarias de cierta edad no soportaban la presión. También habían intentado la alternativa joven, pero solo consiguieron que los demandaran por acoso sexual cuando Wally no pudo mantener las manazas lejos de la chica de generosos pechos que habían contratado. (Zanjaron el asunto ante los tribunales con una indemnización de cincuenta mil dólares y lograron que sus nombres aparecieran en los periódicos.) Rochelle Gibson se hallaba en el bufete la mañana en que la secretaria de turno dijo «basta» y se largó. Entonces, entre el ruido de los teléfonos y los gritos de los dos socios, se acercó al mostrador para imponer un poco de calma. A continuación, preparó café. Al día siguiente volvió. Y también el otro. Ocho años más tarde, seguía dirigiendo el cotarro.

Sus dos hijos estaban en prisión. Wally había sido su abogado, pero, para ser justos, nadie habría podido librarlos de la cárcel. Siendo adolescentes, ambos chicos habían tenido a Wally muy ocupado con sus múltiples arrestos por drogas. Su actividad como traficantes fue a más, y Wally les advirtió repetidas veces que por ese camino solo les esperaba la cárcel o la muerte. Le dijo lo mismo a su madre, que ejercía muy poca influencia sobre sus hijos y rezaba para que acabaran en prisión. Cuando la red de camellos cayó, los condenaron a veinte años. Wally consiguió que la cosa quedara en diez, pero no por ello recibió la gratitud de los muchachos. Su madre se lo agradeció con un mar de lágrimas. A pesar de los quebraderos de cabeza que el asunto le ocasionó, Wally nunca le cobró nada.

A lo largo de los años, había habido muchas lágrimas en la vida de la señora Gibson y a menudo las había derramado en el despacho de Wally, a puerta cerrada. Este la aconsejaba y procuraba ayudarla siempre que podía, pero su papel principal era el de oyente. Además, con el desordenado estilo de vida que llevaba, las tornas podían cambiar fácilmente. Cuando sus dos últimos matrimonios se fueron a pique, la señora Gibson estuvo a su lado para hacerle de paño de lágrimas. Cuando su afición a la bebida volvió a ir a más, ella no tuvo el menor reparo en decírselo a la cara. A pesar de que discutían diariamente, sus disputas eran siempre transitorias y a menudo artificiales, una manera de proteger sus respectivos territorios.

Había ocasiones en Finley & Figg en que los tres gruñían o andaban enfurruñados, y normalmente la causa era el dinero. Sencillamente, el mercado estaba saturado. Había demasiados abogados pateando las calles.

Y lo último que necesitaba el bufete era uno más.

2

David Zinc se apeó del tren L en Quincy Station, en el centro de Chicago, y se las arregló para bajar como pudo los peldaños que conducían a Wells Street. Pero algo le pasaba en los pies. Los notaba cada vez más pesados, y sus pasos eran cada vez más lentos. Se detuvo en la esquina de Wells con Adams y se miró los zapatos en busca de una respuesta. Nada: eran los mismos zapatos negros de cordones que calzaban todos los abogados del bufete, incluidas algunas mujeres. Le costaba trabajo respirar y, a pesar del frío, notaba sudor en las axilas. Tenía treinta y un años, demasiado joven para sufrir un ataque al corazón. A pesar de que se encontraba exhausto desde los últimos cinco años, había aprendido a vivir con su fatiga. O al menos eso creía. Dobló la esquina y contempló la Trust Tower: el reluciente monumento fálico que se alzaba hasta los trescientos metros de altura, entre las nubes y la bruma. Cuando se detuvo a mirar, el corazón se le aceleró y sintió náuseas. Los peatones lo rozaban al pasar junto a él. Cruzó Adams dejándose arrastrar por el gentío y siguió caminando con suma pesadez.

El vestíbulo de la Trust Tower era alto y despejado, decorado con abundante mármol y vidrio y una escultura incomprensible, la cual, aunque hubiera sido diseñada para inspirar calidez, en realidad resultaba fría e intimidante, al menos para David. Seis escaleras mecánicas se entrecruzaban y transportaban una multitud de cansados guerreros hacia sus cubículos y despachos. David lo intentó, pero sus pies no quisieron llevarlo hasta ellas. Así pues se sentó en un gran sofá de piel, junto a un montón de grandes rocas pintadas, e intentó comprender qué le estaba ocurriendo. La gente iba de un lado a otro con prisas, con cara de pocos amigos y aspecto estresado, y eso que solo eran las siete y media de aquella deprimente mañana.

Un «crac» no es desde luego un término médico. Los expertos utilizan expresiones más sofisticadas para describir el instante en que una persona agobiada por los problemas sobrepasa su límite. Aun así, un crac señala un momento muy concreto. Puede ocurrir en una fracción de segundo, como resultado de un suceso especialmente traumático. O puede ser la gota que colma el vaso, la lamentable culminación de una presión que se va acumulando hasta que tanto la mente como el cuerpo necesitan buscar una salida. El de David Zinc fue de estos últimos. Tras cinco años trabajando a destajo con unos colaboradores a los que despreciaba, algo le sucedió aquella mañana, mientras estaba sentado junto a las piedras pintadas y contemplaba cómo los zombis elegantemente vestidos subían para entregarse a una nueva jornada de trabajo inútil. Se derrumbó.

—Hola, Dave, ¿subes? —le preguntó alguien.

Era Al, de antitrust.

Dave se las arregló para sonreír, asentir y farfullar algo. A continuación, se levantó y lo siguió por alguna razón desconocida. Al iba un paso por delante y hablaba del partido de los Blackhawks de la noche anterior cuando subieron a la escalera. Dave se limitó a asentir mientras ascendían por el vestíbulo. Por debajo de él, siguiéndolo, había decenas de figuras embutidas en abrigos oscuros, más abogados jóvenes que subían, callados y sombríos como los portadores de un féretro en un funeral invernal. David y Al se unieron a un grupo ante uno de los ascensores del primer piso. Mientras esperaban, David escuchó las charlas sobre hockey, pero la cabeza le daba vueltas y volvía a tener náuseas. Entraron rápidamente en el ascensor y permaneció hombro con hombro junto a muchos otros como él. Silencio. Al se había callado. Nadie hablaba y todos evitaban mirarse entre ellos.

David se dijo: esta es la última vez que subo en este ascensor. Lo juro.

El ascensor osciló levemente, zumbó y se detuvo en la planta ochenta, territorio de Rogan Rothberg. Bajaron tres abogados, tres rostros que David había visto con anterioridad pero cuyos nombres desconocía, lo cual no era nada raro porque el bufete tenía seiscientos abogados repartidos entre los pisos setenta y cien. Otros dos trajes oscuros salieron en el ochenta y cuatro. A medida que seguían subiendo, David empezó primero a sudar y después a hiperventilar. Su diminuto despacho se encontraba en la planta noventa y tres, y cuanto más se acercaba, con más violencia le latía el corazón. En los pisos noventa y noventa y uno se apearon más figuras sombrías. David se sentía más débil con cada parada.

Cuando llegaron a la planta noventa y tres, solo quedaban tres personas: David, Al y una mujer a la que todos llamaban Lurch,* aunque ella no lo sabía. El ascensor se detuvo, sonó una campanilla, las puertas se abrieron silenciosamente y Lurch salió, seguida de Al. David, en cambio, era incapaz de moverse. Pasaron unos segundos. Al se volvió y dijo:

—Eh, David, es nuestra planta. Vamos.

No recibió respuesta de David, solo la mirada ausente y vacía de quien está en otra parte. Las puertas empezaron a cerrarse, y Al las bloqueó con su maletín.

—¿Te encuentras bien, David? —preguntó.

—Claro —farfulló este mientras lograba ponerse en marcha.

* En inglés, *lurch* significa «bandazo». *(N. del T.)*

Las puertas se abrieron de nuevo al son de la campanilla y David salió al rellano, donde se detuvo y miró con nerviosismo a su alrededor, como si fuera la primera vez que lo veía. En realidad, apenas habían transcurrido diez horas desde que se había marchado de allí.

—Estás pálido —le dijo Al.

La cabeza le daba vueltas. Oía la voz de Al, pero no entendía nada de lo que le decía. Lurch estaba a unos metros de distancia, perpleja, mirándolos como si estuviera observando el resultado de un accidente automovilístico. La campanilla volvió a sonar, esta vez con un tono distinto, y las puertas del ascensor empezaron a cerrarse. Al le dijo algo más e incluso le tendió una mano como si quisiera ayudarlo. De repente, David dio media vuelta y sus pesados pies cobraron vida. Corrió hacia el ascensor y se lanzó dentro de cabeza, justo antes de que las puertas se cerraran del todo. Lo último que oyó en el rellano fue la asustada voz de Al.

Cuando el ascensor comenzó a bajar, David Zinc se echó a reír. El mareo y las náuseas habían desaparecido. Igual que el peso que le oprimía el pecho. ¡Lo estaba consiguiendo! Estaba abandonando la fábrica de esclavos de Rogan Rothberg y diciendo adiós a una pesadilla. De entre todos los miserables asociados y colaboradores júnior de los rascacielos del centro de Chicago, él y solo él, David Zinc, había tenido el valor de marcharse aquella lúgubre mañana. Se sentó en el suelo del vacío ascensor y contempló con una sonrisa cómo los números de los pisos descendían en el brillante marcador digital mientras luchaba por controlar sus pensamientos. La gente. Primero, su esposa, una mujer a la que descuidaba y que deseaba quedarse embarazada, pero que no lo lograba porque su marido estaba demasiado cansado para el sexo. Segundo, su padre, un juez prominente que prácticamente lo había obligado a estudiar derecho, y no en una universidad cualquiera, sino en Harvard, porque allí era donde había estudiado él. Tercero, su abuelo, el tirano de la familia, que había levantado un megabufete en Kansas partiendo de la nada y que, a los ochenta y dos años, seguía dedicándole diez horas diarias. Y cuarto, Roy Barton, su socio supervisor, su jefe, un tipo malhumorado e incordiante que se pasaba todo el día gritando y maldiciendo y que sin duda era la persona más rastrera que había conocido. Cuando pensó en Barton, se echó a reír de nuevo.

El ascensor paró en el piso ochenta. Dos secretarias se dispusieron a entrar, pero se detuvieron un instante cuando vieron a David sentado en un rincón, con el maletín a su lado. Pasaron con cuidado por encima de sus piernas y esperaron a que las puertas se cerraran.

—¿Se encuentra usted bien? —preguntó una de ellas.

—Muy bien —repuso él—. ¿Y usted?

No hubo respuesta. Las dos secretarias permanecieron inmóviles y en silencio durante el breve descenso y salieron a toda prisa en el piso setenta y siete. Cuando David se encontró solo de nuevo, lo asaltó una preocupación: ¿y si iban tras él? Estaba seguro de que Al correría a ver inmediatamente a Barton para informarlo de que él, David Zinc, había sufrido una crisis nerviosa. ¿Qué haría Barton entonces? A las diez tenían prevista una reunión crucial con un cliente especialmente descontento, un alto ejecutivo muy importante. En realidad, tal como David llegaría a pensar más adelante, aquel enfrentamiento era precisamente la gota definitiva y la responsable de su derrumbamiento. Roy Barton no solo era un gilipollas desagradable, sino también un cobarde que necesitaba a David y los demás para esconderse tras ellos cuando el ejecutivo apareciera con su larga lista de agravios más que justificados.

Cabía la posibilidad de que Barton enviara tras él a los de seguridad. Estos eran el habitual contingente de guardias uniformados de la puerta, pero también todo un tinglado de espionaje interno que se movía entre las sombras y se encargaba de cambiar cerraduras, grabar en vídeo y desarrollar todo tipo de actividades encubiertas pensadas para mantener a raya a los abogados. Se puso en pie de un salto, cogió el maletín y miró fijamente los dígitos que parpadeaban en el panel. El ascensor oscilaba ligeramente mientras bajaba hacia el centro de la Trust Tower. Cuando se detuvo, David salió y se dirigió hacia las escaleras mecánicas, que seguían llenas de individuos que subían en silencio con aire entristecido. Las de bajada estaban casi vacías, y David corrió hacia ellas.

—¡Eh, David! ¿Adónde vas? —preguntó alguien a lo lejos.

David se limitó a sonreír y saludar con la mano en la dirección de la voz, como si todo estuviera bajo control. Pasó ante la extraña escultura y las piedras pintadas y salió por una puerta de vidrio. Estaba fuera. El aire que antes le había parecido húmedo y deprimente en esos momentos contenía la promesa de un nuevo comienzo.

Respiró hondo y miró en derredor. Tenía que seguir caminando. Echó a andar a paso ligero por LaSalle Street, temeroso de volver la vista atrás. Procura no parecer sospechoso, se dijo; estate tranquilo, este es uno de los días más importantes de tu vida, de modo que no lo estropees. No podía ir a su casa porque no estaba preparado para semejante confrontación. No podía recorrer las calles indefinidamente porque tarde o temprano se toparía con alguien conocido. ¿Dónde podía esconderse un rato para aclarar la mente, poner en orden sus ideas y trazar un plan? Miró la hora: las siete y cincuenta y un minutos. La hora perfecta para desayunar. Un poco más abajo, en la misma calle, vio el parpadeante rótulo de neón verde y rojo de Abner's, aunque al acercarse no supo si se trataba de un bar o una cafetería. Cuando alcanzó la puerta miró por encima del hombro, se aseguró de que no había nadie de seguridad a la vista y entró en el cálido y oscuro mundo de Abner's.

Era un bar. Los reservados de la derecha se hallaban vacíos, y las sillas estaban apiladas, encima de las mesas, con las patas hacia arriba, a la espera de que alguien limpiara el suelo. Abner se encontraba detrás de la larga y pulida barra. Al verlo sonrió burlonamente, como si pensara: ¿qué demonios haces tú por aquí?

—¿Está abierto? —preguntó David.

—¿La puerta estaba cerrada? —replicó Abner, que llevaba un delantal blanco y secaba una jarra de cerveza.

Tenía unos antebrazos musculosos y velludos, y a pesar de sus rudas maneras, su rostro era el de un barman veterano que había visto y oído todo lo que se podía ver y oír en la profesión.

—Creo que no.

David se acercó lentamente a la barra, miró a su derecha y al fondo vio a un hombre que aparentemente se había desmayado sin soltar la bebida. Se quitó el abrigo gris oscuro y lo colgó en el respaldo de uno de los taburetes. Acto seguido se sentó y contempló la colección de botellas de licor que se alineaban ante él, los espejos, los tiradores de cerveza a presión y los innumerables vasos que Abner tenía perfectamente ordenados. Cuando por fin estuvo instalado preguntó:

—¿Qué me recomienda para antes de las ocho de la mañana?

Abner echó un vistazo al parroquiano desmayado con la cabeza en la barra.

—¿Qué tal un poco de café? —repuso.

—Ya me he tomado uno. ¿Sirve desayunos?

—Pues sí. Los llamo Bloody Mary.

—Tomaré uno.

Rochelle Gibson vivía en un apartamento de renta limitada con su madre, una de sus hijas, dos nietos y una combinación variada de sobrinas y sobrinos a la que a veces se sumaba algún primo necesitado de cobijo. Para huir del caos, a menudo buscaba refugio en la oficina, aunque a veces esta era todavía peor que su casa. Llegaba al trabajo todos los días alrededor de las siete y media de la mañana. Abría la puerta, recogía los periódicos del porche, encendía las luces, ajustaba el termostato, preparaba café y comprobaba que CA, el perro del bufete, estuviera bien. Solía canturrear o tararear algo en voz baja mientras realizaba sus tareas rutinarias. Aunque nunca lo habría reconocido ante sus jefes, se sentía bastante orgullosa de ser la secretaria de un despacho de abogados, incluso de uno como Finley & Figg. Siempre que le preguntaban por su trabajo o profesión se apresuraba a contestar que era «secretaria legal», no una secretaria cualquiera, sino de un bufete. Lo que le faltaba en concepto de formación académica lo compensaba con experiencia. Ocho años de práctica en aquel despacho en mitad de una calle con tanta actividad le habían enseñado muchas cosas acerca del derecho y aún más a propósito de los abogados.

CA era un chucho que vivía en la oficina porque nadie estaba dispuesto a llevárselo a casa. Pertenecía a los tres —a Rochelle, Oscar y Wally— a partes iguales, pero eso no impedía que toda la responsabilidad recayera en ella. Se trataba de un fugitivo que había elegido F&F como su hogar varios años atrás. Durante el día dormitaba en un pequeño colchón junto a Rochelle y durante la noche merodeaba por la oficina haciendo de vigilante. Era un aceptable perro guardián y con sus ladridos había logrado ahuyentar a unos cuantos ladrones, gamberros e incluso a algún que otro cliente descontento.

Rochelle le dio de comer y le llenó el bebedero. Luego fue a la pequeña nevera y sacó un yogur de fresa. Cuando el café estuvo listo, se sirvió una taza y arregló su mesa, que siempre mantenía escrupulosamente ordenada. Era de acero cromado y vidrio, recia e imponente y lo primero que veían los clientes al entrar. El despacho de Oscar también estaba bastante ordenado, pero el de Wally era un vertedero. Sus jefes podían ocuparse de sus asuntos a puerta cerrada, pero ella trabajaba a la vista de todos.

Desplegó el *Chicago Sun-Times* y empezó por la primera página. Leyó despacio y se fue tomando el yogur, entre pequeños sorbos de café, mientras CA dormitaba tras ella. Rochelle disfrutaba de aquel momento de tranquilidad a primera hora de la mañana. Los teléfonos no tardarían en sonar, los jefes aparecerían y con suerte llegarían los clientes, algunos con cita previa y otros sin.

Oscar Finley salía todas las mañanas de su casa a las siete con tal de alejarse de su esposa, pero rara vez llegaba al despacho antes de las nueve. Dedicaba esas dos horas a recorrer la ciudad. Aprovechaba para detenerse en una comisaría de policía, donde un primo suyo le entregaba una copia de los partes de accidentes; luego se acercaba a saludar a los conductores de la grúa para enterarse de las últimas colisiones, tomaba un café con el propietario de dos funerarias baratas, llevaba rosquillas a los bomberos, charlaba con los conductores de ambulancia y, de vez en cuando, hacía la ronda por sus hospitales favoritos, donde examinaba con ojo profesional a los que habían resultado heridos por la negligencia ajena.

Oscar llegaba a las nueve, pero con Wally, que llevaba una vida mucho menos organizada, nunca se sabía. Podía aparecer a las siete y media, rebosante de cafeína y Red Bull y dispuesto a demandar a cualquiera que se le pusiera por delante, o podía dejarse caer a las once, resacoso y con los ojos enrojecidos para encerrarse en su despacho.

Sin embargo, aquel trascendental día, Wally llegó pocos minutos antes de las ocho, con una gran sonrisa y la mirada despejada.

—Buenos días, señora Gibson —dijo lleno de energía.

—Buenos días, señor Figg —respondió ella de la misma manera.

En Finley & Figg el ambiente siempre era tenso, y las discusiones saltaban al menor comentario de más. Las palabras se escogían con esmero y eran recibidas con cautela. Los intrascendentes saludos matutinos se manejaban con cuidado porque siempre podían encerrar una emboscada. Incluso el uso de los términos «señor» y «señora» resultaba artificial y tenía su historia. En la época en que Rochelle no era más que una simple clienta, Wally cometió el error de referirse a ella llamándola «nena». Le dijo algo como «mira, nena, estoy haciendo todo lo que puedo». Sin duda no pretendía ofender, pero la reacción de Rochelle fue tajante e insistió en que a partir de entonces la llamaran siempre «señora Gibson».

Lo que la irritaba ligeramente era que le hubieran interrumpido su momento de soledad. Wally se acercó a CA y le acarició la cabeza. Luego, mientras iba por café, preguntó:

—¿Alguna novedad en el periódico?

—No —respondió ella, sin ganas de comentar las noticias.

—No me sorprende.

Era la primera puya del día. Ella leía el *Chigago Sun-Times*, y él, el *Tribune*; de modo que cada uno consideraba que los gustos informativos del otro eran poco menos que deplorables.

La segunda puya llegó poco después, cuando Wally reapareció y preguntó:

—¿Quién ha preparado el café?

Rochelle hizo caso omiso.

—Está un poco flojo, ¿no cree?

Ella se limitó a pasar la página y tomar un poco de yogur.

Wally sorbió el café ruidosamente, chasqueó los labios e hizo una mueca como si acabara de tragar vinagre. A continuación cogió el diario y se sentó a la mesa. Antes de que a Oscar le adjudicaran el chalet en un juicio, alguien había tirado varias de las paredes de la planta inferior para crear una zona de recepción lo más despejada posible. Rochelle tenía su espacio a un lado, cerca de la puerta. A unos pocos metros había una serie de sillas para que los clientes pudieran esperar y una mesa larga que en su momento alguien había utilizado para comer. Con el tiempo, la mesa se había convertido en el sitio donde todos leían el periódico, tomaban café e incluso anotaban declaraciones. Dado que su despacho estaba hecho una pocilga, a Wally le gustaba matar ahí el tiempo.

Abrió su *Tribune* lo más ruidosamente posible. Rochelle no le prestó atención alguna y siguió tarareando.

Pasaron unos minutos y sonó el teléfono. La señora Gibson hizo como si no lo oyera. Al tercer timbrazo, Wally bajó el periódico y dijo:

—¿Quiere hacer el favor de contestar, señora Gibson?

—No —respondió ella, escuetamente.

El teléfono sonó por cuarta vez.

—¿Y por qué no? —quiso saber Wally.

Rochelle hizo caso omiso. Tras el quinto timbrazo, Wally arrojó a un lado el periódico, se puso en pie y fue hacia el teléfono de pared que había cerca de la fotocopiadora.

—Yo, que usted, no lo haría —lo advirtió la señora Gibson.

Wally se detuvo.

—¿Por qué no?

—Es un cobrador de facturas.

—¿Cómo lo sabe? —Wally miraba la pantalla, donde aparecían las palabras «Número desconocido».

—Lo sé. Llama todas las semanas a esta hora.

El teléfono calló. Wally regresó a la mesa y a su periódico y se ocultó tras él mientras se preguntaba qué factura estaría pendiente de pago y qué proveedor podía estar lo bastante furioso para llamar al bufete y reclamar. Rochelle lo sabía, naturalmente, porque se encargaba de llevar la contabilidad y estaba al corriente de casi todo; aun así, Wally prefería no preguntarle. Si lo hacía, acabarían discutiendo acerca de las facturas impagadas, los honorarios no cobrados y la escasez de dinero en general. La cosa podía degenerar rápidamente en una acalorada discusión acerca de las estrategias del bufete, su futuro y las limitaciones de sus socios.

Nadie deseaba algo así.

Abner se enorgullecía de sus Bloody Mary. Utilizaba cantidades cuidadosamente medidas de zumo de tomate, vodka, rábano picante, limón, lima, salsa Worcestershire, pimienta, tabasco y sal. Para rematar, añadía siempre dos aceitunas y una ramita de apio.

Hacía mucho que David no disfrutaba de un desayuno tan estupendo. Tras haber consumido rápidamente dos de las creaciones de Abner, sonreía como un tonto y se sentía orgulloso de su decisión de tirarlo todo por la borda. El borracho del extremo de la barra había empezado a roncar, y en el bar no había más clientes. Abner se ocupaba de sus asuntos e iba de un lado para otro; lavaba y secaba vasos, hacía inventario de los licores y comprobaba los tiradores de la cerveza sin dejar de hacer comentarios sobre los temas más variados.

El teléfono de David sonó por fin. Era su secretaria, Lana.

—¡Vaya por Dios! —exclamó David.

—¿Quién es? —preguntó Abner.

—De mi despacho.

—Un hombre tiene derecho a desayunar, ¿no?

David sonrió traviesamente y contestó la llamada.

—Sí...

—David, ¿dónde estás? —preguntó Lana—. Son las ocho y media.

—Llevo reloj, cariño. Estoy desayunando.

—¿Te encuentras bien? Por ahí van diciendo que han visto cómo te metías de cabeza en el ascensor de bajada.

—Es solo un rumor, cariño, solo un rumor.

—Bien. ¿A qué hora volverás? Roy Barton ha llamado preguntando por ti.

—Déjame que acabe de desayunar, ¿quieres?

—Claro, pero tenme al corriente.

David dejó el teléfono, dio un largo sorbo a su bebida y declaró:

—Prepáreme otro.

Abner lo miró con aire cauteloso.

—¿No prefiere tomárselo con calma?

—Es justo lo que estoy haciendo.

—De acuerdo. —Abner cogió un vaso limpio y empezó a combinar los ingredientes—. Supongo que hoy no piensa aparecer por el despacho.

—Exacto. Lo dejo. Me largo.

—¿Dónde trabaja?

—En el bufete Rogan Rothberg. ¿Lo conoce?

—Me suena. Es uno de esos grandes bufetes, ¿no?

—Seiscientos abogados solo en las oficinas de Chicago y un par de miles repartidos por todo el mundo. Actualmente es el tercero del mundo en cuanto a tamaño, el quinto en cuanto a horas facturadas por letrado, el cuarto en cuanto a beneficios netos por socio, el segundo cuando se comparan los sueldos de los socios y el primero sin discusión en cuanto a número de gilipollas por metro cuadrado.

—Lamento haber preguntado.

David cogió el teléfono y se lo mostró a Abner.

—¿Ve este aparato?

—No estoy ciego.

—Este trasto ha dominado mi vida durante los últimos cinco años. No puedo ir a ninguna parte sin él y debo llevarlo siempre encima. Normas del bufete. Ha estropeado cenas agradables en todo tipo de restaurantes, me ha sacado de la ducha y me ha despertado a horas intempestivas de la noche. En una ocasión incluso me interrumpió mientras me acostaba con mi pobre y desatendida mujer. El verano pasado me encontraba en pleno partido de los Cubs, en unos asientos inmejorables y con dos amigos de la universidad, cuando este cacharro empezó a vibrar en mitad de la segunda entrada. Era Roy Barton. ¿Le he hablado de Roy Barton?

—Todavía no.

—Es uno de los socios principales del bufete y mi supervisor. Un cabrón y un impresentable. Cuarenta años y un carácter como el alambre de espino. Un regalo de Dios para la profesión, vamos. Gana un millón al año, pero no tiene bastante. Trabaja quince horas diarias, siete días a la semana porque todos los peces gordos de Rogan Rothberg trabajan sin descanso. Y Roy se considera uno de los grandes.

—Un tipo encantador.

—Lo aborrezco. Espero no volver a verlo jamás.

Abner puso el tercer Bloody Mary ante David.

—Pues me parece que va por el buen camino, amigo. Salud.

3

El teléfono volvió a sonar, y Rochelle decidió atenderlo.

—Bufete de Finley & Figg —dijo con gran profesionalidad.
Wally se abstuvo de levantar la mirada del diario. Rochelle escuchó un momento y contestó:

—Lo siento, pero no nos dedicamos a las transacciones inmobiliarias.

Cuando Rochelle había ocupado su puesto, ocho años atrás, el bufete sí se ocupaba de transacciones inmobiliarias. Sin embargo, ella no tardó en darse cuenta de que ese tipo de operaciones dejaban un margen escaso, dependían mucho del trabajo de la secretaria y prácticamente no exigían esfuerzo alguno a los letrados. Tras sopesarlo rápidamente llegó a la conclusión de que no le gustaban las transacciones inmobiliarias. Dado que atendía el teléfono y filtraba todas las llamadas, la rama inmobiliaria de Finley & Figg no tardó en marchitarse. Oscar se indignó y la amenazó con el despido, pero se retractó cuando ella les recordó que podía demandarlos por negligencia profesional. Al final, Wally logró negociar una tregua, pero durante semanas el ambiente en el bufete fue más tenso que de costumbre.

Poco a poco, otras especialidades fueron siendo descartadas por obra de la diligente labor de selección de la señora Gibson. Las cuestiones penales pasaron a la historia: no le gustaban porque no le gustaba el tipo de clientes. Los delitos por conducir bajo el efecto del alcohol o las drogas los aceptaba porque no eran frecuentes, se pagaban bien y para ella suponían poco trabajo. Las quiebras desaparecieron por la misma razón que las transacciones inmobiliarias: demasiado trabajo para la secretaria y honorarios escasos. Con el paso de los años Rochelle había logrado reducir el ámbito de actividad del bufete y eso no dejaba de ser motivo de problemas. La teoría de Oscar —teoría que durante casi treinta años lo había dejado sin un céntimo— decía que el bufete debía aceptar todo lo que se presentara, lanzar una red lo más grande posible y después seleccionar entre los restos con la esperanza de encontrar un buen caso de lesiones. Wally no estaba conforme: deseaba pescar el pez más grande. Aunque para cubrir gastos se veía obligado a realizar tareas jurídicas de lo más ordinario, seguía soñando con hallar su filón de oro.

—Buen trabajo, señora Gibson —dijo cuando Rochelle colgó—. Nunca me han gustado los temas inmobiliarios.

Ella pasó por alto el comentario y volvió a la lectura de su periódico. De repente CA gruñó. Lo miraron y lo vieron de pie en su colchón, con el hocico y el rabo en alto, los ojos concentrados en la puerta. Su gruñido se hizo más fuerte, y entonces oyeron el lejano sonido de una ambulancia. Las sirenas siempre excitaban a Wally. Durante un momento se quedó muy quieto, mientras la analizaba con oído experto. ¿Policía, bomberos o ambulancia? Esa era invariablemente la primera pregunta, y Wally era capaz de distinguir entre ellas al instante. Las sirenas de la policía o los bomberos no significaban nada especial y enseguida las descartaba, pero el aullido de una ambulancia le aceleraba el pulso.

—¡Ambulancia! —exclamó.

Dejó el periódico y fue hacia la puerta. Rochelle también se levantó, se acercó hasta la ventana y abrió la persiana para echar un rápido vistazo. CA seguía gruñendo, y cuando Wally abrió la puerta y salió al porche el perro lo siguió. Al otro lado de la calle, Vince Gholston emergió de su despacho —otro bufete-boutique— y lanzó una mirada esperanzada hacia el cruce de Beech con la Treinta y ocho. Cuando vio a Wally le mostró el dedo medio, y este le devolvió el gesto de cortesía.

La ambulancia pasó a toda velocidad por Beech, serpenteando entre el tráfico con furiosos bocinazos y causando más confusión y peligro que los que la aguardaban allí donde la esperasen. Wally la observó hasta que la perdió de vista y después volvió a entrar.

La lectura de periódicos prosiguió sin más interrupciones de sirenas ni de llamadas de posibles clientes o cobradores de facturas atrasadas. A las nueve la puerta se abrió y entró el socio de más edad. Como de costumbre, Oscar vestía un largo abrigo oscuro y cargaba con un maletín de piel negra tan abultado que parecía que se hubiera pasado toda la noche trabajando. Como siempre, también llevaba su habitual paraguas, hiciera el tiempo que hiciese. Oscar realizaba su trabajo lejos de los niveles más prestigiosos de la profesión, pero al menos tenía el aspecto de un abogado distinguido. Abrigos oscuros, trajes igualmente oscuros, camisas blancas y corbatas de seda. Su mujer se encargaba de comprarle la ropa e insistía en que tuviera buen aspecto. Wally, por su parte, se ponía lo primero que encontraba en el armario.

—Buenas —gruñó Oscar ante la mesa de la señora Gibson.

—Buenos días, señor Finley —contestó ella.

—¿Alguna novedad en los periódicos? —A Oscar no le interesaban los resultados deportivos, los sucesos ni las últimas noticias de Oriente Próximo.

—Un conductor de carretillas elevadoras ha sido aplastado en una fábrica de Palos Heights —respondió rápidamente la señora Gibson.

Aquello formaba parte del ritual matutino. Si no lograba

encontrar un accidente —del tipo que fuera— para alegrar la mañana a su jefe, el humor de este no haría sino empeorar.

—Me gusta. ¿Ha muerto?

—Todavía no.

—Mejor. Eso significa dolor y sufrimiento. Tome nota, Rochelle, volveremos sobre el asunto más tarde.

La señora Gibson asintió como si el desdichado operario ya fuera cliente del bufete. Naturalmente no lo era ni lo sería. Finley & Figg rara vez llegaba el primero a la escena de un accidente. Lo más probable era que la mujer de ese hombre estuviera ya rodeada de abogados más agresivos, algunos de los cuales eran famosos porque incluso ofrecían dinero en efectivo y regalos materiales para conseguir que los perjudicados firmaran con ellos.

Animado por tan buena noticia, Oscar se acercó a la mesa y saludó a su socio.

—Buenos días.

—Buenas, Oscar —repuso Wally.

—¿Sale alguno de nuestros clientes en las esquelas de hoy?

—Todavía no he llegado a esa sección.

—Pues deberías empezar por ahí.

—Gracias, Oscar. ¿Alguna otra recomendación sobre cómo debo leer el periódico?

Oscar había dado media vuelta y se alejaba.

—¿Qué tengo para hoy en mi agenda, señora Gibson? —le preguntó hablando por encima del hombro.

—Lo de siempre: divorcios y borrachos.

—Divorcios y borrachos —masculló Oscar para sí, mientras entraba en su despacho—. Lo que necesito es un buen accidente de coche.

Colgó el abrigo detrás de la puerta, dejó el paraguas apoyado en la estantería y empezó a vaciar su maletín. Wally no tardó en aparecer, periódico en mano.

—¿No te suena de algo el nombre de Chester Marino?

—preguntó—. Sale en las esquelas. Cincuenta y siete años, esposa, hijos, nietos y no se menciona la causa del fallecimiento.

Oscar se pasó la mano por los cortos y grises cabellos.

—Puede ser. Creo recordar que nos ocupamos de su testamento y últimas voluntades.

—Lo tienen en Van Easel & Sons. Esta tarde será el velatorio y mañana el funeral. Me acercaré a echar un vistazo. ¿Quieres que enviemos flores si es uno de los nuestros?

—No hasta que sepamos la cuantía de la herencia.

—Muy inteligente. —Wally seguía sosteniendo el diario—. Oye, ¿has visto esta historia de las Taser? Se les está yendo de las manos. Hay unos polis de Joliet acusados de haber utilizado sus Taser contra un hombre de setenta años que fue a Walmart a comprar Sudafed para su nieto enfermo. El farmacéutico creyó que el viejo iba a utilizar el medicamento para algo turbio y, como buen ciudadano, llamó a la policía. Resulta que la policía acababa de recibir sus Taser nuevas, así que cinco de esos idiotas detuvieron al viejo en el aparcamiento y un poco más y lo dejan frito con esas pistolas eléctricas. El pobre hombre se encuentra en estado crítico.

—¿Me estás diciendo que quieres que volvamos a ocuparnos de las Taser? ¿Es eso, Wally?

—Desde luego que sí, Oscar. Son unos casos estupendos. Deberíamos reunir unos cuantos.

Oscar tomó asiento pesadamente y suspiró.

—Así que esta semana tocan Taser, ¿no? La semana pasada fueron unos sarpullidos por culpa de unos pañales. Grandes planes para demandar a los de Pampers porque sus pañales habían provocado un sarpullido en el culo de unos cuantos recién nacidos. Y si no recuerdo mal, el mes pasado fue lo de esos tabiques chinos prefabricados.

—Pues la demanda colectiva contra esos tabiques ya ha conseguido cuatro millones en indemnizaciones.

—Sí, pero aquí no hemos visto ni un céntimo.

—A eso me refiero, Oscar. Tenemos que ir en serio con esas demandas colectivas. Ahí es donde está el dinero. Estoy hablando de empresas multimillonarias que pagan indemnizaciones multimillonarias.

La puerta estaba abierta, y Rochelle no se perdía una palabra, aunque el tema de discusión no era nada nuevo. Wally alzaba la voz.

—Lo que digo es que deberíamos reunir unos cuantos casos de esos y después ir a ver a esos especialistas en demandas colectivas para ofrecérselos y subirnos al carro. Después no tendríamos más que sentarnos a esperar mientras llegan a un acuerdo y nos marchamos con los bolsillos llenos. Es dinero fácil, Oscar.

—¿Por unos casos de urticaria infantil?

—De acuerdo, no funcionó, pero lo de esas pistolas Taser es una mina de oro.

—¿Otra más, Wally?

—Sí, y te lo demostraré.

—A ver si es verdad.

El borracho del final de la barra se había recuperado un poco. Tenía la cabeza levantada y los ojos entreabiertos mientras Abner le servía café y charlaba con él para convencerlo de que era hora de marcharse. Un adolescente barría el suelo con una escoba y colocaba las sillas. El pequeño bar empezaba a dar señales de vida.

David se miró en el espejo que tenía frente a él con el cerebro empapado de vodka e intentó en vano enfocar su situación con cierta perspectiva. En un momento dado se sentía emocionado y orgulloso por haber escapado de la marcha de la muerte que representaba Rogan Rothberg, y al siguiente se moría de miedo al pensar en su familia, en su mujer y en su futuro. Sin embargo, el alcohol le infundía valor, así que decidió seguir bebiendo.

Su teléfono vibró de nuevo. Era Lana, del despacho.

—¿Sí...? —dijo en voz baja.

—David, ¿dónde estás?

—Acabando de desayunar.

—Te noto extraño. ¿Te pasa algo?

—Nada. Estoy perfectamente.

Una pausa.

—¿Has estado bebiendo?

—Claro que no. Solo son las nueve y media.

—Está bien. Escucha, Roy Barton acaba de salir y está hecho una furia. Nunca lo había visto así. Iba soltando todo tipo de amenazas.

—Puedes decirle de mi parte que le den.

—¿Qué has dicho?

—Ya me has oído. Dile de mi parte que le den.

—David, tenían razón, te estás desmoronando. Lo sabía, lo veía venir. No me sorprende.

—Estoy bien.

—No estás bien. Estás borracho y te estás derrumbando.

—Vale, puede que esté bebido, pero...

—Creo que acabo de oír a Barton que vuelve. ¿Qué quieres que le diga?

—Que le den.

—Mejor hazlo tú, que para eso tienes teléfono. Llama tú a Barton —dicho lo cual colgó.

Abner se aproximó lentamente porque la llamada había despertado su curiosidad. Era la tercera o cuarta vez que limpiaba la barra desde que David había entrado.

—Era de mi despacho —le explicó David, y Abner frunció el entrecejo como si aquello fuera una mala noticia para los dos—. El tal Roy Barton me está buscando y de paso tirándolo todo. Me gustaría ser invisible. Ojalá le dé un infarto.

Abner se acercó un poco más.

—Perdone, pero no he oído su nombre.

—David Zinc.

—Un placer. Mire, David, el cocinero acaba de llegar. ¿Le apetece comer algo, quizá algo potente y lleno de grasa? ¿Unos aros de cebolla, unas patatas fritas o una hamburguesa bien grande?

—Una ración doble de aros de cebolla fritos con mucho ketchup.

—Así me gusta.

Abner desapareció. David apuró su último Bloody Mary y fue en busca del aseo. Cuando salió, ocupó de nuevo su taburete, miró la hora —las nueve y veintiocho minutos— y esperó a que llegaran los aros de cebolla. Podía olerlos desde donde estaba, siseando en el aceite hirviendo. El borracho de su derecha seguía tomando café y hacía esfuerzos por mantener los ojos abiertos. El adolescente barría y colocaba las sillas en su sitio.

El teléfono vibró en el mostrador. Era su mujer, pero David no hizo ademán de contestar. Cuando las vibraciones cesaron esperó un momento y comprobó el buzón de voz. El mensaje de Helen era como esperaba: «David, han llamado dos veces de tu oficina. ¿Dónde estás? ¿Qué estás haciendo? ¿Te encuentras bien? Llámame lo antes que puedas».

Helen era una estudiante de doctorado en Northwestern. Cuando se había despedido de ella por la mañana, a las seis menos cuarto, seguía durmiendo. Las noches que llegaba antes de las diez y cinco solían cenar las sobras de la lasaña delante del televisor antes de que él se quedara dormido en el sofá. Helen era dos años mayor y deseaba quedarse embarazada, algo que parecía cada vez más improbable dado el estado de perpetuo agotamiento de su marido. Entretanto, seguía con su doctorado en historia del arte, aunque sin demasiadas prisas.

El teléfono emitió un breve pitido. Era un mensaje de texto de Helen. «¿Dónde estás? ¿Te ocurre algo? Llama por favor.»

Prefería no hablar con ella durante unas horas, porque se vería forzado a admitir que se estaba derrumbando, y entonces ella insistiría en que buscara ayuda de un profesional. Su padre era una especie de psicólogo, y su madre se las daba de consejera matrimonial. Todos en su familia creían que todos los problemas y misterios de la vida podían solucionarse con unas pocas sesiones de terapia. A pesar de ello, no podía soportar la idea de que ella se preocupara de ese modo por su seguridad.

Escribió una respuesta: «Estoy bien. He tenido que salir del despacho durante un rato. No te preocupes. No pasa nada».

«¿Dónde estás?», contestó ella.

En ese momento llegaron los aros de cebolla, un montón de dorados anillos de crujiente masa recién salidos de la freidora. Abner se los puso delante y dijo:

—Los mejores de la ciudad. ¿Qué tal un vaso de agua?

—Estaba pensando en una cerveza.

—Eso está hecho. —Cogió una jarra y la llenó con el tirador a presión.

—Ahora mismo, mi mujer me está buscando —dijo David—. ¿Tiene usted esposa?

—No me lo pregunte.

—Lo siento. La mía es una chica estupenda que quiere una familia y todo eso, pero parece que no conseguimos que arranque. El año pasado trabajé cuatro mil horas, ¿se lo puede creer? ¡Cuatro mil horas! Normalmente ficho a las siete de la mañana y me marcho alrededor de las diez. Eso si es un día corriente. Pero también suele ser habitual que me quede trabajando hasta pasada la medianoche. Por lo tanto, cuando llego a casa se me cierran los ojos. Creo que la última vez que hice el amor con mi mujer fue hace un mes. ¡Es increíble! Tengo treinta y un años, y ella treinta y tres. Los dos estamos en la flor de la vida y deseosos de que se quede embarazada, pero el macho aquí presente es incapaz de aguantar despierto.

Abrió la botella de ketchup y vertió una tercera parte de su contenido encima de los aros de cebolla. Abner le puso delante una jarra de cerveza helada.

—Al menos estará ganando un montón de pasta.

David desenganchó un gran aro, lo sumergió en ketchup y le dio un buen mordisco.

—Sí, desde luego me pagan bien. ¿A santo de qué iba a soportar todo esto si no me pagaran? —David miró en derredor para asegurarse de que nadie lo escuchaba, pero nadie lo hacía. Bajó la voz y dejó el resto del aro—. Llevo cinco años en el bufete y soy socio sénior. El año pasado, mis ingresos netos fueron de trescientos mil. Eso es mucho dinero, pero como no tengo tiempo de gastarlo simplemente lo acumulo en el banco. Sin embargo, echemos un vistazo a los números. Trabajé cuatro mil horas, pero solo facturé tres mil. Tres mil son el máximo que admite el bufete. Las mil restantes son trabajo gratuito y actividades diversas del despacho. ¿Me sigue, Abner? No lo estaré aburriendo, ¿verdad?

—Soy todo oídos. No es usted el primer abogado al que sirvo, de modo que sé lo pelmazos que pueden ser.

David tomó un largo trago de cerveza y chasqueó los labios.

—Le agradezco la franqueza.

—Solo hago mi trabajo.

—El bufete factura mi tiempo a quinientos dólares la hora. Ponga tres mil horas. Eso supone un millón y medio de dólares para los buenos de Rogan Rothberg, que me pagan unos miserables trescientos mil. Multiplique lo que acabo de contarle por unos quinientos asociados que hacen más o menos lo mismo que yo y comprenderá por qué las facultades de derecho están llenas de estudiantes jóvenes y brillantes que creen que su mayor deseo es incorporarse a un gran bufete para convertirse en socios y hacerse millonarios. ¿Lo aburro, Abner?

—Es fascinante.

—¿Le apetece un aro de cebolla?

—No, gracias.

David se metió otro en su reseca boca y lo bajó con media jarra de cerveza. De repente se oyó un golpe sordo en el extremo de la barra. El borracho había sucumbido nuevamente y tenía la cabeza en el mostrador.

—¿Quién es ese tipo? —preguntó David.

—Se llama Eddie. Su hermano es el dueño de la mitad de todo esto, así que bebe sin parar y no paga. Estoy harto de él.

Abner se acercó a Eddie y le dijo algo, pero este no contestó. Entonces retiró la taza de café, limpió el mostrador alrededor de la cabeza de Eddie y volvió con lentitud junto a David.

—Así pues, está diciendo adiós a trescientos mil pavos anuales —dijo Abner—. ¿Y qué planes tiene?

David se echó a reír, pero su risa sonó forzada.

—¿Planes? Todavía no he llegado a eso. Hace dos horas me presenté a trabajar como todos los días y ahora me estoy desmoronando. —Dio otro trago—. Mi plan, Abner, consiste en quedarme aquí sentado durante un buen rato y analizar mi crisis nerviosa. ¿Quiere ayudarme?

—Es mi trabajo.

—Yo pagaré mi cerveza.

—Trato hecho.

—Pues ponme otra, por favor.

4

Al cabo de una hora leyendo el periódico, tomándose el yogur y disfrutando del café, Rochelle Gibson empezó a trabajar a regañadientes. Su primera tarea consistía en verificar el registro de clientes en busca de un tal Chester Marino, que en esos momentos descansaba pacíficamente en un económico ataúd con adornos de latón en la funeraria de Van Easel & Sons. Oscar tenía razón: seis años atrás, el bufete había redactado el testamento y las últimas voluntades del señor Marino. Encontró el delgado expediente en el almacén que había junto a la cocina y se lo llevó a Wally, que estaba enfrascado en su trabajo, rodeado por los restos que se acumulaban en su mesa.

Originariamente, el despacho de Wallis T. Figg, abogado en ejercicio, había sido un dormitorio, pero con los años y las reformas había ganado unos cuantos metros cuadrados. Fuera como fuese no tenía aspecto de haber sido un dormitorio, pero tampoco de ser un despacho. Empezaba con una puerta situada entre unas paredes separadas por no más de tres metros y después giraba a la derecha para abrirse a la zona donde Wally trabajaba tras una mesa de estilo años cincuenta que había comprado en una liquidación. En ella había montones de carpetas, libretas de anotaciones usadas y cientos de papelitos con mensajes de llamadas telefónicas, de modo que cualquiera que no conociera a Wally —incluidos los clientes potenciales— podía llevarse la impresión de que se hallaba ante un hombre muy ocupado, y puede que incluso importante.

Como de costumbre, la señora Gibson se acercó a la mesa con cuidado de no tocar las montañas de libros de leyes y los expedientes antiguos que se amontonaban en su camino y le entregó la carpeta a Wally al tiempo que decía:

—Nos encargamos del testamento y las últimas voluntades del señor Marino.

—Gracias. ¿Tiene bienes?

—No lo he comprobado —contestó ella. Acto seguido, retrocedió y salió sin decir más.

Wally abrió el expediente. Seis años atrás, el señor Marino trabajaba para el estado de Illinois como auditor, ganaba setenta mil dólares al año y disfrutaba de una vida tranquila en el extrarradio con su segunda esposa y los dos hijos adolescentes de esta; acababa de pagar la hipoteca de su casa, que constituía el único patrimonio de la pareja. Marido y mujer compartían una cuenta corriente, un plan de jubilación y unas pocas deudas. El único detalle interesante era una colección formada por tres mil fichas de béisbol que el señor Marino había valorado en noventa mil dólares. En la página cuatro del expediente había una fotocopia de una ficha de 1916 de Shoeless Joe Jackson con el uniforme de los White Sox. Al pie, Oscar había anotado: «75.000 $». Oscar no tenía el menor interés en los deportes y nunca había mencionado aquel pequeño detalle a Wally. El señor Marino había encargado que le prepararan un testamento y unas últimas voluntades que habría podido redactar él mismo sin gastar un céntimo; sin embargo, había preferido encargárselo a Finley & Figg por un importe de doscientos cincuenta dólares. Cuando Wally leyó las últimas voluntades del señor Marino comprendió enseguida que la única intención de este era asegurarse de que sus hijastros no pudieran meter mano a su colección de fichas de béisbol, que reservaba para su hijo, Lyle. En la página cinco, Oscar había escrito: «La esposa no sabe nada de la colección de fichas».

Wally calculó que el caudal hereditario rondaría el medio millón de dólares y que, con el trámite de validación testamentaria previsto, el abogado encargado del asunto se llevaría unos cinco mil. A menos que hubiese algún tipo de disputa con la colección de fichas —y Wally confiaba en que la hubiera—, todo ello sería una molesta rutina que podía alargarse durante año y medio. Sin embargo, si los herederos se peleaban, él podría alargarlo durante tres años y triplicar sus ganancias. Las testamentarías no le gustaban, pero en cualquier caso eran mejores que los divorcios o las demandas de custodia. Una testamentaría pagaba las facturas y, en ocasiones, podía dar pie a más honorarios.

El hecho de que Finley & Figg hubiera redactado el testamento no significaba nada a la hora de validarlo. Cualquier abogado podía hacerlo y, gracias a su gran experiencia en el terreno de la captación de clientes, Wally sabía que había multitud de picapleitos hambrientos que se dedicaban a repasar las esquelas y calcular las ganancias potenciales. Quizá le conviniera ir a ver a Chester y reclamar en nombre del bufete el trabajo legal necesario para poner en orden sus cosas. Como mínimo valía el esfuerzo que suponía conducir hasta Van Easel & Sons, una de las funerarias de su recorrido habitual.

A Wally todavía le quedaban por cumplir tres meses de suspensión del carnet por conducir ebrio, pero conducía igualmente. Eso sí, era precavido y se limitaba a las calles próximas a su casa y el despacho, donde conocía a los policías. Cuando tenía que ir a los juzgados del centro, cogía el autobús o el tren.

Van Easel & Sons estaba a unas pocas manzanas de distancia y fuera de su radio de acción; aun así, decidió arriesgarse. Si la policía lo paraba, seguramente podría convencerla para que lo dejaran ir; en caso contrario, conocía al juez. Utilizó en lo posible calles secundarias y se mantuvo alejado del tráfico.

Hacía años que el señor Van Easel y sus tres hijos habían muerto, y la funeraria había ido cambiando de manos con el tiempo. El negocio había ido declinando a la vez que perdía el «servicio atento y detallista» que seguía siendo su principal reclamo publicitario. Wally dejó el coche en el desierto aparcamiento de la parte de atrás y entró por la puerta principal como si hubiera ido allí para dar el pésame a alguien. Eran casi las diez de un miércoles por la mañana y durante unos segundos no vio a nadie. Se detuvo en el vestíbulo y echó un vistazo al tablón donde figuraban los horarios de visita. Chester Marino se encontraba dos puertas más adelante, a la derecha, en el segundo de los tres velatorios. A la izquierda había una pequeña capilla. Un individuo de tez pálida y dientes muy amarillos, vestido con un traje negro se le acercó y lo saludó.

—Buenos días. ¿En qué puedo ayudarlo?

—Buenos días, señor Grayber —repuso Wally.

—Usted otra vez...

—Siempre es un placer.

Aunque Wally había estrechado la mano del señor Grayber en alguna otra ocasión, no hizo ademán de repetir el gesto. No estaba seguro, pero tenía la impresión de que ese hombre era uno de los que embalsamaban los cadáveres y recordaba el tacto frío y blando de su mano. Grayber tampoco se la ofreció. Estaba claro que ambos despreciaban la profesión del otro.

—El señor Marino era cliente nuestro —explicó Wally con expresión grave.

—El velatorio no empezará hasta esta noche —repuso Grayber.

—Sí, lo he visto, pero tengo que salir de la ciudad por la tarde.

—Muy bien —dijo Grayber, haciendo un gesto en dirección a las salas de vela.

—No habrán venido otros abogados, ¿verdad?

Grayber bufó y alzó los ojos al cielo.

—¡Quién sabe! La verdad es que con ustedes uno pierde la cuenta. La semana pasada celebramos el funeral de un trabajador mexicano, un pobre sin papeles que tuvo la mala suerte de ir a parar bajo una excavadora. Utilizamos la capilla —dijo, señalándola— y resultó que había más abogados que familiares. El infeliz nunca fue tan querido como ese día.

—Pues qué bien, ¿no? —repuso Wally, que había estado presente, aunque no consiguió el caso para el bufete—. Gracias de todas maneras —añadió y echó a andar hacia las salas de vela.

Pasó ante la primera —un ataúd cerrado y nadie a la vista— y entró en la segunda, una sala escasamente iluminada de unos cuatro metros por cuatro, con el ataúd dispuesto a lo largo de una de las paredes y varias sillas baratas distribuidas en hileras. El féretro estaba cerrado, lo cual agradó a Wally. Se acercó y apoyó la mano en la caja, como si luchara por contener las lágrimas. Él y Chester compartiendo los últimos momentos juntos.

La rutina para esos casos consistía en quedarse unos minutos con la esperanza de que apareciera algún amigo o pariente. Si eso no sucedía, Wally firmaba en el libro de visitas y dejaba su tarjeta al señor Grayber con instrucciones concretas para que dijera a la familia del señor Marino que su abogado había pasado por allí para darles el pésame. El bufete mandaba flores y una carta a la viuda y, pasados unos días, Wally llamaba a la mujer y actuaba como si ella estuviera obligada de algún modo a contratar los servicios del bufete, ya que este se había encargado de redactar el testamento y las últimas voluntades de su difunto marido. Aquello solía dar resultado el cincuenta por ciento de las veces.

Wally se disponía a marcharse cuando un joven entró en la sala. Tenía unos treinta años, aspecto agradable e iba razonablemente bien vestido con chaqueta y corbata. Miró a Wally con bastante desconfianza. Era el modo en que mucha gente lo hacía al principio, pero ya no lo molestaba. Cuando dos desconocidos se encontraban en un velatorio, las primeras palabras nunca eran fáciles. Al final, Wally se las arregló para presentarse.

—Sí, bueno, ese es mi padre. Yo soy Lyle Marino —respondió el joven.

¡Ah, el futuro propietario de una magnífica colección de fichas de béisbol! Sin embargo, Wally no podía mencionar eso.

—Su padre era cliente de nuestro bufete —explicó—. Nosotros nos encargamos de redactarle el testamento y las últimas voluntades. Le doy mi más sentido pésame.

—Gracias —contestó Lyle, que parecía visiblemente aliviado—. La verdad es que me cuesta creer lo que ha sucedido. La semana pasada fuimos a ver un partido de los Blackhawks y se lo pasó en grande. En cambio, ahora se ha ido.

—Lo lamento mucho. ¿Fue muy repentino?

—Un ataque al corazón. Así de rápido. —Lyle chasqueó los dedos—. Era lunes por la mañana y estaba en su despacho trabajando cuando de repente empezó a sudar y a jadear y se desplomó en el suelo, muerto.

—Lo siento mucho, Lyle —dijo Wally, como si lo conociera de toda la vida.

El joven acariciaba el ataúd y repetía:

—No me lo puedo creer.

Wally necesitaba llenar algunas lagunas.

—Sus padres se divorciaron hará unos diez años, ¿verdad?

—Más o menos.

—¿Su madre sigue viviendo en la ciudad?

—Sí —contestó Lyle, enjugándose las lágrimas con el dorso de la mano.

—Y la segunda mujer de su padre, ¿tiene usted buena relación con ella?

—No nos hablamos. El divorcio acabó mal.

Wally sonrió para sus adentros. Una familia mal avenida podía significar más honorarios.

—Lo siento, y ¿cómo se llama ella...?

—Millie.

—De acuerdo. Mire, Lyle, tengo que marcharme, pero aquí le dejo mis datos. —Wally sacó ágilmente una tarjeta y se la entregó—. Chester era un hombre estupendo. Llámeme si necesita cualquier cosa.

Lyle la cogió y se la guardó en el bolsillo del pantalón. Seguía contemplando fijamente el ataúd.

—Perdone, ¿cómo me ha dicho que se llama?

—Figg, Wally Figg.

—¿Y es usted abogado?

—Así es, de Finley & Figg. Somos un pequeño bufete que tramita muchos casos en los tribunales más importantes.

—¿Y dice que conocía a mi padre?

—Desde luego, y muy bien. Le encantaba coleccionar fichas de béisbol.

Lyle levantó la mano del ataúd y miró directamente a los inquietos ojos de Wally.

—¿Sabe usted que fue lo que mató a mi padre, señor Figg?

—Usted acaba de decirme que fue un ataque al corazón.

—Sí, así fue. ¿Y sabe usted lo que le provocó ese ataque?

—Pues no.

Lyle miró hacia la puerta para asegurarse de que estaban solos y nadie podía oírlos. Se acercó de modo que sus zapatos casi se tocaron con los de Wally, que en esos momentos esperaba escuchar que Chester Marino había sido asesinado de algún modo misterioso.

—¿Ha oído hablar alguna vez de un medicamento llamado Krayoxx? —le preguntó Lyle, entre susurros.

En el centro comercial situado enfrente de Van Easel había un McDonald's. Wally pidió dos cafés y fue a sentarse con el hijo de Chester Marino en el reservado más alejado del mostrador. Lyle llevaba encima un montón de papeles —artículos obtenidos en internet— y estaba claro que necesitaba alguien con quien hablar. Estaba obsesionado con el Krayoxx desde la muerte de su padre, ocurrida cuarenta y ocho horas antes.

Hacía seis años que el medicamento había salido al mercado, y desde entonces sus ventas se habían incrementado rápidamente. En la mayoría de los casos, reducía el colesterol de los pacientes con sobrepeso. Chester había aumentado de peso progresivamente y eso, a su vez, había provocado otros aumentos: el de la presión sanguínea y el colesterol, por citar los dos más evidentes. Lyle había dado la lata a su padre con la cuestión del sobrepeso, pero Chester fue incapaz de renunciar a su helado de medianoche. Su manera de librarse del estrés a causa de su problemático divorcio fue sentarse en la oscuridad para dar buena cuenta de un tarro tras otro de Ben & Jerry's. Una vez adquiridos los kilos de más, ya no pudo quitárselos de encima. Un año antes de su fallecimiento, el médico le recetó Krayoxx, y el colesterol le bajó de forma espectacular, pero al mismo tiempo Chester empezó a quejarse de arritmias y falta de aire. Se lo comentó a su médico, pero este le aseguró que no tenía nada malo. El descenso del nivel de colesterol compensaba sobradamente cualquier efecto secundario menor.

Krayoxx era fabricado por Varrick Labs, una empresa de Nueva Jersey que en esos momentos figuraba en el tercer puesto de las diez empresas farmacéuticas más importantes del mundo, con un largo y feo historial de litigios con las autoridades federales y los abogados especialistas en demandas conjuntas.

—Varrick gana seis mil millones al año con el Krayoxx —explicó Lyle, repasando los datos de su investigación—, y esa cifra se incrementa un diez por ciento todos los años.

Wally hizo caso omiso de su taza de café mientras estudiaba los informes. Escuchaba en silencio, pero los engranajes de su cerebro giraban a tanta velocidad que casi le daba vueltas la cabeza.

—Y aquí viene lo mejor —dijo Lyle—, cogiendo otra hoja de papel—. ¿Ha oído hablar alguna vez de un bufete llamado Zell & Potter?

Wally nunca había oído hablar del Krayoxx, y lo sorprendió que su médico no le hubiera dicho nada de él, sabiendo lo de sus cien kilos de peso y su colesterol un poco alto. Tampoco había oído hablar de Zell & Potter, pero intuía que se trataba de abogados importantes metidos en casos relevantes y no estaba dispuesto a admitir su ignorancia.

—Eso creo —respondió frunciendo el ceño en actitud pensativa.

—Es un bufete muy grande de Fort Lauderdale.

—En efecto.

—La semana pasada presentó en Florida una demanda contra Varrick, una demanda como la copa de un pino alegando que el Krayoxx es responsable de la muerte de varias personas. La historia sale en el *Miami Herald*.

Wally echó un vistazo al periódico y los latidos de su corazón se multiplicaron por dos.

—Seguro que está al corriente de esta demanda —dijo Lyle.

Wally no dejaba de sorprenderse ante la ingenuidad de aquel joven. En Estados Unidos se presentaban más de dos millones de demandas todos los años, y el pobre Lyle allí presente creía que Wally se había fijado en una en concreto, presentada en el sur de Florida.

—Sí, le he estado siguiendo la pista —contestó a pesar de todo.

—¿Su bufete se ocupa de casos como este? —preguntó Lyle, con el mayor candor.

—Es una de nuestras especialidades —le aseguró Wally—. Los casos de muerte y lesiones son lo nuestro. Nos encantaría ir contra Varrick Labs.

—¿Lo harían? ¿Los han demandado con anterioridad?

—No, pero hemos ido en contra de la mayoría de las empresas farmacéuticas.

—¡Esto es fantástico! ¿Estarían entonces dispuestos a llevar mi caso?

Desde luego que sí, pensó Wally. Sin embargo, los años de experiencia le aconsejaron no precipitarse o al menos no mostrarse excesivamente optimista.

—Digamos que su caso tiene potencial, pero antes debería consultar con mi socio, investigar un poco, hablar con los colegas de Zell & Potter y hacer los deberes. Las demandas conjuntas son bastante complicadas.

Y también podían ser demencialmente lucrativas. Ese era su principal pensamiento en esos momentos.

—Gracias, señor Figg.

A las once menos cinco, Abner se animó un poco y empezó a lanzar miradas hacia la puerta sin dejar de secar copas de martini con el trapo. Eddie se había despertado de nuevo y tomaba café, pero seguía en otro mundo.

—Perdone, David —dijo Abner al fin—. ¿Le importaría hacerme un favor?

—Lo que sea.

—¿Quiere correrse un par de asientos? El taburete donde está sentado suelo reservarlo para cierta persona que viene a las once.

David miró a su derecha, donde había ocho taburetes vacíos entre él y Eddie. A su izquierda había otros siete entre él y el final de la barra.

—¿Está de broma o qué?

—Por favor. —Abner le cogió la jarra de cerveza, que estaba casi vacía, y se la sustituyó por otra llena que depositó dos asientos a la izquierda.

David se levantó despacio y fue tras su cerveza.

—¿De qué va todo esto? —preguntó.

—Ya lo verá —contestó Abner, señalando la puerta con la cabeza. En el bar no había nadie más salvo Eddie.

Minutos más tarde la puerta se abrió y entró un asiático de edad avanzada. Llevaba un pulcro uniforme, corbata de pajarita, gorra de chófer y ayudaba a una señora mucho más vieja que él. La mujer se apoyaba en un bastón, y el hombre no le quitaba ojo. Los dos atravesaron el bar arrastrando los pies. David los contempló con fascinación y se preguntó si estaría viendo visiones. Abner mezclaba un cóctel y observaba. Eddie murmuraba para sus adentros.

—Buenos días, señorita Spence —dijo el barman muy educadamente, casi con una reverencia.

—Buenos días, Abner —repuso ella, encaramándose poco a poco al taburete. El chófer la acompañó en sus movimientos, pero sin tocarla. Cuando estuvo cómodamente sentada, la mujer dijo:

—Tomaré lo de costumbre.

El chófer hizo un gesto de asentimiento a Abner y se marchó con discreción.

La señorita Spence llevaba un abrigo largo de visón, gruesas perlas alrededor del cuello y numerosas capas de carmín y maquillaje que poco podían hacer para disimular que tenía más de noventa años. David no pudo evitar admirarla. Su abuela había cumplido noventa y dos y vivía atada a la cama de una residencia para ancianos, completamente fuera del mundo. En cambio, allí estaba aquella anciana dama, empinando el codo antes de comer.

La mujer no le prestó la menor atención. Abner siguió combinando ingredientes de lo más diverso y al final le puso una copa delante y la llenó.

—Su Pearl Harbor —dijo, empujando el combinado hacia ella.

La mujer se lo llevó muy despacio a los labios, tomó un pequeño sorbo con los ojos cerrados, se paseó el licor por la boca y obsequió a Abner con la más arrugada de las sonrisas. El barman pareció respirar de nuevo.

David, que no estaba del todo borracho pero que iba camino de estarlo, se apoyó en la barra y se volvió hacia ella.

—¿Viene por aquí a menudo?

Abner dio un respingo y se acercó a David.

—La señorita Spence es una cliente habitual y prefiere beber en silencio —explicó con voz temerosa.

La señorita Spence volvió a tomar otro sorbo con los ojos cerrados.

—¿Quiere beber en silencio en un bar? —preguntó David, incrédulo.

—Pues sí —le espetó Abner.

—Bien, en ese caso me parece que ha elegido el establecimiento adecuado —contestó David, señalando con un gesto de la mano el desierto bar—. Aquí no hay un alma. ¿Alguna vez tiene clientela?

—¡Silencio! —lo apremió Abner—. Estese callado un rato, ¿quiere?

Sin embargo, David no se dio por enterado.

—Solo ha tenido dos clientes durante toda la mañana, el viejo Eddie y yo, y ambos sabemos que él ni siquiera paga las copas.

En ese momento, Eddie levantaba la taza hacia su cara, pero con evidentes problemas para llevársela a la boca. Estaba claro que no había oído el comentario de David.

—Cállese de una vez o tendré que pedirle que se marche —gruñó Abner.

—Lo siento —repuso David, que guardó silencio.

No tenía ningunas ganas de marcharse de allí porque no sabía adónde ir.

El tercer sorbo pareció hacer efecto. La señorita Spence abrió los ojos y miró a su alrededor.

—Sí, vengo a menudo —dijo con una entonación a la antigua—. De lunes a sábado. ¿Y usted?

—Es mi primera visita —contestó David—, pero no creo que sea la última. A partir de hoy tendré más tiempo para beber y más razones para hacerlo. Salud. —Acercó su jarra de cerveza y la chocó levemente con la copa de la mujer.

—Salud —repuso ella—. ¿Y se puede saber por qué está aquí, joven?

—Es una larga historia que se alarga cada vez más. ¿Y usted? ¿Por qué está aquí?

—No lo sé. Por costumbre, supongo. Seis días a la semana, ¿desde hace cuánto, Abner?

—Al menos veinte años.

La mujer no parecía tener el menor interés por escuchar la historia de David. Tomó otro sorbo y dio la impresión de querer dormitar. De repente, también David se sintió soñoliento.

5

Helen Zinc llegó a la Trust Tower pocos minutos antes del mediodía. Mientras conducía camino del centro había intentado llamar por teléfono a su marido y enviarle un mensaje de texto por enésima vez, pero sin éxito. A las nueve y treinta y tres minutos, David le había enviado un mensaje diciéndole que no se preocupara; y a las diez y cuarenta y dos le mandó el último en el que había escrito: «No qerda. Toy bien. No t procupes».

Aparcó en un garaje, cruzó la calle corriendo y entró en el vestíbulo del edificio. Minutos después salió del ascensor en la planta noventa y tres. Una recepcionista la acompañó hasta una pequeña sala de reuniones y la dejó esperando sola. A pesar de que era la hora de comer, en Rogan Rothberg se miraba con malos ojos a cualquiera que se atreviera a salir para ir a almorzar. La buena comida y el aire fresco eran considerados elementos tabú. De cuando en cuando, alguno de los socios principales llevaba a un cliente a un ostentoso maratón, un carísimo almuerzo que este acababa pagando mediante el consabido truco del bufete de hinchar las facturas. Sin embargo, según la norma establecida —aunque no escrita—, los asociados y los colaboradores más jóvenes se contentaban con sacar un sándwich de la máquina. En un día normal, David desayunaba y comía en la oficina, y no era infrecuente que también cenara. En una ocasión incluso llegó a presumir ante

Helen de que había facturado una hora a tres clientes distintos mientras devoraba un sándwich de atún con patatas chips, acompañado por un refresco bajo en calorías. Ella confió en que estuviera bromeando.

Aunque no estaba segura de la cifra exacta, David había engordado al menos doce kilos desde su boda. En aquella época corría maratones, y el sobrepeso todavía no era un problema. No obstante, una dieta de comida basura y una falta casi total de ejercicio eran motivos de preocupación para ambos. En Rogan Rothberg la hora comprendida entre las doce y la una del mediodía no se diferenciaba en nada de cualquier otra hora del día o la noche.

Era la segunda visita que Helen hacía a las oficinas en cinco años. Las esposas no estaban vetadas, pero tampoco eran bienvenidas. No había razón para que estuviera allí y, teniendo en cuenta la avalancha de historias de terror que David llevaba a casa, tampoco sentía especiales deseos de ver el lugar ni pasar el rato con esa gente. Tanto ella como David hacían el esfuerzo de asistir dos veces al año a las deprimentes reuniones de empresa que organizaba el bufete, pensadas para alentar la camaradería entre los castigados abogados y sus desatendidas esposas. Aquellos encuentros acababan invariablemente convertidos en borracheras donde sus protagonistas se comportaban de un modo tan sonrojante que resultaba imposible de olvidar. Bastaba con reunir un puñado de abogados exhaustos y llenarlos de alcohol para que las cosas se pusieran feas.

El año anterior, durante una fiesta a bordo de un yate anclado en pleno lago Michigan, Roy Barton había intentado meterle mano. De no haber estado tan borracho es posible que lo hubiera conseguido, y eso habría ocasionado un grave conflicto. Durante una semana, ella y David discutieron acerca de lo que debían hacer. Él deseaba encararse con Barton y quejarse ante el comité deontológico del bufete, pero Helen se lo desaconsejó, pues eso no haría más que perjudicar su carrera. No había habido testigos y seguramente Barton ni siquiera recordaba lo que había hecho. Con el paso del tiempo dejaron de hablar del incidente. Había oído tantas historias de Roy Barton en los cinco años que David llevaba en el bufete, que este se negaba a mencionar el nombre de su jefe en casa.

Y de repente allí estaba. Roy entró en la sala de reuniones mascullando entre dientes y le espetó:

—¿Se puede saber que está pasando aquí, Helen?

—Tiene gracia, porque iba a preguntarle lo mismo —replicó ella.

El estilo del señor Barton, como le gustaba que lo llamaran, consistía en atropellar verbalmente a sus interlocutores para intimidarlos. Helen no estaba dispuesta a tolerárselo.

—¿Dónde está? —exigió saber Barton.

—Dígamelo usted, Roy —repuso ella.

Lana, la secretaria de David, apareció en compañía de Al y Lurch, como si respondieran a una citación simultánea. Roy los presentó rápidamente y cerró la puerta. Helen había hablado en más de una ocasión con Lana, pero no la conocía personalmente.

Barton miró a Al y a Lurch.

—A ver, ustedes dos, expliquen exactamente lo sucedido.

Entre ambos hicieron un relato del último viaje en ascensor de David Zinc, y sin adornarlo lo más mínimo pintaron el retrato de una persona que no había podido más y se había derrumbado. Sudaba, jadeaba, estaba pálido, se había lanzado de cabeza al interior del ascensor y aterrizado en el suelo antes de que las puertas se cerraran. También lo habían oído reír una vez dentro.

—Cuando ha salido de casa esta mañana estaba bien —aseguró Helen, como si quisiera subrayar que la crisis de su marido era responsabilidad del bufete y no de ella.

—Usted —espetó Barton a Lana—, usted ha hablado con él, ¿no?

Lana tenía sus notas. Había hablado un par de veces con David, pero después este había dejado de contestar el teléfono.

—En nuestra segunda conversación —explicó—, tuve claramente la impresión de que estaba bebido. Sonaba como si tuviera la lengua pastosa y arrastraba las palabras.

Barton fulminó con la mirada a Helen, como si ella tuviera la culpa.

—¿Adónde puede haber ido?

—Pues a donde siempre, Roy —replicó Helen—, al sitio al que va cada vez que tiene una crisis nerviosa a las siete y media de la mañana y desea emborracharse.

Se hizo un tenso silencio. Estaba claro que Helen Zinc no tenía el menor reparo en plantarle cara a Barton, pero también que los demás no estaban en disposición de hacerlo.

—¿Bebe demasiado últimamente? —preguntó Barton, bajando el tono.

—Mi marido no tiene tiempo para beber, Roy. Llega a casa a las diez o las once, se toma un vaso de vino y se queda dormido en el sofá.

—¿Está viendo a un loquero?

—¿Por qué habría de hacerlo? ¿Por trabajar cien horas a la semana? Yo creía que esa era la norma aquí. La verdad es que me parece que son ustedes los que necesitan un loquero.

Otro silencio. Barton estaba recibiendo su propia medicina y eso no era nada frecuente. Al y Lurch se miraban las uñas y procuraban no reír. Lana parecía una liebre petrificada por los faros de un automóvil, como si Barton fuera a despedirla en cualquier momento.

—O sea, que no puede decirnos nada que nos dé una pista —dijo Barton al fin.

—No, y está claro que usted tampoco puede ayudarme, ¿no, Roy?

Barton tenía suficiente. Entrecerró los ojos, apretó los dientes y se puso colorado.

—¡Bueno, pues ya aparecerá! —vociferó dirigiéndose a Helen—. Aparecerá tarde o temprano. Cogerá un taxi y volverá a casa. Se arrastrará de vuelta hasta usted y después hasta nosotros. Voy a darle una última oportunidad, ¿me entiende? Lo quiero mañana en mi despacho a las ocho de la mañana, sobrio y arrepentido. ¿Está claro?

Los ojos de Helen se humedecieron de repente. Se llevó las manos a las mejillas y dijo con voz entrecortada:

—Yo solo quiero encontrarlo, saber que está bien. ¿No puede ayudarme?

—Pues empiece a buscarlo —contestó Roy—. En el centro de Chicago debe de haber más de mil bares. Tarde o temprano dará con él.

Dicho lo cual, Roy Barton hizo una espectacular salida y se marchó dando un portazo. Tan pronto como hubo desaparecido, Al se acercó a Helen y le puso la mano en el hombro.

—Mire, Roy es un capullo —le dijo suavemente—, pero tiene razón en una cosa: David se está emborrachando en alguna parte. Cuando se dé cuenta cogerá un taxi y volverá a casa.

Lurch también se acercó.

—No es la primera vez que pasa algo así, Helen. En realidad es bastante frecuente. Mañana David se encontrará bien.

—Y el bufete tiene en nómina a un terapeuta, un verdadero profesional que se ocupa de las bajas —añadió Al.

—¿Una baja? —preguntó Helen—. ¿Eso es mi marido ahora?

Lurch se encogió de hombros.

—Sí, pero se recuperará —contestó.

Al miró a Helen y suspiró.

—En estos momentos, David está en un bar. No sabe usted cómo me gustaría estar con él.

Los clientes de la hora del almuerzo habían empezado a llenar Abner's. Los reservados y las mesas estaban casi todos ocupados, y el bar se encontraba abarrotado de oficinistas que devoraban sus hamburguesas entre trago y trago de cerveza. David se había cambiado al taburete de su derecha, de modo que en ese momento se sentaba junto a la señorita Spence. Esta iba por su tercer y último Pearl Harbor; y David, por el segundo. Cuando ella le ofreció tomar el primero, él lo rechazó y alegó que no le gustaban los cócteles raros, pero ella insistió, así que Abner le preparó uno y se lo dejó delante. A pesar de que parecía tan inofensivo como el jarabe para la tos, era una combinación letal hecha con vodka, licor de melón y zumo de piña.

No tardaron en encontrar un terreno de juego común en Wrigley Field. El padre de la señorita Spence la había llevado de niña y, a partir de entonces, ella se convirtió en una fiel seguidora de sus queridos Cubs para toda la vida. Durante sesenta y dos años había tenido un abono de temporada —todo un récord, según ella— y había visto jugar a los grandes: Rogers Hornsby, Ernie Banks, Ron Santo, Billy Williams, Fergie Jenkins y Ryne Sandberg. También había sufrido lo suyo junto a los demás seguidores de los Cubs. Sus ojos bailaron de alegría cuando le contó la conocida historia de la maldición de Billy Goat, y se llenaron de lágrimas al recordar, con todo detalle, la gran caída de 1969. Tuvo que dar un buen sorbo a su bebida tras contarle lo del infame June Swoon de 1977. Incluso le confesó que su difunto marido había intentado comprar el equipo, pero que alguien se le adelantó.

Si tras dos Pearl Harbor ya estaba bastante tocada, el tercero la remató. No demostró ningún interés por la situación de David y prefirió ser ella quien llevara la voz cantante. Este, cuyo cerebro ya funcionaba al ralentí, se contentó con permanecer sentado y escuchar. Abner se acercó un par de veces para asegurarse de que ella estaba contenta.

Exactamente a las doce y cuarto, justo cuando la hora del almuerzo en Abner's llegaba a su apogeo, el chófer asiático llegó para recogerla. Ella apuró su copa, se despidió de Abner, no hizo el menor ademán de pagar, dio gracias a David por su compañía y salió del bar del brazo de su chófer, apoyándose en su bastón. Caminaba despacio pero erguida y con orgullo. Volvería.

—¿Quién era esa mujer? —le preguntó David a Abner cuando este se acercó.

—Se lo explicaré después. ¿Quiere comer algo?

—Claro. Esas hamburguesas tienen muy buen aspecto. Una con patatas fritas y doble de queso.

—Eso está hecho.

El taxista se llamaba Bowie y era parlanchín. Cuando salieron de la tercera funeraria la curiosidad fue más fuerte que él.

—Oiga, amigo, perdone pero tengo que preguntárselo —dijo hablando por encima del hombro—. ¿Qué es esta historia de las funerarias?

Wally había cubierto el asiento trasero con esquelas, mapas de la ciudad y libretas de notas.

—Ahora vamos a Wood & Ferguson, en la calle Ciento tres, cerca de Beverly Park —contestó, haciendo caso omiso por el momento de la pregunta de Bowie.

Llevaban dos horas juntos, y el taxímetro se acercaba a los ciento ochenta dólares, una bonita cantidad en concepto de dietas de transporte, pero simple calderilla en el contexto de una demanda contra el Krayoxx. Según algunos de los artículos que Lyle Marino le había dado, los abogados calculaban que la indemnización por un caso de fallecimiento en el que el responsable fuera ese medicamento podía valer entre dos y cuatro millones de dólares. El bufete que llevara el caso se embolsaría el cuarenta por ciento de esa cantidad, y Finley & Figg tendría que compartir sus honorarios con Zell & Potter o cualquier otro bufete especializado en acciones conjuntas que encabezara la demanda. Incluso habiendo de repartir el botín, aquel medicamento podía ser un verdadero filón. Lo más urgente era encontrar casos. Mientras daba vueltas por Chicago, Wally estaba seguro de ser el único abogado del millón de ellos que había en la ciudad que en esos momentos era lo bastante astuto para estar peinando las calles en busca de víctimas del Krayoxx.

Según otro artículo, los peligros del medicamento eran un descubrimiento reciente. Otro citaba a un abogado que aseguraba que el público en general todavía no estaba al corriente del «fracaso del Krayoxx». Pero Wally sí lo estaba y le importaba muy poco cuánto pudiera costarle el taxi.

—Le preguntaba sobre lo de esas funerarias —insistió Bowie, que no se daba por vencido.

—Es la una —anunció Wally—. ¿Ha comido?

—Hace dos horas que estoy con usted. ¿Me ha visto comer?

—Pues yo tengo hambre. Hay un Taco Bell, allí, a la derecha. Entre y pediremos algo desde el coche.

—Usted paga, ¿vale?

—Vale.

—Me encanta Taco Bell.

Bowie pidió unos tacos para él y un burrito para su pasajero. Mientras esperaban en la cola, el taxista dijo:

—¿Sabe?, sigo preguntándome qué hace un tipo como usted yendo a todas esas funerarias. No es asunto mío, pero llevo dieciocho años dedicado a esto y nunca he cogido a nadie que se paseara por las funerarias de toda la ciudad. Nunca he tenido un cliente que tuviera tantos amigos, no sé si me entiende.

—En una cosa tiene razón —contestó Wally, levantando la vista de la documentación de Lyle Marino—. No es asunto suyo.

—Vaya, ahora sí que me ha pillado. Lo había confundido por una buena persona.

—Soy abogado.

—Pues vamos de mal en peor. No me haga caso, estoy bromeando. Mi tío también es abogado. Gilipollas.

Wally le entregó un billete de veinte. Bowie cogió la bolsa con la comida y la repartió. Cuando volvió a salir a la calle, se metió un taco en la boca y dejó de hablar.

6

Rochelle estaba leyendo en secreto una novela romántica cuando oyó pasos en el porche. Guardó rápidamente el libro en el cajón y apoyó los dedos en el teclado para tener aspecto de estar muy ocupada cuando la puerta se abriera. Un hombre y una mujer entraron tímidamente, mirando a su alrededor como si estuvieran asustados. Ocurría a menudo. Rochelle había visto entrar y salir a muchos, y los que llegaban lo hacían casi siempre con aire lúgubre y suspicaz. ¿Y por qué no? No estarían allí si no tuvieran problemas, y para muchos de ellos era la primera vez que entraban en un despacho de abogados.

—Buenas tardes —dijo en tono profesional.

—Buscamos abogado —respondió el hombre.

—Un abogado de divorcios —lo corrigió la mujer.

Rochelle se dio cuenta en el acto de que ella llevaba años corrigiéndolo y que seguramente él estaba harto. De todas maneras, ambos rondaban los sesenta años, demasiado mayores para el divorcio. Se las arregló para sonreír y les señaló dos sillas cercanas.

—Por favor, tomen asiento. Necesito que complementen alguna información.

—¿Podemos consultar con un abogado sin cita previa? —preguntó el hombre.

—Eso creo —contestó Rochelle.

La pareja se sentó y luego se las apañaron para mover las sillas y estar lo más separados posible. Rochelle se dijo que aquello podía ponerse feo. Cogió un bolígrafo y sacó un cuestionario.

—Díganme sus nombres y apellidos, por favor.

—Calvin A. Flander —respondió él, adelantándose a su mujer.

—Barbara Marie Scarbro Flander —dijo ella—. Scarbro es mi apellido de soltera y es posible que vuelva a usarlo. Todavía no lo he decidido, pero todo lo demás está resuelto. Incluso hemos firmado un acuerdo de reparto de bienes. Encontramos un borrador en internet. Está todo aquí —concluyó, mostrando un gran sobre cerrado.

—Solo te ha preguntado el nombre —apostilló él.

—La he oído.

—¿Puede recuperar su apellido de soltera? —preguntó el señor Flander, dirigiéndose a Rochelle—. Me refiero a que hace cuarenta y dos años que no lo utiliza, y yo no dejo de decirle que nadie sabrá quién es si vuelve a usar Scarbro.

—Scarbro es mucho mejor que Flander —replicó Barbara—. Flander suena a no sé qué lugar de Europa, ¿no le parece?

Los dos la miraban fijamente.

—¿Algún hijo menor de dieciocho años? —respondió tranquilamente Rochelle.

Los dos negaron con la cabeza.

—Solo dos hijos mayores y seis nietos —precisó la señora Flander.

—No te ha preguntado sobre los nietos —dijo el señor Flander.

—Pues se lo he dicho, ¿y qué?

Rochelle se las arregló para que siguieran con las fechas de nacimiento, la dirección, los números de la seguridad social y los historiales de empleo sin mayores conflictos.

—¿Y dicen que llevan casados cuarenta y dos años?

Los dos asintieron con aire desafiante.

Se sintió tentada de preguntar por qué querían divorciarse, qué había salido mal y si la cosa tenía arreglo, pero sabía que eso no la llevaría a ninguna parte. Ya se ocuparían los jefes.

—Ha mencionado un documento de reparto de bienes. Supongo que lo que tienen pensado es un divorcio de mutuo acuerdo basado en diferencias irreconciliables, ¿no?

—Así es —dijo el señor Flander—. Y cuanto antes, mejor.

—Está todo aquí —repitió la señora Flander, con el sobre en la mano.

—¿Casas, coches, cuentas bancarias, planes de pensiones, tarjetas de crédito, deudas, incluso muebles y electrodomésticos? —preguntó Rochelle.

—Todo —dijo él.

—Está todo aquí —insistió la señora Flander.

—¿Y los dos están satisfechos con el acuerdo?

—Oh, sí —respondió el señor Flander—. Hemos hecho todo el trabajo. Lo único que necesitamos es que un abogado presente los papeles y nos acompañe al juzgado. No tendrá que ocuparse de nada más.

—En efecto, es la mejor manera de proceder —repuso Rochelle como si fuera la voz de la experiencia—. Me encargaré de que uno de nuestros abogados los atienda y se ocupe de los detalles. Nuestro bufete cobra setecientos cincuenta dólares por la tramitación de cualquier divorcio por mutuo acuerdo y pedimos un depósito inicial de la mitad. El resto se paga el día que van al juzgado.

El señor y la señora Flander reaccionaron de forma distinta: ella abrió la boca desmesuradamente, como si Rochelle le hubiera pedido diez mil dólares en efectivo; él entrecerró los ojos y la miró con desconfianza, como si hubiera esperado oír precisamente eso, el timo de un puñado de abogados. Pero ninguno de los dos dijo nada hasta que Rochelle preguntó:

—¿Pasa algo?

—¿Se puede saber qué es esto? —gruñó el señor Flander—. ¿El viejo timo de la estampita? ¡Este bufete anuncia que tramita divorcios de común acuerdo por trescientos noventa y nueve dólares y cuando entramos usted nos dobla ese precio!

La primera reacción de Rochelle fue preguntarse qué demonios había hecho Wally esta vez. Ponía tantos anuncios en tantos sitios distintos que resultaba imposible estar al corriente de todos.

El señor Flander se puso en pie bruscamente, sacó algo del bolsillo y lo tiró de cualquier manera en la mesa de Rochelle.

—Eche un vistazo a eso —dijo.

Era un cartón de bingo de la VFW, la asociación de veteranos de guerra, situado en el número 178 de McKinley Park. En la parte inferior se leía en una brillante franja amarilla: «Finley & Figg Abogados. Divorcios de mutuo acuerdo por solo 399 dólares. Llame al 773-718JUSTICE».

A Rochelle la habían sorprendido tantas veces que a esas alturas tendría que haber sido inmune, pero ¿un billete de bingo? Había visto como clientes potenciales rebuscaban en el fondo de sus bolsillos, bolsos y riñoneras para sacar boletines eclesiásticos, programas de fútbol, folletos del Rotary Club, cupones y otras muestras de la propaganda con la que el abogado Figg llenaba el Gran Chicago en su infatigable intento de animar el negocio. ¡Había vuelto a hacerlo! Sí, debía reconocer que estaba sorprendida.

Los honorarios del bufete constituían un asunto escurridizo, y los costos de representación legal cambiaban sobre la marcha, dependiendo de los clientes y su situación. Ambos socios podían dar un presupuesto de mil dólares por un divorcio de mutuo acuerdo a una pareja que apareciera elegantemente vestida y al volante de un coche último modelo, mientras que una hora más tarde otra pareja compuesta por un simple operario y su esposa podía negociar un precio por la mitad de esa cantidad con el otro socio. Parte de la rutina de Rochelle consistía en limar asperezas relacionadas con las diferencias en los honorarios.

¿Un billete de bingo? ¿«Divorcios de mutuo acuerdo por solo trescientos noventa y nueve dólares»? A Oscar le iba a dar un ataque.

—De acuerdo —dijo sin alterarse, como si anunciarse en billetes de bingo fuera una larga tradición del bufete—. Necesitaría ver su acuerdo de reparto de bienes.

La señora Flander se lo entregó. Rochelle le echó una rápida ojeada y se lo devolvió.

—Muchas gracias. Voy a comprobar si el señor Finley está disponible. Hagan el favor de esperar. —Se levantó y cogió el cartón.

La puerta del despacho de Oscar estaba cerrada, como siempre. El bufete seguía una estricta política de puertas cerradas que mantenía a los socios alejados el uno del otro, y también del tráfico de la calle y de la gentuza que aparecía por el bufete. Desde su posición cerca de la entrada, Rochelle podía ver todas las puertas: la de Oscar, la de Wally, la de la cocina, la del aseo de la planta baja, la del cuarto de la fotocopiadora y la del trastero que se utilizaba como almacén. También sabía que sus jefes solían escuchar atentamente a través de la puerta cuando interrogaba a un posible cliente. El despacho de Wally disponía de un acceso lateral que este utilizaba a menudo para escapar de los clientes problemáticos; pero el de Oscar, no. Así pues, Rochelle sabía que se hallaba dentro y, puesto que Wally estaba haciendo la ronda de las funerarias, no tenía otra opción.

Entró, cerró la puerta tras ella y dejó el billete de bingo ante él.

—No se lo va a creer —dijo.

—¿Qué ha hecho esta vez? —preguntó Oscar mientras examinaba el papel—. ¡Cómo! ¿Trescientos noventa y nueve dólares?

—Pues sí.

—Creía que habíamos acordado que quinientos era la tarifa mínima para los de mutuo acuerdo.

—No es verdad. Primero acordamos setecientos cincuenta, después seiscientos, luego mil y más tarde quinientos. Estoy segura de que la semana que viene acordaremos otra cantidad.

—No tramitaré un divorcio por cuatrocientos pavos. Hace treinta y dos años que ejerzo y no pienso prostituirme por una cantidad tan miserable. ¿Me ha entendido, señora Gibson?

—Ya he oído eso antes.

—Que se encargue Figg. Al fin y al cabo es su tarjeta. Yo estoy demasiado ocupado.

—De acuerdo, pero Figg no está y ahora mismo usted no tiene nada que hacer.

—¿Dónde está Figg?

—Visitando a los muertos. Ha salido a hacer la ronda de las funerarias.

—¿Qué está planeando ahora?

—Todavía no lo sé.

—Esta mañana la cosa iba de pistolas Taser.

Oscar dejó el billete en la mesa y lo miró fijamente. Luego meneó la cabeza con incredulidad y murmuró:

—¿A qué clase de mente atormentada se le puede ocurrir anunciarse en un billete de bingo de la VFW?

—A la de Figg.

—Voy a tener que estrangularlo.

—Y yo lo sujetaré mientras lo hace.

—Deje esta basura en la mesa de Figg y dé hora a ese matrimonio para que vuelva más tarde. Resulta insultante que alguien pueda entrar y consultar sin más con un abogado, incluso con uno como Figg. Yo también tengo mi pequeña dignidad, ¿de acuerdo?

—De acuerdo, tiene su dignidad, pero esa gente tiene unos

cuantos bienes y casi ninguna deuda. Han cumplido los sesenta y sus hijos han volado del nido. Le aconsejo que despache al marido, se quede con la mujer y ponga en marcha el contador.

A las tres de la tarde Abner's volvía a estar tranquilo. Eddie había desaparecido con la avalancha de clientes de la hora del almuerzo, y David Zinc estaba solo en la barra. Cuatro individuos de mediana edad se emborrachaban en un reservado mientras hacían grandes planes para ir de excursión a pescar macabíes en México.

Abner lavaba vasos en el pequeño fregadero que había junto a los tiradores de cerveza y hablaba de la señorita Spence.

—Su último marido fue Angus Spence. ¿Le suena?

David meneó la cabeza. En esos momentos no le sonaba nada de nada. Las luces estaban encendidas, pero no había nadie en casa.

—Angus era un multimillonario desconocido. Era propietario de varios yacimientos de potasa en Canadá y Australia. Murió hace diez años y ella se llevó todo el lote. Aparecería en la lista de Forbes si no fuera porque no saben como localizar todos los bienes. El viejo era muy listo. Ella vive en un ático frente al lago y viene por aquí todos los días a las once, se toma tres Pearl Harbor antes de comer y se marcha a las doce y cuarto, cuando esto empieza a llenarse. Supongo que después se va a casa a dormirla.

—Yo la encuentro mona.

—Tiene noventa y cuatro años.

—No pagó la cuenta.

—Y yo no se la presenté. Todos los meses me envía mil pavos y a cambio solo quiere ese taburete, tres copas y un poco de intimidad. En todo este tiempo nunca la había visto hablar con nadie. Debería considerarse afortunado.

—Desea mi cuerpo.

—Bueno, pues ya sabe dónde encontrarla.

David tomó un pequeño sorbo de su Guinness Stout. Rogan Rothberg no era más que un lejano recuerdo. De Helen no estaba tan seguro, pero le daba igual. Había decidido emborracharse como una cuba y disfrutar del momento. El día siguiente sería brutal, pero ya se ocuparía de eso a su debido tiempo. Nada, absolutamente nada debía interferir en su delicioso descenso al olvido.

Abner le puso delante una taza de café y le dijo:

—Recién hecho.

David hizo caso omiso del brebaje.

—Así que usted trabaja por un anticipo a cuenta, igual que los bufetes de abogados. ¿Qué me ofrece por mil pavos al mes?

—Al ritmo que va le hará falta bastante más. ¿Ha llamado a su mujer, David?

—Mire, Abner, usted es barman, no consejero matrimonial. Este es mi gran día, un día que cambiará mi vida para siempre. Estoy en pleno derrumbe, en plena crisis nerviosa o lo que sea. Mi vida nunca volverá a ser igual, de modo que déjeme disfrutar de este momento.

—Le pediré un taxi cuando quiera.

—No pienso ir a ninguna parte.

Para una primera entrevista con un cliente, Oscar siempre se ponía la chaqueta negra y se arreglaba la corbata. Era importante dar una buena impresión, y un abogado trajeado de negro denotaba poder, conocimientos y autoridad. Oscar también creía firmemente que esa imagen transmitía el mensaje de que no trabajaba por una miseria, aunque a menudo así fuera.

Examinó el documento de reparto de bienes con el cejo fruncido, como si lo hubieran redactado un par de idiotas.

Los Flander estaban al otro lado de su escritorio y de vez en cuando contemplaban la Pared del Ego, un popurrí de fotos enmarcadas en las que aparecía el señor Finley sonriendo y estrechando la mano de famosos que nadie conocía, y una colección de títulos y diplomas que eran prueba del justo reconocimiento que había recibido a lo largo de los años. Las demás paredes estaban llenas de estanterías abarrotadas de gruesos textos legales, más prueba si cabe de que el señor Finley sabía lo que se hacía.

—¿Qué valor tiene la casa? —preguntó sin levantar los ojos del documento.

—Unos doscientos cincuenta —contestó el señor Flander.

—Yo creo que más —lo corrigió la señora Flander.

—No es un buen momento para vender una casa —comentó sabiamente Oscar a pesar de que no había propietario que no supiera que el mercado iba a la baja.

El silencio se prolongó mientras el experto examinaba el trabajo que habían hecho sus clientes. Oscar dejó los papeles en la mesa y miró a los expectantes ojos de la señora Flander por encima de sus gafas de leer compradas en el supermercado.

—Usted se lleva la lavadora y la secadora, junto con el microondas, la cinta de correr y el televisor de plasma, ¿no?

—Pues sí.

—La verdad es que se lleva casi el ochenta por ciento de los muebles de la casa, ¿me equivoco?

—Creo que no. ¿Qué tiene de malo?

—Nada, salvo que él se lleva la mayor parte del dinero.

—Yo creo que es justo —protestó el señor Flander.

—Estoy seguro de ello.

—¿Y a usted le parece justo? —preguntó la señora Flander.

Oscar se encogió de hombros, como si no fuera asunto suyo.

—Yo diría que es bastante habitual. Sin embargo, el dinero es más importante que un montón de muebles usados. Lo más probable es que usted se traslade a un piso, a una vivienda mucho más pequeña y que no tenga sitio para meter todos sus trastos viejos, mientras que él tendrá el dinero metido en el banco.

La mujer fulminó con la mirada a su futuro ex marido mientras Oscar proseguía.

—Además, el coche que se lleva es tres años más antiguo que el de su esposo, así que según este documento lo que le corresponde es un coche viejo y unos muebles viejos.

—¡Fue idea de él! —protestó la mujer.

—No es cierto. Lo acordamos entre los dos.

—Tú querías tu plan de pensiones y el coche nuevo.

—Eso es porque siempre ha sido mi coche.

—¡Eso es porque siempre te has quedado con el mejor coche!

—No es verdad, Barbara. No empieces a exagerar como siempre, ¿vale?

—Y tú, Cal, ¡no empieces a mentir delante del abogado! —replicó ella, alzando la voz—. Convinimos que vendríamos aquí, seríamos sinceros y no nos pelearíamos delante del abogado. ¿Sí o no?

—Sí, pero ¿cómo puedes estar sentada ahí tan tranquila, diciendo que siempre me he quedado con el mejor coche? ¿Ya no te acuerdas del Toyota Camry?

—Por Dios, Cal, eso fue hace veinte años.

—Pero sigue contando.

—Sí, muy bien, me acuerdo del Toyota ¡y también me acuerdo del día en que lo estrellaste!

Rochelle oyó las voces y sonrió para sus adentros mientras pasaba otra página de su novela. De repente, CA, que dormitaba junto a ella, se puso en pie y empezó a gruñir. Rochelle lo miró, se levantó y se acercó a la ventana. Ajustó la persiana para tener una buena visión de la calle y entonces lo oyó, el lejano aullido de una sirena. A medida que el sonido se fue haciendo más fuerte, los gruñidos de CA aumentaron de intensidad.

Oscar también estaba junto a la ventana, mirando hacia el cruce y confiando en poder ver la ambulancia. Era una costumbre difícil de romper, aunque tampoco lo pretendía. Ni él, ni Wally, ni Rochelle, ni los miles de abogados que había en la ciudad podían evitar el chute de adrenalina que experimentaban cada vez que oían una sirena acercándose. Y la visión de una pasando a toda velocidad por la calle siempre lo hacía sonreír.

Los que no sonreían eran los Flander. Permanecían callados y lo observaban con atención mientras se odiaban mutuamente. Cuando el aullido de la sirena se desvaneció, Oscar regresó a su mesa.

—Miren —les dijo—, si van a pelearse no podré representarlos a los dos a la vez.

Ambos sintieron la tentación de levantarse y marcharse. Una vez en la calle podrían ir cada uno por su camino y buscarse un abogado de renombre, pero durante unos segundos no supieron qué hacer. Entonces, el señor Flander parpadeó como si saliera de un trance, se puso en pie de un salto y fue hacia la puerta.

—No se preocupe, Finley, me buscaré un abogado como es debido.

Abrió la puerta, salió dando un portazo y pasó a grandes zancadas ante Rochelle y CA, que volvían a sus sitios respectivos. Abrió bruscamente la puerta principal y salió alegremente de Finley & Figg para siempre, dando otro portazo.

7

La hora feliz duraba de cinco a siete, y Abner decidió que era mejor que su nuevo amigo se marchara antes de que empezara. Llamó un taxi, empapó una toalla con agua fría, salió de detrás de la barra y se la aplicó en el rostro.

—David, amigo, despierte. Son casi las cinco de la tarde.

David llevaba una hora grogui, y Abner, como todos los barman de verdad, no quería que los clientes que entraban después del trabajo se encontraran con un borracho comatoso durmiendo la mona con la cabeza en la barra, entre ronquidos.

—Vamos, gran hombre —insistió con la toalla—. Es hora de irse a casa. Tiene un taxi esperándolo en la puerta.

David recobró el sentido de repente y miró a Abner con la boca y los ojos muy abiertos.

—¿Qué...? ¿Qué pasa? —farfulló.

—Son casi las cinco. Es hora de que se vaya a casa, David. Hay un taxi en la puerta.

—¡Las cinco! —gritó David, perplejo por la noticia.

En el bar había media docena de parroquianos que lo observaban con simpatía. Al día siguiente cualquiera de ellos podía estar en la misma situación. David se puso en pie y con la ayuda de Abner consiguió enfundarse el abrigo y encontrar su maletín.

—¿Cuánto rato llevo aquí? —preguntó, mirando en derredor con los ojos desorbitados, como si acabara de descubrir el bar.

—Mucho —contestó Abner. Le metió una tarjeta del local en uno de los bolsillos del abrigo y añadió—: Llámeme mañana y arreglaremos la cuenta.

Acto seguido cogió a David del brazo, lo llevó arrastrando los pies hasta la puerta y salió a la calle con él. El taxi esperaba en la acera. Abrió la puerta de atrás y metió a David en el asiento del pasajero.

—Es todo suyo —le dijo al taxista mientras cerraba la portezuela.

David lo observó desaparecer dentro del bar, luego miró al conductor y le preguntó:

—¿Cómo se llama?

El hombre respondió algo ininteligible y David replicó:

—¿Es que no sabe hablar en cristiano?

—¿Adónde, señor? —preguntó el taxista.

—Esa sí que es una buena pregunta. ¿Conoce algún bar decente por los alrededores?

El conductor negó con la cabeza.

—Pues no estoy preparado para ir a casa. Ella estará allí y... ¡la que se puede armar! —El interior del taxi empezó a darle vueltas, y oyó un fuerte bocinazo por atrás cuando el conductor se incorporó al tráfico—. No tan deprisa —dijo con los ojos cerrados. No superaban los veinte por hora—. Vaya hacia el norte.

—Necesito que me dé una dirección, señor —pidió el taxista mientras enfilaba por South Dearborn. Faltaba poco para la hora punta, y la circulación era lenta.

—Creo que voy a vomitar —avisó David, tragando saliva y sin abrir los ojos.

—En mi taxi no, por favor.

Siguieron avanzando a paso de tortuga a lo largo de un par de manzanas, y David consiguió controlarse.

—Necesito que me diga adónde quiere ir, señor —repitió el taxista.

David abrió el ojo izquierdo y miró por la ventanilla. Al lado del taxi había un autobús de línea detenido en el atasco. Estaba lleno de gente con aire cansado y echaba humo por el tubo de escape. A lo largo del costado tenía un anuncio de un metro por cincuenta centímetros donde se leía: «Finley & Figg, abogados. ¿Conduciendo borracho? Llame a los expertos al 773-718JUSTICE». La dirección figuraba en caracteres más pequeños. David abrió el otro ojo y durante un instante vio el rostro sonriente de Wally Figg. Se concentró en la palabra «borracho» y se preguntó si podrían ayudarlo de alguna manera. ¿Había visto ese anuncio u oído hablar de esos colegas anteriormente? No estaba seguro. Nada estaba claro, nada tenía sentido. De repente, el taxi empezó a darle vueltas otra vez, pero más rápido.

—Al cuatrocientos dieciocho de Preston Avenue —le dijo al taxista justo antes de perder el conocimiento.

Rochelle nunca tenía prisa por marcharse porque no deseaba volver a casa. Por muy tensas que pudieran ponerse las cosas en la oficina, eran siempre mucho más tranquilas que en su abarrotado y caótico piso.

El divorcio de los Flander había empezado con mal pie, pero gracias a la hábil manipulación de Oscar volvía a estar encarrilado. La señora Flander había contratado al bufete y dejado un pago a cuenta de setecientos cincuenta dólares. Al final, el caso se ventilaría como un divorcio por mutuo acuerdo, pero no antes de que Oscar le hubiera esquilmado uno de los grandes. No obstante, seguía echando chispas por el billete de bingo y esperando a que apareciera su socio.

Wally apareció a las cinco y media de la tarde, tras una jornada agotadora dedicada a la búsqueda de víctimas del Krayoxx.

No había encontrado ninguna otra a parte de Chester Marino, pero no dejaba que el desánimo hiciera mella en él. Había dado con algo gordo. Los clientes estaban ahí fuera, y los encontraría.

—Oscar está al teléfono —le dijo Rochelle—. Está que echa chispas.

—¿Qué pasa? —preguntó Wally.

—Un billete de bingo con un anuncio de trescientos noventa y nueve dólares. Eso pasa.

—Muy astuto, ¿no le parece? Mi tío suele jugar al bingo en el VFW.

Rochelle le hizo un rápido resumen de lo ocurrido con los Flander.

—¿Lo ve? ¡Ha funcionado! —dijo Wally, muy orgulloso—. Hay que hacerlos venir, señora Gibson. Es lo que digo siempre. Los trescientos noventa y nueve dólares son el cebo. Luego no hay más que tirar del sedal. Oscar lo ha hecho a la perfección.

—¿Y qué me dice de la falsedad en el anuncio?

—La mayoría de nuestros anuncios no dicen la verdad. ¿Ha oído hablar alguna vez del Krayoxx? Se trata de un medicamento contra el colesterol.

—No lo sé. Puede que sí.

—Pues está matando gente, ¿vale?, y va a hacernos ricos.

—Creo haber oído esto anteriormente. Oscar acaba de colgar.

Wally fue al despacho de su socio. Llamó a la puerta y entró sin esperar.

—Me han dicho que mis billetes del bingo te han gustado.

Oscar estaba de pie junto a su mesa, con la corbata aflojada, cansado y necesitado de una copa. Dos horas antes habría estado listo para la pelea, pero en esos momentos solo deseaba marcharse.

—Por favor, Wally, ¿lo dices en serio?

—Somos el primer bufete de Chicago que los utiliza.

—Hemos sido los primeros en muchas cosas y seguimos sin blanca.

—Esos días se han terminado, amigo mío —repuso Wally, metiendo la mano en su maletín—. ¿Has oído hablar de un fármaco contra el colesterol llamado Krayoxx?

—Sí, sí, mi mujer lo toma.

—Bueno, pues resulta que mata a la gente.

Oscar sonrió un momento, pero se contuvo enseguida.

—¿Cómo lo sabes?

Wally depositó la documentación de Lyle Marino en la mesa de su socio.

—Te entrego los deberes hechos. Aquí tienes todo lo que necesitas saber acerca del Krayoxx. Un bufete de Fort Lauderdale, especializado en acciones conjuntas, demandó la semana pasada a Varrick Labs por el Krayoxx. Aseguran que el medicamento aumenta drásticamente el riesgo de infarto y tienen expertos para demostrarlo. Varrick ha puesto en el mercado más basura que todas las demás grandes farmacéuticas juntas y también ha pagado más indemnizaciones que nadie. Miles de millones. Según parece, el Krayoxx es su última barbaridad. Los abogados especialistas en acciones conjuntas apenas han empezado a despertarse. Esto está ocurriendo ahora mismo, Oscar, y si podemos conseguir una docena de casos de Krayoxx nos haremos ricos.

—Todo esto ya te lo he oído antes, Wally.

Cuando el taxi se detuvo, David estaba despierto aunque semiinconsciente. Con gran esfuerzo logró alargar dos billetes de veinte hasta el asiento delantero y, con más esfuerzo aún, consiguió apearse del vehículo. Lo vio alejarse y acto seguido vomitó en la acera.

Enseguida se encontró mejor.

Rochelle estaba ordenando su mesa y escuchando cómo sus jefes discutían cuando oyó unos pesados pasos en el porche. Algo golpeó la puerta principal, y esta se abrió. El joven tenía la mirada perdida, el rostro arrebolado y se tambaleaba, pero iba bien vestido.

—¿En qué puedo ayudarlo? —preguntó con considerable cautela.

David la miró, pero no la vio. Recorrió la estancia con los ojos, se tambaleó nuevamente y bizqueó, como si intentara enfocar la mirada.

—¿Señor...?

—Me encanta este sitio —le dijo—. Realmente me encanta.

—Es usted muy amable. ¿En qué puedo...?

—Estoy buscando trabajo y aquí es donde quiero trabajar.

CA olió problemas y salió de detrás de la mesa de Rochelle.

—¡Qué mono! —exclamó David con una risita—. ¡Un perro! ¿Cómo se llama?

—CA.

—¿CA? Va a tener que ayudarme. ¿Qué significa?

—Caza-ambulancias.

—Me gusta, de verdad que me gusta. ¿Muerde?

—Será mejor que no lo toque.

Oscar y Wally habían salido discretamente del despacho. Rochelle les lanzó una mirada de apuro.

—Aquí es donde quiero trabajar —insistió David—. Necesito un empleo.

—¿Es usted abogado? —quiso saber Wally.

—¿Usted es Finley o Figg?

—Yo soy Figg y él es Finley. ¿Es usted abogado?

—Eso creo. A las ocho de esta mañana era uno de los seiscientos letrados que trabajan en Rogan Rothberg, pero lo dejé, me derrumbé, tuve una crisis nerviosa y me metí en un bar.

Ha sido un día muy largo. —David se apoyó en la pared para mantener el equilibrio.

—¿Qué le hace creer que buscamos un colaborador? —preguntó Oscar.

—¿Colaborador? Bueno, yo pensaba más bien incorporarme directamente como socio —dijo David sin inmutarse, antes de partirse de risa.

Nadie esbozó la menor sonrisa. Nadie sabía cómo reaccionar, pero Wally confesaría posteriormente que pensó en llamar a la policía.

Cuando dejó de reír, David se irguió y repitió:

—Me encanta este lugar.

—¿Se puede saber por qué abandona un bufete tan importante? —preguntó Wally.

—Bueno, por muchas razones. Digamos que odio el trabajo, odio a la gente con la que trabajo y odio a los clientes.

—Aquí encajará como un guante —terció Rochelle.

—Lo lamento, pero no contratamos a nadie —declaró Oscar.

—Vamos, por favor. Me gradué en Harvard. Trabajaré a tiempo parcial, ¿qué les parece? Cincuenta horas semanales, la mitad de lo que he trabajado hasta ahora. ¿Lo entienden? ¡A tiempo parcial! —Se echó a reír nuevamente y nadie más lo siguió.

—Lo siento amigo —dijo Wally con desdén.

No lejos de allí, un conductor dio un bocinazo, un largo y frenético aullido que solo podía acabar mal. Otro conductor pisó violentamente los frenos. Más bocinas. Más frenazos. Durante un largo segundo, el bufete de Finley & Figg contuvo colectivamente el aliento. El choque que siguió fue atronador y más impresionante que la mayoría. Era obvio que varios vehículos se habían aplastado unos contra otros en el cruce de Preston con Beech y la Treinta y ocho. Oscar cogió su sobretodo, Rochelle agarró su suéter y los dos salieron al porche tras Wally, dejando atrás al borracho para que cuidara de sí mismo.

A lo largo de Preston Avenue varios despachos de abogados se vaciaron a medida que sus letrados y ayudantes corrían a inspeccionar el desastre y ofrecer consuelo a los afectados.

La colisión había implicado al menos a cuatro vehículos, todos ellos aplastados y retorcidos. Uno estaba volcado, con los neumáticos girando todavía en el aire. Se oían gritos entre el pánico y las sirenas en la distancia. Wally se acercó corriendo a un Ford muy dañado. La puerta del pasajero delantero estaba arrancada, y una adolescente intentaba salir. Se hallaba aturdida y cubierta de sangre. La cogió por el brazo y la alejó de la escena del choque. Rochelle lo ayudó a sentarla en el banco de una parada de autobús cercana, y Wally regresó en busca de más clientes. Por su parte, Oscar había localizado a un testigo ocular, alguien capaz de señalar al responsable y, por lo tanto, de atraer clientes. Finley & Figg sabía cómo aprovechar una colisión.

La madre de la adolescente viajaba en el asiento de atrás, y Wally también la ayudó. La acompañó hasta el banco donde estaba su hija y la dejó en manos de Rochelle. Vince Gholston, la competencia del otro lado de la calle, apareció justo entonces, y Wally lo vio.

—¡Apártese, Gholston! —gritó—. ¡Ahora son nuestros clientes!

—¡Ni hablar, Figg! ¡Todavía no han firmado!

—¡No se acerque, idiota!

La multitud de curiosos que se había acercado a mirar crecía por momentos. El tráfico se había interrumpido, y muchos conductores habían salido de sus coches para echar un vistazo. Alguien gritó: «¡Huele a gasolina!», lo cual aumentó rápidamente el pánico general. Había un Toyota volcado a pocos metros de distancia, y sus ocupantes intentaban salir desesperadamente. Un individuo corpulento calzado con botas dio una patada a una de las ventanillas, pero no consiguió romperla. La gente gritaba y vociferaba. El aullido de las sirenas sonaba cada vez más cerca. Wally rodeó un Buick cuyo conductor parecía estar inconsciente, mientras Oscar repartía tarjetas del bufete a todo el mundo.

De repente, la voz de un joven tronó en medio del caos.

—¡Apártense de nuestros clientes! —bramó, y todo el mundo se volvió hacia él.

Era un espectáculo sorprendente. David Zinc se hallaba cerca del banco del autobús. Sostenía un gran hierro que había cogido del siniestro y lo agitaba ante el asustado rostro de Vince Gholston, que retrocedía.

—¡Estos son nuestros clientes! —gritaba, muy enfadado.

Parecía enloquecido y no había duda de que estaba dispuesto a utilizar el arma en caso de necesidad.

Oscar se acercó a Wally y le dijo:

—Ese chico tiene potencial después de todo.

Wally lo contemplaba con admiración.

—Contratémoslo.

8

Cuando Helen Zinc detuvo el coche ante el 418 de Preston Avenue, lo primero en lo que se fijó no fue en el desgastado exterior de «Finley & Figg, abogados», sino en el centelleante cartel de neón del chalet vecino que anunciaba masajes. Apagó las luces y el motor, y permaneció sentada un momento mientras ponía en orden sus ideas. Su marido se encontraba sano y salvo y, según un tal Wally Figg, un tipo bastante agradable que la había llamado hacía una hora, solamente se había tomado «unas copas». El señor Figg estaba «sentado con su marido», significara eso lo que significase. El reloj digital en el salpicadero indicaba las ocho y veinte de la noche, es decir, llevaba casi doce horas preocupándose como una loca por el paradero y estado de David. En esos momentos, sabiendo que estaba vivo, lo único que se le ocurría era cómo asesinarlo.

Miró a su alrededor y contempló el vecindario sin conseguir que le agradara nada de lo que veía. Luego se apeó del BMW y se encaminó lentamente hacia la puerta. Había preguntado al señor Figg cómo era posible que David hubiera hecho el recorrido desde el centro de Chicago hasta llegar a ese barrio obrero de Preston Avenue. Figg había contestado que desconocía los detalles y que sería mejor que hablaran sobre ello después.

Abrió la puerta principal. Sonó una campanilla barata

y un perro le gruñó, pero no se tomó la molestia de atacarla.

Rochelle Gibson y Oscar se habían marchado. Wally estaba sentado a la mesa, recortando esquelas de periódicos atrasados y cenando una bolsa de patatas chips y un refresco sin azúcar. Se levanto rápidamente, se limpió las manos en los fondillos del pantalón y le brindó su mejor sonrisa.

—Usted debe de ser Helen —dijo.

—Lo soy —contestó ella, casi dando un respingo al ver que él le tendía la mano.

—Yo soy Wally Figg —se presentó mientras la miraba de arriba abajo.

Lo que vio le resultó muy agradable: cabello corto castaño claro, ojos de color avellana tras unas elegantes gafas de marca, metro sesenta y cinco, delgada y bien vestida. Le dio su aprobación mentalmente y se volvió, haciendo un gesto con el brazo hacia la desordenada mesa. Más allá, apoyado contra la pared, había un viejo sofá de cuero, y en él se encontraba David Zinc, nuevamente comatoso y ausente de este mundo. Tenía la pernera derecha del pantalón desgarrada, pero aparte de eso parecía estar bien.

Helen se acercó y lo miró.

—¿Seguro que está vivo? —preguntó.

—Desde luego, y bien vivo. Se enzarzó en una refriega en el choque múltiple y se rompió el pantalón.

—¿Una refriega, dice?

—Pues sí. Un tipo llamado Gholston, una escoria que trabaja al otro lado de la calle, intentó robarnos nuestros clientes tras la colisión, y David aquí presente lo ahuyentó con una barra de hierro. Creo que fue entonces cuando se hizo un desgarrón en el pantalón.

Helen, que ya había soportado bastante aquel día, meneó la cabeza.

—¿Le apetece tomar algo? ¿Café, agua, un whisky? —le ofreció Wally.

—No bebo alcohol, gracias.

Él la miró, miró a David y volvió a mirar a Helen. Deben de formar un matrimonio muy raro, se dijo.

—Ni yo —contestó con evidente orgullo—. Hay café recién hecho. Lo preparé para David, y se tomó dos tazas antes de echarse su pequeña siesta.

—Tomaré café, gracias.

Se sentaron a la mesa con una taza cada uno y hablaron en voz baja.

—Por lo que he podido deducir —explicó Wally—, esta mañana su marido tuvo una crisis nerviosa en el ascensor, cuando iba a trabajar. No pudo más, se derrumbó, salió del edificio y acabó metiéndose en un bar, donde pasó la mayor parte del día bebiendo.

—Eso es lo que yo también creo —repuso Helen—. Pero ¿cómo llegó hasta aquí?

—Eso todavía no lo he averiguado, pero le diré una cosa: David insiste en que no piensa volver a Rogan Rothberg. Nos ha dicho que quiere quedarse y trabajar aquí.

Helen no pudo evitar un estremecimiento al contemplar la amplia, despejada y desordenada estancia. Le costó imaginar un sitio que pareciera menos próspero que ese.

—¿Ese perro es de usted?

—Es CA, el sabueso del bufete. Vive aquí.

—¿Cuántos abogados hay en el bufete?

—Solo dos. Somos un bufete-boutique. Yo soy el socio más joven. Oscar Finley es el mayor.

—¿Y qué clase de trabajo haría David aquí?

—Estamos especializados en casos de lesiones y muerte.

—¿Cómo los tipos esos que se anuncian en televisión?

—Nosotros no salimos en televisión —dijo Wally con aire de suficiencia.

¡Si ella supiera! Trabajaba en sus propios guiones constantemente. Se peleaba con Oscar a propósito de cómo gastar el dinero. Contemplaba con envidia cómo todos los abogados especializados en lesiones llenaban las ondas con anuncios que, en su opinión, estaban muy mal hechos. Y lo más doloroso de todo: se imaginaba los honorarios perdidos a manos de abogados de menos talento cuya única virtud era que se habían atrevido a aparecer en televisión.

David emitió un sonido gorgoteante seguido de un resoplido por la nariz. A pesar de que hacía ruidos, nada parecía indicar que estuviera más cerca de recobrar el conocimiento.

—¿Cree que recordará algo de todo esto mañana por la mañana? —le preguntó Helen, mirando a su marido con cara de preocupación.

—No sabría decirle —repuso Wally.

Su romance con el alcohol se remontaba a tiempo atrás y no era una bonita historia. Había pasado muchas mañanas neblinosas luchando por recordar lo sucedido la noche anterior. Tomó un sorbo de café y añadió:

—Perdone, no es asunto mío, pero ¿hace esto a menudo? Me refiero a David. Nos ha dicho que quiere trabajar aquí y nos gustaría saber si realmente tiene un problema con la bebida.

—La verdad es que prácticamente no bebe. Puede que alguna vez se tome una copa en alguna fiesta, pero trabaja demasiado para poder beber en exceso. Además, yo no pruebo el alcohol, de modo que en casa no tenemos.

—Solo era curiosidad. Yo he tenido mis problemas.

—Lo siento.

—No pasa nada. En estos momentos llevo dos meses en el dique seco.

Aquellas palabras impresionaron a Helen menos de lo que la preocuparon. Wally seguía luchando contra el alcohol, y al parecer la victoria todavía estaba lejos. De repente se sintió cansada de aquella conversación y de aquel lugar.

—Creo que debería llevármelo a casa.

—Sí, supongo, pero también podría quedarse aquí con el perro.

—Eso es lo que se merece, ¿sabe usted? Mañana debería despertarse en ese sofá, todavía vestido, con una reseca de muerte, la boca pastosa y el estómago revuelto, sin saber donde está. Eso sería un buen escarmiento, ¿no le parece?

—Lo sería, pero preferiría no tener que volver a limpiar lo que ha ensuciado.

—¿Ya ha...?

—Dos veces. Una en el porche y la otra en el aseo.

—Lo siento mucho.

—No pasa nada, pero creo que necesita ir a casa.

—Lo sé. Ayúdeme a levantarlo.

Una vez despierto, David charló amigablemente con su mujer como si nada hubiera ocurrido. Salió caminando del bufete sin ayuda, bajó los peldaños del porche y fue hasta el coche. Lanzó un largo «adiós» y unas sonoras «gracias» a Wally e incluso se ofreció para conducir. Helen declinó el ofrecimiento. Salieron de Preston Avenue y se dirigieron hacia el norte.

Durante cinco minutos nadie dijo nada. Luego Helen habló con la mayor naturalidad de la que era capaz:

—Oye, creo que tengo bastante claro lo que ha pasado, pero me gustaría conocer algunos detalles. ¿Dónde estaba el bar?

—El sitio se llama Abner's y se encuentra a unas pocas manzanas del despacho.

David estaba hundido en el asiento, con el cuello del abrigo levantado.

—¿Habías estado allí anteriormente?

—No, pero es un sitio estupendo. Te llevaré algún día.

—Claro. ¿Por qué no mañana? ¿Y se puede saber a qué hora entraste en Abner's?

—Entre las siete y media y las ocho. Salí huyendo del despacho, corrí unas cuantas manzanas y encontré el bar.

—¿Y empezaste a beber?

—Oh, sí.

—¿Recuerdas lo que tomaste?

—A ver... —Hizo una pausa mientras intentaba recordar—. Para desayunar me tomé cuatro de esos Bloody Mary especiales que prepara Abner. Son realmente buenos. Luego pedí una ración de aros de cebolla y varias jarras de cerveza. Cuando apareció la señorita Spence, me tomé dos Pearl Harbor con ella, pero eso es algo que no repetiré.

—¿Quién es la señorita Spence?

—Una clienta. Va todos los días a la misma hora y toma lo mismo sentada en el mismo taburete.

—¿Te cayó bien?

—Me encantó. Muy mona.

—Ya veo. ¿Casada?

—No, viuda. Tiene noventa y cuatro años y un montón de millones.

—¿Alguna otra mujer?

—No. Solo la señorita Spence. Se marchó alrededor de las doce. Después yo me tomé... A ver si me acuerdo... Sí, una hamburguesa con patatas y unas cuantas cervezas más. Luego di una cabezada.

—¿Te desmayaste?

—Llámalo como quieras.

Helen condujo un rato en silencio, con la mirada fija en la carretera.

—¿Y cómo saliste del bar y llegaste a ese bufete de Preston?

—En taxi. Le di cuarenta pavos al taxista.

—¿Y dónde subiste al taxi?

Una pausa.

—De eso no me acuerdo.

—Ahora sí vamos bien. Y la gran pregunta: ¿cómo fuiste a parar a Finley & Figg?

David meneó la cabeza mientras sopesaba la pregunta.

—No tengo la menor idea —confesó al fin.

Había tanto de qué hablar... La bebida (¿podía suponer un problema a pesar de lo que ella le había dicho a Wally?); Rogan Rothberg (¿iba David a regresar, debía ella comunicarle el ultimátum de Roy Barton?); Finley & Figg (¿hablaba en serio David al decir que quería trabajar allí?). Helen tenía muchas cosas en la cabeza, mucho que decir y una larga lista de quejas, pero al mismo tiempo no podía evitar que la situación le hiciera cierta gracia. Nunca había visto a su marido con una curda como aquella, y el hecho de que hubiera salido de un rascacielos del centro para acabar en un chalet del extrarradio no tardaría en convertirse en una anécdota familiar de dimensiones legendarias. Después de todo, David estaba sano y salvo, y eso era lo único que importaba. Además, no creía que hubiera perdido la chaveta. Su crisis nerviosa se podía tratar.

—Tengo una pregunta que hacerte —dijo David con los párpados cada vez más pesados.

—Pues yo tengo un montón —replicó Helen.

—Estoy seguro, pero ahora no quiero hablar. Resérvalas para mañana, cuando esté sobrio, ¿quieres? No es justo que me atices estando borracho.

—De acuerdo. ¿Qué pregunta es esa?

—Por alguna casualidad, ¿están tus padres en casa en estos momentos?

—Sí, desde hace rato. Los tenías muy preocupados.

—Muy amable por su parte. Escucha, no pienso entrar en casa con tus padres allí. No quiero que me vean en este estado, ¿entendido?

—Te quieren, David. Nos has dado un buen susto.

—¿Se puede saber por qué todo el mundo estaba tan asustado? Te envié dos mensajes de texto diciéndote que todo iba bien. Sabías que estaba vivo. ¿A santo de qué tanto pánico?

—Mira, no me hagas hablar.

—Está bien, he tenido un mal día. ¿Qué tiene de especial?

—¿Un mal día, dices?

—Bueno, si lo pienso, la verdad es que ha sido un día estupendo.

—¿Por qué no discutimos mañana, David? ¿No es eso lo que querías?

—Sí, pero no estoy dispuesto a bajar del coche hasta que ellos se hayan marchado. Por favor.

Se encontraban en Stevenson Expressway, y el tráfico era cada vez más denso. Nadie dijo nada mientras seguían avanzando a paso de tortuga. David hacía esfuerzos por mantenerse despierto. Al final, Helen cogió el móvil y llamó a sus padres.

9

Más o menos una vez al mes, Rochelle llegaba al despacho confiando en poder disfrutar de su habitual rato de tranquilidad y se encontraba el bufete abierto, el café preparado, el perro comido y bebido y al señor Figg yendo de un lado para otro, muy animado con algún nuevo plan para captar clientes lesionados. Aquello la irritaba sobremanera. No solo le estropeaba los breves momentos de paz de su ya de por sí ruidoso día, sino que también significaba más trabajo.

Apenas había cruzado la puerta cuando Wally le dio la bienvenida con un efusivo «buenos días, señora Gibson», como si lo sorprendiera verla llegar a trabajar un jueves a las siete y media de la mañana.

—Buenos días, señor Figg —respondió con mucho menos entusiasmo.

Estuvo a punto de preguntar «¿qué lo trae por aquí tan temprano?», pero se contuvo. No tardaría mucho en enterarse de sus proyectos.

Se instaló en su mesa con el café, el yogur y el periódico e intentó hacer caso omiso de su presencia.

—Anoche conocí a la mujer de David —dijo Wally desde la mesa situada al otro extremo de la habitación—. Muy guapa y muy agradable. Me dijo que él apenas bebe, que solo lo hace muy de vez en cuando. Me da la impresión de que la presión lo sobrepasa de vez en cuando. Lo sé porque es mi misma historia. Siempre la presión.

Cuando Wally bebía no necesitaba un pretexto. Se empapaba tras un mal día y tomaba vino con la comida si la jornada era tranquila. Bebía cuando estaba estresado y bebía cuando salía a jugar al golf. Rochelle ya lo había visto y oído antes y también llevaba la cuenta: sesenta y un días en dique seco. Esa era la historia de Wally, un recuento siempre pendiente: los días en el dique seco, los días que faltaban para que le devolvieran el carnet de conducir y, lamentablemente, los días que le quedaban para completar la rehabilitación.

—¿A qué hora vino a recogerlo? —preguntó Rochelle sin alzar la vista del periódico.

—Pasadas las ocho. David salió caminando por su propio pie e incluso se ofreció para conducir. Ella le dijo que no, claro.

—¿Estaba enfadada?

—No me lo pareció. Más bien diría que aliviada. La pregunta es si él recordará algo de lo sucedido. Y en caso afirmativo, si sabrá dar con nosotros de nuevo. ¿Abandonará ese gran bufete con todos sus millones? Francamente, tengo mis dudas.

Rochelle también las tenía, pero en ese momento su principal interés era minimizar la conversación. Finley & Figg no era el lugar adecuado para un titulado de Harvard recién salido de un gran bufete, y, francamente, no quería que otro abogado apareciera para complicarle la vida. Ya estaba bastante ocupada con sus dos actuales jefes.

—Aun así, podría sernos de utilidad —siguió diciendo Wally, y Rochelle comprendió que iba a explicarle el último plan que se le había ocurrido—. ¿Ha oído hablar de un medicamento contra el colesterol que se llama Krayoxx?

—Eso ya me lo preguntó ayer.

—Pues resulta que provoca derrames cerebrales y ataques

al corazón y que empieza a conocerse la verdad. La primera oleada de acciones conjuntas está en marcha. Podría haber miles de casos antes de que se acabe. Los abogados especialistas en acciones conjuntas se están poniendo las pilas. Ayer hablé con un bufete muy importante de Fort Lauderdale que ya ha presentado la suya y está buscando más casos.

Rochelle pasó página como si oyera llover.

—Bueno, la cuestión es que voy a dedicar los próximos días a buscar más casos de afectados por el Krayoxx y que no me vendría mal un poco de ayuda. ¿Me está escuchando, señora Gibson?

—Desde luego.

—¿Cuántos nombres tenemos en nuestra base de datos de clientes, tanto en activo como retirados?

Ella tomó una cucharada de yogur y lo miró con exasperación.

—Tenemos unas doscientas fichas activas —contestó.

Sin embargo, en Finley & Figg una ficha activa no quería decir necesariamente que recibiera atención. Lo más frecuente era que se tratara de una ficha antigua que nadie se había molestado en retirar. Lo normal era que Wally tuviera abiertas unas treinta fichas a lo largo de una semana —divorcios, últimas voluntades, testamentos, lesiones, conductores ebrios y pequeñas disputas contractuales— y otras cincuenta que evitaba cuidadosamente. Oscar, que estaba más dispuesto a aceptar nuevos clientes y al mismo tiempo era más ordenado y diligente que su socio, tenía abiertas un centenar de fichas. Si les añadían el puñado de las que se habían perdido, traspapelado o quedado olvidadas, el número rondaba las doscientas.

—¿Y las que hemos retirado?

Otro sorbo de café y otro gruñido.

—La última vez que lo comprobé, el ordenador mostraba tres mil fichas retiradas desde mil novecientos noventa y uno. No sé qué guardamos en el piso de arriba.

«El piso de arriba» era el lugar de descanso eterno de todo: viejos textos legales, ordenadores obsoletos, suministros de oficina sin usar y docenas de cajas con fichas que Oscar había descartado antes de que Wally se incorporara como socio.

—¿Tres mil, eh? —dijo este con una sonrisa de satisfacción, como si tan abultado número fuera la demostración de una larga y brillante carrera—. Bien, señora Gibson, este es el plan: he preparado un borrador de carta que deseo que imprima con nuestro membrete y envíe a todos nuestros clientes, actuales y pasados, en activo o jubilados; a todos los nombres que figuran en nuestra base de datos.

Rochelle pensó en todos los clientes de Finley & Figg que se habían marchado descontentos con el bufete, los honorarios sin pagar, las cartas desagradables, las amenazas de demanda por negligencia profesional. Incluso tenía una carpeta abierta bajo el epígrafe «Amenazas». A lo largo de los años, más de media docena de clientes insatisfechos se habían enfadado lo suficiente para poner sus pensamientos por escrito. Un par de ellos advertían de emboscadas y palizas, y uno incluso mencionaba un rifle de francotirador.

¿Por qué no dejar en paz a toda esa gente? Ya habían sufrido suficiente teniendo que pasar por las manos de Finley & Figg.

Wally se puso en pie de un salto y se acercó con la carta. Rochelle no tuvo más remedio que leerla.

> Apreciado ____ :
> ¡Cuidado con el Krayoxx! Está demostrado que este medicamento contra el colesterol, fabricado por Varrick Labs, provoca ataques al corazón y derrames cerebrales. A pesar de que lleva seis años en el mercado, las pruebas científicas están empezando a poner de manifiesto los letales efectos secundarios que puede tener. Si se medica con Krayoxx, deje de hacerlo inmediatamente.

El bufete Finley & Figg está al frente de las demandas contra el Krayoxx. Pronto nos uniremos a una acción conjunta a escala nacional para llevar a Varrick Labs ante la justicia mediante una compleja maniobra legal.

¡Necesitamos su colaboración! Si usted o algún conocido tiene un historial médico donde aparezca el Krayoxx es posible que tenga un caso entre manos. Y lo que es más importante: si conoce a alguien que ha tomado Krayoxx y que ha sufrido un ataque al corazón, llámenos inmediatamente. Un abogado de Finley & Figg irá a verlo en menos de una hora.

No lo dude. Llame ahora. Calculamos una indemnización considerable.

Sinceramente suyo,

WALLIS T. FIGG,
abogado

—¿Oscar ha visto esto? —preguntó Rochelle.

—Todavía no. No está mal, ¿verdad?

—¿Esta historia va en serio?

—¡Sí, señora Gibson! Es nuestro gran momento.

—¿Otro filón?

—Mucho más que un filón.

—¿Y quiere que mande tres mil cartas?

—Sí. Usted las imprime, yo las firmo, las metemos en sobres y salen con el correo de hoy.

—Va a costar más de mil pavos en franqueo.

—Señora Gibson, un caso como el del Krayoxx moverá unos doscientos mil dólares solo en concepto de honorarios legales, y estoy tirando bajo. Podría ascender a cuatrocientos mil por caso. Si podemos hacernos con diez casos, los números salen solos.

Rochelle hizo el cálculo y su renuencia empezó a ceder. Su mente divagó un momento. Gracias a la revista del Colegio de Abogados y al correo que aterrizaba en su escritorio había leído cientos de historias acerca de grandes veredictos, cuantiosas indemnizaciones y abogados que ganaban millones en concepto de honorarios.

Sin duda, un asunto así le supondría una jugosa bonificación.

—De acuerdo —dijo, dejando el periódico a un lado.

Poco después, Oscar y Wally tuvieron su segunda discusión por el asunto del Krayoxx. Cuando Oscar llegó a las nueve de la mañana no pudo evitar fijarse en la frenética actividad que reinaba en la recepción. Rochelle estaba ante el ordenador, la impresora funcionaba a toda marcha y Wally estampaba su firma como un loco. Incluso CA estaba despierto y observando.

—¿Qué es todo esto? —preguntó Oscar.

—El ruido del capitalismo trabajando —repuso Wally con júbilo.

—¿Y eso qué demonios quiere decir?

—Que estamos protegiendo los derechos de los perjudicados, cuidando de nuestros clientes, purgando el mercado de productos nocivos y llevando a los peces gordos de la industria ante la justicia.

—Persiguiendo ambulancias —añadió Rochelle.

Oscar contempló el panorama con disgusto y siguió hacia su despacho, donde se encerró de un portazo. Antes de que hubiera tenido tiempo de quitarse el abrigo y dejar el paraguas, Wally ya estaba ante él, mordisqueando un bollo y agitando una de las cartas.

—Tienes que leer esto, Oscar, es brillante.

Oscar cogió la carta, la leyó y su ceño se fue haciendo más profundo con cada párrafo. Cuando acabó dijo:

—Por favor, Wally, otra vez no. ¿Cuántas de estas piensas mandar?

—Tres mil. A todos los clientes que figuran en nuestra base de datos.

—¿Qué? Piensa en lo que costará el franqueo. Piensa en el tiempo que vas a perder. Te pasarás todo el mes que viene corriendo de aquí para allá con que si el Krayoxx esto o el Krayoxx lo otro y perderás un montón de horas buscando casos que no valen nada. Wally, ya hemos pasado por todo esto, ¿no te das cuenta? ¡Dedícate a algo productivo!

—¿Como qué?

—Como pasearte por las salas de urgencia de los hospitales, a la espera de que se presente un caso de verdad. No hace falta que te explique cómo se encuentra un buen caso.

—Estoy cansado de esa basura, Oscar. Quiero ganar un poco de dinero. Hagamos algo grande por una vez.

—Mi mujer lleva tomando ese medicamento desde hace dos años y está encantada con él.

—¿No le has dicho que lo deje, que está matando a gente?

—Claro que no.

Cuando empezaron a dar voces, Rochelle se levantó y cerró discretamente la puerta del despacho de Oscar. Se disponía a regresar a su mesa cuando la puerta principal se abrió de repente. Era David Zinc, sobrio y despejado, con una gran sonrisa, un traje elegante, un abrigo de cachemir y dos maletines llenos a reventar.

—¡Vaya, vaya, pero si es mister Harvard en persona! —exclamó Rochelle.

—He vuelto.

—Me sorprende que haya podido encontrarnos.

—No ha sido fácil. ¿Dónde está mi despacho?

—Esto... No sé. Un momento, no estoy segura de que tengamos uno. Creo que lo mejor será que hable con los jefes sobre esto. —Señaló con la cabeza la puerta de Oscar, tras la cual se oían voces.

—¿Están ahí dentro? —preguntó David.

—Sí. Siempre suelen empezar el día con una bronca.

—Ya veo.

—Mire, Harvard, ¿está seguro de que esto es lo que quiere? Lo de aquí es otro mundo. Se la va a jugar si decide dejar la vida elegante de un gran bufete para venir a trabajar a tercera división. Es posible que salga mal parado, pero lo que está claro es que no se hará rico.

—Ya conozco los grandes bufetes, señora Gibson, y estoy dispuesto a tirarme de un puente antes que volver. Solo deme un sitio donde dejar mis cosas y me las arreglaré.

La puerta se abrió, y Oscar y Wally salieron y se quedaron de piedra al ver a David de pie ante la mesa de Rochelle. Wally sonrió y dijo:

—Vaya, buenos días, David. Pareces en plena forma esta mañana.

—Gracias. Quisiera disculparme por mi aparición de ayer —asintió a los tres mientras hablaba—. Me pillaron en las postrimerías de un episodio muy poco frecuente. Aun así, fue un día muy importante de mi vida. He dejado Rogan Rothberg y aquí estoy, listo para trabajar.

—¿Qué clase de trabajo tiene pensado? —le preguntó Oscar.

David se encogió de hombros, como si no tuviera la menor idea.

—Durante los últimos cinco años he trabajado en las mazmorras de los bonos asegurados, con un énfasis especial en los diferenciales de los mercados secundario y terciario, principalmente para las compañías multinacionales que desean evitar pagar impuestos en otros lugares del mundo. Si no tienen la menor idea de lo que quiere decir eso, no se preocupen. Nadie la tiene. Lo que significa es que un pequeño grupo formado por mí mismo y otros como yo hemos trabajado quince horas diarias en un cuartucho sin ventanas para producir papeleo y más papeleo. Nunca he visto la sala de un tribunal por dentro ni tampoco unos juzgados, nunca he visto un juez con su toga ni echado una mano para ayudar a alguien que necesitara un verdadero abogado. Respondiendo a su pregunta, señor Finley, estoy aquí para hacer lo que sea. Piense en mí como en un novato recién salido de la facultad que no sabe distinguir su culo de un agujero en el suelo. De todas maneras, aprendo rápido.

A partir de ahí, lo normal habría sido hablar de la retribución económica, pero los socios eran reacios a mencionar cuestiones de dinero delante de Rochelle que, naturalmente, sostenía que cualquier persona que sus jefes contrataran, fuera abogado o no, tenía que cobrar menos que ella.

—Arriba hay sitio —dijo Wally.

—Lo aprovecharé.

—Es el cuarto de los trastos —le advirtió Oscar.

—Lo aprovecharé de todos modos —repuso David, cogiendo sus maletines.

—Hace años que no subo ahí —objetó Rochelle, alzando los ojos al cielo, claramente descontenta por la repentina ampliación del bufete.

Una estrecha puerta junto a la cocina daba a una escalera. David siguió a Wally mientras Oscar cerraba la marcha. Wally estaba entusiasmado con la idea de que alguien pudiera ayudarlo a rastrear casos de Krayoxx; Oscar solo pensaba en cuánto iba a costar aquello en concepto de sueldo, teniendo en cuenta impuestos, bonificaciones por desempleo y, Dios no lo quisiera, seguro médico. Finley & Figg ofrecía muy pocos complementos y bonificaciones: nada de plan de jubilación y aún menos coberturas sanitarias y dentales. Rochelle llevaba años quejándose porque estaba obligada a contratar su propia póliza médica, igual que hacían sus jefes. ¿Y si el joven David les exigía un seguro médico?

Mientras subía la escalera, Oscar sintió el peso que supondrían unos mayores gastos generales. Más gastos en la oficina querían decir menos dinero que llevar a casa. Su jubilación parecía desvanecerse en el horizonte.

El cuarto de los trastos era exactamente eso, un cuarto oscuro y polvoriento lleno de telarañas, cajas y muebles viejos.

—Me gusta —dijo David, cuando Wally encendió la luz.

Este tío está loco, pensó Oscar.

Sin embargo, había un pequeño escritorio y un par de sillas. Lo único que David veía era su potencial. Además, tenía dos ventanas. Un poco de sol sería una agradable novedad en su vida. Cuando fuera se hiciera oscuro, él estaría en casa con Helen, procreando.

Oscar retiró una telaraña y le dijo:

—Mire, David, podemos ofrecerle un sueldo reducido, pero va a tener que generar sus propios honorarios, y eso no será fácil, al menos al principio.

¿Al principio? Oscar llevaba treinta años partiéndose el espinazo para generar unos honorarios más que discretos.

—¿Qué me ofrece? —quiso saber David.

Oscar miró a Wally, y este miró a la pared. No solo no habían contratado a un socio en quince años, sino que esa idea ni siquiera se les había pasado por la cabeza. La presencia de David los había cogido por sorpresa.

Como socio más antiguo, Oscar se sintió obligado a tomar la iniciativa.

—Le ofrezco pagarle un fijo de mil dólares al mes y que se quede la mitad de lo que consiga en concepto de honorarios. Dentro de seis meses revisaremos la situación.

Wally se apresuró a intervenir.

—Al principio será duro. Hay mucha competencia en la calle.

—Podríamos pasarle algunas de nuestras fichas —sugirió Oscar.

—Le daremos un trozo del pastel del Krayoxx —añadió Wally, como si ya estuvieran ingresando jugosos honorarios.

—¿De qué? —preguntó David.

—Olvídelo —zanjó Oscar con cara de pocos amigos.

—Miren, amigos —dijo David, que se encontraba mucho más a gusto que sus interlocutores—, durante los últimos cinco años he cobrado un sueldo estupendo y, aunque he gastado bastante, sigo teniendo un buen pellizco en el banco. No se preocupen por mí. Acepto su oferta.

Dicho lo cual, alargó la mano y estrechó la de Oscar primero y después la de Wally.

10

David se pasó la siguiente hora limpiando. Encontró una vieja aspiradora en la cocina y adecentó el suelo de madera. Llenó tres grandes bolsas con restos y desperdicios y las dejó en el pequeño porche trasero. De vez en cuando se detenía para admirar las ventanas y la luz del sol, algo que nunca había hecho en Rogan Rothberg. No había duda de que desde allí, en un día despejado, la vista sobre el lago Michigan resultaba cautivadora, pero durante su primer año en el bufete no había tardado en aprender que el tiempo que dedicaba a contemplar el paisaje desde la Trust Tower era tiempo que dejaba de facturar. A los asociados novatos los encerraban en cubículos parecidos a búnkeres donde trabajaban sin descanso y, con el tiempo, se olvidaban de la luz del sol y de soñar despiertos. En ese momento, David no podía alejarse de las ventanas, aunque debía reconocer que la vista no resultaba precisamente cautivadora. Si miraba hacia abajo lo primero que veía era un salón de masajes y, a lo lejos, el cruce de Preston con Beech y la Treinta y ocho, el mismo lugar donde había ahuyentado con una barra de hierro al sinvergüenza de Gholston. Más allá se extendía otra manzana de chalets reconvertidos.

Como paisaje no era gran cosa, pero a pesar de todo a David le gustaba porque representaba un emocionante giro en su vida, un nuevo desafío. Significaba libertad.

Wally pasaba cada diez minutos para ver cómo iban las cosas y pronto quedó claro que algo le rondaba por la cabeza. Finalmente, al cabo de una hora, dijo:

—Oye, David, tengo que estar en los juzgados a las once. En la sala de divorcios. No creo que hayas visto nunca una, de modo que he pensado que quizá te apetecería acompañarme y que te presentara a su señoría.

La limpieza estaba empezando a aburrirlo, así que David accedió.

—Pues vámonos.

Cuando salieron por la puerta de atrás, Wally le preguntó:

—¿Ese Audi cuatro por cuatro es tuyo?

—Sí.

—¿Te importa conducir? Yo me ocuparé de la conversación.

—Claro.

—La verdad, David, es que el año pasado me pillaron conduciendo ebrio —confesó Wally cuando salieron a Preston—, y todavía me faltan unos meses para que me devuelvan el carnet. Bueno, ahora ya lo sabes. Creo que hay que ser sincero.

—No pasa nada. Tú también me has visto borracho.

—Desde luego, pero ese encanto que tienes por mujer me dijo que no eres bebedor. En cambio, yo tengo un historial que ni te cuento. En estos momentos llevo seco sesenta y un días, y cada uno de ellos es un desafío. Acudo a las reuniones de Alcohólicos Anónimos y he pasado varias veces por rehabilitación. ¿Qué más quieres saber?

—No he sido yo quien ha planteado el tema.

—Oscar se toma un par de copas todas las noches. Créeme si te digo que con la mujer que tiene las necesita, pero sabe mantenerlas bajo control. Algunas personas son así. Pueden parar tras dos o tres tragos o no probar ni gota durante días e incluso semanas. En cambio, otros no lo dejan hasta que pierden el conocimiento, un poco como te sucedió ayer.

—Gracias, Wally. ¿Se puede saber hacia dónde vamos?

—Al Daley Center, en el número cincuenta de West Washington. En cuanto a mí, por el momento estoy bien. He dejado la bebida unas cuatro o cinco veces, ¿lo sabías?

—¿Cómo iba a saberlo?

—Da igual, ya basta de alcohol.

—¿Qué tiene de malo la mujer de Oscar?

Wally dejó escapar un silbido y miró por la ventanilla durante un momento.

—Es una tía muy dura. Una de esas nacidas en un barrio elegante de la ciudad con un padre que iba con chaqueta y corbata en vez de con uniforme, así que creció creyéndose mejor que los demás. Una verdadera arpía. Cuando se casó con Oscar se equivocó de pleno porque sabía que él era abogado y creía que todos los abogados amasan millones, ¿no? Pues no. Oscar nunca ha ganado dinero suficiente para complacerla, y ella no deja de machacarlo por eso. Aborrezco a esa mujer. Dudo que llegues a conocerla porque se niega a poner el pie en el bufete, lo cual por otra parte me parece de perlas.

—¿Y por qué Oscar no se divorcia?

—Eso es lo que llevo años diciéndole. Yo no tengo problemas con el divorcio. He pasado por ese trámite cuatro veces.

—¿Cuatro?

—Sí, y todas ellas valieron la pena. Ya sabes lo que se dice, si el divorcio es tan caro es porque vale la pena —repuso Wally, riéndose de su propia gracia.

—¿En estos momentos estás casado? —preguntó David, no sin cierta cautela.

—No, vuelvo a ir por libre —dijo Wally, como si ninguna mujer estuviera a salvo de sus encantos.

David no pudo imaginar a nadie menos atractivo intentando ligar en bares y fiestas. En menos de quince minutos se había enterado de que Wally era un alcohólico en tratamiento con cuatro ex esposas a la espalda, varias estancias en rehabilitación y, como mínimo, un arresto por conducir bajo los efectos del alcohol. Decidió que por el momento lo mejor era no seguir preguntando.

Durante el desayuno con Helen había investigado un poco en internet y descubierto que: 1) diez años antes, Finley & Figg había zanjado con una cuantiosa indemnización la querella que le había puesto por acoso sexual una antigua secretaria; 2) que en una ocasión Oscar había sido amonestado por el Colegio de Abogados del estado por cobrar de más a un cliente en un caso de divorcio; 3) que en dos ocasiones anteriores Wally había sido amonestado por el Colegio de Abogados del estado por «captación abusiva» de clientes lesionados en accidentes, caso que incluía un confuso episodio en el que Wally había entrado disfrazado de médico en la habitación de un adolescente malherido que falleció horas más tarde; 4) que al menos cuatro clientes habían demandado al bufete por negligencia profesional, aunque no estaba claro si había habido indemnización; y 5) el bufete había sido mencionado en un demoledor artículo escrito por un profesor de deontología legal que estaba harto de la publicidad que hacían los abogados.

Y todo eso solo a la hora del desayuno.

Helen se había inquietado, pero él adoptó una actitud descreída y argumentó diciendo que tan dudoso comportamiento no tenía ni punto de comparación con las cosas que hacían los simpáticos muchachos de Rogan Rothberg. Le bastó con mencionar el caso del río Strick de Wisconsin, que había sido polucionado por una empresa química tristemente famosa que era cliente del bufete y que seguía con sus vertidos tras décadas de hábiles maniobras legales.

Wally rebuscaba en su maletín.

Los rascacielos del centro aparecieron ante sus ojos, y David contempló sus altas siluetas. La Trust Tower destacaba entre todas ellas.

—En estos momentos estaría allí —dijo en voz baja, casi para sus adentros.

Wally alzó la mirada, vio los edificios y comprendió lo que estaba pensando David.

—¿Cuál es? —preguntó.

—El del centro, la Trust Tower.

—Un verano estuve en la Sears Tower como recepcionista, tras mi segundo año en la facultad de derecho. Martin & Wheeler. En esa época creía que eso era lo que deseaba.

—¿Qué ocurrió?

—Que no aprobé el examen del Colegio de Abogados.

David añadió ese dato a la creciente lista de defectos de su colega.

—No lo echarás de menos, ¿verdad? —quiso saber Wally.

—No. Solo con mirarlo me entran sudores fríos. Preferiría no acercarme mucho más.

—Bien. Gira a la izquierda por Washington. Casi hemos llegado.

Una vez en el interior del Richard J. Daley Center, franquearon los escáneres de seguridad y cogieron el ascensor hasta el piso decimosexto. El lugar estaba abarrotado de abogados con sus clientes, de bedeles y policías que iban de un lado para otro o conversaban en pequeños corros. La justicia pendía sobre sus cabezas, y todos parecían temerla.

David no tenía la menor idea de adónde se dirigía ni de lo que hacía, y en su maletín solo llevaba una libreta de notas, así que se mantuvo cerca de Wally, que se movía como pez en el agua. Pasaron ante una serie de salas de tribunal.

—¿En serio nunca has estado en una? —le preguntó Wally,

mientras caminaban a paso vivo, haciendo sonar sus tacones en el gastado suelo de mármol.

—No desde la facultad.

—Es increíble. ¿Qué has estado haciendo estos últimos cinco años?

—No quieras saberlo.

—Tienes razón. Nosotros entramos aquí —dijo señalando la pesada doble puerta de una de las salas.

En un rótulo se leía: «Tribunal del circuito del condado de Cook. Sección Divorcios. Hon. Charles Bradbury».

—¿Quién es Bradbury?

—Estás a punto de conocerlo.

Wally abrió la puerta y ambos entraron. Había unos cuantos espectadores repartidos en los bancos. Los letrados estaban sentados delante, aburridos y a la espera. El estrado de los testigos se hallaba vacío. No había ningún juicio en marcha. El juez Bradbury repasaba unos papeles y se tomaba todo su tiempo. David y Wally se instalaron en un banco de la segunda fila. Wally recorrió la sala con la vista, localizó a su cliente, sonrió y asintió.

—Esto de hoy se llama «día de audiencia» y es lo contrario de un día de juicio —susurró a David—. En términos generales hoy es cuando puedes conseguir que te acepten una moción o que se aprueben cuestiones de rutina, cosas así. Esa señora de ahí, la del vestido amarillo corto, es nuestra querida cliente. Se llama DeeAnna Nuxhall y cree que va a conseguir otro divorcio.

—¿Otro? —preguntó David mirándola.

DeeAnna le guiñó el ojo. Era una rubia oxigenada de grandes pechos y piernas interminables.

—Ya le he tramitado uno y este será el segundo. Creo que acumula otro anterior.

—Tiene pinta de stripper.

—No me sorprendería que lo fuera.

El juez Bradbury firmó unos cuantos documentos. Unos abogados se acercaron al estrado, hablaron con él, consiguieron lo que pretendían y se marcharon. Pasó un cuarto de hora. Wally empezó a ponerse nervioso.

—Señor Figg —llamó el juez.

Wally y David cruzaron la barandilla de separación y se acercaron al estrado, que era bajo y permitía que los letrados miraran a su excelencia a la altura de los ojos. Bradbury apartó el micrófono para que pudieran hablar sin que los oyera el resto de la sala.

—¿Qué pasa? —preguntó.

—Contamos con un nuevo socio, señoría —anunció Wally, muy orgulloso—. Permítame que le presente a David Zinc.

David alargó la mano y estrechó la del juez, que lo recibió con amabilidad.

—Bienvenido a mi tribunal, joven.

—David ha estado trabajando en uno de los grandes bufetes del centro y quiere conocer la justicia por dentro —explicó Wally.

—Pues no aprenderá usted gran cosa al lado de Figg, joven —repuso Bradbury con una risita.

—Es licenciado por Harvard —añadió Wally, muy ufano.

El juez miró a David repentinamente serio.

—¿De verdad? ¿Y se puede saber qué está haciendo aquí?

—Me harté de ese gran bufete —contestó David.

Wally sacó varios documentos.

—Tenemos un pequeño problema, señoría. Mi cliente es la encantadora señorita DeeAnna Nuxhall, la del banco de la cuarta fila, vestido amarillo.

Bradbury levantó la vista por encima de sus gafas de lectura.

—Me suena —dijo.

—Pues sí, estuvo aquí mismo hace cosa de un año, por su segundo o tercer divorcio.

—Y con el mismo vestido, si no me equivoco.

—Sí, eso creo. El vestido es el mismo, pero las tetas son nuevas.

—¿Y les ha echado mano?

—Todavía no, señoría.

David creía estar viendo visiones: ¡un juez y un abogado hablando de sexo sobre un cliente en pleno tribunal!

—¿Qué problema hay? —quiso saber Bradbury.

—Pues que no me ha pagado. Me debe trescientos pavos, pero no suelta el dinero ni que la estruje.

—¿Qué partes le ha estrujado?

—Muy gracioso, señoría. El caso es que se resiste a pagar.

—Será mejor que le eche un vistazo de cerca.

Wally se volvió e hizo un gesto a la señorita Nuxhall para que se aproximara al estrado. La joven se levantó, serpenteó entre los bancos y se dirigió hacia donde ellos estaban. Los abogados presentes en la sala enmudecieron. Dos alguaciles despertaron de golpe. El resto de los presentes se quedaron con la boca abierta. El vestido amarillo era aún más corto cuando DeeAnna caminaba; además, llevaba unas plataformas con tacón que habrían ruborizado a cualquier fulana. David se apartó todo lo que pudo cuando se les unió en el estrado.

El juez Bradbury fingió no reparar en su presencia y estar muy ocupado con el expediente que tenía entre manos.

—Esto es básicamente un divorcio de mutuo acuerdo, ¿verdad, señor Figg?

—En efecto, señoría —contestó Wally formalmente.

—¿Y todo está en orden?

—Todo salvo la cuestión de mis honorarios.

—Sí, lo he visto —replicó el juez, ceñudo—. Según pone aquí, hay un saldo pendiente de trescientos dólares, ¿es correcto?

—Es correcto, señoría.

Bradbury miró por encima de sus gafas y sus ojos se posaron antes en las tetas que en el rostro de DeeAnna Nuxhall.

—¿Está usted dispuesta a hacerse cargo de los honorarios de su representante legal, señorita Nuxhall?

—Sí, señoría —repuso esta con voz chillona—, pero tendrá que ser la próxima semana. Verá, es que me caso este sábado, y bueno..., ahora mismo no me viene bien.

—Señorita Nuxhall —contestó su señoría, mirándole alternativamente las tetas y los ojos—, según mi experiencia, los honorarios de los casos de divorcio siempre quedan pendientes si no se pagan antes de que la sentencia sea firme, y yo tengo por costumbre que los letrados cobren su parte antes de estampar mi firma en la sentencia. ¿A cuanto ascienden sus honorarios, señor Figg?

—A seiscientos dólares, señoría.

—¿Seiscientos? —repitió el magistrado, fingiendo sorpresa antes de volverse hacia DeeAnna—. Me parece una cantidad más que razonable, señorita Nuxhall. ¿Se puede saber por qué no ha pagado usted a su abogado?

Los ojos de la joven se humedecieron de repente.

Los letrados y los espectadores no alcanzaron a oír los detalles, aunque no por ello apartaron la vista de DeeAnna, especialmente de sus piernas y plataformas. David se apartó un poco más, escandalizado por tamaña exhibición de descaro ante un tribunal.

Bradbury levantó una mano, dispuesto a rematar el caso. Alzó ligeramente la voz y declaró:

—Escúcheme bien, señorita Nuxhall, no tengo intención de validar su petición de divorcio hasta que no pague a su abogado. Hágalo y se la firmaré, ¿me ha entendido?

—Por favor... —suplicó la mujer enjugándose las lágrimas.

—Lo siento, pero este tribunal tiene otros asuntos que resolver. Insisto en que las partes tienen que cumplir con sus obligaciones contractuales, sean pensiones alimenticias, gastos de los hijos u honorarios pendientes. Son solo trescientos dólares, señora. Pídaselos prestados a un amigo.

—Lo he intentado, señoría, pero...

—Lo siento, eso es lo que dicen todos. Puede retirarse.

DeeAnna Nuxhall dio media vuelta y se alejó, mientras su señoría se deleitaba con cada uno de sus contoneos. Wally también la contempló, maravillado, como si fuera a abalanzarse sobre ella. Cuando la puerta de la sala se cerró, todos los presentes dejaron de contener la respiración. El juez Bradbury tomó un sorbo de agua y preguntó:

—¿Algo más, señor Figg?

—Solo un asunto más, señoría. Joannie Brenner. Divorcio de mutuo acuerdo con reparto de bienes pactado y sin hijos. Y lo más importante, mis honorarios han sido abonados por adelantado en su totalidad.

—Que se acerque.

—Creo que no estoy hecho para tramitar divorcios —reconoció David.

Estaba de nuevo en la calle, arrastrándose a paso de tortuga entre el denso tráfico de la tarde y dejando atrás el Daley Center.

—Pues qué bien —protestó Wally—. Acabas de poner el pie en un tribunal por primera vez en tu vida y ya estás recortando tu ámbito de actividad.

—¿La mayoría de los jueces se comportan como lo ha hecho el juez Bradbury?

—¿A qué te refieres? ¿A si protegen a los letrados? Pues no, la mayoría de los magistrados ya no recuerda lo que significa estar en las trincheras. Tan pronto se visten con la toga se olvidan, pero Bradbury es distinto y tiene muy presente la clase de pájaros que representamos.

—¿Y qué ocurrirá ahora? ¿DeeAnna conseguirá su divorcio?

—Esta tarde pasará por el despacho con el dinero y tendrá su divorcio mañana. El sábado se casará y dentro de seis meses estará de regreso con una nueva petición de divorcio.

—Repito lo dicho, no estoy hecho para los casos de divorcio.

—Sí, estoy de acuerdo en que apestan. De hecho, el noventa por ciento de lo que hacemos apesta. Nos dedicamos a rascar hasta el último centavo para pagar los gastos del bufete mientras soñamos con un caso importante. Pero anoche no soñé, David, y te diré por qué. ¿Has oído hablar de un medicamento contra el colesterol llamado Krayoxx?

—No.

—Bueno, pues oirás hablar. Está matando a gente a diestro y siniestro y se va a convertir en objeto de la acción conjunta más importante que has visto. Tenemos que subirnos a ese carro y deprisa. ¿Adónde vas?

—Tengo que hacer un recado rápido y, puesto que estamos cerca del centro... Solo será un segundo.

Minutos más tarde, David aparcó indebidamente frente a Abner's.

—¿Has estado en este sitio alguna vez? —preguntó.

—Claro. Hay pocos bares que no conozca, pero fue hace tiempo.

—Aquí es donde pasé casi todo el día de ayer. Tengo que pagar la cuenta.

—¿Por qué no la pagaste en su momento?

—Porque no sabía ni dónde tenía los bolsillos, ¿no lo recuerdas?

—Esperaré en el coche —repuso Wally mirando con deseo y tristeza la puerta de Abner's.

La señorita Spence estaba sentada en su trono particular, con las mejillas arreboladas y aspecto de hallarse en otro mundo. Abner iba de un lado a otro, mezclando bebidas, sirviendo copas y platos de hamburguesas. David lo abordó cerca de la caja.

—Hola, he vuelto.

Abner sonrió.

—Bueno, después de todo está usted vivo.

—Claro, solo salí un rato del terreno de juego. ¿Tiene mi cuenta por ahí?

Abner rebuscó en un cajón y sacó un papel.

—Dejémoslo en ciento treinta dólares.

—¿Solo? —David le entregó dos billetes de cien y le dijo—: Quédese la vuelta.

—Su dama está ahí —comentó Abner, señalando a la señorita Spence, que seguía con los ojos cerrados.

—Hoy no me parece tan mona —repuso David.

—Tengo un amigo que está en finanzas. Estuvo ayer por aquí y me dijo que esa mujer tendrá unos ocho mil millones.

—Tendré que meditarlo.

—Creo que usted le gusta, así que será mejor que se dé prisa.

—Lo mejor será que la deje en paz. Gracias por cuidar de mí.

—No hay problema. Venga por aquí de vez en cuando.

No lo creo, pensó David al tiempo que le estrechaba con rapidez la mano.

11

Para tratarse de un conductor sin carnet, Wally demostró ser un hábil copiloto. En algún punto próximo al aeropuerto Midway, le indicó a David que tomara una serie de desvíos que los llevaron por distintas callejuelas y a dos callejones sin salida e insistió para que recorrieran un par de manzanas en dirección contraria, y todo ello mientras se lanzaba a un monólogo interminable que incluyó varias veces la frase «conozco este barrio como la palma de mi mano». Al final, aparcaron ante un viejo dúplex que tenía las ventanas cubiertas de papel de aluminio, una barbacoa en el porche delantero y un gran gato anaranjado que vigilaba la puerta principal.

—¿Quién vive aquí? —preguntó David, contemplando el desvencijado vecindario.

Los dos adolescentes que estaban sentados en la acera, al otro lado de la calle, parecían fascinados por el reluciente Audi.

—Aquí vive una encantadora mujer llamada Iris Klopeck, viuda de Percy Klopeck, fallecido hace dieciocho meses a los cuarenta y ocho años, mientras dormía. Una historia muy triste. En una ocasión vinieron a verme para divorciarse, pero cambiaron de opinión. Si no recuerdo mal, él era tirando a obeso, pero no tanto como ella.

Los dos letrados se quedaron en el coche, conversando

como si no desearan apearse. Solo un par de agentes del FBI en un sedán negro habrían sido más conspicuos que ellos.

—De acuerdo, ¿y para qué hemos venido? —quiso saber David.

—Krayoxx, amigo mío, Krayoxx. Quiero hablar con Iris y averiguar si por casualidad su marido tomaba ese medicamento cuando murió. Si es así, *voilà!*, ya tenemos otro caso de Krayoxx que puede valer entre dos y cuatro millones de dólares. ¿Alguna pregunta más?

Un montón. La mente de David giraba a toda velocidad mientras se hacía a la idea de que iban a presentarse sin previo aviso en casa de la señora Klopeck para interrogarla acerca de su difunto marido.

—¿Nos espera? —preguntó.

—Yo no la he llamado. ¿Y tú?

—Pues no.

Wally abrió bruscamente la puerta y se apeó. David hizo lo mismo a regañadientes y se las arregló para mirar con expresión ceñuda a los dos adolescentes que seguían admirando su coche. El gato se negó a levantarse del felpudo. El timbre no se oyó desde el exterior, de modo que Wally llamó a la puerta con los nudillos, cada vez más fuerte mientras David observaba nerviosamente la calle. Al fin se oyó una cadena de seguridad, y la puerta se entreabrió ligeramente.

—¿Quién es? —preguntó una mujer.

—Me llamo Wally Figg, soy abogado y busco a la señora Iris Klopeck.

La puerta se abrió e Iris apareció al otro lado de la mosquitera. Era tan gorda o más de lo previsto e iba vestida con lo que parecía una sábana color crema con aberturas para los brazos y la cabeza.

—¿Quién es usted? —preguntó con recelo.

—Wally Figg. ¿No se acuerda de mí, Iris? Usted y su marido vinieron a consultarme para un posible divorcio, hará unos tres años. Acudieron a mi despacho de Preston Avenue.

—Percy está muerto —contestó ella.

—Sí, lo sé y lo siento. Por eso estoy aquí. Quisiera hablar con usted sobre las circunstancias de su muerte. Siento curiosidad por saber qué medicación tomaba cuando falleció.

—¿Qué importancia puede tener eso?

—Puede tenerla porque hay muchas demandas contra medicamentos para combatir el colesterol, analgésicos y antidepresivos. Algunas de esas medicinas han causado miles de víctimas mortales. Podría haber mucho dinero en juego.

Se hizo un largo silencio mientras Iris los observaba.

—Pasen, pero la casa está hecha un asco —dijo al fin.

Menuda sorpresa, pensó David. La siguieron hasta una estrecha y sucia cocina y se sentaron a la mesa. Iris preparó café instantáneo en tres tazas desparejadas de los Bears y se acomodó ante ellos. La silla de David era un endeble modelo de madera que parecía a punto de partirse en cualquier momento. La de ella parecía del mismo tipo. El trayecto hasta la puerta y de vuelta a la cocina, junto con la preparación del café, la habían dejado sin aliento. Tenía la esponjosa frente perlada de sudor.

Wally se decidió al fin a presentarle a David.

—David se ha graduado en Harvard y acaba de incorporarse a nuestro bufete —explicó.

Iris no le tendió la mano ni David se la ofreció. No podía importarle menos dónde habían estudiado Wally o David. Su respiración era tan ruidosa como una vieja caldera. La cocina olía a nicotina del día anterior y a pipí de gato.

Wally expresó nuevamente sus falsas condolencias por la muerte de Percy y fue al grano sin más dilaciones.

—El medicamento que busco se llama Krayoxx y se utiliza para combatir el colesterol. Quería saber si Percy lo estaba tomando cuando falleció.

—Sí —contestó Iris, sin vacilar—. Llevaba años tomándolo. Yo también lo tomaba, pero lo dejé.

Wally parecía emocionado por el hecho de que Percy se hubiera medicado con Krayoxx y al mismo tiempo decepcionado porque Iris lo hubiera dejado.

—¿Pasa algo malo con el Krayoxx? —preguntó la mujer.

—Sí, muy malo —contestó Wally, frotándose las manos, y acto seguido se lanzó a explicar lo que se estaba convirtiendo en el fluido y apasionante relato de la demanda contra el Krayoxx y Varrick Labs.

Escogió datos y cifras de las investigaciones preliminares pregonadas por los abogados especialistas en acciones conjuntas, citó repetidas veces la demanda interpuesta en Fort Lauderdale y argumentó de modo convincente que había llegado la hora de la verdad y que Iris debía firmar inmediatamente con Finley & Figg.

—¿Cuánto me costará eso? —preguntó ella.

—Ni un centavo —repuso Wally—. Nosotros cubrimos por adelantado los gastos de la demanda y nos llevamos el cuarenta por ciento de la indemnización.

El café sabía a agua salada. Con el primer sorbo, David sintió ganas de escupirlo. Iris, sin embargo, parecía saborearlo. Bebió un poco, se lo paseó por la boca y tragó.

—Un cuarenta por ciento me parece mucho —declaró.

—Verá, Iris, se trata de una demanda muy compleja dirigida contra una empresa muy importante que tiene millones de dólares y de abogados. Mírelo de la siguiente manera: en estos momentos, usted tiene el sesenta por ciento de nada. Si contrata los servicios de nuestro bufete, dentro de un año o dos podría tener el sesenta por ciento de algo importante.

—¿Cómo de importante?

—Difícil pregunta, Iris. Recuerdo que usted siempre hacía las preguntas más difíciles, pero eso es lo que me gusta de usted. Mire, no le puedo responder porque nadie es capaz de predecir cuál puede ser la decisión de un jurado. Un jurado podría ver la verdad que se esconde tras el Krayoxx y meterle un puro a Varrick Labs que quizá le reporte a usted cinco millones de dólares, o bien podría tragarse todas las mentiras de Varrick y su legión de abogados, con lo que usted no recibiría nada. Personalmente, creo que este caso puede rondar el millón de dólares, pero debe entender, Iris, que no le estoy prometiendo nada. —Se volvió hacia David—. ¿Tú qué dices, David? ¿Verdad que no podemos prometer nada en un caso como este? No hay nada garantizado.

—Así es —repuso David con la mayor convicción, como si fuera un especialista en acciones conjuntas.

Iris se llenó la boca con más agua salada y miró fijamente a Wally.

—La verdad es que un poco de dinero no me vendría mal —dijo al fin—. Ahora solo estamos Clint y yo, y él trabaja solo a tiempo parcial.

Wally y David tomaban nota y asentían como si supieran exactamente quién era Clint. Ella no se molestó en dar más explicaciones.

—En estos momentos vivo con mil doscientos dólares al mes de la Seguridad Social, de modo que cualquier cosa que puedan conseguirme sería estupenda —añadió.

—Le conseguiremos algo, Iris. Puede estar segura.

—¿Y eso para cuándo sería?

—Otra pregunta difícil. Una de las teorías del caso dice que a Varrick le caerán tal número de demandas que la empresa se rendirá y negociará una cuantiosa indemnización. La mayor parte de los abogados, entre los que me incluyo, opina que esto ocurrirá durante los próximos veinticuatro meses. Otra teoría dice que Varrick decidirá ir a juicio por algunas de las demandas presentadas, para sondear la situación y así tener una idea de lo que piensan los distintos jurados de todo el país sobre el medicamento. Si eso ocurriera, podemos tardar más tiempo en forzar un acuerdo.

Incluso David, que tenía un título de la mejor universidad y cinco años de experiencia, empezaba a creer que Wally sabía de qué estaba hablando. El socio más joven prosiguió:

—Si se llega a un acuerdo, y nosotros creemos sinceramente que así será, los primeros casos que se negociarán serán los que hayan implicado alguna muerte. A partir de ahí, Varrick tendrá mucha prisa por llegar a un acuerdo con los que no hayan implicado muerte, como el de usted.

—¿Mi caso no implica muerte? —preguntó Iris, confundida.

—Por el momento. Las pruebas científicas no están claras, aunque parece que hay muchas posibilidades de que el Krayoxx sea responsable de haber causado lesiones cardíacas a personas que estaban sanas.

Que alguien pudiera contemplar a Iris Klopeck y decir que estaba sana resultaba alucinante, al menos para David.

—Por Dios —dijo ella, con los ojos húmedos—, lo único que necesito ahora son más problemas de corazón.

—Por el momento no tiene de qué preocuparse —repuso Wally sin el menor asomo de confianza—. Nos ocuparemos de su caso más adelante. Ahora lo importante es que Percy firme. Usted es su viuda y principal heredera, por lo tanto debe contratarnos como su representante. —Sacó una arrugada hoja de papel de su chaqueta y la extendió en la mesa, ante Iris—. Esto es un contrato de servicios legales. Ya firmó anteriormente algo parecido, cuando lo del divorcio, el día en que usted y Percy fueron a mi despacho.

—No recuerdo haber firmado nada.

—No importa, lo tenemos en nuestros archivos, pero ahora necesitamos que firme este otro para que podamos encargarnos de presentar la demanda contra Varrick.

—¿Está usted seguro de que todo esto es legal? —preguntó Iris, dubitativa.

A David le sorprendió que a un cliente potencial se le ocurriera preguntar si el documento era legal. Evidentemente, Wally no inspiraba un elevado sentido de la ética profesional; sin embargo, la pregunta de Iris no pareció afectarlo.

—Todos nuestros clientes de Krayoxx han firmado algo parecido —repuso, forzando un tanto la verdad puesto que Iris era la primera de la acción conjunta en firmar.

Había otros clientes en potencia, pero ninguno había estampado su firma todavía en un contrato como aquel. Ella lo leyó y lo firmó.

Wally se lo guardó rápidamente en el bolsillo y dijo:

—Ahora escuche, Iris. Necesito que me ayude. Necesito que rastree otros posibles casos de Krayoxx entre amigos, familiares y vecinos, cualquiera que haya podido sufrir alguna complicación por culpa de ese medicamento. Nuestro bufete ofrece una comisión de quinientos dólares en los casos de muerte y de doscientos en los que no. En efectivo.

Los ojos de Iris dejaron de lagrimear de golpe y se entrecerraron mientras una sonrisa le asomaba en la comisura de los labios. Era obvio que estaba pensando en alguien.

David hizo un esfuerzo por mantenerse serio al tiempo que garabateaba algo en su libreta y procuraba asimilar todo lo que oía. Dinero en efectivo a cambio de casos. ¿Era aquello legal, ético?

—¿Conoce por casualidad algún otro caso de muerte producida por el Krayoxx? —preguntó Wally.

Iris estuvo a punto de contestar, pero se contuvo. Era evidente que tenía un nombre.

—Han dicho quinientos dólares, ¿no? —preguntó, mirando alternativamente a David y a Wally.

—Ese es el trato —contestó este con los ojos muy abiertos—. ¿De quién se trata?

—Hay un hombre que vivía a un par de manzanas de aquí. Solía jugar a las cartas con Percy. Le dio un ataque en la ducha dos meses después de que mi Percy me dejara y la diñó. Sé de buena tinta que también tomaba Krayoxx.

—¿Cómo se llama? —quiso saber Wally.

—Ha dicho quinientos en efectivo, ¿verdad? Pues antes de darle otro caso, señor Figg, me gustaría verlos. La verdad es que los necesito.

Pillado momentáneamente a contrapié, Wally se recobró con una mentira convincente.

—Verá, en estos casos tenemos por costumbre retirar el dinero de la cuenta del bufete. Eso mantiene contento al contable, ¿sabe?

Iris se cruzó de brazos, se irguió y echó la cabeza hacia atrás.

—Está bien —dijo—. Vayan a hacer su retirada de efectivo y tráiganmelo. Luego les diré el nombre.

Wally rebuscó en su cartera.

—Déjeme que mire. No estoy seguro de llevar tanto dinero encima. Y tú David, ¿cómo andas de liquidez?

David buscó instintivamente su cartera. Iris observó con gran suspicacia como los dos letrados se apresuraban a sacar el dinero. Wally contó tres billetes de veinte más uno de cinco y miró a David con expresión esperanzada. Este contó doscientos veinte dólares en billetes variados. Si no hubiera pasado por Abner's para liquidar la cuenta, solo le faltarían quince dólares para cubrir la comisión de Iris.

—Yo creía que los abogados siempre tenían mucho dinero —comentó esta.

—Sí, pero lo guardamos en el banco —replicó Wally, que no quería ceder un ápice—. Aquí tenemos doscientos ochenta y cinco, Iris. Mañana le traeré personalmente el resto.

Iris negó con la cabeza, imperturbable.

—Por favor, Iris —rogó Wally—. Ahora es nuestra clienta. Jugamos en el mismo equipo. Estamos hablando de que algún día cobrará una gran indemnización ¿y no se fía de que le traigamos los doscientos pavos que faltan?

—Está bien, les aceptaré un pagaré.

Llegados a ese punto, David habría preferido mantenerse firme, demostrar un mínimo orgullo, coger su dinero y marcharse, pero en esos momentos se sentía muchas cosas menos seguro de sí y sabía que ese no era su terreno. Wally, por su parte, parecía un perro rabioso. Escribió rápidamente un pagaré en una hoja de su libreta, lo firmó con su nombre y se lo tendió. Iris lo leyó detenidamente, meneó la cabeza y se lo entregó a David.

—Firme usted también —pidió.

Por primera vez desde su gran evasión, David Zinc se preguntó por lo acertado de su decisión. Aproximadamente cuarenta y ocho horas antes estaba trabajando en un complejo asunto de bonos apalancados vendidos por el gobierno de la India. En total, el caso estaba valorado en unos quince mil millones de dólares. Ahora, en cambio, en su nuevo papel de abogado callejero, una mujer que pesaba casi doscientos kilos se permitía amedrentarlo y le exigía que pusiera su firma en un trozo de papel sin valor legal alguno.

Vaciló, respiró hondo, lanzó una mirada de absoluta perplejidad a Wally y estampó su firma en la hoja.

El miserable barrio empeoró a medida que se adentraron en él. El «a un par de manzanas de aquí» de Iris se convirtió en algo más parecido a cinco, y cuando encontraron la casa y aparcaron delante, David ya empezaba a preocuparse por su seguridad.

La diminuta vivienda de la viuda Cozart era una fortaleza: una casa de ladrillo en una estrecha parcela, rodeada por una verja de alambre de tres metros de altura. Según Iris, Herb

Cozart había estado en guerra con los pandilleros negros que campaban a sus anchas por el barrio. Pasaba la mayor parte del tiempo sentado en el porche, escopeta en mano, mientras miraba fijamente a los gamberros y los maldecía si se acercaban demasiado. Cuando murió, uno de ellos ató toda una serie de globos de colores en la verja y otro tiró varias tracas al jardín en plena noche. Según Iris, la señora Cozart tenía pensado mudarse.

David apagó el motor, miró hacia el final de la calle y masculló:

—¡Maldita sea!

Wally miró en la misma dirección.

—Esto puede ponerse interesante —dijo.

Cinco adolescentes negros vestidos apropiadamente al estilo rapero habían visto el reluciente Audi desde cincuenta metros de distancia y hacían gestos de acercarse a echarle un vistazo.

—Creo que me quedaré en el coche —dijo David—. Esta vez puedes ocuparte tú solo.

—Bien dicho. No tardaré.

Wally se apeó rápidamente, maletín en mano. Iris había llamado para avisarla, y la señora Cozart esperaba de pie en el porche.

Los pandilleros avanzaron hacia el Audi. David cerró las puertas y pensó en lo agradable que sería tener una pistola, del tipo que fuera, para protegerse, algo que mostrar a esos chavales para que se fueran a divertir a otra parte. Sin embargo, su única arma era un móvil, de modo que se lo llevó al oído y fingió conversar mientras los pandilleros se aproximaban cada vez más. Rodearon el coche sin dejar de parlotear entre ellos. David no fue capaz de entender una palabra de lo que decían. Pasaron los minutos mientras esperaba que en cualquier momento un ladrillo le destrozara el parabrisas. Poco después se reagruparon en la parte delantera y se apoyaron en el capó, como si fueran los dueños del vehículo y aquel su lugar de descanso. Lo balacearon ligeramente, teniendo cuidado de no arañarlo ni dañarlo. Entonces, uno de ellos lió un canuto, lo encendió y se lo pasó a los demás.

David pensó en poner en marcha el motor y alejarse, pero eso planteaba varios problemas entre los que figuraba dejar plantado al pobre Wally. Consideró bajar la ventanilla e iniciar una cordial conversación con los jóvenes, pero lo cierto es que no parecían cordiales en absoluto.

Con el rabillo del ojo, vio que la puerta de la señora Cozart se abría de repente y Wally salía a toda prisa. Wally metió la mano en la cartera, sacó una pistola enorme, la blandió en alto y gritó:

—¡FBI! ¡Aléjense de ese maldito coche!

Los adolescentes se llevaron una sorpresa demasiado grande para moverse o para moverse con la suficiente presteza. Wally apuntó al cielo y apretó el gatillo. El disparo sonó como un cañonazo. Los cinco pandilleros dieron un respingo y se esfumaron en distintas direcciones.

Wally guardó la pistola en el maletín y subió al Audi de un salto.

—Salgamos de aquí —ordenó.

David ya estaba acelerando.

—¡Gamberros! —bufó Wally.

—¿Siempre la llevas encima? —preguntó David.

—Sí, en este negocio nunca sabes cuándo la vas a necesitar. Además, tengo permiso de armas.

—¿La mayoría de los abogados de esta ciudad suele llevar pistola?

—Me importa un bledo lo que haga la mayoría, ¿vale? Mi trabajo no es proteger a la mayoría de los abogados. Me han asaltado dos veces, así que no pienso dejar que me asalten una tercera vez.

David dobló una esquina y aceleró para alejarse de allí.

—Esa loca quería dinero —siguió diciendo Wally—. Ha sido cosa de Iris, claro. La llamó para avisarla de que pasaríamos y como no podía ser de otra manera le contó lo de las comisiones, pero como esa vieja está medio chiflada lo único que oyó fue lo de los quinientos dólares.

—¿Conseguiste que firmara?

—No. Me pidió dinero contante y sonante, lo cual fue bastante estúpido porque Iris sabía que nos había dejado sin un centavo.

—¿Adónde vamos ahora?

—A la oficina. No quiso decirme ni la fecha de fallecimiento de su marido, así que investigaremos un poco y lo averiguaremos. ¿Por qué no te ocupas de eso cuando lleguemos?

—Pero si no es cliente nuestro.

—No, y está muerto, pero puesto que su esposa está chiflada, y cuando digo «chiflada» me refiero a loca de atar, podemos conseguir un administrador designado por los tribunales para que apruebe la demanda. Hay más de una manera de llevarse el gato al agua, David. Ya lo irás aprendiendo.

—Ya lo estoy aprendiendo. Por cierto, ¿no va contra la ley disparar un arma de fuego dentro de los límites de la ciudad?

—Vaya, parece que en Harvard te enseñaron algo después de todo. Sí, es cierto, y también va contra la ley disparar un arma cargada con una bala que acaba en la cabeza de alguien. Se llama «asesinato», y al menos en Chicago se produce uno cada día. Pero como hay tantos asesinatos, la policía está saturada y no tiene tiempo de ocuparse de armas que disparan balas que vuelan inofensivamente por el aire. ¿Estás pensando en denunciarme o algo así?

—No, solo era curiosidad. ¿Oscar también lleva pistola?

—No lo creo, pero sé que guarda una en el cajón de su mesa. Una vez lo agredieron en su propio despacho. Fue un cliente enfurecido tras un caso de divorcio. Se trataba de un divorcio de mutuo acuerdo que no presentaba ninguna dificultad, pero Oscar se las arregló para perder el caso.

—¿Cómo se puede perder un caso de divorcio de mutuo acuerdo?

—No lo sé, pero será mejor que no se lo preguntes a Oscar, ¿vale? Sigue siendo un tema delicado. El caso es que le dijo a su cliente que iba a tener que volver a plantear la demanda y repetir todo el trámite. El cliente se puso hecho una furia y le propinó una soberana paliza.

—Oscar es de los que parece que saben cuidar de sí mismos. El tipo debía ser de cuidado.

—¿Quién ha dicho que fuera un tipo?

—¿Una mujer?

—Pues sí, una muy gorda y muy furiosa, pero mujer al fin y al cabo. Lo tumbó arrojándole la taza de café, que era de cerámica y no un vaso de plástico, y acertándole entre los ojos. Luego cogió su paraguas y empezó a atizarle con él. Catorce puntos. Vallie Pennebaker se llamaba la fiera. Nunca la olvidaré.

—¿Quién los separó?

—Rochelle, que acabó entrando en el despacho. Oscar jura que ella se tomó su tiempo. El caso es que Rochelle consiguió quitarle a Vallie de encima e inmovilizarla en el suelo. Después llamó a la policía y se la llevaron acusada de agresión y lesiones. Sin embargo, la mujer contraatacó con una denuncia por negligencia profesional. El asunto costó dos años y cinco mil dólares para dejarlo resuelto. Desde entonces, Oscar guarda una pistola en el cajón de su escritorio.

David se cuestionó qué habrían dicho de todo aquello en Rogan Rothberg. Abogados que llevaban pistola, abogados que decían ser agentes del FBI y disparaban al aire, abogados golpeados por clientes descontentos...

Estuvo a punto de preguntarle a Wally si alguna vez lo había agredido un cliente insatisfecho, pero se mordió la lengua. Creía conocer la respuesta.

12

A las cuatro y media de la tarde regresaron a la teórica seguridad de la oficina. La impresora escupía sin parar hojas de papel, y Rochelle estaba en su mesa, ordenando y apilando montones de cartas.

—¿Se puede saber qué le ha hecho a la pobre DeeAnna Nuxhall? —gruñó al ver a Wally.

—Digamos que su divorcio ha quedado pospuesto hasta que encuentre el modo de pagar a su abogado. ¿Por qué?

—Ha llamado tres veces, llorando y armando un jaleo de mil demonios. Quería saber a qué hora volvería usted. Está claro que tiene muchas ganas de verlo.

—Bien, eso quiere decir que ha encontrado el dinero.

Wally cogió una de las cartas, la examinó y se la entregó a David para que la leyera. El encabezamiento —«¡Cuidado con el Krayoxx!»— captó inmediatamente su atención.

—Empecemos a firmarlas —dijo Wally—. Quiero que salgan en el correo de la tarde. El reloj sigue haciendo tic-tac.

Las cartas estaban escritas en papel con el membrete de Finley & Figg y las mandaba el honorable Wallys T. Figg, abogado. Bajo el «sinceramente suyo» solo había espacio para una firma.

—¿Qué quieres que haga con esto? —preguntó David.

—Pues firmar con mi nombre —repuso Wally.

—¿Qué?

—Mira, empieza a firmar. No creerás que voy a firmar yo solo las tres mil cartas, ¿verdad?

—O sea, que tengo que falsificar tu firma, ¿no es eso?

—No. Por el presente acto te faculto para que firmes estas cartas con mi nombre —contestó Wally despacio, como si hablara con un idiota. Luego se volvió hacia Rochelle y añadió—: Y a usted también.

—Ya he firmado más de un centenar —dijo ella, pasándole una a David—. Eche un vistazo. Hasta un chaval de párvulos firmaría mejor.

Tenía razón. La firma no era más que un garabato: empezaba con un borrón que seguramente pretendía recordar una «W» y seguía con un palo que debía referirse a la «T» o la «F». David cogió una de las cartas que Wally acababa de firmar y comparó la rúbrica con la falsificada por Rochelle. Tenían un vago parecido y ambas resultaban ilegibles e indescifrables.

—Sí, es bastante fea.

—Poco importa el garabato que haga, nadie lo lee —añadió Rochelle.

—Pues yo creo que tengo una firma muy distinguida —dijo Wally, estampándola en una carta—. ¿Qué tal si empezamos?

David se sentó y comenzó a experimentar con su propia versión mientras Rochelle doblaba las hojas, las metía en sobres y les ponía el sello.

—¿Quién es toda esta gente? —preguntó David al cabo de un rato.

—Los clientes de nuestra base de datos —contestó Wally, dándose importancia—. Casi tres mil nombres.

—¿Que se remontan a cuándo?

—A unos veinte años —repuso Rochelle.

—Es decir, que de algunos de ellos no sabemos nada desde hace años, ¿no?

—Así es. Seguramente más de uno habrá fallecido y otros habrán cambiado de dirección, eso sin contar con que muchos de ellos no se alegrarán precisamente de recibir una carta de Finley & Figg.

—Confiemos en que si han muerto haya sido por culpa del Krayoxx —soltó Wally, acompañando el comentario con una risotada.

Ni Rochelle ni David le vieron la gracia. Transcurrieron varios minutos en silencio. David pensaba en la habitación de arriba y en todo el trabajo que necesitaba. Rochelle observaba el reloj a hurtadillas, esperando que marcara las cinco de la tarde. Wally estaba encantado lanzando su red para captar clientes.

—¿Qué clase de respuesta esperas? —preguntó David.

Rochelle se limitó a alzar los ojos al cielo, como diciendo «ninguna».

Wally se detuvo un momento para desentumecer su mano de tanto firmar.

—Buena pregunta —reconoció mientras se frotaba la barbilla y contemplaba el techo como si únicamente él tuviera la respuesta a tan compleja cuestión—. Supongamos que un uno por ciento de la población adulta de este país esté tomando Krayoxx...

—¿De dónde has sacado lo del uno por ciento? —quiso saber David.

—Investigación. Está en el expediente. Llévatelo a casa esta noche y entérate de los hechos. Como iba diciendo, el uno por ciento de nuestra base de datos lo forman unas treinta personas. Suponiendo que un veinte por ciento de ellas haya tenido problemas de ataques al corazón, eso nos deja unos cinco o seis casos. Incluso puede que sean unos siete u ocho, quién sabe. Si asumimos, como creo, que cada caso vale un par de millones, especialmente si hay una muerte de por medio, tenemos delante unos ingresos sustanciales. Me da la impresión de que nadie de este bufete me cree, pero no voy a discutir.

—Yo no he dicho nada —repuso Rochelle.

—Yo solo preguntaba por curiosidad, nada más —dijo David. Pero al cabo de un momento añadió—: Entonces, ¿cuándo presentaremos la gran demanda?

Wally el experto se aclaró la garganta antes de impartir su pequeño seminario.

—Muy pronto. Ya tenemos a Iris Klopeck, así que podríamos presentarla mañana si quisiéramos. Mi intención es hacer que la viuda de Chester Marino firme con nosotros tan pronto como haya acabado el funeral. Si las cartas salen hoy, es de esperar que el teléfono empiece a sonar en un par de días. Con un poco de suerte, es posible que tengamos media docena de casos entre manos en cuestión de una semana. Entonces presentaremos la demanda. Mañana prepararé el borrador. En estos casos de acciones conjuntas es importante darse prisa. Para empezar soltaremos nuestra bomba aquí, en Chicago. Cuando salgamos en las noticias, todos los usuarios de Krayoxx tirarán el medicamento y nos llamarán.

—¡Ay, madre! —exclamó Rochelle.

—Sí, ¡ay, madre!, espere a que llegue la indemnización y entonces podrá exclamar de nuevo ¡ay, madre!

—¿Ante los tribunales del estado o los federales? —preguntó David, dispuesto a echar leña al fuego.

—Buena pregunta. Me gustaría que lo investigaras un poco. Si acudimos a los del estado, también podremos demandar a los médicos que recetaron el Krayoxx a nuestros clientes. Eso supone más demandados, pero también más abogados de la defensa armando ruido. Aunque Varrick Labs tiene dinero suficiente para contentarnos a todos, en principio me inclinaría por dejar fuera de esto a los médicos. Si acudimos a la jurisdicción federal, y teniendo en cuenta que la demanda contra el Krayoxx será a escala nacional, podríamos sumarnos a una acción conjunta y apuntarnos al resultado. Nadie espera que un caso así llegue a juicio, así que cuando empiecen las negociaciones lo mejor será que nos hayamos unido a uno de los grandes.

Una vez más, Wally parecía dominar tanto el tema que David sintió deseos de creerlo. Sin embargo, llevaba lo suficiente en el bufete para saber que Wally nunca había tramitado un caso de acción conjunta. Ni tampoco Oscar.

La puerta del despacho de Oscar se abrió, y este salió con su habitual expresión ceñuda y cansada.

—¿Qué demonios es todo esto? —preguntó inofensivo, pero nadie le contestó.

Se acercó a la mesa, cogió una de las cartas, la examinó y se disponía a decir algo cuando la puerta principal se abrió de repente y un tipo alto, corpulento, tosco y cubierto de tatuajes se plantó en medio de la recepción y bramó:

—¿Quién es Figg?

Oscar, David e incluso Rochelle señalaron sin vacilar a Wally, que se había quedado petrificado. Detrás del intruso se ocultaba una mujer con un vestido amarillo, DeeAnna Nuxhall, que gritó con voz chillona:

—¡Es ese, Trip, el gordo y bajito!

Trip fue directamente hacia Wally como si pretendiera matarlo. Los demás miembros del bufete se apartaron de la mesa, dejando que Wally se las apañara solo. Trip se plantó ante él, abrió y cerró los puños un par de veces y dijo en un tono amenazador:

—Mire, Figg, pedazo de basura, mi chica y yo nos casamos el sábado, de modo que ella necesita el divorcio para mañana. ¿Qué problema hay?

Wally, que seguía sentado y se había encogido en previsión de la lluvia de golpes que iba a caerle, respondió:

—Ninguno, solo quiero que me paguen por mis servicios.

—Ella le ha prometido pagarle más adelante, ¿o no?

—Desde luego que sí —intervino DeeAnna.

—Si me pone la mano encima haré que lo detengan —dijo

Wally mirando a Trip—, y no podrá casarse estando en la cárcel.

—¡Ya te avisé de que era un listillo! —chilló DeeAnna.

Trip, que necesitaba atizarle a algo pero no estaba seguro de si emprenderla con Wally, dio un manotazo a uno de los montones de cartas y las lanzó por los aires.

—¡Consiga ese divorcio, Figg! Mañana estaré en el tribunal, y si a mi chica no le dan el divorcio, ¡le patearé el culo delante de toda la sala!

—¡Llame a la policía, Rochelle! —ordenó Oscar, pero la secretaria estaba demasiado asustada para moverse.

Trip necesitaba añadir más dramatismo a la escena, así que cogió un grueso libro de leyes de la mesa y lo arrojó por la ventana. Una lluvia de cristales rotos cayó con estrépito en el porche. CA ladró y corrió a refugiarse bajo la mesa de Rochelle.

Trip tenía la mirada vidriosa.

—¡Le retorceré el pescuezo, Figg!

—¡Dale fuerte, Trip! —lo apremió DeeAnna.

David lanzó una mirada al sofá, vio el maletín de Wally y se acercó con disimulo hacia él.

—¡Mañana iremos al tribunal y queremos verlo allí, Figg! ¿Irá o no? —tronó Trip, dando un paso más.

Wally se preparó para la agresión. Rochelle se acercó a su mesa y aquello molestó a Trip.

—¡Usted! ¡No se mueva y no se atreva a llamar a la pasma!

—Llame a la policía, Rochelle —repitió Oscar sin hacer el menor intento él mismo de descolgar el teléfono.

David se acercó un poco más al maletín.

—¡Contésteme, Figg!

—Me dejó en ridículo delante de todos —gimoteó DeeAnna. Era evidente que quería ver correr sangre.

—¡Es usted un mierdecilla, Figg!

Wally se disponía a responder algo ingenioso cuando Trip

lo tocó. Fue un empujón, un empujón bastante inofensivo a la vista de lo que lo había precedido, pero una agresión al fin y al cabo.

—¡Eh, cuidado! —espetó Wally, quitándose de encima a Trip de un manotazo.

David abrió el maletín y sacó un Colt Magnum del calibre 44 enorme y negro. Nunca había cogido una pistola y no estaba seguro de cómo hacerlo para no dispararse en la mano. En cualquier caso se las arregló para no tocar el gatillo.

—¡Toma, Wally! —dijo, dejando la pistola en la mesa.

Wally la cogió y se puso en pie. El enfrentamiento tomó un cariz completamente nuevo.

—¡La madre...! —chilló Trip y dio un paso atrás.

DeeAnna se refugió tras él, gimoteando. Rochelle y Oscar parecían tan sorprendidos como Trip por la aparición del arma. Wally no apuntó a nadie, pero la blandió con tal destreza que no quedó duda alguna de que era capaz de disparar varias veces en cuestión de segundos.

—Para empezar quiero una disculpa —dijo, moviéndose hacia Trip, cuya chulería se había esfumado de golpe—. Hace falta tener una cara muy dura para venir aquí y amenazarme sabiendo que su novia no me ha pagado.

Trip, que sin duda sabía algo de armas, miró el Colt y contestó:

—Sí, tío, tienes razón.

—Llame a la policía, señora Gibson —dijo Wally.

Ella marcó el teléfono de emergencias mientras CA salía de debajo de la mesa y gruñía a Trip.

—Quiero trescientos dólares por el divorcio y otros doscientos por la ventana —declaró Wally mientras Trip seguía retrocediendo con DeeAnna escondida tras él.

—Tranquilo, tío —repuso Trip, alzando las manos.

—Estoy muy tranquilo.

—¡Haz algo, hombre! —lo instó DeeAnna.

—¿Y qué quieres que haga? ¿Has visto el tamaño de esa pistola?

—¿No podemos marcharnos simplemente? —preguntó ella.

—Ni hablar —contestó Wally—. No hasta que haya venido la policía. —Levantó el Colt cuidando de no apuntar directamente a Trip.

Rochelle salió de detrás de su mesa y fue a la cocina.

—Tranquilo, tío, ya nos vamos —dijo Trip en tono suplicante.

—De aquí no se va nadie.

La policía llegó minutos después. Esposaron a Trip y lo metieron en el asiento trasero del coche patrulla. DeeAnna lloró sin convencer a nadie y después intentó coquetear con los policías y tuvo algo más de éxito. Al final Trip fue arrestado por agresión y vandalismo.

Cuando las emociones fuertes cesaron, Rochelle y Oscar se marcharon a casa y dejaron a Wally y a David para que terminaran de limpiar los cristales rotos y de firmar las cartas del Krayoxx. Estuvieron trabajando durante una hora, firmando cartas como autómatas con el nombre de Wally y hablando de lo que debían hacer con la ventana rota. Preston no era un barrio peligroso, pero a nadie se le ocurría dejar las llaves puestas en el coche ni las puertas de casa abiertas. Wally acababa de decidir que se quedaría a dormir en el sofá del despacho, con CA cerca y el Colt a mano, cuando la puerta principal se abrió y la adorable DeeAnna apareció por segunda vez.

—¿Se puede saber qué hace usted aquí? —le preguntó Wally.

—Quiero hablar con usted, Wally —repuso ella en un tono claramente conciliador.

Se sentó en una silla, junto a la mesa de Rochelle, y cruzó

las piernas de tal manera que dejó al aire buena parte de sus muslos. Tenía unas piernas muy bonitas y llevaba los mismos tacones de plataforma que había lucido por la mañana en la sala del tribunal.

—Vaya, vaya... —murmuró Wally para sí. Y acto seguido preguntó—: ¿Y de qué quiere hablar?

—Creo que ha estado empinando el codo —le susurró David mientras seguía firmando.

—No sé si hago bien casándome con Trip —anunció Dee-Anna.

—Es un bruto y un perdedor —contestó Wally—. Estoy seguro de que podrá encontrar algo mejor.

—De todas maneras, sigo necesitando el divorcio, Wally. ¿No podría ayudarme?

—Si me paga, desde luego.

—No tengo manera de reunir el dinero antes de mañana. Le juro que es la verdad.

—Pues entonces lo siento.

David pensó que si el caso hubiera sido suyo habría hecho cualquier cosa con tal de quitarse de delante a DeeAnna y a Trip. Trescientos dólares no valían tantos dolores de cabeza. Ella descruzó y volvió a cruzar las piernas. La minifalda se le subió dos dedos más.

—Bueno, Wally, pensaba que quizá podríamos llegar a algún tipo de acuerdo, usted y yo, ya me entiende.

Wally suspiró, contempló aquellas piernas y contestó:

—No puedo. Esta noche tengo que quedarme aquí porque un idiota se ha cargado la ventana.

—Entonces yo también me quedaré —ronroneó y se humedeció los rojos labios con la lengua.

Wally nunca había tenido la fuerza de voluntad suficiente para escapar de situaciones como aquella, aunque tampoco se puede decir que se le presentaran a menudo. Pocas veces una clienta se había ofrecido de forma tan manifiesta. De hecho, en ese momento, a la vez temible y emocionante, no recordaba a ninguna que se lo hubiera puesto tan fácil.

—Bueno, quizá podamos pensar en algo —contestó y miró lascivamente a DeeAnna.

—Creo que será mejor que me vaya —dijo David, poniéndose en pie y cogiendo su maletín.

—Puede quedarse si quiere —propuso DeeAnna.

La imagen fue instantánea y poco agradable: un David felizmente casado retozando con una fulana de muy buen ver que llevaba acumulados tantos divorcios como su rechoncho y desnudo abogado. Corrió hacia la puerta y salió sin mirar atrás.

Su bistró favorito se hallaba a poca distancia a pie de su casa de Lincoln Park. Cuando David salía cansado y tarde del trabajo, se reunían allí a menudo para cenar algo antes de que la cocina cerrase. Sin embargo, aquella noche ni siquiera eran las nueve cuando llegaron. Encontraron el local a rebosar y tuvieron que conformarse con la mesa del rincón.

En algún momento de los cinco años pasados en Rogan Rothberg, David había tomado la decisión de no llevarse a casa los problemas del trabajo para hablar de ellos. Resultaban tan aburridos y desagradables que se negaba a que su mujer cargara con ellos. A Helen le parecía bien, de modo que normalmente charlaban de sus estudios o de lo que hacían sus amigos. Pero las cosas habían cambiado repentinamente: el gran bufete había desaparecido, así como los clientes sin rostro y sus tediosos expedientes. En esos momentos David trabajaba con personas de carne y hueso que hacían cosas increíbles, cosas que merecían ser contadas con todo lujo de detalles. Por ejemplo: las dos broncas a punta de pistola que había vivido junto a Wally, su compañero de despacho. Al principio, Helen se negó a creer que Wally hubiera disparado al aire para ahuyentar a unos pandilleros, pero acabó rindiéndose ante la insistencia de David. Tampoco dio mayor crédito a la historia de Trip y se mostró igualmente escéptica a propósito de la actitud de Wally y el juez Bradbury con DeeAnna Nuxhall en el tribunal. Igualmente le costó creer que David hubiera sido capaz de darle a Iris Klopeck todo el efectivo que llevaba y encima firmarle un pagaré. La anécdota de Oscar siendo agredido por una clienta descontenta le pareció bastante más creíble.

David dejó lo mejor para el final y resumió su inolvidable jornada en Finley & Figg con:

—Y mientras tú y yo estamos hablando, Wally y DeeAnna están desnudos en el sofá, dándose un revolcón con la ventana abierta, y el perro es testigo de una nueva manera de abonar honorarios.

—No puede ser, te lo estás inventando.

—Ya me gustaría. Nadie más volverá a mencionar los trescientos dólares pendientes y mañana a mediodía DeeAnna Nuxhall tendrá su sentencia de divorcio.

—¡Qué sinvergüenza!

—¿Quién?

—Pues los dos. ¿Todos vuestros clientes os pagan así?

—Lo dudo. Ya te he contado lo de Iris Klopeck. Yo diría que responde más al perfil típico del cliente del bufete. En su caso, no creo que el sofá aguantara el baqueteo.

—Vamos, David, no puedes trabajar para esa gente. No vuelvas a Rogan Rothberg si no quieres, pero al menos búscate otro bufete en otra parte. Esos dos payasos son unos estafadores. ¿Qué me dices de la ética profesional?

—Dudo mucho que dediquen tiempo a hablar de ética.

—¿Por qué no buscas un buen bufete de tamaño mediano donde trabajen personas agradables que no lleven pistola ni se dediquen a perseguir ambulancias ni a canjear honorarios por sexo?

—A ver, Helen, ¿cuál es mi especialidad?

—No sé, algo relacionado con bonos.

—Exacto. Sé todo lo que hay que saber acerca de bonos a largo plazo emitidos por empresas y gobiernos extranjeros. Eso es todo lo que domino del mundo del derecho porque es lo único a lo que me he dedicado estos últimos cinco años. Si pongo eso en un currículo los únicos que me llamarán serán los cabezas cuadradas de otros bufetes como Rogan, que necesitan tipos como yo.

—Pero puedes aprender.

—Claro que puedo, pero no hay nadie dispuesto a contratar a un abogado con cinco años de experiencia y pagarle un buen sueldo para que empiece desde cero. Piden experiencia, y no la tengo.

—¿Quieres decir que Finley & Figg es el único sitio donde te admitirían?

—Ahí o en un sitio parecido. Me lo tomaré como si fuera una especie de máster de un año o dos y después quizá abra mi propio despacho.

—Pues qué bien, solo llevas un día en tu nuevo trabajo y ya estás pensando en marcharte.

—La verdad es que no. Me encanta ese sitio.

—Te has vuelto loco.

—Sí, y no sabes lo liberado que me siento.

13

El plan de Wally con el envío masivo de cartas no dio resultado. El servicio de Correos devolvió la mitad por distintas razones. Las llamadas telefónicas aumentaron ligeramente a lo largo de la semana siguiente, pero debido principalmente a clientes que deseaban ser dados de baja de la lista de correo de Finley & Figg. Impertérrito, Wally presentó su demanda ante el Tribunal de Distrito del Distrito Norte de Illinois, en nombre de Iris Klopeck, Millie Marino y «otros que serán definidos posteriormente», en la que alegaba que los seres queridos de sus representados habían muerto a causa del Krayoxx, un fármaco elaborado por Varrick Labs. Tirando alto, solicitaba un total de cien millones de dólares en concepto de indemnización por daños y pedía un juicio con jurado.

La presentación estuvo lejos de tener el dramatismo que esperaba. Aunque intentó que los medios se interesaran por la demanda que estaba preparando, tuvo escaso éxito. En lugar de cumplimentarla online, él y David, vestidos con sus mejores trajes, condujeron hasta el edificio de juzgados Everett M. Dirksen, en el centro de Chicago, y la entregaron en mano al oficial del juzgado. No hubo ni reporteros ni fotógrafos, lo cual irritó a Wally. No obstante, este logró convencer al funcionario para que tomara una fotografía de los dos, muy serios, en el momento de entrarla en el registro. De vuelta a la oficina envió por correo electrónico la foto con una copia de la demanda al *Tribune*, al *Chigago Sun-Times*, al *Wall Street Journal*, a *Time*, *Newsweek* y varias publicaciones más.

David rezó para que la foto pasara inadvertida, pero Wally tuvo suerte. Un periodista del *Tribune* telefoneó al bufete y Rochelle pasó inmediatamente la llamada a un radiante Figg. A partir de ahí se desencadenó la avalancha de publicidad.

A la mañana siguiente, en la primera página de la sección de noticias locales apareció el siguiente titular: «Abogado de Chicago demanda a Varrick Labs por el Krayoxx». El artículo hacía un resumen de la denuncia, decía que el abogado Figg se describía a sí mismo como «un especialista en acciones conjuntas» y definía a Finley & Figg como un bufete-boutique con un largo historial de pleitos contra empresas farmacéuticas. No obstante, el periodista había hecho sus propias averiguaciones: por un lado, citaba a dos conocidos abogados defensores que aseguraban no haber oído hablar en su vida del tal Figg; y por otro, aseguraba que no había constancia de que Finley & Figg hubiera presentado ninguna demanda de ese tipo durante los últimos diez años. Varrick respondió agresivamente: defendió la bondad de su producto, prometió que emprendería acciones legales y declaró que estarían «encantados de someterse a juicio ante un jurado imparcial para limpiar su buen nombre». La fotografía que publicaba el *Tribune* era bastante grande, lo cual entusiasmó a Wally y avergonzó a David. Formaban una curiosa pareja: uno calvo, gordo y mal vestido; el otro, alto, atlético y de aspecto mucho más joven.

La historia corrió como la pólvora por internet, y el teléfono no dejó de sonar. Hubo momentos en que Rochelle se vio tan superada que David tuvo que echarle una mano. Algunos de los que llamaban eran reporteros; otros, abogados en busca de información; pero en su mayoría se trataba de usuarios de Krayoxx que estaban asustados y confundidos. David no estaba seguro de qué debía contestar. La estrategia del bufete —si es que se la podía llamar así— consistía en elegir los casos de fallecimiento y en algún momento de un futuro indefinido añadir los demás y agruparlos todos en una acción conjunta. Sin embargo, a David le resultaba difícil explicarlo por teléfono puesto que ni él mismo acababa de comprenderlo.

Cuando los teléfonos siguieron sonando y la excitación fue en aumento, incluso Oscar salió de su despacho y mostró cierto interés. Su pequeño bufete nunca había conocido tanta actividad. Quizá había llegado realmente su momento. Quizá Wally había acertado después de todo. Quizá y solo quizá ese caso podía reportarles algo de dinero, y gracias a él iba a lograr el tan anhelado divorcio seguido inmediatamente por la jubilación.

Los tres se reunieron a última hora del día para comparar sus notas. Wally sudaba copiosamente por culpa de la emoción. Agitó su libreta en el aire y dijo:

—Aquí tenemos cuatro casos de fallecimiento completamente nuevos, así que hay que conseguir que firmen con nosotros ¡ya! ¿Estás de acuerdo, Oscar?

—Claro, yo me ocuparé de uno —repuso Oscar fingiéndose tan reacio como siempre.

—Bien. Y ahora, señora Gibson, tenemos el caso de una mujer negra que vive en Nineteenth, no lejos de donde usted, en el número tres de Bassitt Towers. Según nos ha contado, el lugar es seguro.

—No pienso ir a Bassitt Towers —contestó Rochelle—. ¡Si casi puedo oír los disparos desde mi piso!

—A eso me refiero, a que lo tiene a la vuelta de la esquina. Podría pasar de camino a su casa.

—Ni hablar.

Wally golpeó la mesa con su libreta.

—¿Es que no comprende de qué va todo esto, maldita sea? Esta gente está esperando que nos hagamos cargo de sus casos, casos que valen millones. Podríamos obtener una jugosa indemnización antes de un año. Estamos en la antesala de algo grande, pero a usted, como siempre, le da igual.

—No pienso jugarme la vida por este bufete.

—Estupendo, así que cuando lleguemos a un acuerdo con Varrick y el dinero empiece a entrar a espuertas usted se olvidará de su parte de la bonificación, ¿no?

—¿Qué bonificación?

Wally se levantó, fue hasta la puerta y regresó.

—Vaya, vaya, qué rápidamente olvidamos las cosas. ¿Se acuerda del caso Sherman, del año pasado? Un precioso caso de accidente de coche, una colisión por detrás. State Farm pagó sesenta de los grandes. Nosotros nos llevamos una tercera parte, unos estupendos veinte mil dólares, y destinamos una parte a pagar viejas facturas. Yo me embolsé siete mil y Oscar otros siete, pero a usted le dimos mil en efectivo por debajo de la mesa. ¿No es cierto, Oscar?

—Sí, y no fue la primera vez.

Rochelle calculaba mientras Wally hablaba. Sería una lástima desaprovechar semejante caramelo. ¿Y si para variar él estaba en lo cierto? Wally dejó de hablar y durante un momento se hizo un tenso silencio. CA se levantó y empezó a gruñir. Transcurrieron unos segundos, y todos oyeron la distante sirena de una ambulancia. El sonido se hizo más fuerte, pero curiosamente nadie se asomó a la ventana ni salió al porche.

¿Habían perdido todo interés por lo que constituía su pan de cada día? ¿El bufete-boutique había dejado a un lado los accidentes de automóvil para ascender a un terreno más lucrativo?

—¿De cuánto sería esa gratificación? —preguntó Rochelle.

—Vamos, señora Gibson —repuso Wally—. No tengo ni idea.

—¿Y qué le digo yo a esa pobre mujer?

Wally cogió su libreta.

—He hablado con ella hace una hora. Se llama Pauline Sutton y tiene sesenta y dos años. Su hijo de cuarenta, Jermaine, murió de un ataque al corazón hace siete meses. Según me dijo su madre, tenía cierto sobrepeso y llevaba cuatro años tomando Krayoxx para combatir el colesterol. Estamos ante una mujer encantadora pero también ante una madre afligida. Coja uno de los nuevos contratos de servicios legales para el Krayoxx, explíqueselo y que lo firme. Es pan comido.

—¿Y qué pasa si me pregunta acerca de la demanda y la indemnización?

—Dele una cita y que venga a vernos. Yo mismo le aclararé cualquier duda. Lo más importante es que firme con nosotros. Acabamos de agitar un avispero, aquí en Chicago. A partir de ahora, todos los que se dedicaban a perseguir ambulancias como nosotros están como locos buscando víctimas del Krayoxx. El tiempo es primordial. ¿Puede hacerlo, señora Gibson?

—Supongo.

—Muchas gracias. Ahora propongo que salgamos a patearnos las calles.

La primera parada fue una pizzería próxima a la oficina, de esas en las que se podía comer cuanto uno quisiera por una cantidad fija. El restaurante formaba parte de una cadena propiedad de una empresa que se estaba enfrentando a una avalancha de mala prensa por culpa de sus menús. Una importante revista dedicada a la salud había hecho analizar sus platos y los había declarado peligrosos y no aptos para el consumo humano. Todos rebosaban grasas, aceites y aditivos, y la empresa no hacía el menor esfuerzo por cocinar nada saludable. Una vez preparada, la comida se servía al estilo bufet y a unos precios escandalosamente bajos. La cadena de restaurantes se había convertido en sinónimo de multitudes de obesos comiendo hasta reventar. Los beneficios eran espectaculares.

El encargado era un joven rollizo llamado Adam Grand. Les pidió que esperaran diez minutos para que pudiera tomarse un descanso y atenderlos. David y Wally encontraron un reservado lo más alejado posible de las mesas del bufet, que era amplio y espacioso. David reparó entonces en que todo estaba sobredimensionado: los platos, los vasos, las servilletas, las mesas, las sillas y también los reservados. Mientras Wally hablaba por el móvil y concertaba una cita con otro cliente potencial, David no pudo evitar fijarse en los orondos clientes que se servían montañas de pizza. Casi sintió lástima por ellos.

Adam Grand se sentó frente a ellos y anunció:

—Tengo a mi jefe en la otra punta dando gritos, así que les doy cinco minutos.

Wally no perdió el tiempo.

—Por teléfono me dijo usted que su madre murió hace seis meses de un ataque al corazón, que tenía sesenta y seis años y tomaba Krayoxx desde hacía un par de años. ¿Qué me dice de su padre?

—Murió hará unos tres años.

—Lo siento. ¿También por el Krayoxx?

—No. De cáncer de colon.

—¿Tiene usted algún hermano o hermana?

—Un hermano. Vive en Perú y no tiene nada que ver con esto.

Wally y David tomaban notas rápidamente. David tenía la sensación de que debía decir algo importante, pero no se le ocurría nada. Estaba allí como chófer. Wally se disponía a preguntar algo más cuando Adam les lanzó una bola con efecto.

—¿Saben?, acabo de hablar con otro abogado.

Wally se irguió de golpe y abrió mucho los ojos.

—¿De veras? ¿Cómo se llama?

—Me dijo que era un experto en el Krayoxx y que podría conseguirme un millón de dólares sin despeinarse siquiera. Díganme, ¿es verdad?

Wally estaba dispuesto para la lucha.

—Miente. Si le ha prometido un millón de dólares es que es idiota. No podemos prometerle nada en cuanto a la cuantía de la indemnización. Lo que sí podemos prometerle es que tendrá el mejor asesoramiento legal que pueda encontrar.

—Sí, claro, pero me gusta la idea de un abogado diciéndome cuánto puedo ganar, no sé si me entiende.

—Está bien, podemos conseguirle mucho más que un millón de dólares —prometió Wally.

—Ahora sí que lo escucho. ¿Y cuánto puede tardar?

—Un año, quizá dos —prometió nuevamente Wally al tiempo que deslizaba un contrato hacia él—. Eche un vistazo a esto. Es un contrato entre usted como representante legal de su madre fallecida y nuestro bufete.

Adam lo leyó de arriba abajo.

—¿Nada de pagos por adelantado?

—Nada. Nosotros cubrimos los gastos iniciales.

—El cuarenta por ciento para ustedes me parece excesivo.

Wally negó con la cabeza.

—Es lo habitual en esta profesión. Cualquier abogado especialista en acciones conjuntas que se precie se lleva el cuarenta por ciento. Algunos incluso piden el cincuenta, pero nosotros no. Creemos que el cincuenta por ciento es poco ético. —Wally miró a David en busca de confirmación, y este asintió y frunció el entrecejo al pensar en todos los siniestros abogados que había por ahí haciendo gala de una ética dudosa.

—A mí también me lo parece —repuso Adam antes de firmar el contrato.

Wally se lo arrebató prácticamente de las manos y dijo:

—Estupendo, Adam, ha sido una sabia decisión. Bienvenido al equipo. Añadiremos este caso a nuestra demanda y le daremos impulso. ¿Alguna pregunta?

—Sí. ¿Qué le digo al abogado ese?

—Dígale que ha fichado con los mejores, Finley & Figg.

—Está usted en buenas manos —añadió David solemnemente y se dio cuenta en el acto de que había sonado como un anuncio barato. Wally lo miró como diciendo: «¿Lo dices en serio?».

—Bueno, eso está por ver —contestó Adam—. Lo sabremos cuando reciba el gran cheque. Me ha prometido más de un millón, señor Figg, y espero que cumpla con su palabra.

—No lo lamentará.

—Muy bien, adiós —se despidió Adam, que se levantó y desapareció.

—Bueno, este ha sido fácil —comentó Wally, guardando los papeles en su cartera.

—Le acabas de prometer un millón a ese tío, ¿te parece prudente? —dijo David.

—No, pero si es lo que hace falta hacer, se hace. Así funcionan las cosas, joven David. Consigues que firmen, los incorporas al resto y los mantienes contentos. Cuando el dinero esté encima de la mesa se olvidarán de lo que les dijiste. Por ejemplo, dentro de un año, Varrick se harta del Krayoxx y tira la toalla. Ahora supongamos que nuestro amigo Adam recibe menos de un millón, di una cifra, cualquiera, supongamos que son setecientos cincuenta mil. ¿De verdad crees que ese infeliz va a rechazar el dinero?

—Seguramente no.

—Exacto, se pondrá más contento que un niño con zapatos nuevos y se olvidará de todo lo que hemos hablado hoy. —Echó una mirada hambrienta a las mesas del bufet—. Oye, ¿tienes planes para la cena? Estoy hambriento.

David no tenía ninguno, pero no estaba dispuesto a cenar en un sitio como aquel.

—Sí, mi mujer me espera para tomar algo.

Wally echó otra ojeada a las ingentes cantidades de comida y la gran cantidad de gente que la devoraba. Entonces sonrió maliciosamente.

—¡Qué gran idea! —exclamó, felicitándose por la ocurrencia.

—¿Cómo dices?

—Sí, echa un vistazo a toda esa gente. ¿Cuál dirías que es su peso medio?

—No tengo ni idea.

—Ni yo, pero si con mis cien kilos estoy un poco gordo, esa gente pasa de los doscientos fácilmente.

—No te sigo, Wally.

—No tienes más que mirar lo que salta a la vista. Esto está abarrotado de tipos obesos y la mitad de ellos seguramente toma Krayoxx. Apuesto algo a que si gritas «¿quién toma Krayoxx?», al menos la mitad de esos desgraciados levantará la mano.

—Ni se te ocurra.

—No lo voy a hacer, pero ¿entiendes lo que te digo?

—¿Quieres empezar a repartir tarjetas del bufete?

—No, listillo, pero tiene que haber un modo de encontrar a los usuarios de Krayoxx entre esta multitud.

—No veo que haya ningún muerto todavía.

—Pues lo habrá. Podríamos sumarlos a nuestra segunda demanda de casos de no fallecimiento.

—A ver, Wally, no lo entiendo. Se supone que en algún momento vamos a tener que demostrar que ese medicamento es perjudicial.

—Claro, pero lo haremos más adelante, cuando contratemos a nuestros expertos. Ahora mismo, lo más importante es conseguir que la gente firme con nosotros. Ahí fuera ha empezado una carrera, David. Hay que buscar la manera de localizar a los consumidores de Krayoxx y hacerlos firmar.

Eran casi las seis, y el restaurante se había llenado. Wally y David ocupaban el único reservado donde no se comía. Una familia numerosa se les acercó con dos platos de pizza cada uno y los miró con cara de pocos amigos. Aquello iba en serio.

Su siguiente parada fue un dúplex próximo al aeropuerto Midway. David aparcó junto al bordillo, detrás de un VW escarabajo suspendido sobre unos ladrillos.

—Bien, se trata de Frank Schmidt. Tenía cincuenta y dos años cuando falleció a causa de un ataque al corazón hace un año. He hablado con su viuda, Agnes —explicó Wally, pero David apenas lo escuchaba.

El joven abogado estaba intentando convencerse de que realmente estaba haciendo aquello, recorrer los barrios más pobres de Chicago con su nuevo jefe, un jefe que no podía conducir por sus problemas con el alcohol, en plena noche, vigilando que no hubiera matones por los alrededores, llamando a la puerta de hogares miserables sin saber lo que hallarían dentro, y todo por reunir clientes antes de que se presentara la competencia. ¿Qué pensarían de aquello sus colegas de Harvard? Sin duda, se troncharían. Sin embargo, David había decidido que no le importaba, porque cualquier trabajo relacionado con la abogacía era mejor que el que había tenido. Además, la mayoría de sus compañeros de facultad tampoco eran especialmente felices con sus empleados, y él en cambio se sentía liberado.

O Agnes Schmidt no estaba en casa o estaba escondida. Nadie salió a abrir, de modo que se marcharon rápidamente.

—Mira, Wally, quiero irme a casa con mi mujer —dijo David mientras conducía—. No la he visto demasiado en estos últimos cinco años, así que es hora de que recupere el tiempo perdido.

—No te culpo, es muy guapa.

14

Una semana después de haber presentado la demanda, el bufete había reunido un total de ocho casos de fallecimiento. Era una cantidad respetable y que sin duda los haría ricos. Wally había insistido tanto en que cada caso iba a reportar al bufete medio millón de dólares netos en concepto de honorarios que la idea se había convertido en algo aceptado por todos. Lo cierto era que sus cálculos eran aproximados y se basaban en conceptos que tenían que ver poco con la realidad, al menos en aquel estado preliminar de la demanda; sin embargo, los tres abogados ya pensaban en términos de esas cantidades, y Rochelle también. El Krayoxx se había convertido en noticia por todo el país y casi ninguna era buena. En lo tocante a Varrick Labs, el futuro del medicamento no parecía nada prometedor.

El bufete había trabajado tanto para reunir aquellos casos que todos se llevaron una sorpresa cuando se enteraron de que podían perder uno. Millie Marino se presentó en el despacho una mañana y pidió ver al señor Figg. Lo había contratado para validar el testamento de su marido y después había aceptado a regañadientes firmar con Finley & Figg para que representara a su difunto esposo en el caso contra el Krayoxx. Una vez en el despacho de Wally y con la puerta cerrada, le explicó que le costaba conciliar el hecho de que un abogado del bufete —Oscar— hubiera redactado un testamento que la dejaba sin una parte importante de la herencia —la colección de fichas de béisbol—, y que en esos momentos fuera otro abogado del mismo bufete —Wally— el encargado de validarlo. En su opinión, eso planteaba un flagrante conflicto de intereses y era definitivamente poco limpio. Estaba tan alterada que se echó a llorar.

Wally intentó explicarle que los abogados estaban obligados por el principio de confidencialidad. Cuando Oscar había redactado el testamento había tenido que ajustarse a los deseos de Chester, y puesto que este deseaba que nadie supiera de la existencia de su colección de fichas y que esta fuese a parar exclusivamente a manos de su hijo Lyle, su socio así lo había dispuesto. Desde un punto de vista estrictamente ético, Oscar no podía divulgar ninguna información relativa a las últimas voluntades de su cliente.

Millie no lo veía igual. Como viuda de Chester tenía derecho a conocer el patrimonio íntegro de su marido, especialmente algo tan valioso como aquellas fichas de béisbol. Había consultado a un anticuario y este le había dicho que solo la de Shoeless Joe valía como mínimo cien mil dólares. La colección entera podía llegar a los ciento cincuenta mil.

A Wally le importaban un comino las fichas, lo mismo que el caudal hereditario. En esos momentos, los cinco mil dólares de honorarios que había calculado le parecían calderilla. Tenía ante sí un caso de fallecimiento por culpa del Krayoxx y no pensaba dejarlo escapar.

—Le seré sincero —dijo mirando hacia la puerta muy serio—, yo habría llevado el asunto de otra manera, pero el señor Finley es de la vieja escuela.

—¿Qué quiere decir con eso?

—Que es tirando a machista. Para él, el marido es el cabeza de familia, el que acumula todos los bienes y el único que decide. Ya me comprende. Para él, si el marido quiere ocultar algo a su esposa, está en su derecho. Yo, en cambio, tengo un punto de vista mucho más liberal.

—Pero ya es demasiado tarde —contestó la señora Marino—. El testamento está redactado y solo falta validarlo.

—Es cierto, Millie, pero no se preocupe. Las cosas se arreglarán. Su marido dejó la colección de fichas a su hijo, pero a usted le dejó una preciosa demanda.

—¿Una qué?

—Ya sabe, la demanda contra el Krayoxx.

—Ah, ya... Si le digo la verdad, tampoco estoy muy contenta con eso. He hablado con otro abogado y me ha dicho que este asunto a ustedes los supera, que este bufete nunca ha llevado un caso parecido.

Wally dio un respingo y se las arregló para preguntar con voz temblorosa:

—¿Y por qué ha consultado con otro abogado?

—Porque me llamó la pasada noche. Comprobé sus credenciales en internet. Era de un bufete muy importante que tiene delegaciones por todo el país y se dedica esencialmente a denunciar a las empresas farmacéuticas. Estoy pensando en contratarlo.

—No lo haga, Millie. Esos tipos son famosos por reunir cientos de casos y después olvidarse de sus clientes. Si firma con ellos, nunca más volverá a hablar con ese abogado. Le asignarán un auxiliar. Es un timo, se lo aseguro. En cambio, a mí siempre me tiene disponible para hablar de lo que quiera por teléfono.

—No quiero hablar con usted, ni por teléfono ni en persona. —Se levantó y recogió su bolso.

—Por favor, Millie...

—Lo pensaré, Figg, pero ya le digo que no estoy nada contenta.

Diez minutos después de que se hubiera marchado, llamó Iris Klopeck para pedir prestados cinco mil dólares a cuenta de su futura indemnización. Wally se sentó con la cabeza entre las manos y se preguntó qué más podía salirle mal.

La demanda de Wally fue a parar a manos del honorable Harry Seawright, uno de los magistrados designados por Reagan y que llevaba casi treinta años en su cargo de juez federal. Tenía ochenta y un años, esperaba con ganas la jubilación y no lo entusiasmaba demasiado tener que encargarse de una demanda que podía tardar un par de años en resolverse y seguramente le ocuparía todo su tiempo. Sin embargo, sentía cierta curiosidad: su sobrino favorito llevaba años tomando Krayoxx con mucho éxito y sin haber sufrido efectos adversos. Como no podía ser de otra manera, el juez Seawright nunca había oído hablar de Finley & Figg, de modo que pidió a su ayudante que hiciera algunas averiguaciones. El correo electrónico que este le envió decía lo siguiente: «Es un humilde bufete de dos socios, situado en Preston, en la zona sudoeste de Chicago. Hace publicidad de divorcios rápidos, se dedica a todo tipo de delitos de lesiones y de conducción bajo los efectos del alcohol o las drogas. Hace más de diez años que no ha presentado ninguna demanda ante los tribunales federales y que no ha acudido a ningún juicio con jurado ante los tribunales del estado. Mantiene escasa actividad con el Colegio de Abogados, pero uno de sus miembros ha comparecido ante la justicia: Figg ha sido detenido dos o tres veces por conducir bajo los efectos del alcohol en los últimos doce años; además, en una ocasión denunciaron al bufete por acoso sexual. El asunto se zanjó con una indemnización».

Seawright apenas se lo podía creer, así que respondió lo siguiente: «¿Estos tipos no tienen experiencia ante los tribunales y, sin embargo, han presentado una demanda de cien millones contra la tercera empresa farmacéutica más grande del mundo?».

«Así es», contestó el ayudante.

«¡Es de locos! ¿Qué hay detrás de todo esto?», preguntó el juez.

«Una histeria colectiva con el Krayoxx. Es el último medicamento que ha salido que tiene efectos secundarios perniciosos. Los bufetes especialistas en acciones conjuntas están frenéticos. Lo más seguro es que Finley & Figg confíen en poder subirse al carro de las indemnizaciones de algún pez gordo», explicó el ayudante.

«Manténgame informado», escribió Seawright.

Poco después, el ayudante añadió: «La demanda está firmada por Finley & Figg y también por un tercer abogado, un tal David Zinc, antiguo asociado de Rogan Rothberg. He llamado a un amigo que tengo allí. Zinc no aguantó la presión, se largó hará unos diez días y de algún modo aterrizó en Finley & Figg. Carece de experiencia ante los tribunales. Imagino que ha ido a parar al lugar adecuado».

«Será mejor seguir este caso de cerca», repuso el juez Seawright.

«Como de costumbre», concluyó el ayudante.

Varrick Labs tenía su sede central en un llamativo conjunto de edificios de vidrio y acero situados en un bosque cerca de Montville, en Nueva Jersey. El complejo era obra de un arquitecto famoso en su día que no había tardado en repudiar su propio diseño. En ocasiones lo alababan por atrevido y futurista, pero lo habitual era que lo consideraran monótono, feo, parecido a un búnker, y de estilo soviético. Lo cierto era que en muchos sentidos parecía una fortaleza alejada del tráfico y protegida por los árboles que la rodeaban. Teniendo en cuenta la frecuencia con la que le llovían las demandas, su aspecto resultaba el más adecuado. Varrick Labs estaba atrincherada en el bosque, lista para el siguiente asalto.

Su consejero delegado era Reuben Massey, un hombre de la compañía que había dirigido el destino de la misma durante años y a través de etapas turbulentas, pero siempre con impresionantes beneficios. Varrick se hallaba en guerra permanente contra los bufetes especializados en acciones conjuntas, y si bien otras empresas del sector se habían doblegado o incluso habían perecido a causa de las indemnizaciones, Massey siempre había encontrado el modo de contentar a sus accionistas. Sabía cuándo luchar, cuándo negociar a la baja y cómo apelar a la avaricia de los abogados al mismo tiempo que ahorraba millones a la empresa. Durante su mandato, Varrick había logrado sobrevivir a: 1) una indemnización de cuatrocientos millones de dólares por culpa de una crema dentífrica que causaba envenenamientos por zinc; 2) una indemnización de cuatrocientos cincuenta millones por culpa de un laxante que causaba oclusiones intestinales; 3) una indemnización de setecientos millones por un anticoagulante que frió el riñón de varios pacientes; 4) una indemnización de un millón doscientos mil dólares por un medicamento contra la migraña que presuntamente disparaba la tensión arterial; 5) una indemnización de dos mil doscientos millones por una pastilla contra la tensión arterial que presuntamente provocaba migrañas; 6) una indemnización de dos mil doscientos millones por un analgésico que creaba adicción instantánea; y la peor de todas, 7) una indemnización de tres mil millones por una píldora para adelgazar que causaba ceguera.

Se trataba de una lista larga y penosa por la que Varrick había tenido que pagar un alto precio ante el tribunal de la opinión pública. Aun así, Massey no dejaba de recordar a sus huestes los cientos de medicamentos, innovadores y eficaces, que habían creado y vendido en todo el mundo. Lo que no solía mencionar, salvo en las reuniones del consejo, era que Varrick había obtenido beneficios con todos los fármacos que habían sido objeto de demanda, es decir, incluso teniendo en cuenta las ingentes cantidades abonadas en concepto de indemnización, la empresa seguía ganando la batalla.

Sin embargo, la situación podía cambiar con el Krayoxx. En esos momentos se enfrentaban a cuatro demandas: la primera, en Fort Lauderdale; la segunda, en Chicago; y una tercera y una cuarta más recientes en Tejas y Brooklyn. Massey seguía atentamente las evoluciones de los bufetes de acciones conjuntas. Diariamente dedicaba parte de su tiempo a los abogados de la empresa y a estudiar las demandas contra la competencia, a leer los informes del Colegio de Abogados, y a mantenerse al día gracias a los blogs y los foros de internet. Uno de los indicadores inequívocos de que se avecinaba algo importante eran los anuncios de televisión: cuando los abogados empezaban a bombardear las ondas con sus sucios mensajes de «póngase en contacto con nosotros y hágase rico», Massey sabía que Varrick podía ir preparándose para una nueva y costosa pelea.

Los anuncios contra el Krayoxx estaban por todas partes. La histeria había empezado.

Algunos de los fracasos de la empresa habían logrado preocupar a Massey. La pastilla contra la migraña había sido una metedura de pata espectacular, y él seguía maldiciéndose por haber presionado para que se aprobara. El anticoagulante estuvo a punto de costarle el despido. Sin embargo, nunca había dudado ni dudaría del Krayoxx. Varrick había invertido cuatro mil millones de dólares en su desarrollo, el fármaco había sido probado extensivamente en ensayos clínicos y en países del tercer mundo con resultados espectaculares. El trabajo de investigación había sido exhaustivo e impecable. Como medicamento tenía unos antecedentes inmejorables. El Krayoxx no causaba más ataques al corazón y derrames cerebrales que un concentrado vitamínico, y Varrick contaba con una montaña de pruebas científicas para demostrarlo.

La reunión con los abogados comenzó exactamente a las nueve y media de la mañana, en la sala de reuniones de la quinta planta de un edificio que se asemejaba a los silos de grano de Kansas. Reuben Massey era especialmente puntilloso con respecto a la puntualidad, de modo que a las nueve y cuarto sus ocho abogados ya estaban sentados y esperándolo. El equipo lo dirigía Nicholas Walker, ex fiscal, ex abogado de Wall Street y cerebro de todas las estrategias de defensa empleadas por Varrick. Cuando las demandas empezaban a lloverles como bombas de racimo, Massey y Walker se encerraban juntos durante horas para analizar, responder, planificar y dirigir fríamente los ataques que fueran necesarios.

Massey entró en la sala cuando faltaban cinco minutos para las nueve y media, cogió su agenda y preguntó:

—¿Qué tenemos hoy?

—¿Krayoxx o Faladin? —dijo Walker.

—Vaya, casi me olvidaba del Faladin. Por ahora nos dedicaremos al Krayoxx.

Faladin era una crema antiarrugas que, según unos cuantos abogados bocazas de la costa Oeste, se suponía que las provocaba en lugar de eliminarlas. La demanda todavía no había cobrado fuerza, principalmente porque los demandantes tenían ciertas dificultades a la hora de medir una arruga antes y después de los efectos de la crema.

—Bien, las puertas se han abierto, la bola de nieve ha echado a rodar, elijan la metáfora que prefieran —expuso Walker—. En cualquier caso se está armando una de mil demonios. Ayer hablé con Alisandros, de Zell & Potter, y están hasta arriba de casos nuevos. Su intención es presionar para montar una multidistrito en Florida y mantener el control.

—¡Alisandros! ¿Por qué será que siempre nos encontramos con los mismos ladrones cada vez que nos atracan? ¿Acaso no le hemos llenado los bolsillos lo suficiente durante los últimos veinte años? —preguntó Massey.

—Es evidente que no, y eso que ha mandado construir un campo de golf privado para los abogados de Zell & Potter y sus afortunados amigos. Incluso me ha invitado a jugar dieciocho hoyos.

—Haz el favor de ir, Nick. Debemos asegurarnos de que esos matones invierten nuestro dinero como es debido.

—Lo haré. Ayer me llamó por teléfono Amanda Petrocelli desde Reno para decirme que ha pescado unos cuantos casos de fallecimiento y que está montando una demanda conjunta que presentará entre hoy y mañana. Le dije que a nosotros nos da igual cuándo lo haga. Debemos esperar que se presenten más a lo largo de esta semana y la que viene.

—Nuestro Krayoxx no es el causante de todos esos derrames cerebrales y ataques al corazón —declaró Massey—. Tengo fe en ese medicamento.

Los ocho letrados asintieron a la vez. Reuben Massey no era de los que hablaban por hablar. Tenía sus dudas a propósito del Faladin, y Varrick acabaría pactando una indemnización mucho antes de que se celebrara el juicio.

La segunda del equipo legal era una mujer llamada Judy Beck, otra veterana de las guerras de acciones conjuntas.

—Todos nosotros opinamos igual, Reuben. Nuestro trabajo de investigación es mejor que el de ellos, eso suponiendo que hayan hecho alguno. Nuestros expertos son mejores, nuestras pruebas son mejores y nuestros abogados serán mejores. Quizá haya llegado la hora de contraatacar y lanzar todo lo que tenemos contra el enemigo.

—Me has leído el pensamiento, Judy —repuso Massey—. ¿Habéis pensado en una estrategia?

Nicholas Walker respondió:

—No es definitiva, pero por el momento repetiremos los movimientos habituales, haremos las declaraciones públicas de costumbre y esperaremos a ver quién interpone demandas y dónde. Les echaremos un vistazo, estudiaremos a los jueces y las jurisdicciones, y entonces elegiremos el lugar adecuado. Cuando tengamos todos los planetas alineados, el demandante adecuado, la ciudad adecuada y el juez adecuado, contrataremos al pistolero más rápido del momento y presionaremos con todas nuestras fuerzas para ir a juicio.

—Esta jugada ya nos ha salido mal más de una vez —advirtió Massey—. Recuerda el Klervex. Nos costó dos mil millones de dólares.

Aquel medicamento milagroso contra la tensión había estado destinado al mayor de los éxitos hasta que cientos de usuarios empezaron a desarrollar migrañas terribles. Massey y sus abogados creían en él y decidieron arriesgarse a ir a juicio. Confiaban en ganarlo fácilmente y en que una victoria rotunda no solamente desanimaría a futuros demandantes, sino que ahorraría millones a la empresa. Sin embargo, el jurado opinó de modo diferente y concedió al demandante una indemnización de veinte millones.

—Esto no es el Klervex —contestó Walker—. El Krayoxx es un fármaco mucho mejor, y esas demandas no tienen fundamento.

—Estoy de acuerdo —convino Massey—. Tu plan me gusta.

15

Al menos dos veces al año —y más si era posible—, el honorable Anderson Zinc y su encantadora mujer, Caroline, iban en coche desde su casa en St. Paul hasta Chicago para visitar a su único hijo varón y a su adorable esposa. El juez Zinc era magistrado del Tribunal Supremo de Minnesota, un cargo que tenía el honor de ocupar desde hacía catorce años. Por su parte, Caroline Zinc daba clases de arte y fotografía en un colegio privado de St. Paul. Sus dos hijas pequeñas iban todavía a la universidad.

El padre del juez Zinc —el abuelo de David— era una leyenda llamada Woodrow Zinc que a los ochenta y dos años de edad seguía trabajando y dirigiendo el bufete que había fundado cincuenta años atrás en Kansas City y que, en la actualidad, empleaba a doscientos abogados. Los Zinc tenían profundas raíces en esa ciudad, pero no lo bastante profundas para impedir que Anderson Zinc y su hijo hubieran deseado escapar de la dureza que significaba trabajar para el viejo Woodrow. Ninguno de los dos había querido incorporarse al bufete familiar, y eso había causado desavenencias que apenas empezaban a superarse.

Sin embargo, había más a la vista. El juez Zinc no comprendía el repentino giro profesional de su hijo y deseaba averiguar el porqué. Él y Caroline llegaron el sábado, a tiempo de almorzar tarde y se llevaron la grata sorpresa de encontrar a su hijo en casa. Normalmente habría estado en el despacho, en un rascacielos del centro. En su última visita del año anterior no habían conseguido verlo: llegó a casa a medianoche del sábado y cinco horas más tarde regresó al despacho.

Sin embargo, ese día estaba subido a una escalera, limpiando los vierteaguas. David saltó al suelo y corrió a darles la bienvenida.

—¡Qué buen aspecto tienes, mamá! —exclamó levantándola en volandas.

—Déjame en el suelo, anda —repuso ella, encantada.

Padre e hijo se estrecharon la mano, pero no hubo abrazo. Los varones Zinc no se abrazaban. Helen salió del garaje y saludó a sus suegros. Tanto ella como David sonreían como bobos por algo. Al fin, David anunció:

—Tenemos grandes noticias.

—¡Estoy embarazada! —soltó Helen.

—¡Vais a ser abuelos! —añadió David.

El juez y la señora Zinc se tomaron a bien la noticia. Al fin y al cabo, estaban más cerca de los sesenta que de los cincuenta y buena parte de sus amistades eran abuelos desde hacía tiempo. Además, Helen tenía treinta y tres años —dos más que David—, de modo que ya iba siendo hora. Asimilaron complacidos la noticia, ofrecieron sus más sinceras felicitaciones y pidieron detalles. Helen se llevó a sus suegros dentro sin dejar de parlotear. David les cogió las maletas y se reunió con ellos.

La conversación sobre el bebé acabó agotándose al final de la comida, y el juez Zinc por fin pudo ir al grano.

—Cuéntame cosas de tu nuevo bufete, David —pidió.

David sabía perfectamente que su padre había hecho todo tipo de indagaciones y averiguado todo lo que se podía averiguar de Finley & Figg.

—Oh, Andy, no empieces con eso —protestó Caroline, como si «eso» fuera un asunto especialmente desagradable que convenía soslayar.

Coincidía con su marido en que David había cometido una grave equivocación, pero el anuncio del embarazo de Helen lo había cambiado todo, al menos para la futura abuela.

—Ya te lo expliqué por teléfono —contestó David rápidamente, deseoso de dar por finalizada la conversación y zanjar el tema.

Estaba dispuesto a defenderse y a luchar si era necesario. Al fin y al cabo, su padre había elegido una carrera que no era la que el viejo Woodrow había querido, y él había hecho lo mismo.

—Es un pequeño bufete de dos socios que se dedica a la práctica general del derecho. Trabajo cincuenta horas a la semana, lo cual me deja tiempo para divertirme con mi mujer y dar continuidad al apellido Zinc. Deberías estar orgulloso.

—Estoy encantado con el embarazo de Helen, pero no sé si acabo de comprender tu decisión. Rogan Rothberg es uno de los bufetes más prestigiosos del mundo. De sus filas han salido magistrados, académicos, diplomáticos y líderes de la política y los negocios. ¿Cómo puedes haberte ido así, sin más ni más?

—No me fui sin más ni más, papá, salí corriendo. Detesto mis recuerdos de Rogan Rothberg, y mi opinión de la gente que conocí allí es todavía peor.

Comían mientras hablaban. El ambiente era cordial. El juez había prometido a su mujer que no provocaría una discusión, y David había prometido a Helen que no se enzarzaría en una.

—O sea que tu nuevo bufete solo tiene dos socios, ¿no? —preguntó el juez.

—Dos socios y desde hace poco tres abogados, además de Rochelle, la secretaria que también hace de recepcionista, contable y muchas otras cosas.

—¿Qué personal de apoyo tenéis, ya sabes, auxiliares, administrativos y demás?

—Rochelle se ocupa de todo eso. Somos un bufete pequeño donde nosotros mismos hacemos nuestra labor de investigación.

—Y lo mejor es que viene a cenar todos los días —intervino Helen—. Nunca había visto a David tan feliz.

—Tenéis buen aspecto —dijo Caroline—. Los dos.

El juez no estaba acostumbrado a que lo aventajaran en número ni a que lo atacaran por los flancos.

—Y esos dos socios, ¿son expertos litigantes?

—Ellos aseguran que sí, pero yo tengo mis dudas. Básicamente son un par de caza-ambulancias que hacen mucha publicidad y sobreviven gracias a los accidentes de tráfico.

—¿Y qué hizo que los escogieras?

David miró a Helen, que apartó la vista y sonrió.

—Esa, papá, es una larga historia y no quiero aburrirte con los detalles.

—Aburrida no lo es, desde luego —comentó Helen, conteniendo la risa.

—¿Cuánto ganan? —quiso saber el juez.

—Llevo con ellos tres semanas, papá. Todavía no me han enseñado los libros, pero ya te adelanto que no se hacen ricos. Estoy seguro de que deseas saber cuánto gano, pero te contesto lo mismo: no lo sé. Cobraré un porcentaje de todo lo que aporte al bufete, pero no tengo ni idea de qué le llevaré mañana.

—¿Y de ese modo piensas empezar una familia?

—Pues sí, y yo estaré en casa para cenar con ella, para jugar a pelota y a los *scouts*, para ir a las obras de teatro del colegio y hacer todas esas cosas maravillosas que se supone que los padres hacen con sus hijos.

—Yo las hice, David. Te garantizo que me perdí muy pocas.

—Sí, estuviste para hacerlas, pero nunca trabajaste para una fábrica de esclavos como Rogan Rothberg.

Se hizo un breve silencio, y todo el mundo pareció respirar hondo.

—Tenemos un buen dinero ahorrado. Saldremos adelante, ya lo verás.

—Estoy segura de que sí —dijo Caroline, poniéndose abiertamente en contra de su marido.

—Todavía no he empezado con la habitación del niño —le dijo Helen—. Si te apetece podríamos ir a unos grandes almacenes que hay cerca y mirar un papel pintado que nos guste.

—Estupendo —contestó Caroline.

El juez se limpió la comisura de los labios con la servilleta y dijo:

—David, las prácticas como asociado en un gran bufete forman parte de la rutina hoy en día. Sobrevivirás a ellas. Luego te conviertes en socio y a vivir bien.

—No me he alistado en los marines, papá, y en un megabufete como Rogan Rothberg nunca vives bien porque los socios nunca tienen bastante con el dinero que ganan. Conozco a los socios, los he visto. En su mayoría son grandes como abogados y desdichados como personas. Lo he dejado, papá, lo he dejado y no pienso volver. No insistas, por favor.

Era el primer destello de malhumor de la comida, y David se sintió decepcionado consigo mismo. Bebió un sorbo de agua y siguió picoteando la ensalada.

Su padre sonrió, tomó un bocado y masticó largamente. Helen preguntó por las hermanas de David, y Caroline aprovechó la ocasión para cambiar de tema.

Cuando llegaron a los postres, el juez preguntó en tono conciliador:

—¿Y qué clase de trabajo estás haciendo?

—Muchas cosas buenas. Esta semana he redactado el testamento de una señora que pretende ocultar su herencia a sus hijos. Ellos sospechan que su tercer marido le dejó dinero, cosa que es cierta, pero no dan con el dinero. La buena mujer pretende dejárselo todo al repartidor de FedEx. También represento a una pareja gay que intenta adoptar a un niño coreano, y a la familia de una adolescente de catorce años que lleva enganchada al crack desde hace dos años y no encuentra un sitio donde rehabilitarla. Tengo sobre la mesa dos casos de deportación de unos mexicanos ilegales que fueron detenidos en una redada antidroga y un par de clientes a los que pillaron conduciendo borrachos.

—Suena a un puñado de gentuza —comentó el juez.

—La verdad es que no. Son personas reales con problemas reales que necesitan que les echen una mano. Eso es lo bonito de la abogacía, conocer cara a cara a tus clientes y, si las cosas salen bien, poder ayudarlos.

—Eso si no te mueres de hambre por el camino.

—No voy a morirme de hambre, papá, te lo prometo. Además, de vez en cuando a esta gente le toca la lotería.

—Lo sé, lo sé. Tuve ocasión de comprobarlo cuando ejercía y actualmente me llegan algunos de sus casos en fase de apelación. La semana pasada confirmamos el veredicto de un jurado que había establecido una indemnización de nueve millones de dólares para un caso terrible de un niño con lesiones cerebrales por un envenenamiento con plomo a causa de unos juguetes. Su abogado era uno de oficio que anteriormente ya había sacado a la madre de la cárcel por conducir bebida. El tipo se hizo con el caso, llamó a un conocido especialista y ahora entre los dos se están repartiendo el cuarenta por ciento de los nueve millones.

Aquellas cifras bailaron unos instantes encima de la mesa.

—¿Alguien quiere café? —preguntó Helen.

Todos declinaron el ofrecimiento y pasaron al salón. Al cabo de un momento, Helen y Caroline se levantaron y fueron a ver la habitación de invitados que iba a convertirse en la del niño.

Cuando se quedaron solos, el juez lanzó su ataque definitivo.

—Uno de mis ayudantes se ha topado con un asunto de una demanda contra un medicamento llamado Krayoxx. Vio tu foto en internet, la que publicó el *Tribune*, donde salías con un tal Figg. ¿Es un tío legal?

—No exactamente —admitió David.

—No lo parece.

—Digamos simplemente que Wally es un tipo complicado.

—No creo que tu carrera despegue si te rodeas de gente como esa.

—Puede que tengas razón, papá, pero por el momento me estoy divirtiendo. Me apetece ir a trabajar y disfruto de mis clientes, de los pocos que tengo. No sabes el alivio que supone haber salido de esa fábrica de esclavos que es Rogan Rothberg. Tómatelo con tranquilidad, ¿vale? Si esto no me sale bien, buscaré otra cosa.

—¿Cómo te metiste en esa demanda contra el Krayoxx?

—Encontramos unos cuantos casos.

David sonrió al pensar cuál habría sido la reacción de su padre si le contara la verdad acerca de cómo habían buscado a sus clientes. Wally y su Magnum del calibre 44. Wally ofreciendo dinero a cambio de datos de clientes. Wally recorriendo las funerarias de la ciudad. No, esas eran cosas que el juez no sabría nunca.

—¿Has investigado ese fármaco? —preguntó el juez.

—Estoy en ello, ¿y tú?

—A decir verdad, sí. La televisión de Minnesota está plagada de anuncios que hablan de él. Me da la impresión de que se trata de una de esas estafas típicas de los especialistas en acciones conjuntas. Ya sabes, acumulan demandas hasta que la empresa farmacéutica está con el agua al cuello y después pactan una indemnización que les llena los bolsillos y permite que la empresa siga funcionando. Eso sí, por el camino queda la cuestión de si ha habido verdadera responsabilidad, por no hablar de qué es lo que más convenía a los clientes.

—Es un buen resumen —admitió David.

—¿No estás plenamente convencido con el caso?

—Aún no. He examinado un montón de información y sigo buscando el arma del crimen, los análisis que demuestren que ese medicamento tiene efectos secundarios perniciosos. No estoy seguro de que los tenga.

—En ese caso, ¿por qué estampaste tu firma en esa demanda?

David suspiró y meditó unos momentos.

—Wally me lo pidió —respondió al fin—. Yo acababa de incorporarme y creí que era mi obligación sumarme a la fiesta. Escucha, papá, hay unos cuantos abogados muy poderosos por todo el país que han presentado la misma demanda y que están convencidos de que se trata de un fármaco perjudicial. Es posible que Wally no despierte demasiada confianza, pero hay otros abogados que sí.

—O sea, que lo que pretendéis es subiros a su carro, ¿no?

—Con uñas y dientes.

—Pues ve con cuidado.

Las mujeres regresaron para organizar su excursión de compras. David se puso en pie de un salto y declaró que el papel pintado era una de sus pasiones. El juez los siguió a regañadientes.

David estaba casi dormido cuando Helen se dio media vuelta y le preguntó:

—¿Estás despierto?

—Ahora sí, ¿por qué?

—Tus padres son divertidos.

—Sí, y es hora de que vuelvan a casa.

—Ese caso que mencionó tu padre, el del niño y la intoxicación con plomo...

—Helen, son las doce y cinco.

—Ese plomo provenía de un juguete y fue lo que causó la lesión cerebral, ¿no?

—Sí no recuerdo mal, así fue. ¿Adónde quieres llegar?

—En una de mis clases hay una mujer, se llama Toni. La semana pasada tomamos juntas un sándwich. Es un poco mayor que yo y sus hijos van al instituto. Tiene una criada birmana.

—Oye, todo esto me parece fascinante, pero ¿no podríamos dormir?

—Tú escucha. La criada tiene un nieto, un niño pequeño que en estos momentos se encuentra en el hospital con una lesión cerebral grave. Está en coma y enchufado a una máquina de respiración artificial. Su situación es desesperada. Los médicos sospechan que se trata de una intoxicación con plomo y han pedido a la criada que busque rastros de plomo por todas partes. Uno de los sitios podría ser los juguetes del niño.

David se incorporó en la cama y encendió la luz.

16

Rochelle estaba sentada a su escritorio examinando un anuncio de rebajas de ropa de cama de unos almacenes cercanos cuando sonó el teléfono. Un tal señor Jerry Alisandros, de Fort Lauderdale, deseaba hablar con el señor Wally Figg, que estaba en su despacho. Rochelle le pasó la comunicación y siguió con su trabajo online.

Momentos después, Wally salió de su oficina con su aire de autosatisfacción marca de la casa.

—Señora Gibson, ¿podría comprobar los vuelos a Las Vegas de este fin de semana que salen el viernes a mediodía?

—Supongo que sí. ¿Quién se va a Las Vegas?

—Pues yo, ¿quién va a ser? ¿Alguien más le ha preguntado por Las Vegas? Este fin de semana hay una reunión informal de los abogados del Krayoxx en el MGM Grand. Ese era el motivo de la llamada de Jerry Alisandros. Seguramente se trata del mayor especialista del país en acciones conjuntas. Me ha dicho que debería asistir. ¿Está Oscar?

—Sí, creo que está despierto.

Wally llamó, abrió sin esperar respuesta, entró y cerró la puerta a su espalda.

—No sé por qué te molestas en llamar —dijo Oscar, apartándose bruscamente de la montaña de papeles que se acumulaba en su mesa.

Wally se dejó caer en un sillón de piel.

—Acabo de recibir una llamada de Zell & Potter, de Fort Lauderdale. Quieren que vaya a Las Vegas este fin de semana, a una reunión que hay por lo del Krayoxx. Es extraoficial, pero todos los peces gordos estarán allí para planear el ataque. Es crucial. Hablarán sobre una serie de demandas multidistrito, sobre cuál se presentará primero, y lo más importante, de la indemnización. Jerry cree que en este caso los de Varrick querrán poner fin a todo esto con rapidez. —Wally se frotaba las manos mientras hablaba.

—¿Quién es Jerry?

—Jerry Alisandros, el famoso abogado de acciones conjuntas. Su bufete ganó mil millones solo con el asunto del Fen-Phen.

—¿Y dices que quieres ir a Las Vegas?

Wally se encogió de hombros.

—Me da lo mismo ir o no, Oscar, pero es imperativo que alguien de este bufete esté presente en esa reunión. Es posible que empiecen a hablar de dinero y de indemnizaciones. Esto es algo gordo, Oscar, y podría estar más cerca de lo que imaginamos.

—Y pretendes que el bufete pague tu viaje a Las Vegas.

—Claro. Se puede considerar un gasto legítimo de representación.

Oscar rebuscó entre un montón de papeles y encontró el que buscaba. Lo cogió y lo blandió ante su socio más joven.

—¿Has visto este memorando de David? Llegó anoche. Es una estimación de lo que nos va a costar nuestra demanda contra el Krayoxx.

—No, no sabía que...

—Ese chaval es muy listo, Wally, y ha estado haciendo los deberes que te correspondía hacer a ti. Tienes que echar un vistazo a esto porque da miedo. Ahora mismo necesitamos contratar a tres expertos. Y cuando digo ahora no me refiero a la semana que viene. En realidad, deberíamos haberlos contratado antes de presentar nuestra demanda. El primer experto ha de ser un cardiólogo capaz de explicar la causa del fallecimiento de todos nuestros queridos clientes. El costo estimado de un personaje así es de veinte mil dólares, y eso solo cubre las evaluaciones preliminares y su declaración. Si debe testificar ante un tribunal ya puedes ir añadiendo otros veinte mil.

—Este asunto no llegará a juicio.

—Eso es lo que repites constantemente. El segundo experto es un farmacólogo que pueda demostrar al jurado con todo lujo de detalles de qué modo ese medicamento mató a nuestros clientes; en definitiva, cómo les afectó el corazón. Un tipo así es aún más costoso. Calcula veinticinco mil y otros tantos si tiene que declarar en un juicio.

—Me parece muy caro.

—Toda esta historia suena muy cara. El tercero debe ser un investigador que pueda presentar al jurado los resultados de su estudio, un estudio que debe respaldar con pruebas y estadísticas que una persona tiene muchas más probabilidades de sufrir lesiones cardíacas si toma Krayoxx en lugar de cualquier otro fármaco contra el colesterol.

—Conozco al hombre adecuado.

—¿Te refieres a McFadden?

—El mismo.

—Estupendo. Fue el autor del informe que ha desatado toda esta locura y ahora resulta que no tiene demasiadas ganas de involucrarse en la demanda. No obstante, parece que está dispuesto a echar una mano si algún bufete desembolsa una cantidad inicial de cincuenta mil dólares.

—¿Cincuenta mil? ¡Eso es escandaloso!

—Todo esto lo es, Wally. Por favor, echa un vistazo al memorando de David. Tiene un resumen de los puntos flacos del trabajo de McFadden. Al parecer hay serias dudas de que el medicamento realmente tenga efectos adversos.

—¿Qué sabe David de este tipo de demandas?

—¿Qué sabemos nosotros de este tipo de demandas, Wally? Escucha, estás hablando conmigo, tu socio de toda la vida, no con un cliente potencial. Armamos mucho ruido y amenazamos con llevar a la gente a juicio, pero sabes la verdad. Y la verdad es que siempre acabamos negociando.

—Y ahora también negociaremos, Oscar. Confía en mí. Sabré mucho más cuando vuelva de Las Vegas.

—¿Cuánto va a costar eso?

—Calderilla, comparado con las cifras de este caso.

—Este asunto nos viene grande, Wally.

—No es verdad, Oscar. Nos subiremos al carro de los peces gordos y ganaremos una fortuna.

Rochelle encontró una habitación mucho más económica en el motel Spirit of Rio. Las fotos de la web mostraban unas vistas espectaculares de Las Vegas, y resultaba fácil que los clientes creyeran que estaban en medio de la movida, pero no era así, tal como Wally tuvo ocasión de comprobar nada más apearse del autobús del aeropuerto. Se divisaba el perfil de los grandes hoteles-casino, pero estos estaban a quince minutos en coche. Wally maldijo a Rochelle mientras esperaba para registrarse en un vestíbulo que más bien parecía una sauna. Una habitación normal en el MGM Grand costaba cuatrocientos dólares la noche, mientras que en aquel cuchitril valía solo ciento veinticinco, un ahorro que casi compensaba lo que había costado el billete de avión. Ahorramos una miseria y esperamos ganar una fortuna, se dijo mientras subía por la escalera hacia su pequeña habitación.

No podía alquilar un coche por culpa de su suspensión del carnet de conducir, así que preguntó y se enteró de que otro autobús enlazaba el Spirit of Rio con el centro cada media hora. Jugó a las máquinas tragaperras del vestíbulo y ganó cien dólares. Quizá fuera su fin de semana de la suerte.

El autobús estaba abarrotado de jubilados obesos y no pudo encontrar asiento, así que no tuvo más remedio que hacer el trayecto de pie, cogido a la barra del techo y entrechocando con los cuerpos sudorosos de la gente con el traqueteo. Al mirar a su alrededor se preguntó cuántos de ellos serían víctimas del Krayoxx. Los altos niveles de colesterol saltaban a la vista. Como de costumbre llevaba tarjetas en los bolsillos, pero lo dejó estar.

Pasó un rato dando vueltas por el casino, observando atentamente cómo una increíble variedad de gente jugaba al Black Jack, a la ruleta y a los dados, todos ellos juegos a los que él nunca había jugado y que tampoco deseaba probar. Mató el tiempo en las tragaperras y dijo «no gracias» a una linda camarera que repartía cócteles. No tardó en darse cuenta de que un casino era un mal sitio para un alcohólico en rehabilitación. A las siete de la tarde encontró el camino hasta una sala de banquetes del entresuelo. Dos guardias de seguridad vigilaban la puerta, y se sintió aliviado cuando comprobaron que su nombre figuraba en la lista. Dentro había una veintena de individuos muy trajeados y tres mujeres que charlaban de asuntos intrascendentes con una copa en la mano. Junto a la pared del fondo había dispuesta una mesa con un bufet. Varios de los abogados presentes se conocían entre ellos, pero Wally no era el único novato de la reunión. Todos parecían saber cómo se llamaba y los detalles de su demanda. No tardó en hacerse un hueco. Jerry Alisandros lo buscó y le estrechó la mano como si fueran amigos de toda la vida. Otros abogados se les unieron y poco después se formaron pequeños corros de conversación. Se habló de demandas, de política, de lo último en jets privados, de mansiones en el Caribe y de quién se estaba divorciando o volviendo a casar. Wally no tenía gran cosa que decir, pero aguantó con valentía y demostró ser un buen oyente. A los abogados acostumbrados a hablar en los tribunales les gustaba llevar la voz cantante, y a ratos hablaban todos a la vez. Wally se contentó con escuchar, sonreír y dar sorbos a su agua con gas.

Tras una cena rápida, Jerry Alisandros se puso en pie y tomó las riendas de la conversación. El plan era reunirse otra vez a las nueve de la mañana del día siguiente, en el mismo salón, y entrar en materia. A mediodía habrían terminado. Había hablado varias veces con Nicholas Walker, de Varrick, y era evidente que la empresa estaba anonadada. Nunca en su larga historia de litigios había sido golpeada tan rápida y duramente por tantas demandas. Estaba analizando los daños a toda prisa. Según los expertos contratados por Alisandros, el número potencial entre fallecidos y perjudicados podía ascender a medio millón de personas.

La noticia de tanta desgracia y sufrimiento fue recibida con alborozo por los presentes.

El costo total para Varrick, a decir de otro de los expertos consultados por Alisandros, sería al menos de cinco mil millones. Wally no tuvo la menor duda de que no era el único de los presentes que calculaba rápidamente el cuarenta por ciento de cinco mil millones. Aun así, los demás parecían asimilar aquellas cifras con la mayor naturalidad. Otro medicamento, otra guerra con las farmacéuticas, otra indemnización millonaria que los haría aún más ricos. Podrían adquirir más reactores privados, más mansiones y más esposas de las que presumir. A Wally todo aquello no podía importarle menos. Lo único que deseaba era un pellizco en el banco y el dinero suficiente para vivir cómodamente, lejos de las tensiones y estrecheces del trabajo diario.

En una sala llena de egos era solo cuestión de tiempo que alguien más quisiera acaparar la atención. Dudley Brill, de Lubbock, con sus botas y todo lo demás, se lanzó a relatar la conversación que había mantenido recientemente con un importante abogado defensor de Varrick, radicado en Houston, que le había dado a entender, sin asomo de duda, que la empresa no tenía intención de llegar a un acuerdo sin haber puesto a prueba previamente la fiabilidad de su producto ante unos cuantos jurados. Por lo tanto, y basándose en el análisis de una conversación que nadie más conocía, había llegado a la conclusión de que él y solo él, Dudley Brill, de Lubbock, Texas, debía protagonizar el primer juicio y hacerlo en su ciudad natal, donde los jurados habían demostrado lo mucho que lo amaban y donde conseguiría arrancarles una cuantiosa indemnización si se lo pedía. Por descontado, Brill había estado bebiendo, como todos los demás a excepción de Wally, y su autocomplaciente análisis provocó un acalorado debate que no tardó en degenerar en roces y escaramuzas que llegaron acompañadas de arrebatos de mal genio e incluso de insultos.

Jerry Alisandros se vio obligado a imponer orden.

—Confiaba en poder dejar todo esto para mañana —dijo con diplomacia—. Propongo que ahora cada uno se retire a su rincón y que volvamos a vernos mañana, sobrios y descansados.

A juzgar por su aspecto del día siguiente, no todos los abogados se habían ido directamente a la cama. Ojos hinchados y enrojecidos, manos temblorosas en busca de agua o café... Las pruebas estaban a la vista. Tampoco había escasez de resacas. Sin embargo, la cantidad de abogados presentes era menor, y Wally comprendió que durante la noche y entre copas se habían cerrado muchos tratos. Sin duda, ya había en marcha acuerdos, alianzas y traiciones. Se preguntó en qué posición lo dejaba todo eso.

Dos expertos hablaron del Krayoxx y de los estudios más recientes. Cada abogado dedicó unos minutos a explicar la demanda que había interpuesto —el número de clientes, el número de fallecimientos potenciales ante simples perjudicados,

los jueces encargados, las partes contrarias y la jurispruden-
cia dominante en cada jurisdicción—. Wally pasó discretamente de puntillas y dijo lo menos posible.

Un experto increíblemente aburrido hizo un examen de
la salud financiera de Varrick y concluyó diciendo que la empresa era lo bastante fuerte para poder afrontar las pérdidas
de una cuantiosa indemnización. La palabra «indemnización»
se utilizó con frecuencia y siempre sonó agradablemente en
los oídos de Wally. El mismo experto resultó aún más tedioso
cuando se dedicó a analizar las coberturas de los distintos seguros de que disponía Varrick.

Al cabo de un par de horas, Wally necesitó un descanso.
Salió y fue en busca del aseo. Al volver se encontró con que
Jerry Alisandros lo esperaba en la puerta.

—¿Cuándo vuelves a Chicago? —preguntó este.

—Por la mañana.

—¿Vuelo regular?

Pues claro, pensó Wally, no tengo avión privado, así que
como la mayoría de los estadounidenses de a pie me veo obligado a comprar un billete para volar en el avión de otro.

—Claro —repuso con una sonrisa.

—Escucha, yo me voy a Nueva York esta tarde. Si quieres
te llevo. Mi bufete acaba de comprar un Gulfstream G650 nue-
vecito. Podemos tomar algo en el avión y te dejo en Chicago.

Aquello sonaba a acuerdo de por medio que había que
cerrar, y eso era precisamente lo que Wally andaba buscando.
Había leído cosas acerca de los abogados multimillonarios y
sus jets privados, aunque nunca se le había pasado por la cabeza que vería uno por dentro.

—Eres muy generoso. Por mí, encantado.

—Reúnete conmigo en el vestíbulo a la una, ¿de acuerdo?

—Allí estaré.

Había al menos una docena de jets privados alineados junto a la pista del centro aeronáutico McCarran Field, y Wally se preguntó cuántos de ellos serían propiedad de los especialistas en acciones conjuntas con los que había estado. Cuando llegaron al de Jerry Alisandros, subió por la escalerilla, respiró hondo y entró en el reluciente G650. Una imponente asiática se hizo cargo de su abrigo y le preguntó qué le apetecía tomar. Un agua con gas, gracias.

Jerry iba acompañado de un reducido séquito: un colaborador, dos auxiliares y una especie de secretario. Todos ellos se reunieron brevemente en la parte de atrás mientras Wally se instalaba en un lujoso butacón de piel y pensaba en Iris Klopeck, en Millie Marino y en todas aquellas maravillosas viudas cuyos fallecidos esposos le habían abierto la puerta del mundo de las acciones conjuntas y llevado hasta allí. La azafata le entregó el menú. Wally se asomó y al final del pasillo vio una pequeña cocina con un chef que esperaba. Cuando el avión se situó en la pista de despegue, Jerry regresó a la parte delantera y se sentó ante Wally.

—Bueno, ¿qué te parece? —preguntó, señalando su último juguete.

—Mejor que un avión de línea, desde luego —contestó Wally.

Jerry estalló en una carcajada, como si fuera lo más gracioso que había oído.

Una voz anunció el despegue inmediato, y se abrocharon los cinturones. Mientras el avión tomaba velocidad y se elevaba, Wally cerró los ojos y saboreó el momento. Quizá no se repitiera.

Jerry volvió a la vida tan pronto como el aparato se estabilizó. Apretó un botón y de la pared surgió una mesa de caoba.

—Hablemos de negocios —dijo.

—Desde luego. —Es tu avión, pensó Wally.

—¿Cuántos casos crees que puedes llegar a reunir de verdad?

—Es posible que consigamos unos diez casos de fallecimiento. Hasta el momento tenemos ocho. Contamos con varios cientos de casos potenciales, pero todavía no los hemos analizado a fondo.

Jerry frunció el entrecejo, como si esas cifras fueran insuficientes y no merecieran la pena que malgastara su tiempo con ellas. Por un momento, Wally se preguntó si ordenaría al piloto que diera media vuelta y abriera alguna escotilla.

—Sé que las demandas conjuntas no son vuestra especialidad. ¿Has pensado en hacer equipo con algún bufete importante? —le preguntó Jerry.

—Desde luego, y estoy abierto a cualquier tipo de propuesta —contestó Wally, haciendo un esfuerzo para contener su entusiasmo. Ese había sido su plan desde el principio—. Mis contratos prevén unos honorarios del cuarenta por ciento. ¿Cuánto quieres?

—En un acuerdo normal nosotros cubrimos los gastos por adelantado, y los casos como este no son baratos. Nos encargamos de localizar a los médicos, los expertos y los investigadores que hagan falta, y todos ellos cuestan una fortuna. Nos quedamos con la mitad de los honorarios, el veinte por ciento, pero pedimos que se nos devuelva lo adelantado antes de repartir la indemnización.

—Me parece justo. ¿Cuál será nuestro papel en todo esto?

—Sencillo: encontrar más casos, de fallecimiento y de no fallecimiento, y reunirlos todos. Te enviaré un borrador de acuerdo el lunes. Estoy intentando juntar tantos casos como pueda. El siguiente paso importante es montar una demanda multidistrito. El tribunal designará un Comité de Demandantes. Lo habitual es que esté compuesto por cinco o seis abogados expertos que serán los encargados de hacer el seguimiento de la demanda. A este comité le corresponden sus propios honorarios, que suelen rondar el seis por ciento. La cantidad sale del total percibido por los abogados.

Wally asentía. Había hecho sus propias averiguaciones y conocía la mayor parte de los entresijos.

—¿Estarás en ese comité?

—Casi con seguridad. Normalmente suelo estar.

La azafata llegó con las bebidas. Jerry tomó un sorbo de vino y prosiguió:

—Cuando se abra el caso, enviaremos a alguien para que os ayude con las declaraciones de vuestros clientes. No es nada importante, más bien trabajo de rutina. No pierdas de vista que los bufetes que se encargan de la defensa también ven una oportunidad de oro en estos casos y que se los trabajarán a fondo. Me ocuparé de encontrar a un cardiólogo en quien podamos confiar y que examinará a tus clientes en busca de daños. Le pagaremos con el fondo de la demanda. ¿Alguna pregunta?

—Por ahora no.

No le gustaba tener que renunciar a la mitad de los honorarios, pero estaba encantado de subirse al carro de un bufete millonario y experto en acciones conjuntas. A pesar de todo, habría dinero suficiente para Finley & Figg. Pensó en Oscar. Estaba impaciente por contarle lo del G650.

—¿Cómo crees que evolucionará el caso? —preguntó.

En otras palabras: cuándo cobraré. Jerry tomó un trago de vino que saboreó con delectación.

—Según mi experiencia, que no es poca, calculo que en doce meses habremos llegado a un acuerdo y estaremos repartiendo dinero. Quién sabe, Wally, puede que dentro de un año tengas tu propio avión.

17

Nicholas Walker voló hasta Chicago con Judy Beck y otros dos abogados en uno de los jets de Varrick Labs, un Gulfstream G650 tan nuevo como el que tanto había impresionado a Wally. El objetivo del viaje era prescindir del bufete que la empresa había utilizado toda su vida y contratar los servicios de uno nuevo. Walker y su jefe, Reuben Massey, habían perfilado los detalles de un plan para hacer frente al lío del Krayoxx, y la primera batalla importante iba a tener lugar en Chicago. Pero antes tenían que contar con la gente adecuada.

La inadecuada pertenecía a un bufete que llevaba diez años defendiendo los intereses de Varrick Labs y cuyo trabajo siempre había sido impecable. Su principal defecto no era culpa suya. Según las exhaustivas indagaciones llevadas a cabo por Walker y su equipo, en la ciudad había otro bufete que tenía mejores contactos con el juez Harry Seawright. Y dicho bufete contaba entre sus filas con el mejor abogado defensor de Chicago.

Se llamaba Nadine Karros, una socia de cuarenta y cuatro años, especialista en litigios, que llevaba diez años sin perder un solo juicio con jurado. Cuantos más ganaba, más complicados eran los siguientes y tanto más impresionantes sus victorias. Tras conversar con varios colegas con los que se había enfrentado y que habían perdido, Nick Walker y Reuben Massey decidieron que la señorita Karros se encargaría de la defensa del Krayoxx. Y no les importaba lo que pudiera costar.

Sin embargo, primero tenían que convencerla. Durante la larga teleconferencia que habían mantenido, ella se había mostrado reacia a aceptar un caso importante y que no dejaba de crecer día tras día. Como era de esperar, tenía mucho trabajo acumulado en su mesa y la agenda casi llena con vistas pendientes. Tampoco se había encargado nunca de hacer frente a una acción conjunta, aunque para una especialista en pleitos eso no suponía ningún inconveniente. Walker y Massey sabían que su reciente historial de victorias incluía los asuntos más diversos, que iban desde la contaminación de acuíferos, pasando por la negligencia hospitalaria hasta una colisión aérea entre dos avionetas particulares. Como abogada de élite ante los tribunales, Nadine Karros estaba capacitada para defender cualquier caso frente a un jurado.

Era socia del departamento de pleitos de Rogan Rothberg, en el piso ochenta y cinco de la Trust Tower, y disponía de un despacho esquinero con unas magníficas vistas sobre el lago de las que apenas disfrutaba. Se reunió con el equipo de Varrick en una gran sala de conferencias de la planta ochenta y seis, y cuando todo el mundo hubo echado un vistazo al lago Michigan se sentaron para lo que se preveía que iba a ser un encuentro de un mínimo de dos horas. En su lado de la mesa la señorita Karros contaba con su habitual séquito de jóvenes asociados y ayudantes, una verdadera colección de paniaguados que solo esperaban la ocasión de preguntar «¿hasta dónde?» en caso de que ella les ordenara que saltaran. A su diestra se sentaba un abogado especialista en juicios llamado Hotchkin, que era su mano derecha.

Más adelante, en una conversión telefónica con Reuben Massey, Walker le diría:

—Es muy atractiva, Reuben. Cabello largo y oscuro, barbilla con carácter, bonitos dientes y unos ojos castaños tan cálidos que pensarías que es la chica ideal para presentársela a mamá. Tiene una personalidad agradable y una sonrisa rápida y bonita. Te gustará su voz, grave y potente, como la de una cantante de ópera. Es fácil comprender que cautive a los jurados, pero al mismo tiempo es dura. De eso puedes estar seguro, Reuben. Es de las que toman el mando y saben dar órdenes, y tengo la impresión de que sus colaboradores le son fieramente leales. Te aseguro que no me gustaría tener que enfrentarme con ella en un tribunal.

—O sea, que es la persona adecuada.

—De eso no hay duda. Estoy impaciente por que llegue el día del juicio, aunque solo sea por verla en acción.

—¿Y qué tal está de piernas?

—Bueno, es todo el conjunto. Es delgada y viste como salida de una revista de moda. Tienes que reunirte con ella lo antes posible.

Jugaba en su terreno, de modo que la señorita Karros asumió enseguida el control de la reunión. Hizo un gesto de asentimiento a Hotchkin y anunció:

—El señor Hotchkin y yo hemos presentado la propuesta de Varrick Labs a nuestro comité de honorarios. Mi tarifa será de mil dólares la hora fuera del tribunal y dos mil dentro, con un pago a cuenta de cinco millones no reembolsables, desde luego.

Nicholas Walker llevaba veinte años negociando honorarios con abogados de élite y no se dejaba impresionar fácilmente.

—¿Y cuánto para los demás colaboradores? —preguntó tranquilamente, como si su empresa pudiera hacerse cargo de todo lo que Karros pudiese pedirle. Y así era.

—Ochocientos la hora para los asociados y quinientos para los ayudantes.

—De acuerdo —contestó.

Todos los presentes sabían que el costo de la defensa sería de millones. De hecho, Walker y los suyos habían calculado un monto aproximado que se situaba entre los veinticinco y los treinta millones de dólares. Calderilla cuando a uno lo demandaban por miles de millones.

Una vez aclarado lo que iba a costar, pasaron a la segunda cuestión en orden de importancia. Nicholas Walker tomó la palabra.

—Nuestra estrategia es sencilla y complicada al mismo tiempo. Sencilla porque escogeremos un caso de entre los muchos por los que nos han demandado, un caso individual, no una acción conjunta, y haremos todo lo que esté en nuestra mano para llevarlo a juicio. Queremos un juicio. No nos da ningún miedo porque tenemos fe absoluta en nuestro medicamento. Creemos y podemos demostrar que la investigación en la que se basan los bufetes de acciones conjuntas está plagada de errores. Por nuestra parte no tenemos la menor duda de que el Krayoxx hace lo que tiene que hacer y no aumenta el riesgo de derrames cerebrales ni de lesiones cardíacas. Estamos tan seguros de lo que decimos que deseamos que un jurado de esta ciudad, de Chicago, pueda escuchar las pruebas que aportaremos, y que pueda hacerlo pronto. Estamos convencidos de que el jurado nos dará la razón. Así pues, cuando rechace los ataques contra nuestro fármaco y falle a nuestro favor, el panorama cambiará totalmente. Creemos que los bufetes que han presentado las demandas conjuntas se dispersarán como hojas al viento y se derrumbarán. Es posible que haga falta que ganemos más de un juicio, pero lo dudo. En otras palabras, señorita Karros, nuestro plan es pegarles rápido y duro con un primer juicio. Cuando ganemos se marcharán con el rabo entre las piernas.

Nadine escuchó sin tomar notas. Cuando Walker hubo acabado, le contestó:

—En efecto, es un plan sencillo, aunque no demasiado original. ¿Por qué tiene que ser en Chicago?

—Por el juez, Harry Seawright. Hemos investigado a todos los jueces de las demandas presentadas contra el Krayoxx y pensamos que Seawright es nuestro hombre. Suele impacientarse con las acciones colectivas y no le gustan nada las demandas frívolas o que se presentan a la ligera. Le gusta utilizar el procedimiento abreviado en la apertura de los casos y llevarlos a juicio sin dilación. No es de los que dejan que languidezcan en un rincón. Su sobrino favorito toma Krayoxx regularmente, y lo que es más importante: su mejor amigo es el ex senador Paxton que, si no me equivoco, tiene un despacho en el piso ochenta y tres de este edificio, en Rogan Rothberg.

—¿Está sugiriendo que influyamos de algún modo en un juez federal? —preguntó Nadine arqueando ligeramente una ceja.

—Claro que no —repuso Walker con una desagradable sonrisa.

—¿Y cuál es la parte complicada del plan?

—El engaño. Debemos dar la impresión de que deseamos llegar a un acuerdo. Hemos pasado por esto otras veces, créame, de modo que tenemos mucha experiencia negociando indemnizaciones. Conocemos la codicia de esos bufetes y no tiene medida. Cuando se huelan que los millones están a punto de caer sobre la mesa, el frenesí aumentará. Con un acuerdo en el horizonte, la preparación del juicio perderá importancia. ¿Para qué molestarse en preparar a fondo los casos si nosotros estamos dispuestos a llegar a un acuerdo? Entretanto, nosotros, es decir, usted se estará dejando las cejas para tenerlo todo preparado de cara al juicio. Según nuestras previsiones, el juez Seawright sacará el látigo y hará avanzar el caso a toda velocidad. Cuando llegue el momento adecuado, las negociaciones se interrumpirán, los bufetes se encontrarán en pleno caos y nosotros tendremos una fecha de juicio que el juez Seawright no querrá aplazar de ningún modo.

Nadine Karros asintió y sonrió. Imaginaba la situación.

—Estoy segura de que tiene un caso concreto en mente —dijo.

—Desde luego. Hay un abogado de esta ciudad especializado en divorcios rápidos que se llama Wally Figg y que ha presentado la primera demanda contra el Krayoxx aquí en Chicago. Es un don nadie que trabaja con otro socio en un pequeño bufete del sudoeste de la ciudad. Prácticamente no tiene experiencia en juicios y ninguna en casos de acciones conjuntas. Acaba de unirse a un pez gordo de Fort Lauderdale llamado Jerry Alisandros, un viejo enemigo cuyo único objetivo en la vida es demandar a Varrick Labs una vez al año. Alisandros es un tipo al que debemos tener en cuenta.

—¿Puede llevar el caso a juicio? —preguntó Nadine, que ya pensaba en él.

—Su bufete es Zell & Potter, que tiene abogados muy competentes a la hora de pleitear, pero rara vez lo hace. Su especialidad es forzar a las empresas a negociar y cobrar grandes cantidades en concepto de honorarios. En estos momentos desconocemos quién comparecerá en el juicio por su parte. Es posible que contraten a alguien de Chicago.

Judy Beck, que estaba sentada a la izquierda de Walker, carraspeó y dijo con cierto nerviosismo:

—Alisandros ya ha presentado una moción para unificar todos los casos de Krayoxx en una sola DMD, una demanda multidistrito y...

—Sabemos lo que es una DMD —terció bruscamente Hotchkin.

—Desde luego. Alisandros tiene un juez favorito en el sur de Florida. Su modus operandi consiste en montar una multidistrito, hacer que lo nombren miembro del Comité de Demandantes y controlar la evolución de los acontecimientos desde allí. Naturalmente, cobra honorarios extra por formar parte de dicho comité.

Nick Walker tomó la palabra.

—En principio nos resistiremos a que se unifiquen las demandas. Nuestro plan es seleccionar a uno de los clientes del señor Figg y convencer al juez Seawright para que lo tramite por la vía de urgencia.

—¿Y qué pasa si ese juez de Florida ordena que se unifiquen las demandas y reclama la multidistrito para sí? —preguntó Hotchkin.

—Seawright es un juez federal —contestó Walker—, y el caso ha recaído en su tribunal. Si quiere celebrar el juicio aquí, nadie, ni siquiera el Tribunal Supremo, puede impedírselo.

Nadine Karros estaba leyendo el resumen que los hombres de Varrick habían repartido.

—Así pues —dijo—, si le he entendido bien, seleccionaremos a uno de los clientes fallecidos del señor Figg y convenceremos al juez Seawright para que lo separe del grupo. Luego, suponiendo que el juez nos siga el juego, respondemos a la demanda con muy poca agresividad, no admitimos nada, emitimos comunicados negándolo todo pero con suavidad, ponemos las cosas fáciles en la fase de apertura porque no queremos que el caso se eternice, tomamos declaraciones y les damos todos los documentos que pidan, es decir, que se lo ponemos muy fácil hasta que se despierten y se den cuenta de que tienen entre manos un juicio en toda regla. Entretanto, ustedes les habrán dado una falsa sensación de seguridad haciéndoles creer que se van a embolsar otra indemnización multimillonaria. ¿No es eso?

—Así es —contestó Walker—. Exactamente así.

Pasaron toda una hora hablando de los clientes fallecidos del señor Figg: Chester Marino, Percy Klopeck, Wanda Grant, Frank Schmidt y otros cuatro. Tan pronto como el caso se abriera, la señorita Karros y sus colaboradores tomarían declaración a los representantes legales de los fallecidos. Más adelante, cuando hubieran tenido tiempo para observarlos y sacar conclusiones, decidirían cuál de ellos preferirían llevar a juicio por separado.

La cuestión del joven Zinc se resolvió rápidamente. A pesar de que había trabajado cinco años para Rogan Rothberg, ya no era miembro del bufete ni existía conflicto de interés alguno porque en aquella época ni Rogan Rothberg representaba a Varrick Labs ni David Zinc a su cliente fallecido. Nadine Karros no lo conocía. Lo cierto era que solo uno de los miembros de su equipo tenía una vaga idea de quién se trataba. Zinc había trabajado en el departamento de finanzas internacionales, y este se hallaba en las antípodas del de pleitos.

Mientras, Zinc se dedicaba a la abogacía más básica y no podía estar más contento de haberse alejado del derecho financiero internacional. También pensaba a menudo en la sirvienta birmana y su nieto intoxicado con plomo. Tenía un nombre, un número de teléfono y una dirección. No obstante, establecer contacto había sido complicado. Toni, la amiga de Helen, había sugerido a la abuela que consultase con un abogado, pero eso había asustado a la pobre mujer hasta el punto de hacerla llorar. Se encontraba emocionalmente agotada y confundida. Por el momento, no había forma de hablar con ella. Su nieto seguía con respiración asistida.

David consideró la posibilidad de que sus dos socios se encargaran del caso, pero no tardó en cambiar de opinión. Wally era capaz de irrumpir en la habitación del hospital y dar un susto de muerte a alguien. Por su parte, Oscar era probable que insistiera en hacerse con el caso y acto seguido pedir un porcentaje extra en el supuesto de que hubiera indemnización. Tal como estaba aprendiendo rápidamente, sus dos socios no se repartían el dinero equitativamente y, según Rochelle, discutían constantemente por los honorarios. Habían pactado un sistema de puntos que se otorgaban en función de quién hacía el primer contacto con el cliente, de quién se trabajaba el caso y así sucesivamente. A decir de Rochelle, cada vez que tenían un buen caso de colisión automovilística, Oscar y Wally acababan peleándose por el reparto de los honorarios.

David se hallaba sentado a su mesa, escribiendo un sencillo testamento para un cliente —Rochelle le había informado de que tres abogados eran demasiados para una sola secretaria— cuando recibió un aviso de llegada de un correo electrónico del oficial del tribunal federal. Lo abrió y encontró la contestación a su demanda modificada. Su mirada fue directamente al registro de abogados, directamente al nombre de Nadine Karros, de Rogan Rothberg. Estuvo a punto de desmayarse.

Nunca se la habían presentado, pero conocía de sobra su reputación. Era una figura famosa del Colegio de Abogados de Chicago que había ido a juicio por asuntos muy importantes y los había ganado todos. En cambio, él no había dicho una palabra ante un tribunal. Y, sin embargo, allí estaban sus nombres, como si fueran iguales. Por parte de los demandantes: Wallis T. Figg, Oscar Finley y David Zinc, del bufete Finley & Figg, junto con Jerry Alisandros, del bufete Zell & Potter. Por parte de Varrick Labs: Nadine L. Karros y R. Luther Hotchkin, del bufete Rogan Rothberg. Al menos sobre el papel, David parecía tan competente como cualquiera de ellos.

Leyó la contestación atentamente. Los demandados admitían los hechos evidentes y negaban cualquier responsabilidad. En conjunto era una contestación sin complicaciones, casi benigna, a una demanda de cien millones, y no era eso lo que habían esperado. Según Wally, la respuesta de Varrick iba a ser una fulminante moción de desestimación de demanda basada en un abultado informe redactado por las lumbreras de Harvard que se dejaban la piel en el departamento de investigación del bufete. También según Wally, la moción desestimatoria provocaría un buen rifirrafe, pero ellos se saldrían con la suya porque ese tipo de mociones casi nunca eran aceptadas.

La defensa acompañaba su respuesta con una serie de cuestionarios con los que pretendía recabar información de los ocho clientes fallecidos y sus familias, así como solicitaba los nombres y las declaraciones de los testigos expertos. Por lo que David sabía, todavía no habían contratado a ningún experto, pero suponían que Jerry Alisandros era quien se ocupaba de hacerlo. Asimismo, la señorita Karros deseaba recoger las ocho deposiciones lo antes posible.

Según el oficial, en el correo había una copia textual de todo.

David oyó pasos en la escalera. Wally. El socio más joven entró jadeando.

—¿Has visto lo que han contestado?

—Lo acabo de leer. Parece bastante suave, ¿no crees?

—¿Y tú qué sabes de litigios?

—Lo siento, nada.

—Perdona, pero es que aquí se está cociendo algo. Tengo que llamar a Alisandros y averiguarlo.

—No es más que una contestación sencilla y una primera apertura. No hay por qué dejarse llevar por el pánico.

—¿Quién se deja llevar por el pánico? ¿Conoces a esa mujer? Según parece es de tu antiguo bufete.

—No me la han presentado, pero imagino que es una fiera.

—¿Sí? Bueno, Alisandros también lo es. De todas maneras, no vamos a ir a juicio —aseguró con una notable falta de convicción, antes de dar media vuelta y salir a grandes zancadas.

Había transcurrido un mes desde la presentación de la demanda, y sus sueños de un acuerdo rápido y jugoso se desvanecían por momentos. Al parecer iban a tener que trabajar de lo lindo antes de que empezaran a hablar de indemnizaciones.

Diez minutos más tarde, David recibió un correo de Wally que decía: «¿Puedes ponerte con esos cuestionarios? Tengo que pasar por la funeraria».

Claro, Wally, encantado.

18

Al final, los cargos contra Trip fueron retirados por falta de interés. No obstante, el tribunal dictó una orden de alejamiento por la que Trip debía mantenerse a una prudente distancia del bufete Finley & Figg y sus miembros. Trip se esfumó, pero su ex novia no.

DeeAnna llegó cuando faltaban cinco minutos para las cinco de la tarde, su hora habitual. Ese día iba vestida de vaquera: tejanos ceñidos, botas de punta y una blusa roja y ajustada cuyos tres últimos botones había olvidado abrochar.

—¿Está Wally? —preguntó con zalamería a Rochelle, que no la soportaba.

La nube de perfume la alcanzó de lleno e inundó toda la recepción. CA olfateó el aire, gruñó y corrió a refugiarse bajo la mesa.

—En su despacho —contestó Rochelle despectivamente.

—Gracias, cielo —repuso DeeAnna para irritarla todo lo posible.

Caminó hasta la puerta contoneándose y entró sin llamar. La semana anterior, Rochelle le había dicho que se sentara y esperara como cualquier otro cliente. Pero era evidente que gozaba de más influencia que los demás, al menos en lo que a Wally se refería.

Una vez dentro, DeeAnna se echó a los brazos de su

abogado. Tras besos, abrazos y el magreo de rigor, Wally dijo:

—Estás estupenda, nena.

—Y es todo para ti, amor —repuso ella.

Wally se aseguró de cerrar la puerta con llave y volvió a su silla giratoria de detrás del escritorio.

—Tengo que hacer un par de llamadas y nos vamos —dijo, embelesado.

—Lo que tú digas, encanto —ronroneó DeeAnna, que se sentó y se enfrascó en la lectura de una revista de famosos.

No leía otra cosa y era más tonta que hecha de encargo, pero a Wally le daba lo mismo. No pretendía juzgarla. Ella había tenido tres maridos, y él cuatro esposas. ¿Quién era para juzgar a nadie? En esos momentos se dedicaban a destrozarse mutuamente en la cama, y nunca había sido más feliz.

Fuera, Rochelle estaba limpiando su mesa, impaciente por marcharse puesto que «esa furcia» había entrado en el despacho del señor Figg y sabía Dios qué estarían haciendo. La puerta del despacho de Oscar se abrió y este salió con unos papeles en la mano.

—¿Dónde está Figg? —preguntó y miró la puerta del despacho de su socio.

—Dentro, con una clienta —contestó Rochelle—. Encerrado a cal y canto.

—No me lo diga.

—Pues sí, y van tres días seguidos.

—¿Siguen negociando sus honorarios?

—No lo sé, pero me da que el señor Figg ha subido la tarifa.

A pesar de que los honorarios eran poca cosa, lo habitual en un caso de divorcio de mutuo acuerdo, a Oscar le correspondía un porcentaje. Sin embargo, no sabía cómo iba a percibir su parte si su socio estaba cobrándola en especie. Se quedó mirando fijamente la puerta de Wally un momento, como si esperara escuchar los sonidos de la pasión, pero al no oír nada se volvió hacia Rochelle.

—¿Ha leído esto? —le preguntó.

—¿De qué se trata?

—Es nuestro acuerdo con Alisandros y Zell & Potter. Son ocho páginas y un montón de letra pequeña que mi socio ya ha firmado, obviamente sin leerlas en su totalidad. Aquí dice que debemos contribuir a los gastos de la demanda con veinticinco mil dólares. Figg no me lo había mencionado.

Rochelle hizo un gesto de indiferencia. Aquello era un asunto entre abogados y no le concernía. Sin embargo, Oscar echaba humo.

—Y no solo eso —continuó—. También dice que nos corresponde el cuarenta por ciento de cada caso, pero que la mitad de eso tiene que ir a Zell & Potter. Es más, añade que hay que pagar el seis por ciento al Comité de Demandantes, una pequeña gratificación para los peces gordos por sus desvelos, y que ese seis por ciento debe salir del total, lo cual nos deja solo un treinta y cuatro por ciento que encima debemos repartirnos con Alisandros. ¿Le encuentra sentido a todo esto, señora Gibson?

—No.

—Pues ya somos dos. ¡Nos están jodiendo por delante y por detrás y encima debemos poner sobre la mesa veinticinco de los grandes!

Oscar tenía las mejillas arreboladas y miraba fijamente la puerta del despacho de Wally, pero este se encontraba dentro y a salvo.

David bajó por la escalera y se unió a la conversación.

—¿Has leído esto? —le preguntó Oscar, muy enfadado, agitando el contrato.

—¿Qué es?

—Nuestro contrato con Zell & Potter.

—Le he echado un vistazo. No tiene demasiadas complicaciones.

—¿Ah, no? ¿Has leído lo de que debemos desembolsar veinticinco de los grandes para gastos?

—Sí y le pregunté a Wally sobre eso. Me contestó que seguramente iríamos al banco, los sacaríamos de la línea de crédito del bufete y los devolveríamos cuando cobrásemos.

Oscar miró a Rochelle, que le devolvió la mirada. Ambos pensaron lo mismo: ¿qué línea de crédito?

Oscar se dispuso a decir algo, pero cambió de opinión, dio media vuelta bruscamente y se encerró en su despacho tras dar un portazo.

—¿Se puede saber qué pasa? —preguntó David.

—Pues que no tenemos ninguna línea de crédito —contestó Rochelle—. Al señor Finley le preocupa que nos salga el tiro por la culata y que esta demanda contra el Krayoxx nos liquide financieramente. No sería la primera vez que uno de los planes del señor Figg nos estalla en la cara, pero sin duda este sería el más gordo.

David miró en derredor y se acercó.

—¿Puedo preguntarle algo confidencialmente, señora Gibson?

—No lo sé —repuso ella dando un cauteloso paso atrás.

—Estos dos pájaros llevan mucho tiempo metidos en esto. Más de treinta en el caso de Oscar y más de veinte en el de Wally. ¿Sabe si tienen algún dinero guardado en alguna parte? Como no he visto por la oficina creía que lo tenían escondido.

Rochelle también miró a su alrededor y contestó:

—No sé qué pasa con el dinero cuando sale de aquí. No creo que Oscar tenga gran cosa porque su mujer se gasta todo lo que él gana. Es de las que creen que pertenecen a una clase superior y se empeñan en demostrarlo. En cuanto a Wally, quién sabe, pero sospecho que está tan pelado como yo. Al menos son propietarios del edificio, que está libre de cargas.

David no pudo evitar fijarse en las grietas del techo. Déjalo estar, se dijo.

Dentro del despacho del señor Figg se oyó un grito de mujer.

—Me voy —dijo David, y cogió su abrigo.

—Yo también —declaró Rochelle.

Cuando Wally y DeeAnna salieron se había marchado todo el mundo. Apagaron rápidamente las luces, cerraron la puerta principal con llave y subieron en el coche de ella. Wally estaba encantado con su nuevo ligue, y también por tener a alguien dispuesto a llevarlo en coche a todas partes. Todavía le quedaban seis semanas de suspensión de carnet, y con el asunto del Krayoxx en plena ebullición necesitaba poder desplazarse. DeeAnna se había abalanzado sobre la oportunidad de ganar dinero con las gratificaciones por informar de casos —quinientos dólares por los de fallecimiento y doscientos por los otros—, pero lo que la emocionaba de verdad era oír hablar a Wally de la cuantiosa indemnización de Varrick Labs y de cómo esta iba a llenarle los bolsillos de dinero en concepto de honorarios (y puede que también a ella le cayera algo, aunque todavía no habían hablado de eso). La mayoría de las veces sus conversaciones de almohada se apartaban del universo del Krayoxx y lo que podía significar. Su tercer marido la había llevado a Maui y ella se había enamorado de la playa. Wally ya le había prometido unas vacaciones en el paraíso.

En aquella fase de su relación, Wally le habría prometido cualquier cosa.

—¿Adónde, cielo? —preguntó ella, alejándose a toda velocidad de la oficina.

DeeAnna era un peligro al volante de su Mazda descapotable, y Wally sabía que en caso de choque sus posibilidades eran más bien escasas.

—No hace falta que corras —contestó mientras se abrochaba el cinturón—. Vamos al norte, hacia Evanston.

—¿Tenemos noticias de esa gente? —preguntó.

—Oh, sí, cantidad de llamadas telefónicas.

Wally no mentía. Su móvil sonaba constantemente con preguntas de gente que había visto su pequeño folleto «¡Cuidado con el Krayoxx!». Había mandado imprimir diez mil y llenado todo Chicago con ellos. Los había clavado en tablones de anuncios, los había repartido en las salas de espera de Weight Watchers, de los hospitales y en los aseos de los restaurantes de comida rápida; los había enviado a la VFW y a cualquier otro sitio donde, según su astuta mente, hubiera gente luchando contra el colesterol.

—¿Y cuántos casos tenemos? —quiso saber DeeAnna.

Wally no pasó por el alto el uso de la primera persona del plural, pero tampoco tenía intención de decirle la verdad.

—Tenemos ocho casos de fallecimiento y cientos de no fallecimiento, pero están por comprobar. No estoy seguro de que todos los casos de no fallecimiento sean casos de verdad. Debemos asegurarnos de que ha habido algún tipo de lesión cardíaca antes de aceptarlos.

—¿Y cómo se hace eso?

Corrían por Stevenson sorteando los coches. DeeAnna parecía ajena a la presencia de la mayoría de ellos, y Wally se encogía de miedo cada vez que salvaban por los pelos una colisión.

—Ve más despacio, DeeAnna, no tenemos prisa —le dijo.

—Siempre te quejas de cómo conduzco —protestó ella, mirándolo con ojos de carnero degollado.

—Tú mira la carretera y aminora, ¿quieres?

DeeAnna levantó el pie del acelerador y puso morros durante unos minutos.

—Como te iba preguntando —prosiguió al cabo de un momento—, ¿de qué modo puedes saber si esa gente ha sufrido daños en el corazón?

—Contrataremos a un médico especialista para que los

examine. El Krayoxx debilita las válvulas cardíacas y hay ciertas pruebas que pueden determinar si el medicamento ha perjudicado a un posible cliente.

—¿Y cuánto vale cada examen?

Wally se había dado cuenta de que ella parecía mostrar una creciente curiosidad por las cuestiones económicas de la demanda y eso le resultaba irritante.

—Unos mil dólares cada uno —contestó a pesar de que no tenía ni idea.

Jerry Alisandros le había asegurado que Zell & Potter ya había contratado los servicios de varios médicos que estaban examinando a clientes potenciales. Finley & Figg no tardaría en poder disponer de dichos facultativos, y cuando los exámenes empezaran el número de casos de no fallecimiento crecería rápidamente. Alisandros se pasaba el día yendo de un lado a otro en su avión privado para reunirse con abogados como Wally, reuniendo casos aquí y allá, contratando expertos, planeando estrategias jurídicas y —lo más importante— machacando a Varrick y a sus abogados. Wally se sentía honrado por poder participar en algo tan importante.

—Eso es mucho dinero —comentó DeeAnna.

—¿Se puede saber por qué te preocupas tanto por el dinero? —le espetó Wally mirándole el botón de la blusa que faltaba por desabrochar.

—Lo siento. Soy de las que no paran de hablar. Todo esto es muy emocionante y será estupendo cuando Varrick empiece a extender cheques.

—Puede que falte bastante para eso. Por el momento concentrémonos en captar tantos clientes como podamos.

Oscar y su mujer, Paula, estaban en casa viendo una reposición de *M*A*S*H* en la televisión por cable cuando, de repente, se toparon con la voz chillona y el rostro angustiado de un abogado llamado Bosch, un viejo conocido de la publicidad por cable en la zona de Chicago. Bosch llevaba años dirigiéndose a las víctimas de los accidentes de coche y camión, y también a las intoxicadas con amianto y otros productos. Como no podía ser de otro modo, en ese momento acababa de convertirse en un experto en Krayoxx. Tronaba contra Varrick Labs y advertía de los peligros del medicamento. Durante los treinta segundos que duró el anuncio, su número de teléfono no dejó de parpadear en la parte inferior de la pantalla.

Oscar lo observó con gran curiosidad, pero no dijo nada.

—¿Te has planteado alguna vez hacer publicidad del bufete en televisión? —le preguntó su mujer—. Se diría que necesitáis algo para aumentar el negocio.

Aquella conversación no era nada nuevo. Durante treinta años, Paula le había aconsejado, sin que él se lo pidiera, acerca de cómo debía llevar el bufete, un negocio que nunca generaría el dinero suficiente para satisfacerla.

—Es muy caro —contestó Oscar—. Figg insiste en que debemos hacerlo, pero yo tengo mis dudas.

—Bueno, lo que no deberías permitir es que sea Figg quien aparezca en el anuncio. Espantaría a cualquier cliente potencial en kilómetros a la redonda. No sé, estos anuncios parecen tan poco profesionales...

Típico de Paula. Hacer publicidad en televisión podía aumentar los beneficios del bufete, pero al mismo tiempo era poco profesional. ¿Estaba a favor o en contra? ¿Quería lo uno o lo otro? Oscar no lo sabía, pero hacía años que eso había dejado de preocuparlo.

—¿Figg no lleva unos cuantos casos de Krayoxx? —preguntó Paula.

—Sí, algunos —masculló Oscar.

Lo que Paula no sabía era que su marido, junto con David, había firmado la demanda y era responsable de su desarrollo.

Tampoco sabía que el bufete debía atender los gastos del proceso. Su única preocupación era el escaso dinero que Oscar llevaba a casa todos los meses.

—Bueno, pues he hablado con mi médico y me ha dicho que ese medicamento es perfectamente inofensivo. A mí me ayuda a mantener el colesterol por debajo de los doscientos, de modo que no pienso dejarlo.

—No deberías hacerlo —repuso Oscar.

Si realmente el Krayoxx mataba a la gente, Oscar prefería que su mujer siguiera tomándolo con regularidad.

—Pero estas demandas están aflorando por todas partes, Oscar. No estoy tan convencida, ¿y tú?

Quería seguir tomando el medicamento, pero no se fiaba del medicamento.

—Figg está convencido de que causa lesiones cardíacas —contestó Oscar—. Muchos bufetes importantes piensan lo mismo y por eso van a demandar a Varrick. La opinión general es que la empresa llegará a un acuerdo antes que ir a juicio. Es demasiado arriesgado.

—Entonces, si hay un acuerdo, ¿qué pasa con los casos de Figg?

—Por el momento, lo que tiene son casos de fallecimiento, los ocho. Si hay un acuerdo de indemnización, el bufete se embolsará unos jugosos honorarios.

—¿Cómo de jugosos?

—Ahora mismo es imposible saberlo. —Oscar ya había empezado a hacer planes. Cuando toda aquella cháchara sobre la indemnización cobrara visos de realidad se lanzaría, presentaría una demanda de divorcio e intentaría que Paula no metiera mano al dinero del Krayoxx—. De todas maneras, dudo que haya acuerdo.

—¿Por qué no? Bosch acaba de decir que puede haber una gran indemnización.

—Bosch es idiota y lo demuestra día tras día. Estas grandes

empresas farmacéuticas suelen ir a juicio una o dos veces para comprobar la situación. Si los jurados les arrean, entonces empiezan a negociar, pero si ganan, siguen yendo a juicio hasta que los demandantes se cansan. Este asunto podría durar años.

Olvídate de tus esperanzas, cariño.

David y Helen Zinc llevaban una temporada tan amorosos como Wally y DeeAnna. Con David trabajando menos horas y recobradas sus pasadas energías, a Helen le había bastado una semana para quedarse embarazada. Desde que David volvía a casa cada noche a una hora decente habían recuperado el tiempo perdido. En esos momentos acababan de finalizar su sesión y estaban tumbados en la cama, viendo un programa de última hora, cuando Bosch apareció en pantalla.

—Parece que hay cierto histerismo con este asunto —comentó Helen al finalizar el anuncio.

—Oh, sí. Ahora mismo Wally debe de andar por ahí, llenando las calles con sus folletos. Sería más fácil si nos anunciáramos en televisión, pero no nos lo podemos permitir.

—Gracias a Dios. No me gustaría verte aparecer en pantalla, peleándote con tipos como ese Bosch.

—Pues yo creo que tengo un talento natural para salir en la tele. «¿Ha sufrido un accidente? ¡Nosotros defenderemos sus derechos! ¡Somos el terror de las compañías de seguros!» ¿Qué te parece?

—Me parece que tus antiguos amigos de Rogan Rothberg se partirían de risa.

—Allí no dejé amigos, solo malos recuerdos.

—¿Cuánto hace que te fuiste? ¿Un mes?

—Seis semanas y dos días, y ni por un segundo he deseado volver.

—¿Y cuánto has ganado en tu nuevo bufete?

—Seiscientos veinte dólares y subiendo.

—Bueno, aquí estamos de ampliación. ¿Has pensado en tus ingresos futuros y esas cosas? Dejaste un sueldo de trescientos mil dólares anuales y no pasa nada, pero tampoco podemos vivir con seiscientos al mes.

—¿Dudas de mí?

—No, pero sería agradable un poco de tranquilidad.

—De acuerdo, te prometo que ganaré el dinero suficiente para mantenernos sanos y felices, a los tres, o a los cuatro, o a los cinco, a los que sean.

—¿Y cómo piensas hacerlo?

—Con la televisión. Saldré en televisión a buscar víctimas del Krayoxx —contestó David entre risas—. Yo y Bosch. ¿Qué te parece?

—Creo que te has vuelto loco.

Más risas y otro revolcón.

19

El nombre oficial del encuentro era «conferencia de apertura», y se trataba de la habitual reunión de las partes ante el juez para hablar de la fase inicial de la demanda. No quedaba constancia escrita de la misma, aparte de las notas que solía tomar el oficial del juzgado. A menudo, y especialmente en el tribunal del juez Seawright, el juez se disculpaba y enviaba un suplente en su lugar.

Sin embargo, ese día Seawright presidía la conferencia. Siendo como era el juez más veterano del Distrito Norte de Illinois, disponía de un espacioso tribunal en el piso veintitrés del Dirksen Federal Building de Dearborn Street, en el centro de Chicago. Las paredes de la sala estaban revestidas de roble oscuro y había varios sillones de cuero para los distintos intervinientes. A la derecha, que correspondía a la izquierda del juez, se sentaban los demandantes: Wally Figg y David Zinc; a la izquierda, es decir, a la derecha del juez, lo hacía la docena de abogados de Rogan Rothberg que actuaban en nombre de Varrick Labs. Naturalmente, su líder era Nadine Karros y no solo se trataba de la única mujer presente, sino que se había vestido para la ocasión: un combinado de Armani azul marino con la falda justo por encima de la rodilla, sin medias pero con unos zapatos de plataforma y tacón de diez centímetros.

Wally no podía apartar la mirada de aquellos zapatos ni de la falda, ni del lote completo.

—Quizá deberíamos venir más a menudo a los tribunales federales —le susurró a David, que no estaba de humor para bromas.

A decir verdad, tampoco él lo estaba. Para ambos aquella era su primera comparecencia en el ámbito federal. Wally aseguraba que tramitaba constantemente casos en los tribunales federales, pero David lo dudaba. Oscar, que no solo era el socio de más edad, sino que se suponía que debía acompañarlos para hacer frente a los dos titanes que eran Rogan Rothberg y Varrick, había llamado para disculparse alegando que se encontraba mal.

Oscar no era el único ausente. El gran Jerry Alisandros y su equipo de litigantes mundialmente famoso estaban preparados para hacer una impresionante demostración de fuerza en Chicago; sin embargo, atender una vista de último minuto en Boston había sido más importante. Wally había dado un respingo al recibir la llamada de uno de los subordinados de Alisandros. «No es más que una conferencia de apertura», le había dicho el joven. Mientras conducían hacia el tribunal, Wally había expresado su desconfianza hacia Zell & Potter.

Para David, la situación le resultaba sumamente incómoda. Estaba sentado en un tribunal federal por primera vez en su vida y era consciente de que no diría una palabra porque no sabía qué decir. En cambio, sus oponentes eran un grupo de letrados expertos y bien vestidos que pertenecían al mismo bufete para el que había trabajado, el bufete que un día lo había contratado, entrenado, pagado un sueldo magnífico y prometido una larga y fructífera trayectoria profesional; el mismo bufete que él había rechazado a favor de Finley & Figg. Casi podía oírlos reír tras sus libretas. Con sus antecedentes y su diploma de Harvard, el lugar de David estaba con ellos, donde se facturaba por horas, y no en el banco del demandante, donde había que salir a la calle en busca de clientes. David no deseaba estar donde estaba. Y Wally tampoco.

El juez Seawright ocupó su sitio en el estrado y fue directo al grano.

—¿Dónde está el señor Alisandros? —gruñó mirando el banco de los demandantes.

Wally se puso en pie de un salto, esbozó una sonrisa grasienta y dijo:

—En Boston, señoría.

—O sea, que no va a venir.

—Así es, señoría. Estaba de camino, pero un asunto urgente lo ha retenido en Boston.

—Entiendo. Es uno de los abogados de la parte demandante. Dígale que la próxima vez que nos reunamos esté presente. Lo voy a sancionar con una multa de mil dólares por no asistir a la conferencia.

—Sí, señoría.

—¿Usted es el señor Figg?

—En efecto, señoría, y él es mi socio, David Zinc.

David intentó sonreír. Casi pudo notar cómo los letrados de Rogan Rothberg estiraban el cuello para mirar.

—Bienvenido a un tribunal federal, joven —dijo sarcásticamente el juez. Luego miró a la defensa—. Supongo que usted es la señorita Karros.

Nadine se levantó, y todas las miradas se clavaron en ella.

—Lo soy, señoría, y este es Luther Hotchkin, mi ayudante.

—¿Y todos los demás?

—Nuestro equipo para la defensa, señoría.

—¿De verdad necesita tanta gente para una simple conferencia de apertura?

Dales caña, se dijo Wally con los ojos fijos en la falda.

—Sí, señoría. Este es un caso importante y complicado.

—Eso tengo entendido. Pueden permanecer sentados durante el resto de esta audiencia. —Seawright cogió unos papeles y se ajustó las gafas de lectura—. Veamos, he hablado con dos de mis colegas de Florida y no estamos seguros de que estos casos puedan agruparse en una única demanda multidistrito. Se diría que los abogados de los demandantes tienen algunos problemas para organizarse. Al parecer, varios de ellos quieren un trozo más grande del pastel, lo cual no me sorprende. En cualquier caso, no tenemos más alternativa que proceder a la apertura de este caso. ¿Quiénes son sus expertos, señor Figg?

El señor Figg no solo no tenía expertos, sino tampoco la menor idea de cuándo podría contar con ellos. Había confiado en el poco veraz Jerry Alisandros para que los localizara porque eso era lo que este había prometido hacer. Se levantó lentamente, consciente de que cualquier vacilación lo haría quedar mal.

—Los tendremos la semana que viene, señoría. Como sin duda sabe nos hemos asociado con el bufete Zell & Potter, conocidos especialistas en acciones conjuntas, y con el frenesí que se ha desatado por todo el país está resultando complicado fichar a los mejores. De todas maneras, estamos en el buen camino.

—Me alegro de saberlo. Siéntese, por favor. Así pues, han presentado su demanda sin haber consultado con ningún experto.

—Bueno, sí, pero eso no es nada fuera de lo normal, señoría.

El juez Seawright no creía que el señor Figg supiera lo que era normal y lo que no, pero decidió no ponerlo en un apuro nada más empezar. Cogió una estilográfica y dijo:

—Le doy diez días para designar a sus expertos. A partir de entonces la defensa tendrá derecho a tomarles declaración sin la menor demora.

—De acuerdo, señoría —contestó Wally antes de sentarse.

—Gracias. Sigamos. Tenemos aquí ocho casos de fallecimiento, lo cual quiere decir que tratamos con ocho familias. Para empezar quiero que tome las declaraciones de los representantes legales de los ocho. ¿Cuándo pueden estar disponibles dichos representantes, señor Figg?

—Mañana, señoría —repuso Wally.

El juez se volvió hacia Nadine Karros y le preguntó:

—¿Le parece lo bastante pronto?

Ella sonrió y contestó:

—Preferimos que se nos avise con tiempo, señoría.

—Estoy seguro de que tiene la agenda muy llena, señorita Karros.

—Sí, señoría, como siempre.

—Y también tiene recursos ilimitados. Ahora mismo cuento once letrados tomando notas, y estoy seguro de que hay centenares más en el bufete. Estamos hablando de tomar declaración, que no es nada complicado; así pues, el miércoles de la próxima semana tomará declaración a cuatro de los demandantes y el jueves a los cuatro restantes. Le concedo dos horas como máximo con cada uno. Si necesita más tiempo, lo haremos más adelante. Si no puede venir, señorita Karros, elija a cinco o seis letrados de su pelotón. Estoy convencido de que podrán ocuparse de tomar unas simples declaraciones.

—Allí estaré, señoría —repuso Nadine con frialdad.

—Haré que mi ayudante organice los horarios y los detalles y mañana se lo enviará todo por correo electrónico. Luego, tan pronto como el señor Figg haya designado a sus expertos, programaremos sus declaraciones. Señorita Karros, le ruego que nos avise cuando sus expertos estén preparados y empezaremos a partir de ahí. Quiero tener listas estas declaraciones antes de sesenta días. ¿Alguna pregunta?

No hubo ninguna.

—Bien —prosiguió Seawright—, he repasado otras tres denuncias contra este demandado y sus productos y debo decir que mi opinión sobre sus métodos y su disposición a obrar conforme a las normas de apertura son manifiestamente mejorables. Al parecer, esta empresa se resiste a entregar la documentación pertinente a la parte contraria y ha sido pillada más de una vez ocultando documentos. Incluso ha sido sancionada por ello tanto a nivel estatal como federal. Los jurados le han sacado los colores más de una vez, y ha tenido que pagar por ello en forma de abultadas condenas; aun así, sigue ocultando información. Sus ejecutivos han sido acusados de perjurio al menos en tres ocasiones. ¿Puede usted asegurarme, señorita Karros, que esta vez el demandado se ajustará a lo que marca la ley?

Nadine miró fijamente a Seawright hasta que acabó bajando la vista.

—Yo no era la abogada defensora de Varrick en esos casos, señoría, y por lo tanto desconozco lo sucedido. No estoy dispuesta a que mi buen nombre quede en entredicho por culpa de unas demandas con las que no tuve nada que ver. Conozco perfectamente las normas, y mis clientes siempre se atienen a ellas.

—Ya lo veremos. Quiero que advierta a su cliente que lo estaré observando de cerca. Al primer indicio de una violación de la apertura haré comparecer al consejero delegado de Varrick y correrá la sangre. ¿Me ha entendido, señorita Karros?

—Perfectamente, señoría.

—Señor Figg, veo que no ha solicitado ninguna documentación. ¿Cuándo espera hacerlo?

—Estamos trabajando en ello, señoría —contestó Wally con la mayor autoconfianza posible—. Deberíamos tenerlo todo listo en un par de semanas.

Alisandros había prometido una larga lista de documentos que Varrick debía entregarles, pero todavía estaban por llegar.

—Esperaré por usted —contestó Seawright—. Es su demanda, y usted la presentó. Sigamos.

—Sí, señoría —contestó Wally, agobiado.

—¿Algo más, caballeros?

Casi todos los presentes negaron con la cabeza. Seawright pareció relajarse un poco y mordisqueó la punta de su estilográfica.

—Estoy pensando que a este caso se le podría aplicar la Norma Local Ochenta y tres-Diecinueve. ¿Lo ha pensado, señor Figg?

El señor Figg no lo había pensado porque desconocía completamente la Norma Local Ochenta y tres-Diecinueve. Abrió la boca para decir algo, pero no pudo.

David recogió el testigo rápidamente y pronunció sus primeras palabras en un tribunal.

—Lo hemos considerado, señoría, pero todavía no lo hemos hablado con el señor Alisandros. Antes de una semana habremos tomado una decisión.

El juez se volvió hacia Nadine.

—¿Y usted qué dice?

—Somos la defensa, señoría, y nunca tenemos prisa por ir a juicio.

Su candidez hizo gracia a Seawright.

—¿Qué demonios es la Regla Local Ochenta y tres-Diecinueve? —preguntó Wally a David por lo bajo.

—Procedimiento abreviado. Acelerar el caso —contestó este.

—Pero no queremos eso, ¿verdad? —bufó Wally.

—No. Lo que queremos es llegar a un acuerdo y embolsarnos el dinero.

—No es necesario que presente una moción, señor Figg —dijo su señoría—. Voy a poner este caso en la categoría Ochenta y tres-Diecinueve, en la vía rápida, así que manos a la obra.

—Sí, señoría —farfulló Wally.

El juez Seawright dio un golpe con su mazo.

—Audiencia concluida, señores. Nos volveremos a reunir dentro de sesenta días, para entonces espero ver aquí al señor Alisandros. Se suspende la sesión.

Mientras David y Wally recogían sus papeles a toda prisa con la esperanza de marcharse de allí cuanto antes, Nadine Karros se acercó para saludarlos.

—Me alegro de conocerlo, señor Figg. —Se volvió hacia David y le sonrió, azorándolo aún más—. Señor Zinc...

—Es un placer —contestó David, que le tendió la mano y se la estrechó.

—Esto promete ser una pelea larga y complicada, con mucho dinero sobre la mesa —dijo Nadine—. Por mi parte, mi intención es mantener las cosas en un nivel estrictamente profesional y que haya los mínimos resquemores personales. Estoy segura de que por su parte opinan lo mismo.

—Oh, sí, desde luego —babeó Wally, que parecía dispuesto a invitarla a una copa en cualquier momento.

David no se dejaba manipular tan fácilmente. En Nadine veía un rostro atractivo y unos modales amables, pero sabía que bajo aquella apariencia era una luchadora implacable, capaz de disfrutar contemplando cómo sangraban a sus oponentes ante el jurado.

—Supongo que le veré el próximo miércoles —le dijo.

—Si no antes —terció Wally en un triste intento de hacerse el gracioso.

Cuando Nadine se alejó, David cogió a Wally del brazo.

—Vámonos de aquí —le dijo.

20

Al saber que estaba embarazada y que su futuro inmediato lo dedicaría básicamente al niño, Helen empezó a restar importancia a sus estudios. Dejó de asistir a una clase matutina por culpa de los mareos y cada vez le costaba más encontrar la motivación necesaria para acudir a las demás. David insistía con la mayor delicadeza para que no lo dejara, pero ella deseaba tomarse un respiro. Tenía casi treinta y cuatro años y estaba muy emocionada por la idea de ser madre. Su doctorado en historia del arte había pasado a segundo plano.

Una fría mañana de marzo estaban almorzando en un café próximo al campus cuando Toni Vance, la amiga y compañera de estudios de Helen, entró por casualidad. Era diez años mayor que ella y tenía dos hijos adolescentes y un marido que se dedicaba a algo relacionado con el transporte marítimo de contenedores. También tenía a su servicio a aquella sirvienta birmana con un nieto que había sufrido lesiones cerebrales por culpa de una intoxicación con plomo. David había apremiado a Helen para que concertara una reunión, pero la sirvienta no se había mostrado demasiado dispuesta. David había husmeado un poco, procurando no entrometerse en la vida privada de nadie, y había averiguado que el pequeño tenía cinco años y llevaba dos meses en cuidados intensivos en el hospital infantil Lakeshore, en la parte norte de Chicago. Se llamaba Thuya Khaing y era ciudadano norteamericano puesto que había nacido en Sacramento. En cuanto a sus padres, David no había logrado saber nada de su situación como emigrantes. Se suponía que Zaw, la abuela que trabajaba en casa de Toni, estaba en posesión de la tarjeta verde.

—Me parece que ahora Zaw sí estaría dispuesta a hablar contigo —comentó Toni mientras se tomaba su espresso.

—Perfecto. Dime cuándo y dónde —repuso David.

Toni miró el reloj.

—Mi siguiente clase acaba a las dos, y después me iré a casa. ¿Por qué no os pasáis a partir de esa hora?

A las dos y media de la tarde David y Helen aparcaron detrás de un Jaguar estacionado ante una imponente casa de estilo contemporáneo de Oak Park. Fuera lo que fuese lo que hacía el señor Vance con los contenedores, estaba claro que se le daba bien. La construcción sobresalía aquí y allá entre grandes superficies de cristal y mármol pero sin un diseño aparente. Intentaba con todas sus fuerzas ser única y lo lograba plenamente. Al final localizaron la puerta principal y se encontraron con Toni, que había tenido tiempo de cambiarse de ropa y ya no parecía esforzarse por aparentar ser una estudiante de veinte años. Los acompañó a un solario con el techo de cristal y una gran vista del cielo y las nubes. Al cabo de un momento entró Zaw con un servicio de café para tres. Toni la presentó.

Era la primera vez que David conocía a una birmana, pero le calculó unos sesenta años de edad. Con su uniforme de sirvienta se la veía menuda. Tenía el cabello corto y canoso y un rostro que parecía petrificado en una sonrisa permanente.

—Habla un inglés correctísimo —dijo Toni—. Por favor Zaw, siéntese con nosotros.

La mujer tomó asiento en una pequeña silla, cerca de su jefa.

—¿Cuánto tiempo lleva viviendo en Estados Unidos, Zaw? —le preguntó David.

—Veinte años.

—¿Y tiene familia aquí?

—A mi marido, que trabaja en Sears, y también a mi hijo, que está empleado en una maderera.

—¿Y él es el padre de su nieto que ahora mismo se encuentra en el hospital?

Zaw asintió lentamente. La sonrisa desapareció de su rostro ante la mención del chico.

—¿El niño tiene hermanos o hermanas?

—Dos hermanas —contestó alzando dos dedos.

—¿Y también han estado enfermas?

—No.

—De acuerdo. ¿Puede explicarme qué ocurrió cuando su nieto se puso enfermo?

Zaw miró a Toni, que le dijo:

—No pasa Nada, Zaw. Puedes confiar en estas personas. El señor Zinc necesita que le expliques lo sucedido.

La mujer asintió de nuevo y empezó a hablar sin levantar la vista del suelo.

—Estaba muy cansado todo el tiempo, dormía mucho, y después le dolió mucho aquí. —La mujer se tocó el vientre—. Incluso lloraba de lo que le dolía. Luego empezaron los vómitos, vomitaba todos los días y adelgazó mucho. Lo llevamos al médico y el doctor ordenó su ingresó en el hospital, donde lo tienen dormido. —Se llevó la mano a la cabeza—. Creen que tiene un problema en el cerebro.

—¿El médico le dijo que se trataba de una intoxicación con plomo?

Zaw hizo un gesto afirmativo con la cabeza y respondió sin vacilar:

—Sí.

David también asintió mientras asimilaba la información.

—¿Su nieto vive con usted?

—En el piso de al lado.

David miró a Toni y le preguntó:

—¿Sabes dónde vive Zaw?

—En Rogers Park. Es un antiguo conjunto de viviendas. Creo que todos los que viven allí son birmanos.

David se volvió hacia la sirvienta.

—Zaw, ¿me permitiría usted que echara un vistazo a la casa donde vive su nieto?

—Sí —contestó ella, afirmando con la cabeza.

—¿Para qué necesitas ver esa casa? —quiso saber Toni.

—Para encontrar la fuente de la intoxicación con plomo. Podría estar en la pintura de las paredes o en la de algún juguete. Incluso podría estar en el agua. Debería verlo.

Zaw se levantó y dijo:

—Disculpen un momento.

Al cabo de unos segundos volvió a entrar con una pequeña bolsa de plástico de la que sacó un juego de dientes de plástico rosa con un par de grandes colmillos de vampiro.

—Le gustaban mucho —explicó—. Siempre estaba asustando a sus hermanas con ellos y haciendo ruidos raros.

David cogió la baratija. Era de plástico duro y parte de la pintura se había desconchado.

—¿Vio a su nieto jugar con ellos?

—Sí, muchas veces.

—¿Desde cuándo los tiene?

—Desde el año pasado, en Halloween. No sé si esto hizo que enfermara, pero los usaba todo el tiempo. Rosas, verdes, negros, azules... De muchos colores.

—¿O sea que hay todo un juego?

—Sí.

—¿Dónde están los demás?

—En casa.

Había oscurecido y estaba empezando a nevar cuando David y Helen localizaron el parque de viviendas. Eran unas construcciones de madera y papel embreado de los años sesenta, con unos pocos ladrillos en los peldaños de entrada y unos cuantos arbustos repartidos aquí y allá. Todas las viviendas eran de dos plantas, y algunas estaban tapiadas y evidentemente abandonadas. Se veían algunos vehículos, viejos coches importados de Japón. Era fácil imaginar que, de no haber sido por los tenaces esfuerzos de aquellos inmigrantes birmanos, haría tiempo que todo aquel lugar habría sido demolido.

Zaw los esperaba en el 14 B y los condujo al 14 C contiguo. Los padres de Thuya no aparentaban tener más de veinte años, pero en realidad estaban más cerca de los cuarenta. Parecían exhaustos, tristes y asustados, como habría estado cualquier padre en su lugar. Se sentían agradecidos de que un abogado hubiera ido a verlos a su casa, pero al mismo tiempo aterrados ante un sistema legal que no conocían ni entendían. La madre, Lwin, se apresuró a preparar y servir un poco de té. El padre era hijo de Zaw y se llamaba Soe. Como hombre de la casa llevaba la voz cantante. Hablaba un inglés decente, mucho mejor que el de su esposa. Tal como Zaw había dicho, trabajaba en una empresa maderera. Su mujer limpiaba oficinas en el centro. Helen y David se dieron cuenta enseguida de que habían hablado largo y tendido mucho antes de que ellos llegaran.

La vivienda estaba escasamente amueblada, pero limpia y ordenada. El único elemento decorativo era una gran foto de Aung Sang Suu Kui, la ganadora del premio Nobel de la Paz de 1991 y famosa disidente birmana. Algo hervía en la cocina y propagaba un penetrante aroma a cebolla. Antes de apearse del coche, los Zinc habían jurado que no se quedarían a cenar en el improbable caso de que los invitaran.

Lwin sirvió el té en unas tazas diminutas. Tras el primer sorbo, Soe preguntó:

—¿Por qué desean hablar con nosotros?

David tomó un poco de té, deseó no tener que repetir la experiencia y contestó:

—Porque si su hijo ha sufrido realmente una intoxicación con plomo y si el plomo ha salido de algo que hay en esta vivienda, entonces es posible, y subrayo lo de «posible», que podamos demandar al fabricante de ese producto tan peligroso. Me gustaría investigar el asunto, pero no puedo prometerles nada.

—¿Está diciendo que podrían darnos dinero?

—Quizá. Al menos ese es el propósito de una demanda. Pero primero hay que averiguar más cosas.

—¿Cuánto dinero?

Llegado a este punto, Wally les habría prometido cualquier cosa. David lo había oído asegurar —prácticamente garantizar— un millón o más a sus clientes del Krayoxx.

—No sabría qué responder a eso —contestó—. Es demasiado pronto. Me gustaría investigar un poco e ir paso a paso.

Helen contemplaba a su marido con admiración. Estaba haciendo un buen trabajo en un terreno en el que carecía de experiencia. En Rogan Rothberg nunca había visto una demanda.

—De acuerdo —dijo Soe—. ¿Y ahora qué?

—Dos cuestiones —repuso David—. La primera es que me gustaría echar un vistazo a las pertenencias de Thuya, a sus libros, a sus juguetes, a su cama, a cualquier cosa que pueda haber sido la fuente de la intoxicación. La segunda es que necesito que me firme unos papeles que me permitan tener acceso a sus antecedentes médicos.

Soe hizo un gesto afirmativo a Lwin, que rebuscó en una pequeña caja y sacó una bolsa de plástico con cierre hermético. La abrió y depositó en la mesita auxiliar cinco pares de dientes y colmillos de pega, azules, negros, verdes, púrpuras y rojos. Zaw añadió los rosas que había mostrado a David aquella tarde y el juego quedó completo.

—Se llaman Nasty Teeth —dijo Soe.

David contempló la colección de Nasty Teeth y por primera vez experimentó una punzada de excitación ante una posible demanda. Cogió los verdes. Eran de plástico duro, pero lo bastante flexibles para que se pudieran abrir y cerrar con facilidad. Le costó muy poco imaginar al hermanito pequeño con aquellos dientes, gruñendo y asustando a sus hermanas.

—¿Su hijo jugaba con esto? —preguntó David.

Lwin asinti, apesadumbrada.

—Le gustaban mucho —añadió el padre—. No se los quitaba de la boca. Una noche incluso intentó cenar con los dientes puestos.

—¿Quién los compró? —inquirió David.

—Yo —repuso Soe—. Le compré unas cuantas cosas para Halloween, baratijas.

—¿Dónde las adquirió? —preguntó David, que contuvo el aliento y rezó para que la respuesta fuera Walmart, Kmart, Target, Sears, Macy's o cualquier otra cadena de almacenes con la caja bien llena.

—En un mercadillo.

—¿Cuál?

—En Big Mall, cerca de Logan Square.

—Seguramente se refiere a Mighty Mall —lo corrigió Helen, y David notó que su entusiasmo se esfumaba.

Mighty Mall era una mezcolanza de edificios de metal que albergaban un laberinto de tenderetes y puestos de venta abarrotados donde uno podía encontrar desde casi cualquier objeto de curso legal hasta artículos del mercado negro: ropa barata, enseres para la casa, viejos discos, artículos de deporte, CD piratas, libros usados, bisutería, juguetes, juegos, lo que fuera. Los precios reventados atraían a muchos compradores, todas las operaciones se hacían en efectivo, y las facturas y recibos no se consideraban una prioridad.

—¿Venían en un paquete? —preguntó David.

Un paquete proporcionaba el nombre del fabricante y con suerte del importador.

—Sí, pero no lo tenemos —repuso Soe—. Acabó en la basura el primer día.

—No paquete —añadió Lwin.

La vivienda tenía dos dormitorios. Uno lo usaban los padres; el otro, los hijos. David siguió a Soe mientras las mujeres se quedaban en el salón. La cama de Thuya era un pequeño colchón en el suelo, junto al de sus hermanas. Los niños tenían una estantería pequeña y barata llena de libros para colorear y de cómics. En el suelo había una caja con juguetes de chico.

—Aquí están —dijo Soe, señalando la caja.

—¿Me permite que eche un vistazo?

—Por favor.

David se agachó y examinó lentamente el contenido de la caja: soldados de plástico, coches de carreras, aviones, una pistola y unas esposas; el revoltijo de juguetes baratos típicos de un niño de cinco años. Se levantó y dijo:

—Los examinaré a fondo más tarde. Por el momento asegúrese de que nadie tire nada.

Regresaron al salón. Los Nasty Teeth volvían a estar en la bolsa hermética. David les explicó que se los mandaría a un experto en intoxicaciones de plomo para que los analizara. Si aquellos dientes contenían realmente cantidades prohibidas de aquel metal, podrían reunirse de nuevo y hablar de la demanda. Advirtió a la familia que tal vez fuera difícil identificar al fabricante e hizo lo posible por atemperar el entusiasmo ante la idea de que algún día recibieran una indemnización. Cuando David y Helen se marcharon, Zaw, Soe y Lwin parecían tan confundidos y aprensivos como cuando habían llegado. Soe se dispuso a ir al hospital para pasar la noche con su hijo.

A la mañana siguiente, David envió los Nasty Teeth por mensajería urgente a un laboratorio de Akron. Su director, el doctor Biff Sandroni, era un experto en intoxicaciones de plomo infantiles. David le mandó también un cheque de dos mil quinientos dólares procedentes no de Finley & Figg, sino de su propia cuenta bancaria. Todavía no había hablado del caso con sus socios y no tenía intención de hacerlo hasta saber más.

Sandroni llamó dos días después para decir que había recibido el paquete y el cheque y que tardaría una semana más o menos en empezar con los análisis. Estaba muy interesado porque nunca había visto un juguete diseñado para llevarlo en la boca. Por una razón u otra, todos los que analizaba eran juguetes que los niños acababan mordisqueando. Los lugares de origen más probables eran China, México y la India, pero sin el paquete, iba a ser prácticamente imposible determinar el fabricante o el importador.

Sandroni era hablador y prosiguió con su charla. Le contó sus casos más importantes y afirmó repetidamente que le encantaban las salas de los tribunales y que era el responsable de condenas multimillonarias. Llamó a David por su nombre de pila e insistió en que este lo llamara Biff.* David no recordaba a nadie con semejante nombre. La fanfarronada lo habría preocupado de no haber sido porque había buscado a conciencia a su experto. El doctor Sandroni era un luchador con un currículo impecable.

A las siete de la mañana del sábado siguiente, David y Helen se dirigieron al Mighty Mall y dejaron el coche en un aparcamiento abarrotado. El tráfico era intenso, y el lugar ya estaba lleno de gente. En el exterior la temperatura era de un grado bajo cero, y dentro no hacía mucho más calor. Hicieron una cola para comprar algo de beber, consiguieron dos vasos de cacao caliente y empezaron a buscar. A pesar del caótico aspecto, el mercado no carecía de cierta organización. Los pues-

* En inglés, *biff* significa «bofetón». *(N. del T.)*

tos de comida, que atraían a la gente con delicias como Pronto Pups, donuts y algodón de azúcar, estaban cerca de la parte delantera. Seguían una serie de tenderetes que vendían ropa y zapatos baratos. Los libros usados, la bisutería, los recambios para coche y los muebles ocupaban otro largo pasillo.

Los compradores, al igual que los vendedores, eran de todo tipo y color. Además del inglés y el español se oían otros idiomas, algunos asiáticos, otros africanos y también alguna que otra ruidosa voz, seguramente rusa.

David y Helen se desplazaron con la multitud y fueron deteniéndose cada vez que veían algo de interés. Al cabo de una hora y con el cacao casi frío encontraron la zona dedicada a los enseres de casa y juguetes. Había tres puestos que ofrecían cientos de baratijas, pero nada que se pareciera a los Nasty Teeth. Tanto David como Helen sabían que faltaba mucho para Halloween y que no era probable que hallaran disfraces ni artículos de miedo.

David cogió un paquete que contenía tres dinosaurios diferentes: todos ellos suficientemente pequeños para que un recién nacido pudiera masticarlos, pero no lo bastante para que se los tragara. Los tres eran de distintos tonos verdosos. Únicamente un científico como Sandroni tenía los medios para rascar la pintura y analizar su contenido de plomo. No obstante, tras un mes de indagaciones exhaustivas, David estaba convencido de que la mayoría de los juguetes baratos estaban contaminados. Los dinosaurios los comercializaba Larkette Industries, de Mobile, Alabama, y habían sido fabricados en China. Recordaba haber visto el nombre de Larkette como demandado en más de una denuncia.

Mientras sostenía los dinosaurios pensó en lo absurdo que era todo aquello. Un juguete barato se fabricaba al otro lado del mundo por unos centavos y se decoraba con pintura de plomo. Luego se importaba a Estados Unidos y circulaba por el sistema de distribución hasta llegar allí, a un gigantesco mercadillo donde se vendía por un dólar con noventa y nueve y lo compraba alguien con escasos medios, que se lo llevaba a casa y se lo regalaba a su hijo. Este lo mordisqueaba y acababa en el hospital con una lesión cerebral y destrozado de por vida. ¿De qué servían tantas leyes, normativas, inspectores y burócratas para la protección del consumidor?

Y eso por no hablar de los cientos de miles de dólares que costaba mantener a esa pobre criatura conectada a un respirador artificial.

—¿Lo va a comprar? —preguntó de mala manera la menuda mujer de origen hispano.

—No, gracias —contestó David saliendo de su ensimismamiento.

Dejó los dinosaurios en el montón y se alejó.

—¿Alguna señal de los Nasty Teeth? —preguntó a Helen cuando la alcanzó.

—Ni una.

—Me estoy helando. Vámonos de aquí.

21

Tal como las había programado el oficial del juez Seawright, las deposiciones de los clientes de Finley & Figg en el caso del Krayoxx comenzaron puntualmente a las nueve de la mañana en un salón de baile del hotel Downtown Marriott. Como correspondía al demandado, Varrick Labs era quien se hacía cargo de la factura de la sesión; había un generoso surtido de pastas y bollería, además de café, té y zumos. En un extremo del salón se había dispuesto una larga mesa con una cámara de vídeo a un lado y una silla para los testigos en el otro.

Iris Klopeck fue la primera en declarar. La víspera había llamado al teléfono de emergencias y había solicitado que la llevaran en ambulancia al hospital, donde le trataron la arritmia y la hipertensión. Tenía los nervios de punta y le dijo a Wally varias veces que no se sentía con fuerzas para proseguir con la demanda. Él le repitió otras tantas que si era capaz de aguantar un poco no tardaría en cobrar una jugosa indemnización, «seguramente de millones de dólares», lo cual ayudó de algún modo. Otra ayuda fue una buena cantidad de ansiolíticos. Así pues, cuando Iris ocupó el asiento de los testigos y contempló a la legión de abogados presentes, tenía la mirada vidriosa y su mente parecía flotar en el país de las maravillas. Al principio se quedó muy quieta y miró a su abogado con aire de indefensión.

—Se trata solo de prestar declaración —le había repetido

Wally—. Estará lleno de abogados, pero son buena gente. La mayoría, al menos.

No lo parecían. A su izquierda se sentaba una hilera de jóvenes letrados con trajes muy serios y ceños aún más serios. A pesar de que todavía no había dicho una palabra, no dejaban de garabatear en sus libretas. El más próximo era una atractiva mujer que le sonrió y la ayudó a tomar asiento. A su derecha estaban Wally y sus dos colegas.

—Señora Klopeck, me llamo Nadine Karros y soy la abogada de Varrick Labs —dijo la mujer—. Vamos a tomarle declaración durante las próximas dos horas, y me gustaría que se relajara. Le prometo que no la atosigaré. Si no entiende una pregunta, no conteste. Yo se la repetiré. ¿Está preparada?

—Sí —contestó Iris, que veía doble.

Frente a Iris se hallaba un oficial del tribunal.

—Levante la mano derecha —le pidió.

Iris obedeció y juró decir la verdad y nada más que la verdad.

—Bien, señora Klopeck —dijo la señorita Karros—, estoy segura de que sus abogados le han explicado que vamos a grabar en vídeo su declaración y que dicha grabación podrá ser usada ante el tribunal si por alguna razón usted no pudiera prestar testimonio. ¿Lo entiende?

—Creo que sí.

—Bien, pues si mira a la cámara mientras habla todo irá sobre ruedas.

—Sí, bien. Creo que hasta ahí llego.

—Estupendo, señora Klopeck. ¿Está tomando actualmente algún tipo de medicación?

Iris miró fijamente a la cámara como si esperara que esta le dijera lo que tenía que responder. Tomaba once pastillas diarias para la diabetes, la tensión, el colesterol, las taquicardias, las piedras del riñón y otras dolencias, pero la única que le preocupaba era el ansiolítico porque podía afectar a su estado mental. Wally le había sugerido que evitara hablar del medicamento en cuestión en caso de que le preguntaran. La sesión no había hecho más que empezar y allí estaba la señorita Karros preguntándole precisamente por eso.

—Desde luego —repuso con una risita tonta—. Tomo un montón de pastillas.

Fueron necesarios quince minutos para detallarlas todas sin ayuda del ansiolítico. Justo cuando había llegado al final de la lista, Iris se acordó de un último medicamento y espetó:

—Ah, y también tomaba Krayoxx, pero lo dejé porque esa cosa mata a la gente.

Wally soltó una sonora carcajada, Oscar también lo encontró gracioso y David reprimió la risa mirando a los chicos de Rogan Rothberg, ninguno de los cuales había esbozado la menor sonrisa. Nadine sonrió y preguntó:

—¿Eso es todo, señora Klopeck?

—Creo que sí —respondió ella, no del todo segura.

—Es decir, no está tomando nada que pueda afectar a su memoria ni a su capacidad de juicio o de responder verazmente.

Iris miró a Wally, que se ocultaba tras su libreta, y durante una fracción de segundo quedó claro que se callaba algo.

—Así es —contestó al fin.

—¿No toma nada para la depresión, el estrés o los ataques de ansiedad?

Fue como si Nadine Karros le hubiera leído el pensamiento y supiera que estaba mintiendo. Iris Klopeck estaba al borde del síncope cuando respondió:

—Normalmente no.

Diez minutos más tarde seguían dándole vueltas a ese «normalmente no», e Iris acabó reconociendo que muy de vez en cuando se tomaba un ansiolítico. Aunque, se mostró bastante evasiva ante los intentos de la señorita Karros para que concretara el uso que hacía de dicho medicamento. Balbuceó cuando llamó a esas pastillas sus «píldoras de la felicidad», pero se mantuvo en sus trece. A pesar de su lengua pastosa y su mirada adormecida, Iris aseguró al muro de abogados de su izquierda que estaba totalmente lúcida y lista para lo que fuera.

Dirección, fechas de nacimiento, familia, educación, ocupación... La deposición no tardó en sumirse en el tedio a medida que Nadine e Iris desmenuzaban la familia Klopeck, haciendo especial énfasis en el fallecido Percy. Cada vez más lúcida, Iris se las arregló para atragantarse dos veces con las lágrimas al hablar de su difunto y adorado marido, que llevaba muerto más de dos años. La señorita Karros sondeó la salud y los hábitos de Percy —fumar, beber, ejercicio, dieta—, y aunque Iris hizo todo lo posible por ponerlo en forma, el retrato que le salió fue el de un hombre obeso y enfermo que se alimentaba de comida basura, bebía demasiada cerveza y rara vez se levantaba del sofá.

—Sí, pero dejó el tabaco —insistió más de una vez Iris.

Al cabo de una hora hicieron una pausa, y Oscar se disculpó alegando que tenía una cita en los tribunales. Wally no acabó de creérselo. Prácticamente había tenido que forzar a su socio para que estuviera presente en las deposiciones y de ese modo pudieran hacer entre los tres una pequeña demostración de fuerza ante las legiones que Rogan Rothberg iba a mandar, por mucho que se pudiera dudar de que la presencia de Oscar Finley lograra inquietar a la defensa. Con su dotación al completo, el lado de la mesa que correspondía a Finley & Figg contaba con tres letrados. Tres metros más allá, Wally había contado ocho.

Siete abogados sentados y tomando notas mientras otro hacía las preguntas. Aquello era ridículo. Sin embargo, mientras Iris seguía parloteando, Wally se dijo que quizá fuera buena señal, que quizá en Varrick estaban muy asustados y habían pedido a Rogan Rothberg que no repararan en gastos. Quizá Finley & Figg tuviera a la empresa contra las cuerdas y no lo supiera.

Cuando retomaron la deposición, Nadine apremió a Iris para que hablara del historial médico de Percy, y Wally desconectó. Seguía molesto con Jerry Alisandros porque este había vuelto a saltarse la comparecencia. En un principio le había comentado que tenía grandes planes y que pretendía asistir a las deposiciones con todos sus colaboradores para hacer una entrada espectacular y plantar a cara a Rogan Rothberg. Sin embargo, una urgencia de última hora, esta vez en Seattle, había sido más importante.

«No es más que una toma de declaración —le había dicho por teléfono a un alterado Wally—, un trámite de lo más corriente.»

Sí, de lo más corriente. Iris estaba hablando de una de las hernias de Percy.

El papel de David era limitado. Estaba allí para calentar la silla, y no tenía más que hacer que escribir y leer. Lo que leía era un informe del Departamento de Sanidad sobre intoxicaciones infantiles con plomo.

Muy de cuando en cuando, Wally decía:

—Protesto, plantea conclusiones.

La encantadora señorita Karros se interrumpía hasta que Wally acababa y después decía:

—Puede responder, señora Klopeck.

Y lograba que Iris dijera todo lo que necesitaba oír.

El estricto límite de dos horas impuesto por Seawright se cumplió a rajatabla. La señorita Karros formuló su última pregunta cuando faltaban dos minutos para las once y después dio las gracias a la señora Klopeck por ser tan buena testigo. Iris rebuscó en el bolso, donde guardaba el bote de ansiolíticos. Wally la acompañó hasta la puerta y le aseguró que lo había hecho estupendamente.

—¿Cuándo cree que llegarán a un acuerdo? —preguntó ella en voz baja.

Wally se llevó un dedo a los labios y la sacó de la sala.

La siguiente fue Millie Marino, viuda de Chester y madrastra de Lyle, el heredero de la colección de estampas de béisbol y la primera fuente de información que tuvo Wally acerca del Krayoxx. Millie tenía cuarenta y nueve años, era atractiva, estaba relativamente en forma, iba razonablemente bien vestida y en apariencia no se medicaba. En conjunto ofrecía un acusado contraste con la testigo precedente. Estaba allí para presentar declaración, pero seguía sin estar plenamente convencida de la demanda. Ella y Wally seguían discutiendo sobre el testamento de su difunto esposo, y Millie le había reiterado su amenaza de retirarse de la acción conjunta y buscarse otro abogado. Wally contraatacó comprometiéndose por escrito a una indemnización de un millón de dólares.

La señorita Karros formuló las mismas preguntas. Wally reiteró las mismas objeciones. David siguió leyendo el memorando y pensó: solo seis testigos más y se habrá acabado.

Tras un rápido almuerzo, los abogados se reunieron de nuevo para la deposición de Adam Grand, el encargado de la pizzería cuya madre había fallecido seis meses atrás, después de haber estado medicándose con Krayoxx durante dos años. (Se trataba de la misma pizzería que Wally frecuentaba últimamente en secreto para dejar en los aseos sus folletos de «¡Cuidado con el Krayoxx!».)

Nadine Karros se permitió un descanso y dejó que fuera su segundo, Luther Hotchkin, quien se encargara de tomarle declaración. Debía de haberle pasado las preguntas porque Hotchkin repitió su interrogatorio palabra por palabra.

Durante su insoportable estancia en Rogan Rothberg, David había oído contar muchas historias de la gente del departamento de pleitos. Eran un tema aparte, tipos salvajes que jugaban con importantes cantidades de dinero, corrían enormes riesgos y vivían al límite. En todos los grandes bufetes, la sección de litigios era siempre la más pintoresca y la que contaba con personalidades más marcadas. Eso decían las leyendas urbanas. En ese momento, mientras miraba de hito en hito los rostros de sus adversarios, tenía serias dudas acerca de la veracidad de dichas leyendas. Nada de lo que había vivido como abogado resultaba tan aburrido como asistir a una deposición. Y solo llevaba tres. Casi echaba de menos la emoción de zambullirse en los estados de cuentas de oscuras corporaciones chinas.

La señorita Karros se había tomado un descanso, pero no se perdía detalle. Aquella primera ronda de declaraciones no era más que una pequeña selección, el desfile que debía proporcionarle la oportunidad de conocer y examinar a los ocho testigos para escoger al más adecuado. ¿Podría Iris Klopeck soportar los rigores de un intenso juicio de dos semanas de duración? Seguramente no. Había hecho su declaración estando colocada, y Nadine ya tenía dos colaboradores indagando en su historial médico. Por otra parte, cabía la posibilidad de que algún miembro del jurado sintiera simpatía por ella. Millie Marino sería una gran testigo, pero el caso de su marido, Chester, era el que podía tener mayor relación potencial con la cardiopatía y el fallecimiento.

Nadine y los suyos acabarían de tomar declaración a los testigos, repasarían una y otra vez las grabaciones e irían eliminando poco a poco a los mejores. Ella y sus expertos examinarían a fondo el historial médico de las ocho víctimas y acabarían eligiendo a la más débil. Una vez escogida correrían a presentarse ante el tribunal con una moción implacable y bien argumentada para que se abriera juicio por separado. Luego solicitarían al juez Seawright que se encargara del caso, que lo tramitara por el procedimiento de urgencia y que señalara sin dilación una fecha para un juicio con jurado.

Poco después de las seis de la tarde, David salió a toda prisa del Marriott y casi corrió hasta su coche. Se sentía mentalmente entumecido y necesitaba llenarse los pulmones de aire fresco. Se alejó del centro, se detuvo en el Starbucks de un centro comercial y pidió un espresso doble. Un poco más adelante había una tienda de artículos de fiesta que anunciaba disfraces y prendas varias. Como venía haciendo desde hacía un tiempo, se acercó a echar un vistazo. Últimamente no había tienda de esas características que se les escapara ni a él ni a Helen. Andaban en busca de un lote de Nasty Teeth con el correspondiente envoltorio donde figurara en letra pequeña el nombre de la empresa fabricante. El establecimiento ofrecía la habitual colección de disfraces baratos, artículos de broma, para decorar, juguetes y papel para envolver. Encontró varios dientes de vampiro fabricados en México por una empresa de Tucson llamada Mirage Novelties.

La conocía. Incluso tenía abierto un pequeño expediente sobre ella. No cotizaba en Bolsa y el año anterior había vendido productos por valor de dieciocho millones de dólares. David tenía archivadas unas cuantas empresas especializadas en juguetes baratos, y su búsqueda no dejaba de crecer. Lo que no había logrado encontrar era otro juego de Nasty Teeth.

Pagó tres dólares por unos colmillos más que añadir a su colección y fue en coche hasta el Brickyard Mall, donde se encontró con Helen en un restaurante libanés. Durante la cena no quiso hablarle del día que había tenido —al siguiente le esperaba otro igual—, así que charlaron de las clases de ella y, como no podía ser de otro modo, del nuevo miembro de la familia.

El hospital infantil Lakeshore no estaba lejos de allí. Encontraron la UCI y a Soe Khaing en la sala de visitas. Lo acompañaban varios familiares y se los presentó, pero ni Helen ni David entendieron los nombres. Aquellos birmanos parecían sinceramente conmovidos por el hecho de que los Zinc hubieran pasado a saludar y a interesarse por Thuya.

La situación del niño había cambiado poco durante el último mes. Al día siguiente de haber hablado con Soe y Lwin, David había llamado a uno de los médicos; cuando le hubo mandado copia de los papeles firmados por el padre del muchacho, el hombre estuvo dispuesto a hablar. El estado de Thuya era preocupante. El nivel de plomo acumulado en su cuerpo resultaba sumamente tóxico y le había producido daños generalizados en el hígado, los riñones, el sistema nervioso y el cerebro. Alternaba los momentos de conciencia con los de inconsciencia. Aunque lograra sobrevivir, tendrían que pasar meses o incluso años antes de que los médicos pudieran evaluar el alcance de los daños cerebrales. Sin embargo, lo normal con aquellas dosis de intoxicación era que los niños no sobrevivieran.

David y Helen siguieron a Soe por el pasillo, pasaron ante el mostrador de las enfermeras y se detuvieron frente a una ventana desde donde vieron a Thuya inmovilizado en una pequeña cama y conectado a un complicado entramado de tubos, cables y monitores. Respiraba con la ayuda de una máquina.

—Lo acaricio todos los días. Puede oírme —les dijo Soe, enjugándose una lágrima.

Helen y David se quedaron mirando por la ventana sin saber qué decir.

22

Otra característica de los grandes bufetes que David había acabado aborreciendo eran las largas reuniones. Reuniones para evaluar y analizar, para hablar del futuro del bufete, para planificar cualquier cosa, para dar la bienvenida a los nuevos, para despedir a los viejos, para ponerse al corriente de las novedades legislativas, para asesorar a los novatos, para ser asesorados por los veteranos, para hablar de bonificaciones, para discutir cuestiones laborales o de cualquier otro asunto de una lista interminable y aburrida. La política de Rogan Rothberg era trabajar y facturar sin descanso, pero se celebraban tantas reuniones que a menudo estas entorpecían tanto lo uno como lo otro.

Con esa idea en mente, David propuso a pesar suyo que los miembros de Finley & Figg celebraran una reunión. Llevaba allí cuatro meses y se había adaptado a una cómoda rutina. No obstante, le preocupaba la falta de cortesía y de comunicación que existía entre los otros miembros del bufete. La demanda contra el Krayoxx empezaba a eternizarse, de modo que los sueños de Wally de dar con un filón instantáneo se estaban esfumando. Los beneficios se resentían. En cuanto a Oscar, estaba cada vez más irritable, suponiendo que tal cosa fuera posible. De sus charlas con Rochelle, David se había enterado de que ninguno de los socios se sentaba a una mesa para hablar de estrategias o para manifestar sus quejas.

Oscar alegaba estar demasiado ocupado. Wally decía que esas reuniones eran una pérdida de tiempo. Rochelle pensaba que aquello era una tontería hasta que supo que la invitarían a participar y entonces le pareció fantástica. Siendo la única empleada que no era abogado, la idea de que fueran a darle la oportunidad de explayarse le pareció de perlas. Poco a poco, David logró convencer al socio más joven y al más veterano, y por fin Finley & Figg puso fecha a su reunión inaugural.

Esperaron a que dieran las cinco de la tarde, entonces cerraron con llave la puerta principal y descolgaron los teléfonos. Al cabo de unos momentos de cierta tensión, David dijo:

—Oscar, como socio más veterano que eres, propongo que dirijas la reunión.

—Muy bien —contestó este—. ¿De qué quieres hablar?

—Me alegra que me lo preguntes —contestó David, que repartió un orden del día donde figuraban los siguientes temas: el calendario de honorarios, el examen del caso, el archivo de documentos y la especialización—. Esto no es más que una sugerencia —añadió—. La verdad es que me da igual de lo que hablemos, pero creo que es bueno que expresemos lo que llevamos dentro.

—Me temo que has pasado demasiado tiempo en un gran bufete —replicó Oscar.

—¿Qué te reconcome, David? —le preguntó Wally.

—No me reconcome nada. Sencillamente creo que podríamos hacerlo bastante mejor a la hora de igualar nuestros honorarios y de revisar mutuamente nuestros casos. Además, nuestro sistema de archivos está totalmente anticuado, y como bufete no conseguiremos ganar dinero si no nos especializamos.

—Bien, hablemos de dinero —dijo Oscar, cogiendo una libreta—. Desde que presentamos la demanda contra el Krayoxx, nuestros beneficios han bajado por tercer mes consecutivo. Estamos gastando demasiado en esos casos y nuestra liquidez se resiente. Eso sí que me reconcome —concluyó fulminando a Wally con la mirada.

—Los beneficios de este caso están al caer —replicó este.

—Eso es lo que repites siempre.

—El mes que viene zanjaremos la indemnización del accidente de los Groomer y nos embolsaremos unos veinte mil dólares netos. No tiene nada de raro que pasemos por algún que otro momento de sequía, Oscar. Además, tú llevas en esto más que yo y sabes que siempre hay altibajos. El año pasado perdimos dinero durante nueve de los doce meses y aun así al final tuvimos un buen beneficio.

Alguien llamó a la puerta con fuerza. Wally se puso en pie de un salto.

—¡Oh, no! —exclamó—, es DeeAnna. Lo siento, chicos, le dije que se tomara el día libre.

Corrió a abrir, y DeeAnna hizo una de sus espectaculares entradas: pantalón negro de cuero, muy ceñido, zapatos de tacón con plataforma, suéter de algodón ajustado.

—Hola, nena —la saludó Wally—. Estamos celebrando una reunión. ¿Por qué no me esperas en el despacho?

—¿Cuánto rato?

—Poco.

DeeAnna sonrió provocativamente a Oscar y a David y pasó contoneándose. Wally la acompañó a su despacho y la encerró dentro. Luego volvió a la reunión, con aire avergonzado.

—¿Quieren que les diga lo que me reconcome a mí? —dijo Rochelle—. ¡Pues esa mujer! ¿Se puede saber por qué tiene que aparecer por el despacho todas las tardes?

—Es verdad, Wally, tú solías atender a los clientes después de las cinco —objetó Oscar—, pero ahora te encierras con ella en tu oficina.

—Allí no molesta a nadie —replicó Wally—, y tampoco hacemos tanto ruido.

—Me molesta a mí —aseguró Rochelle.

Wally apoyó las manos en la mesa y frunció el entrecejo, listo para discutir.

—A ver si os queda claro. Ella y yo vamos en serio y no es asunto vuestro. ¿Entendido? Es la última vez que lo digo.

Se hizo un tenso silencio mientras todos dejaban escapar un suspiro. Oscar fue el primero en hablar.

—Imagino que le habrás hablado del asunto del Krayoxx y de esa millonaria indemnización que se supone que está a la vuelta de la esquina, ¿verdad? No me extraña que se pase por aquí todos los días.

—Yo no hablo de tus mujeres, Oscar —replicó Wally.

¿«Mujeres»? ¿Más de una? Rochelle puso unos ojos como platos, y David recordó por qué aborrecía aquellas reuniones. Oscar miró a Wally con incredulidad durante unos segundos que se hicieron eternos. Los dos parecían anonadados por sus respectivos comentarios.

—Pasemos a otro punto del orden del día —propuso David—. Me gustaría que me dierais permiso para analizar la estructura de los honorarios y presentaros un esquema destinado a unificarlos. ¿Alguna objeción?

No hubo ninguna.

David repartió unas hojas de papel.

—Lo que tenéis delante es un caso con el que me he tropezado por casualidad, pero me parece que tiene un gran potencial.

—¿Nasty Teeth? —preguntó Oscar después de contemplar la foto en color de la colección de dientes de vampiro.

—Así es. Nuestro cliente es un niño de cinco años que está en coma por culpa de una intoxicación con plomo. Su padre le compró este juego de dientes y colmillos el pasado Halloween, y al chaval le gustaron tanto que no se los quitaba de la boca. Los distintos colores con los que están pintados tienen plomo. En la página tres veréis un informe preliminar del laboratorio de Akron donde el doctor Biff Sandroni examinó los dientes. Su conclusión figura al pie. Los seis colmillos del juego están recubiertos de plomo. Sandroni es un experto en las intoxicaciones con plomo y dice que este es el producto más peligroso que ha visto en muchos años. Cree que los dientes se fabricaron en China y que seguramente los importó una de las muchas empresas de este país que se dedican a comercializar juguetes de baratija. Los chinos tienen un largo y siniestro historial por utilizar pintura de plomo en multitud de productos. El Departamento de Sanidad y la Asociación de Consumidores están constantemente poniendo el grito en el cielo y pidiendo que se retiren dichos productos, pero les resulta imposible controlarlo todo.

Rochelle tenía entre manos el mismo resumen que Oscar y Wally.

—Pobre crío —dijo—. ¿Saldrá de esta?

—Los médicos creen que no. Ha sufrido graves daños en el cerebro, en el sistema nervioso y en distintos órganos. Si vive tendría una triste existencia.

—¿Quién es el fabricante? —preguntó Wally.

—Esa es la pregunta del millón. No he conseguido dar con otro juego de Nasty Teeth en todo Chicago, y eso que Helen y yo llevamos más de un mes dando vueltas por la ciudad. Tampoco he encontrado nada en internet ni en los catálogos de los mayoristas. Ni rastro por el momento. Es posible que este producto solo aparezca en el mercado en Halloween. La familia no conservó el envoltorio.

—Tiene que haber productos parecidos —comentó Wally—. Me refiero a que si esa empresa fabrica basura como esta seguro que también hace otros artículos, como bigotes postizos o cosas así.

—Esa es mi teoría, y por eso estoy reuniendo una bonita

colección de artículos. Al mismo tiempo también estoy investigando a los distintos importadores y fabricantes.

—¿Quién ha pagado este informe? —preguntó un suspicaz Oscar.

—Yo. Dos mil quinientos pavos.

Aquello acalló cualquier comentario e hizo que todos contemplaran el informe.

—¿Los padres han firmado un contrato con nuestro bufete? —quiso saber Oscar al fin.

—No. Han firmado un contrato conmigo para que pueda tener acceso al historial médico del chico y empezar a investigar. Pero firmarán con el bufete si se lo pido. La pregunta es muy sencilla: ¿acepta Finley & Figg el caso? Si la respuesta es afirmativa inevitablemente tendremos que desembolsar más dinero.

—¿Cuánto más?

—El siguiente paso es contratar los servicios de Sandroni para que su gente vaya a casa del chico, donde este vive con su familia, y busque rastros de plomo. Podría estar en otros juguetes, en la desconchada pintura de las paredes o incluso en el agua. Yo he estado en esa casa y al menos tiene cincuenta años. Sandroni necesita aislar la fuente del plomo. Está bastante seguro de haber dado con ella, pero necesita descartar cualquier alternativa posible.

—¿Y cuánto costará todo eso? —preguntó Oscar.

—Veinte mil.

Oscar se quedó boquiabierto y meneó la cabeza. Wally dejó escapar un largo silbido y dejó el informe encima de la mesa. Únicamente Rochelle no se inmutó, pero ella no tenía ni voz ni voto cuando se ventilaban asuntos de dinero.

—Si no hay demandado, no tenemos forma de presentar una demanda —comentó Oscar—. ¿Para qué gastarnos el dinero investigando esto si no sabemos a quién demandar?

—Encontraré al fabricante —aseguró David.

—Estupendo, y cuando lo hayas conseguido entonces quizá podamos presentar una demanda.

Se oyeron golpes en puerta del despacho de Wally, y esta se abrió. DeeAnna asomó la cabeza.

—¿Vas a tardar mucho más, cielo? —preguntó.

—Solo unos minutos —contestó Wally—. Ya casi hemos terminado.

—Estoy cansada de esperar.

—Vale, vale. Ahora voy.

DeeAnna dio tal portazo que hizo temblar las paredes.

—Vaya, ¿ahora dirige ella la reunión? —comentó Rochelle.

—Déjelo estar, ¿quiere, señora Gibson? —dijo Wally. Luego se volvió hacia David y añadió—: Me gusta este caso, David, de verdad que me gusta, pero con la demanda contra el Krayoxx en pleno apogeo no podemos comprometernos a gastar más dinero en otro caso. Yo te diría que lo aparcaras un tiempo. Sigue buscando al importador si quieres. Cuando hayamos llegado a un acuerdo con Varrick Labs estaremos en una posición inmejorable para escoger los casos que más nos gusten. Has conseguido que esa familia firme contigo, y ese pobre chico no va a ir a ninguna parte. Metamos el caso en la nevera y el año que viene nos ocuparemos de él.

David no estaba en situación de discutir. Los dos socios habían dicho que no. Rochelle habría dicho que sí si hubiera podido votar, pero estaba perdiendo interés.

—De acuerdo, entonces me gustaría seguir adelante con él por mi cuenta —dijo David—. Le dedicaré mi tiempo libre y mi dinero al amparo de mi política de negligencia profesional.

—¿Tienes una política de negligencia profesional?

—No, pero conseguir una no será problema.

—¿Y qué pasa con esos veinte mil? —quiso saber Wally—. Según nuestra directora financiera aquí presente solo has aportado cinco mil dólares en los últimos cuatro meses.

—Es verdad, pero cada mes la cantidad ha sido superior a

la anterior. En cualquier caso, tengo una pequeña reserva en el banco y estoy dispuesto a correr el riesgo para ayudar a ese pobre chico.

—No se trata de ayudar a un pobre chico —replicó Oscar—, sino de correr con los gastos de una demanda. Estoy de acuerdo con Wally. ¿Por qué no la metemos en el congelador durante un año?

—Porque no quiero —contestó David—. Esa familia necesita ayuda ahora.

Wally se encogió de hombros.

—Muy bien, pues adelante con ella. Yo no pongo objeciones.

—Por mí no hay problema —convino Oscar—. De todas maneras me gustaría ver que aumentas tu aportación mensual al bufete.

—Lo verás.

La puerta del despacho de Wally se abrió bruscamente. DeeAnna salió hecha una furia y cruzó la sala a grandes zancadas.

—¡Serás cabrón! —bufó, abrió la puerta principal, se volvió brevemente y espetó—. ¡No te molestes en llamarme!

Las paredes temblaron de nuevo cuando cerró dando otro portazo.

—Es una chica con temperamento —comentó Wally.

—Bonita interpretación —ironizó Rochelle.

—No me dirás que vas en serio con ella, Wally —dijo Oscar en tono suplicante.

—Es asunto mío y no tuyo —declaró Wally—. ¿Queda algún otro tema en el orden del día? Me estoy hartando de tanta reunión.

—Yo no tengo nada más —contestó David.

—Pues se levanta la reunión —concluyó el socio más veterano.

23

El gran Jerry Alisandros hizo por fin su aparición en el escenario de Chicago de su gran batalla contra Varrick, y su llegada resultó impresionante. Primero, aterrizó en el Gulfstream G650 con el que Wally seguía soñando; y segundo, llevó consigo un séquito que no tenía nada que envidiar al de Nadine Karros cuando esta se había presentado ante el juez. Con Zell & Potter en el otro lado del terreno de juego, el partido parecía equilibrado. Y por si fuera poco tenía una habilidad, una experiencia y una reputación a escala nacional que nadie podía esperar de Finley & Figg.

Oscar se saltó la audiencia porque su presencia no era necesaria, pero Wally estaba impaciente por que diera comienzo para poder entrar pavoneándose junto a tan brillante colega. David decidió ir para satisfacer su curiosidad.

Nadine Karros, su equipo y su cliente habían elegido a Iris Klopeck como conejillo de Indias, pero ni ella ni sus abogados tenían la menor idea de que ese era el plan maestro urdido por la defensa. Varrick había presentado una moción para separar los casos de los demandantes, convertir una única demanda en ocho distintas y hacer que los casos se vieran en Chicago en lugar de que entraran a formar parte de una demanda multidistrito que, de otro modo, se habría ventilado en un tribunal del sur de Florida. Los abogados de los demandantes se habían opuesto furiosamente a esa moción y presentado voluminosas alegaciones. El ambiente era tenso cuando los representantes de ambas partes se reunieron en la sala del tribunal del juez Seawright.

Mientras esperaban, se acercó un bedel y anunció que su señoría había sido retenida por un asunto urgente y que llegaría media hora tarde. David estaba matando el rato cerca de la mesa de los demandantes y charlaba con uno de los asociados de Zell & Potter cuando uno de los abogados de la defensa se acercó para saludarlo. A pesar de que había hecho lo posible para olvidar a aquella gente, David lo recordaba vagamente de los pasillos de Rogan Rothberg.

—Hola, soy Taylor Barkley —dijo el joven, estrechándole la mano—. Nos conocimos en Harvard. Yo iba un par de cursos por delante.

—Un placer —contestó David, que lo presentó al abogado de Zell & Potter con el que estaba hablando.

Durante un momento, charlaron de los Cubs y del tiempo, pero enseguida entraron en materia. Barkley les aseguró que trabajaba sin descanso desde que Rogan Rothberg se había hecho cargo de la demanda contra el Krayoxx. David, que había pasado por esa experiencia y logrado sobrevivir, no tenía el menor deseo de oírla de nuevo.

—Va a ser un juicio endiablado —comentó David para llenar un silencio.

Barkley rió por lo bajo, como si conociera algún tipo de secreto.

—¿Qué juicio? —dijo—. Estos casos no llegará a verlos ningún jurado. Lo sabéis, ¿no? —preguntó, mirando al asociado de Zell & Potter.

Barkley prosiguió a media voz porque la sala estaba abarrotada de abogados especialmente nerviosos.

—Nos defenderemos como gato panza arriba durante un tiempo, hincharemos el expediente, contabilizaremos unos honorarios exorbitantes y al final aconsejaremos a nuestro cliente que llegue a un acuerdo. Ya irás viendo cómo funciona esto, David, suponiendo que te quedes el tiempo suficiente.

—Estoy aprendiendo a marchas forzadas —contestó David sin perder detalle.

Tanto él como el asociado de Zell & Potter eran todo oídos, pero no daban crédito a lo que escuchaban.

—Si te vale de algo —prosiguió Barkley en voz baja—, te diré que dentro de Rogan Rothberg te has convertido en una especie de leyenda. ¡David Zinc, el tipo que tuvo las pelotas de largarse y buscarse un trabajo más tranquilo y que ahora está sentado encima de un montón de casos que son una mina de oro! En cambio, nosotros seguimos sudando como esclavos.

David se limitó a asentir y a desear que el otro se fuera.

El oficial del tribunal cobró vida de repente y ordenó que todo el mundo se pusiera en pie. El juez Seawright ocupó el estrado y mandó que todo el mundo se sentara.

—Buenos días —dijo por el micrófono mientras ponía en orden sus papeles—. Tenemos muchos asuntos que resolver en las próximas dos horas, de modo que, como de costumbre, agradeceré brevedad y claridad en las exposiciones. Me estoy ocupando de la apertura del caso, y según parece, las cosas se ajustan al procedimiento. Señor Alisandros, ¿tiene alguna queja relacionada con la apertura del caso?

Jerry se levantó con orgullo, pues todos lo estaban observando. Tenía el cabello gris y lo llevaba largo y peinado hacia atrás. Lucía un perfecto bronceado, y el traje a medida le sentaba perfectamente a su delgada constitución.

—No, señoría, ninguna por el momento. Quisiera añadir que estoy encantado de hallarme en este tribunal.

—Pues bienvenido a Chicago. Señorita Karros, ¿tiene usted alguna queja de la apertura?

Nadine se puso en pie con su conjunto de falda y chaqueta

de hilo gris. Cuello en pico, cintura alta, talle ajustado hasta la rodilla, zapatos de plataforma. Todos los ojos se clavaron en ella. Wally casi babeaba.

—No señoría. Esta mañana hemos intercambiado nuestras listas de expertos, de modo que todo está en orden —dijo con su voz grave y una dicción perfecta.

—Muy bien —dijo Seawright—. Esto nos conduce a la cuestión más importante de esta sesión, que es dónde se va a celebrar el juicio de estos casos. Los demandantes han presentado una moción para trasladarlos e incorporarlos a una demanda multidistrito en la corte federal de Miami. El demandado ha objetado y no solo prefiere que se vean en Chicago, sino que desea individualizarlos y que sean juzgados cada uno por separado, empezando por el caso de los herederos del finado Percy Klopeck. Las alegaciones de una y otra parte han sido debidamente consideradas. He leído hasta la última palabra de sus escritos. Llegados a este punto quisiera escuchar las observaciones que ambas partes tengan a bien realizar. El turno corresponde a los abogados de los demandantes.

Jerry Alisandros recogió sus notas y fue hasta el pequeño estrado situado en el centro de la sala, directamente delante y por debajo de su señoría. Ordenó los papeles, se aclaró la garganta y empezó con el habitual «con la venia de la sala».

Para Wally fue el momento más emocionante de su carrera. Y pensar que él, un buscavidas del sudoeste de Chicago se hallaba sentado en un tribunal federal contemplando cómo dos abogados famosos se enfrentaban por una serie de casos que él y solo él había descubierto y denunciado... Casi le costaba creerlo. Reprimió una sonrisa, se dio una palmada en la barriga y deslizó los pulgares bajo el cinturón. Había adelgazado seis kilos y llevaba sobrio ciento noventa y cinco días. Sin duda, la pérdida de peso y la cabeza despejada tenían mucho que ver con lo bien que él y DeeAnna se lo pasaban en la cama. Había empezado a consumir Viagra, conducía un Jaguar descapotable nuevo —nuevo para él, porque era de segunda mano y lo había comprado financiándolo a sesenta meses— y se sentía veinte años más joven. Iba de un lado a otro de Chicago con la capota bajada mientras soñaba con la espectacular indemnización del Krayoxx y la espléndida vida que le esperaba. No solo viajaría con DeeAnna y se tumbarían en las mejores playas del mundo, sino que solo trabajaría cuando fuera necesario. Había decidido que se especializaría en demandas conjuntas y que se olvidaría del trajín de las calles, de los divorcios baratos y de los conductores borrachos. Iría directo por el dinero a lo grande. Estaba seguro de que él y Oscar se separarían. Tras veinte años juntos, ya era hora. A pesar de que lo quería como a un hermano, Oscar carecía de ambición, de visión de futuro y del menor deseo de prosperar. De hecho, ya habían hablado de cómo ocultar el dinero del Krayoxx para que su mujer no le echara mano. Oscar tendría que enfrentarse a un divorcio complicado, y él estaría allí para apoyarlo. Pero una vez acabado, se separarían. Era triste pero inevitable. Wally estaba lanzado. Oscar era demasiado viejo para cambiar.

Jerry Alisandros empezó mal cuando intentó argumentar que el juez Seawright no tenía más remedio que trasladar los casos a la corte federal de Miami.

—Las demandas de estos casos se presentaron en Chicago, no en Miami —le recordó el juez—. Nadie lo obligó a presentarla aquí. Supongo que habría podido hacerlo allí donde hubiera podido encontrar a Varrick Labs, que imagino que sería en cualquiera de los cincuenta estados. Reconozco que me cuesta comprender por qué un juez federal de Florida puede creer que tiene autoridad para ordenar a un juez federal de Illinois que le transfiera un caso. Quizá usted me lo podría aclarar, señor Alisandros.

Alisandros no pudo, pero intentó argumentar con valentía que en esos momentos lo habitual en las demandas conjuntas era presentar una acción multidistrito de la que se encargara un único juez.

Quizá fuera lo habitual, pero no tenía por qué ser obligatorio. Seawright pareció molestarse ante el hecho de que a alguien se le ocurriera sugerir siquiera que estaba obligado a trasladar los casos. ¡Aquellos casos le pertenecían!

David se sentó en la hilera de sillas que había al otro lado de la barrera, detrás de Wally. Estaba fascinado por el dramatismo y la presión que se respiraba en la sala del tribunal y por lo mucho que había en juego, pero al mismo tiempo también estaba preocupado porque el juez Seawright parecía estar en contra de ellos en ese caso. Sin embargo, Alisandros había asegurado a los miembros de su equipo que ganar las mociones iniciales no era esencial. Si Varrick Labs deseaba llevar a juicio uno de esos casos en Chicago y hacerlo rápidamente, pues que así fuera. En toda su carrera nunca había hecho ascos a un juicio. ¡Adelante con él!

Sin embargo, Seawright parecía hostil. ¿Por qué se preocupaba David? Al fin y al cabo no iba a haber juicio, ¿no? Todos los abogados de su lado del pasillo creían secreta y fervientemente que Varrick Labs zanjaría el caso con un acuerdo indemnizatorio mucho antes de que el juicio diera comienzo. Y si por otra parte había que creer a Barkley, los abogados del demandado también pensaban en un acuerdo. ¿Se trataba de un montaje? ¿Era así como funcionaba realmente el negocio de las acciones conjuntas? ¿Alguien descubría un medicamento perjudicial, los abogados de los demandantes se ponían a reunir casos como locos, se presentaban las demandas, los grandes bufetes de la defensa respondían con una fuente inagotable de talento jurídico, ambas partes eternizaban el asunto hasta que la empresa farmacéutica se hartaba de enriquecer a su abogados y entonces se llegaba a un acuerdo? Los abogados amasaban una fortuna en concepto de honorarios, y sus clientes se embolsaban menos de lo que esperaban. Cuando las cosas se calmaban, los abogados de ambas partes se habían hecho más ricos, la empresa saneaba su balance y empezaba a desarrollar un nuevo medicamento para sustituir al anterior.

¿De verdad era únicamente teatro?

Jerry Alisandros volvió a su asiento al ver que empezaba a repetirse. Los presentes clavaron sus miradas en Nadine Karros cuando esta se levantó y se dirigió hacia el estrado. Llevaba unas cuantas notas, pero no las utilizó. Dado que era evidente que el juez compartía su punto de vista, su argumentación fue breve. Habló con frases claras y elocuentes, como si las hubiera preparado con mucha antelación. Sus palabras eran concisas, y su voz llenaba agradablemente la sala. Fue sucinta. Nada de verborrea ni de gesticulación inútil. Aquella mujer estaba hecha para el estrado y demostró desde diversos puntos de vista que no había caso, antecedentes ni norma de procedimiento que obligara a un juez federal a transferir sus casos a otro juez federal.

Al cabo de un rato, David se preguntó si llegaría a ver a la señorita Karros en acción frente a un jurado. ¿Sabía ella que en realidad el juicio no llegaría a celebrarse? ¿Se estaba limitando a cumplir con los trámites mientras cobraba dos mil dólares la hora?

Un mes antes, Varrick Labs había hecho públicos sus resultados del cuatrimestre. Los beneficios habían caído sustancialmente. La compañía había sorprendido a los analistas deduciendo de ellos los cinco mil millones previstos para hacer frente a la demanda contra el Krayoxx. David seguía de cerca aquellas informaciones a través de diversos blogs y publicaciones financieras. Las opiniones se dividían entre aquellos que pensaban que Varrick se daría prisa en limpiar el desorden mediante una indemnización masiva y los que creían que la empresa intentaría capear el temporal mediante una serie de litigios agresivos. El precio de las acciones de Varrick oscilaba entre los treinta y cinco y cuarenta dólares por acción, y los accionistas parecían relativamente tranquilos.

También había repasado la historia de las demandas conjuntas y lo había sorprendido la cantidad de veces que las acciones de una empresa habían subido después de que esta hubiera llegado a un acuerdo de indemnización y se hubiera olvidado de molestos juicios. Lo normal era que la cotización bajara con la primera oleada de malas noticias y el frenesí de demandas; sin embargo, cuando los frentes se estabilizaban y los números se aclaraban, Wall Street parecía inclinarse por un buen acuerdo. Lo que Wall Street aborrecía era los «pasivos blandos», como los que se producían cuando un gran caso quedaba en manos de un jurado y los resultados eran impredecibles. En los últimos diez años, prácticamente todas las acciones conjuntas que habían afectado a empresas farmacéuticas habían concluido con un acuerdo de indemnización por valor de miles de millones.

Por un lado, David se había consolado con el resultado de sus pesquisas, pero por el otro, había encontrado muy pocas evidencias de que el Krayoxx tuviera los terribles efectos secundarios que se le atribuían.

Tras un extenso y equitativo debate, el juez Seawright consideró que ya había oído suficiente. Dio las gracias a ambos letrados por sus respectivas exposiciones y les prometió que haría pública su decisión antes de diez días. En realidad, ese plazo era innecesario: podría haber dictado su decisión directamente desde el estrado. Estaba claro que no iba a trasladar los casos a Miami y que era partidario de un juicio-espectáculo.

Los abogados de los demandantes se retiraron al Chicago Chop House, donde el señor Alisandros había reservado la sala del fondo para un almuerzo privado. Incluyendo a David y a Wally, eran siete abogados y dos auxiliares (todos varones) los que sentaron a la mesa. Alisandros había encargado el vino, y lo sirvieron tan pronto como tomaron asiento. Wally y David pidieron agua.

—Un brindis —propuso Jerry después de dar unos golpecitos en su copa para llamar la atención—. Propongo que brindemos por el honorable juez Harry Seawright y su famoso procedimiento abreviado. La trampa está tendida, y esos idiotas de Rogan Rothberg creen que estamos ciegos. Quieren un juicio, y el viejo Harry también lo quiere. Muy bien. ¡Démosles el juicio que tanto desean!

Todo el mundo brindó y al cabo de unos segundos la conversación se centró en el análisis de las piernas y las caderas de Nadine Karros. Wally, que estaba sentado a la derecha del trono de Alisandros, hizo unos cuantos comentarios que fueron considerados hilarantes. Cuando llegaron las ensaladas, la charla pasó al segundo tema favorito, que no podía ser otro que la cuantía de la indemnización. David, que procuraba hablar lo menos posible, se vio obligado a narrar su conversación con Taylor Barkley justo antes de que diera comienzo la audiencia. El relato despertó gran interés, demasiado en su opinión.

Jerry Alisandros llevó la voz cantante y se mostró entusiasmado ante la posibilidad de un gran juicio y un veredicto sonado, y al mismo tiempo, seguro de que Varrick acabaría rindiéndose y poniendo millones encima de la mesa.

Horas más tarde, David se sentía confundido pero también reconfortado por la presencia de Jerry Alisandros. Aquel hombre había luchado en todos los frentes, en los tribunales y fuera de ellos, y casi nunca había perdido. Según *Lawyer's Weekly*, el año anterior los treinta y cinco socios de Zell & Potter se habían repartido mil trescientos millones de dólares en concepto de beneficios. Y habían sido beneficios netos, una vez descontados el nuevo avión del bufete, el campo de golf privado y todos los demás gastos suntuarios aprobados por Hacienda. Según la revista *Florida Business*, la fortuna de Jerry Alisandros rondaba los trescientos cincuenta millones de dólares.

No era una mala manera de ejercer la abogacía.

David se abstuvo de enseñar esas cifras a Wally.

24

Kirk Maxwell había sido el representante de Idaho en el Senado de Estados Unidos a lo largo de casi treinta años. En general, se lo consideraba un tipo fiable que evitaba la publicidad y prefería mantenerse alejado de las cámaras para hacer su trabajo. Era discreto, sin pretensiones, y uno de los miembros más populares del Congreso. Sin embargo, su repentina muerte fue cualquier cosa menos poco espectacular.

Maxwell se hallaba en su turno de intervención ante la Cámara, argumentando acaloradamente con un colega micrófono en mano, cuando de repente se llevó la mano al pecho, dejó caer el micro, abrió la boca en una mueca de espanto y cayó hacia delante, desplomándose encima del pupitre. Murió al instante de un infarto, y todo ello fue fielmente recogido por las cámaras del Senado, emitido sin el permiso correspondiente y visto en YouTube antes de que su esposa tuviera tiempo siquiera de llegar al hospital.

Dos días después del funeral, su díscolo hijo mencionó a un reportero que el senador llevaba tiempo tomando Krayoxx y que la familia estaba sopesando interponer una demanda contra Varrick Labs. Para cuando la historia se hubo asimilado en el ciclo de noticias de la semana, quedaban pocas dudas de que el medicamento era el responsable de la muerte del senador. Maxwell solo contaba sesenta y dos años y gozaba de buena salud, pero tenía antecedentes familiares de colesterol alto.

Un colega enfurecido anunció la creación de un subcomité del Senado para investigar los peligros del Krayoxx. El Departamento de Sanidad se vio asediado por un alud de demandas que exigían la retirada del fármaco. Varrick Labs, atrincherada en las colinas de las afueras de Montville, no quiso hacer comentarios. Fue otro día funesto para la empresa, pero Reuben Massey los había conocido peores.

La demanda de la familia Maxwell estaba cargada de ironía por dos motivos: primero, a lo largo de los treinta años que había pasado en Washington, el senador había aceptado millones de dólares de las grandes empresas farmacéuticas y, en lo que a la industria se refería, siempre había votado a su favor; segundo, había sido un ardiente partidario de modificar el sistema de acciones conjuntas para restringir el margen de maniobra de los grandes bufetes. Sin embargo, los que quedan atrás después de una gran tragedia no suelen estar de humor para las ironías. Su viuda contrató los servicios de un bufete de Boise, pero «solo para consultas».

Con el Krayoxx en todas las portadas, el juez Seawright decidió que un juicio podía resultar muy interesante y dictaminó en contra de los demandantes en todas las mociones. La demanda que Wally había presentado y ampliado sería dividida en tantos casos como tenía, y el de Percy Klopeck sería el primero en tramitarse por la Norma Local Ochenta y tres-Diecinueve, el procedimiento de urgencia.

Wally se sintió presa del pánico cuando le comunicaron la decisión, pero acabó tranquilizándose tras una larga conversación telefónica con Jerry Alisandros. Este le explicó que la muerte del senador Maxwell era en realidad un regalo caído del cielo —y en más de un sentido porque de paso había significado la desaparición de un tenaz adversario de los bufetes especializados en acciones conjuntas—, puesto que lo único que haría sería aumentar las presiones sobre Varrick Labs para que pactara una indemnización. Además, le había insistido Jerry, estaba encantado de tener la oportunidad de medirse en la abarrotada sala de un tribunal con la adorable Nadine Karros. «El último sitio donde desean verme es ante un jurado», le había repetido. En esos momentos, su «Equipo Klopeck» estaba manos a la obra. Zell & Potter se había enfrentado a muchos jueces federales egocéntricos y sus propias versiones del procedimiento de urgencia.

—¿El procedimiento de urgencia no es un invento de Seawright? —preguntó un inocente Wally.

—No, por Dios. La primera vez que oí ese término fue hace treinta años, en el norte de Nueva York.

Alisandros prosiguió y animó a Wally a que buscara nuevos casos. «Voy a hacerte rico», le dijo una y otra vez.

Dos semanas tras de la muerte del senador Maxwell, el Departamento de Sanidad cedió y ordenó la retirada del Krayoxx. La coalición de demandantes no cabía en sí de gozo, y muchos abogados hicieron declaraciones a la prensa en el mismo sentido: Varrick iba a tener que responder por su intolerable negligencia. Estaba a punto de ponerse en marcha una investigación federal. Sanidad nunca tendría que haber aprobado su comercialización. Varrick sabía que el medicamento tenía complicaciones, pero aun así lo había sacado al mercado, donde, en apenas seis años, le había reportado unos beneficios de treinta mil millones de dólares. ¿Quién sabía realmente lo que escondían los trabajos de investigación de Varrick?

Oscar se sintió dividido por la noticia. Por una parte, deseaba que el medicamento tuviera la peor prensa posible y que eso forzara a la empresa a negociar, pero por otra, rogaba fervientemente que el Krayoxx se llevara por delante a su mujer. Retirarlo del mercado significaba presionar a Varrick, pero también que desaparecería de su botiquín. En realidad, el escenario ideal con el que soñaba era el de un anuncio de negociación por parte de la empresa que coincidía en el tiempo con un ataque al corazón de Paula. De esa manera podría quedarse con todo el dinero, evitar el divorcio y después demandar nuevamente a Varrick por la muerte de su querida y difunta esposa.

Soñaba con ello a puerta cerrada. Las líneas telefónicas parpadeaban sin parar, pero se negaba a contestar. La mayoría de las llamadas eran de los casos de no fallecimiento de Wally, la gente que este había ido localizando con sus estratagemas. Que Rochelle, Wally y el joven David se ocuparan de aquellos histéricos clientes. Su intención era permanecer en su despacho y evitar el frenesí, si es que tal cosa era posible.

Rochelle no pudo soportarlo más y solicitó una reunión del bufete.

—¿Ves la que has organizado? —le dijo Oscar a David en tono despectivo cuando se sentaron a la mesa una tarde, tras haber cerrado la puerta.

—¿Qué tenemos en el orden del día? —preguntó Wally, a pesar de que todos lo sabían.

Rochelle había machacado a David hasta el punto de que este estaba dispuesto a entrometerse en lo que fuera. Se aclaró la garganta y fue directamente al grano.

—Tenemos que organizar los casos del Krayoxx. Desde que han retirado el medicamento, los teléfonos no dejan de sonar con llamadas de personas que han firmado con nosotros o que estan deseando hacerlo.

—¿Y no es estupendo? —dijo Wally con una gran sonrisa de satisfacción.

—Puede que sí, Wally, pero esto no es un bufete especializado en acciones conjuntas. No tenemos los medios para manejar cuatrocientos casos a la vez. Tus amigos de Zell & Potter tienen montones de asociados y muchos más auxiliares legales que se encargan del trabajo más pesado.

—¿Tenemos cuatrocientos casos? —preguntó Oscar sin dejar claro si estaba abrumado o complacido.

Wally tomó un sorbo de agua con gas y dijo, muy orgulloso:

—Tenemos los ocho casos de fallecimiento, como es natural, y otros cuatrocientos siete de no fallecimiento y subiendo. Lamento que estos casos menores estén causando problemas, pero cuando llegue el momento de negociar y los incorporemos al esquema de compensaciones ideado por Alisandros, seguramente nos encontraremos con que cada uno de ellos valdrá unos miserables cien mil dólares. Pero multiplicad eso por cuatrocientos siete. ¿Alguien quiere calcularlo?

—La cuestión no es esa, Wally —replicó David—. Conocemos los números. Lo que no estás teniendo en cuenta es que puede que muchos de esos casos se queden en nada. Ni uno solo de esos clientes ha sido examinado por un médico. No sabemos cuántos de ellos han sufrido los efectos perniciosos del Krayoxx, ¿verdad?

—No, todavía no lo sabemos, pero tampoco hemos presentado ninguna demanda en su nombre.

—Cierto, pero esa gente se considera cliente de pleno derecho y cree que va a cobrar una buena indemnización. Les pintaste un cuadro muy bonito, Wally.

—¿Cuándo irán a ver a un médico? —preguntó Oscar.

—Muy pronto —contestó Wally al tiempo que se volvía hacia él—. Jerry se dispone a contratar a un médico experto de Chicago. Él se encargará de examinar a nuestros clientes y presentar un informe.

—Pero tú estás dando por hecho que todos ellos tienen una queja legítima.

—No estoy dando por hecho nada de nada.

—¿Cuánto costará cada examen? —quiso saber Oscar.

—Eso no lo sabremos hasta que demos con el médico.

—¿Quién va a pagar esos exámenes? —insistió Oscar.

—El Grupo de Litigantes del Krayoxx, el GLK, para abreviar.

—¿Y estamos pillados en eso?

—No.

—¿Estás seguro?

—Pero ¿se puede saber qué es esto? —replicó Wally, enfadado—. ¿Por qué todo el mundo la toma conmigo? En la primera reunión que tuvimos hablamos de mi chica, y ahora de mis casos. Estas reuniones del bufete están empezando a cargarme. ¿Qué diantre os ocurre?

—Yo estoy harta de toda esa gente que no hace más que llamar —declaró Rochelle—. Es un no parar, señor Figg, y todos tienen su historia. Algunos lloran porque se han llevado un susto de muerte. Los hay que incluso vienen por aquí para que los coja de la mano. Muchos de ellos creen que tienen problemas de corazón por culpa suya y de Sanidad.

—¿Y qué más da si tienen mal el corazón por culpa del Krayoxx y nosotros podemos conseguirles un poco de dinero? ¿No es eso lo que se espera de los abogados?

—¿Qué os parece si contratamos a un auxiliar durante un par de meses? —propuso David impulsivamente, y se preparó para la reacción. Al ver que nadie contestaba prosiguió—: Podríamos instalarlo, a él o a ella, en el cuarto de arriba y enviarle todos los casos del Krayoxx. Yo podría ayudarlo con el software de la litigación y con la clasificación de documentos para que esté encima de cada caso. Supervisaré el proyecto si queréis. Podríamos desviar todas las llamadas al piso de arriba. Así le quitaríamos presión a la señora Gibson y Wally podría seguir haciendo lo que mejor se le da, buscar casos.

—No estamos en situación de contratar a nadie —replicó Oscar como era de esperar—. Nuestra tesorería está por debajo del nivel normal gracias al Krayoxx, precisamente. Además, puesto que tú todavía no pagas las facturas ni parece que vayas a hacerlo en un futuro inmediato, no creo que estés en condiciones de proponer ningún tipo de gasto.

—Lo comprendo —respondió David—. Solo estaba planteando una manera de que el bufete se organizara un poco.

En realidad tuviste suerte de que te contratáramos, pensó Oscar, que estuvo a punto de decirlo en voz alta.

A Wally le había gustado la idea, pero no tenía el valor de enfrentarse con su socio. Rochelle admiraba a David por su audacia, pero no tenía intención de discutir un asunto relacionado con los gastos del bufete.

—Yo tengo una idea mejor —dijo Oscar, dirigiéndose a David—. ¿Por qué no haces tú el papel de auxiliar en los casos del Krayoxx? Para empezar, ya estás en el piso de arriba. Además, sabes cómo funciona el software de litigación, siempre te estás quejando de que hay que organizarse y llevas tiempo pidiendo un nuevo sistema de archivos. A juzgar por tus aportaciones mensuales al bufete, se diría que dispones de cierto tiempo libre. Eso nos ahorraría un dineral. ¿Qué dices?

Todo ello era cierto, y David no estaba dispuesto a dar marcha atrás.

—De acuerdo. ¿Cuál será mi parte de la indemnización?

Oscar y Wally cruzaron una mirada cargada de suspicacia mientras asimilaban aquellas palabras. Ni siquiera habían decidido cómo iban a repartírsela entre ellos. Habían hablado vagamente de una gratificación para Rochelle y de otra para David, pero nada en cuanto al reparto del botín.

—Tendremos que hablar sobre eso —repuso Wally.

—Sí, es un asunto de los socios —añadió Oscar, como si ser socio del bufete fuera como pertenecer a un club selecto y poderoso.

—Muy bien, pues decidan algo con rapidez —dijo Rochelle—. No puedo contestar todas esas llamadas y al mismo tiempo hacer mi trabajo.

Alguien llamó a la puerta. DeeAnna había regresado.

25

El plan maestro de Reuben Massey para solucionar los problemas del último medicamento de la empresa había quedado en suspenso por la muerte del senador Kirk Maxwell, al que en los pasillos de la farmacéutica habían rebautizado despectivamente como Jerk Maxwell.* Su viuda no había presentado ninguna demanda, pero el pedante de su abogado se dedicaba a saborear plenamente sus cinco minutos de fama mediática: concedía todo tipo de entrevistas e incluso había aparecido en algún que otro programa de debate televisivo. Se había teñido el cabello, comprado un par de trajes nuevos y vivía el sueño de muchos abogados.

Las acciones ordinarias de Varrick Labs habían caído hasta los veintinueve dólares y medio. Dos analistas de Wall Street, dos individuos a los que Massey detestaba, habían publicado que lo aconsejable era vender. Uno escribió: «Con solo seis años en el mercado, el Krayoxx supone la cuarta parte de los beneficios de Varrick Labs. Tras haberse visto obligada a retirarlo del mercado, el futuro de la empresa a corto plazo no augura nada bueno». Y el otro: «Las cifras dan miedo. Con un millón de demandantes potenciales por culpa del Krayoxx, Varrick Labs va a pasar los próximos diez años enfangada en un lodazal de acciones conjuntas».

---

* En inglés, *jerk* significa «capullo» o «gilipollas». *(N. del T.)*

Al menos ha acertado con lo de «lodazal», se dijo Massey mientras hojeaba la prensa económica del día. Todavía no eran las ocho de la mañana. El cielo sobre Montville estaba encapotado, y el ambiente en el búnker de la compañía era sombrío. Sin embargo, y aunque pareciera curioso, Massey estaba de buen humor. Al menos una vez a la semana, y más a menudo si era posible, se concedía el placer de zamparse a alguien para desayunar. El plato de esa mañana prometía ser especialmente sabroso.

De joven, Layton Koane había trabajado durante cuatro mandatos en la Casa Blanca, antes de que los votantes lo enviaran a casa por culpa de un lío con un miembro del personal femenino. Caído en desgracia, no logró encontrar un trabajo digno en su Tennessee natal. Había abandonado la universidad antes de graduarse y no poseía talentos ni habilidades. Su currículo era preocupantemente breve. Con solo cuarenta años, divorciado, sin trabajo y sin dinero, regresó al Capitolio y decidió aventurarse por el camino mágico que tantos políticos acabados habían seguido antes que él. Se convirtió en lobista.

Dejando a un lado escrúpulos morales y éticos, Koane no tardó en convertirse en una estrella ascendente en el juego del trato de favores y las influencias políticas. Sabía olfatearlas, desenterrarlas y ofrecérselas a sus clientes, que no ponían reparos a pagarle unos honorarios en constante aumento. Fue uno de los primeros lobistas en comprender la complejidad de las provisiones legislativas, las apetitosas y adictivas raciones de «pasta» tan buscadas por los miembros del Congreso y que los trabajadores pagaban sin saberlo. La primera vez que Koane destacó en su nueva ocupación fue cuando cobró cien mil dólares en concepto de honorarios pagados por una conocida universidad pública necesitada de una nueva cancha de baloncesto. El Tío Sam inyectó diez millones en el proyecto, una asignación de fondos que hubo que buscar en la letra pequeña de un proyecto de ley de tres mil páginas que se había aprobado a última hora. Se armó un gran revuelo cuando una universidad rival se enteró, pero ya era demasiado tarde.

La polémica dio notoriedad a Koane y empezaron a lloverle clientes. Uno de ellos fue un promotor urbanístico de Virginia que soñaba con construir una presa en un río para crear un lago artificial, que a su vez le permitiría vender los terrenos colindantes a un precio estupendo. Koane le cobró quinientos mil dólares y, al mismo tiempo, le pidió que ingresara otros cien mil en el Comité de Acción Política del congresista que representaba el distrito donde debía construirse aquella presa que nadie había pedido y nadie necesitaba. Cuando todo el mundo hubo cobrado y estuvo en el ajo, Koane se puso manos a la obra con el presupuesto federal y encontró un poco de calderilla —ocho millones de dólares— en una asignación del Cuerpo de Ingenieros del Ejército. La presa se construyó, y el promotor se hizo con el lote. Todo el mundo quedó encantado, salvo los defensores del medio ambiente, los conservacionistas y las comunidades situadas presa abajo.

Esa era la práctica habitual en Washington y el asunto habría pasado inadvertido de no haber sido por un tenaz reportero de Roanoke. La cosa acabó sacando los colores al congresista, al promotor y a Koane, pero en el negocio de los *lobbies* la vergüenza es un término desconocido y toda publicidad es buena. La popularidad de Koane subió como la espuma. A los cinco años de haber empezado abrió su propio despacho —el Koane Group, Especialistas en Asuntos Gubernamentales—; a los diez era multimillonario; a los veinte figuraba todos los años entre los tres primeros puestos de la lista de lobistas más influyentes de Washington. (¿Hay alguna otra democracia que tenga una lista de lobistas?)

Varrick Labs pagaba a Koane Group un fijo anual de un millón de dólares, y mucho más cuando había trabajo que hacer. Por una cantidad así, el señor Layton Koane acudía corriendo cada vez que lo llamaban.

Reuben Massey eligió a sus dos abogados de confianza para que fueran testigos del baño de sangre: Nicholas Walker y Judy Beck. Todos estaban en su sitio cuando Koane, obedeciendo las instrucciones de Massey, llegó solo. El lobista tenía avión y chófer propios y solía viajar acompañado por su séquito, pero ese día no.

La reunión empezó cordialmente, entre bromas y cruasanes. Koane había engordado más si cabe, y su traje a medida parecía a punto de reventar. Este era de un gris satinado, con un brillo parecido al de los trajes que solían utilizar los telepredicadores. La almidonada camisa le marcaba los michelines, y el cuello le ceñía la triple papada. Como de costumbre llevaba una corbata naranja y un pañuelo de bolsillo a juego. Por mucho dinero que tuviera, nunca había sabido vestir.

Massey despreciaba a Layton Koane y lo consideraba un patán, un idiota, un poca monta y un fullero que había tenido la suerte de estar en el lugar adecuado en el momento oportuno. Lo cierto era que Massey despreciaba todo lo que tuviera alguna relación con Washington: al gobierno federal por la rigidez de sus normas, a las legiones de paniaguados que las redactaban, a los políticos que las aprobaban y a los burócratas que las aplicaban. En su opinión, para sobrevivir en tal malsano entorno uno tenía que ser una escoria sebosa como Layton Koane.

—En Washington nos están machacando —dijo Massey, haciendo patente lo que todos sabían.

—Pero no solo a vosotros —contestó Koane—. Yo tengo cuarenta mil acciones de la empresa, no lo olvides.

Era cierto. En una ocasión, Varrick Labs había pagado los servicios de Koane con una opción sobre acciones.

Massey cogió una hoja de papel y miró a Koane por encima de sus gafas de lectura.

—El año pasado os pagamos más de tres millones de dólares.

—Tres millones doscientos mil —puntualizó Koane.

—Y con ellos contribuimos al máximo a la campaña de reelección o a los Comités de Acción Política de ochenta y ocho de los cien senadores que integran el Senado de Estados Unidos, incluyendo naturalmente al difunto Kirk Maxwell, que en paz descanse. Hemos untado a más de trescientos miembros de la Cámara. En ambas cámaras hemos aportado al fondo de reptiles, o como demonios se llame, de ambos partidos. Hemos financiado a más de cuarenta Comités de Acción Política que se supone que hacen un trabajo divino. Por si eso fuera poco, más de veinte de nuestros más altos ejecutivos han hecho su propia versión de untar, siguiendo tu consejo. Y ahora, gracias a la sabiduría del Tribunal Supremo, estamos en situación de inyectar grandes cantidades de dinero en el sistema electoral sin que nadie se entere. Solo el año pasado fueron más de cinco millones. Si sumas todo esto e incluyes los pagos de todo tipo, oficiales y no oficiales, hechos por encima y por debajo de la mesa, vemos que Varrick Labs y sus ejecutivos desembolsaron el año pasado casi cuarenta millones de dólares para mantener a nuestra querida democracia en el buen camino. —Massey dejó caer el papel y fulminó a Koane con la mirada—. Cuarenta millones para comprar una sola cosa, Layton, lo único que tienes en venta: influencia.

Koane asintió despacio.

—Así que, por favor, Layton, dinos cómo es posible que con toda la influencia que hemos comprado durante estos años ¡los de Sanidad hayan ordenado retirar el Krayoxx del mercado!

—El Departamento de Sanidad es un mundo aparte —contestó Koane—, un mundo inmune a las presiones políticas. Al menos eso es lo que nos hacen creer.

—¿Presiones políticas? Todo iba bien hasta que un político la palmó. Me da la impresión de que han sido sus colegas del Senado los que han metido un montón de presión al Departamento de Sanidad.

—Pues claro.

—¿Y dónde estabas tú entonces? ¿Acaso no tienes en nómina a unos cuantos antiguos miembros del Departamento de Sanidad?

—Tenemos uno, pero el término que cuenta es «antiguo». No tiene derecho a voto.

—Lo que me dice eso es que te has quedado sin influencia política.

—Puede que por ahora así sea, Reuben. Hemos perdido la primera batalla, pero todavía podemos ganar la guerra. Maxwell ya no está y su recuerdo se está borrando a cada minuto que pasa. Es típico de Washington, te olvidan a toda velocidad. En estos momentos ya están haciendo campaña en Idaho para sustituirlo. Dales un poco de tiempo y pronto será historia.

—¿Tiempo? Estamos perdiendo dieciocho millones de dólares al día en ventas del Krayoxx por culpa de Sanidad. Desde que has llegado y aparcado tu coche hasta este momento hemos dejado de ingresar cuatrocientos mil dólares en ventas. No me hables de tiempo, Layton.

Naturalmente, Nicholas Walker y Judy Beck tomaban notas, o al menos garabateaban en sus libretas. Ninguno de los dos alzaba la mirada, pero ambos estaban disfrutando con aquel rapapolvo.

—¿Me estás echando la culpa, Reuben? —preguntó Koane en tono angustiado.

—Sí, completamente. No entiendo cómo funciona ese condenado nido de víboras, así que te contrato y te pago una maldita fortuna para que guíes a la empresa a través de ese campo de minas. Por lo tanto, cuando algo sale mal te echo la culpa, desde luego que sí. Un medicamento perfectamente seguro ha sido apartado del mercado sin una razón válida. ¿Me lo puedes explicar?

—No, no puedo explicártelo, pero no es justo que me culpabilices por ello. Hemos estado encima de este asunto desde que empezaron las demandas. Teníamos buenos contactos y los de Sanidad no parecían nada dispuestos a retirar el producto por muy histéricos que se pusieran los abogados demandantes. Estábamos a salvo, y de repente Maxwell va y se muere de la peor manera posible, en vídeo y en directo. Eso lo ha cambiado todo.

Se hizo un breve silencio mientras los cuatro echaban mano a sus tazas de café.

Koane siempre aparecía con algún rumor, alguna información privilegiada que compartía entre susurros. Ese día no era una excepción y estaba impaciente por soltarlo.

—Cierta fuente me ha dicho que la familia Maxwell no está por la labor de demandaros. Y se trata de una fuente muy fiable.

—¿Quién es? —quiso saber Massey.

—Otro miembro del club, otro senador que está muy próximo a la familia Maxwell. Me llamó ayer y nos tomamos una copa. Sherry Maxwell no quiere ninguna demanda, pero su abogado sí. Es un tipo listo, comprende que tiene a Varrick en el punto de mira. Si al final se presenta la demanda, supondrá un dolor de cabeza añadido para la empresa y más presión para que los de Sanidad sigan manteniendo el Krayoxx fuera del mercado. Pero si la demanda se queda en el cajón, dentro de poco nadie se acordará de Maxwell y tendréis un problema menos.

Massey le hizo un gesto invitándolo a continuar.

—Sigue, suéltalo de una vez.

—Cinco millones de dólares bastarán para que esa demanda no prospere. Yo me ocuparía de tramitarlo a través de mi despacho. Será un acuerdo estrictamente confidencial y no se harán públicos los detalles.

—¿Cinco millones, dices? ¿Cinco millones por un medicamento que no hace ningún daño?

—No. Cinco millones para eliminar un fuerte dolor de cabeza —contestó Koane—. Maxwell ejerció el cargo de senador durante casi treinta años, y como era un tipo honrado resulta que ha dejado una herencia más bien escasa. La familia necesita un poco de liquidez.

—El menor rumor de un acuerdo hará que los de las acciones conjuntas se nos echen al cuello —objetó Walker—. Es algo que no puede mantenerse en secreto. Hay demasiados periodistas pendientes de nosotros.

—Sé cómo manipular a la prensa Nick. Cerramos el trato ahora, después firmamos a puerta cerrada y nos sentamos a esperar. La familia Maxwell y su abogado no harán comentarios, pero yo me ocuparé de filtrar a los medios que han decidido no demandar a Varrick Labs. Mira, Reuben, no hay ninguna ley en este país que obligue a nadie a demandar. La gente renuncia constantemente a ello por las razones más diversas. Cerremos el trato, firmemos los papeles y les entregáis el dinero en dos años con los intereses correspondientes. Es algo que puedo venderles sin problemas.

Massey se puso en pie e irguió la espalda. Se acercó a un ventanal y contempló la bruma que flotaba entre los árboles.

—¿Qué opinas, Nick? —preguntó sin darse la vuelta.

—Bueno, no estaría mal quitarnos de en medio a Maxwell —respondió pensando en voz alta—. Layton tiene razón. Sus colegas del Senado se olvidarán de él enseguida, especialmente si no hay una demanda ocupando las portadas. Con los números que estamos manejando, cinco millones suena a ganga.

—¿Y tú, Judy?

—Estoy de acuerdo —convino sin vacilar—. La prioridad es volver a poner el Krayoxx en el mercado. Si solucionar la vida de los Maxwell nos sirve para acelerar el proceso, estoy a favor.

Massey regresó lentamente a su asiento, hizo crujir los nudillos, se acarició el mentón y tomó un sorbo de café. La viva imagen de un hombre que medita.

—Está bien, cierra el trato, Layton —dijo al fin sin asomo de indecisión—. Quítanos de encima a los Maxwell. Pero te advierto una cosa: si este asunto nos estalla en las manos, pondré fin a nuestra relación de modo fulminante. En estos momentos no estoy nada contento contigo ni con tu despacho, y me encantaría tener una buena razón para echarte a patadas y buscar quien te sustituya.

—No hará falta, Reuben. Me ocuparé de los Maxwell.

—Bien, ¿y cuánto vamos a tener que esperar para que el Krayoxx pueda regresar al mercado? Hablo de cuánto tiempo y de cuánto dinero.

Koane se pasó la mano por la frente y se enjugó el sudor que la perlaba.

—No puedo responderte a eso, Reuben. Tenemos que ir paso a paso y dejar que el tiempo corra. Espera a que metamos el asunto de Maxwell debajo de la alfombra y después nos volvemos a reunir.

—¿Cuándo?

—Dentro de un mes.

—Estupendo. Treinta días son quinientos cuarenta millones de beneficios que se esfuman.

—Conozco los números, Reuben.

—Seguro.

—Lo he entendido, Reuben, ¿de acuerdo?

Los ojos de Massey echaban chispas. Alzó el índice de su mano derecha y apuntó con él al lobista.

—Escúchame bien, Layton. Si este medicamento no vuelve al mercado en un futuro inmediato pienso plantarme en Washington para despedirte, a ti y a tu despacho, personalmente. Luego contrataré a un nuevo equipo de asesores gubernamentales para que proteja mi empresa. Puedo ir a ver al vicepresidente o al portavoz de la Cámara, puedo ir a tomar una copa con media docena de senadores. Me llevaré el talonario y una maleta llena de billetes, incluso estoy dispuesto a contratar a las fulanas más caras de este país y soltarlas en el Departamento de Sanidad si es necesario.

Koane se esforzó por sonreír, como si hubiera oído algo gracioso.

—No hará falta nada de eso, Reuben. Solamente dame un poco de tiempo.

—No disponemos de un poco de tiempo.

—La forma más rápida de conseguir que el Krayoxx vuelva al mercado es demostrando que no tiene efectos secundarios perniciosos —contestó Koane, deseoso de cambiar de conversación—. ¿Tenéis alguna idea?

—Estamos en ello —contestó Walker.

Massey se levantó de nuevo y regresó a su ventana favorita.

—Esta reunión ha terminado, Layton —gruñó.

No se dio la vuelta para despedir al lobista.

Tan pronto como Koane se hubo marchado, Reuben se relajó y su humor mejoró. Nada como un sacrificio humano para alegrar el día de un alto ejecutivo. Esperó un momento mientras Walker y Beck comprobaban sus mensajes en sus móviles de última generación. Cuando recuperó su atención les dijo:

—Supongo que deberíamos hablar de nuestra estrategia negociadora. ¿Cómo está el calendario?

—El juicio de Chicago está encarrilado —contestó Walker—. Todavía no tenemos fecha para la vista, pero no deberíamos tardar en saber algo. Nadine Karros está haciendo un seguimiento de la agenda del juez Seawright y parece que este tiene un hueco estupendo en octubre. Con un poco de suerte, será para entonces.

—Eso significa menos de un año después de la interposición de la primera demanda.

—Así es, pero nosotros no hemos hecho nada para acelerarlo. Nadine está organizando una dura defensa y siguiendo todos los pasos, pero no está poniendo trabas. Nada de mociones para desestimar, nada de peticiones para un juicio sumario. La apertura del caso está yendo sin problemas. Seawright parece tener cierta curiosidad con el caso y quiere un juicio.

—Hoy estamos a tres de junio. Las demandas siguen. Si empezamos a hablar ahora de negociar, ¿creéis que podremos alargarlo hasta octubre?

—Sin problemas —respondió Judy Beck. Con el Fetazine tardamos tres años en llegar a un acuerdo y había medio millón de demandas. Con el Zoltaven aún fue más largo. Los bufetes de acciones conjuntas solo piensan en una cosa: en los cinco mil millones que borramos del balance el último cuatrimestre. No hacen más que soñar con todo ese dinero encima de la mesa.

—Se organizará otro frenesí —comentó Walker.

—Muy bien, pues que empiece —dijo Massey.

26

Wally estaba sentado en el tribunal de divorcios situado en el piso decimosexto del Richard J. Daley Center. En la lista de esa mañana tenía a «Strate contra Strate», uno de tantos patéticos divorcios que, con suerte, acabaría separando para siempre a dos personas que para empezar habrían hecho mejor no casándose. Para evitarse dificultades habían contratado a Wally y pagado setecientos cincuenta dólares por adelantado para que les tramitara una separación de mutuo acuerdo. Seis meses más tarde se hallaban en la sala del tribunal, cada uno en su lado del pasillo, impacientes por que los llamaran. Wally también aguardaba. Aguardaba y observaba el desfile de esposos dolidos y enfrentados que se acercaban tímidamente al estrado, se inclinaban ante el juez, hablaban cuando sus abogados se lo decían, evitaban mirarse mutuamente y al cabo de unos sombríos minutos se marchaban, nuevamente solteros.

Wally estaba sentado entre un grupo de abogados que esperaban con tanta impaciencia como él. Conocía a la mitad de ellos. A los otros no los había visto nunca. En una ciudad con más de veinte mil abogados, las caras cambiaban constantemente. Qué pesadez de rutina... Qué trabajo tan cargante...

Una mujer había roto a llorar delante del juez. No quería divorciarse, su marido sí.

Wally estaba impaciente por perder de vista aquellas historias. Algún día —y no faltaba mucho para que llegara— pasaría la jornada en un despacho moderno y elegante del centro, lejos del estrés y las penurias de la calle, tras una gran mesa de mármol, con un par de secretarias despampanantes que se ocuparían de atender el teléfono y llevarle los expedientes, y dos auxiliares que harían el trabajo duro. Adiós a los divorcios, a sacar a la gente de comisaría por conducir bajo los efectos del alcohol o las drogas, a los testamentos y herencias escuálidas, adiós a los clientes morosos. Escogería los casos de lesiones que deseara y de paso se forraría.

Los otros abogados lo miraban con circunspección, y él lo sabía. Habían mencionado el Krayoxx en un par de ocasiones. Algunos mostraban curiosidad, y otros envidia. Algunos confiaban en que hubiera encontrado un filón porque eso les daba esperanza, otros deseaban verlo fracasar porque eso demostraría que lo único que contaba en la profesión era el trabajo duro, ni más ni menos.

El móvil vibró en su bolsillo. Lo cogió, leyó el nombre de la llamada entrante y dio un respingo. Se levantó y salió a toda prisa de la sala.

—Jerry —dijo nada más cruzar la puerta—, estoy en los juzgados. ¿Qué pasa?

—¡Buenas noticias, Wally! —exclamó Alisandros—. Ayer jugué dieciocho hoyos con un tal Nicholas Walker. ¿Te suena de algo?

—No. Bueno, sí. No estoy seguro.

—Jugamos en nuestro campo. Hice setenta y ocho, pero el pobre Nick hizo veinte más que yo. Puede que no sea un gran golfista, pero es el jefe del departamento jurídico de Varrick Labs. Lo conozco desde hace años. Es el príncipe de los capullos, pero un capullo honorable.

Se produjo un silencio que Wally tendría que haber llenado, pero no se le ocurrió nada que decir.

—Está bien, Jerry, pero no me has llamado para hablarme de tu swing, ¿verdad?

—No, Wally. Te llamo para informarte de que Varrick Labs quiere abrir conversaciones sobre una posible negociación. No me refiero a las negociaciones de verdad, ya me entiendes, pero está claro que quieren hablar. Es lo habitual en estos casos: ellos entreabren la puerta y nosotros metemos el pie. Damos unos pasos de baile, ellos dan unos pasos de baile y antes de que te des cuenta estamos hablando de pasta, mucha pasta. ¿Me sigues, Wally?

—Desde luego que sí.

—Ya me parecía. Mira, Wally, todavía nos queda mucho camino por recorrer antes de que tus casos estén en situación negociable. Tenemos que ponernos a trabajar. Me ocuparé de que los médicos examinen a nuestros clientes. Es lo más importante. Es necesario que eches toda la carne en el asador y encuentres más casos. Lo más seguro es que empecemos negociando los casos de fallecimiento. ¿Cuántos tienes en estos momentos?

—Ocho.

—¿Eso es todo? Creía que tenías más.

—Son ocho, Jerry, y uno de ellos está en el procedimiento de urgencia. ¿Te acuerdas?, Klopeck.

—Sí, es verdad. Y tenemos a ese bombón delante. Con franqueza, me gustaría que fuéramos a juicio aunque solo fuera para poder mirarle las piernas.

—Claro.

—Bueno, será mejor que nos pongamos las pilas. Te llamaré por la tarde con un plan de actuación. Nos queda mucho trabajo por hacer, Wally, pero esto está en el bote.

Wally regresó a la sala del tribunal y siguió aguardando. No dejaba de repetirse las últimas palabras de Jerry: «Esto está en el bote», «Esto está en el bote». Se acabó. Final de partido. Lo había oído toda su vida, pero ¿qué significaba en el contexto de una demanda multimillonaria? ¿Varrick estaba tirando la toalla tan pronto con tal de minimizar daños? Eso parecía.

Miró a los abogados que lo rodeaban, cansados y con la mirada extraviada, vulgares currantes como él que se pasaban la vida intentando arrancar unos miserables honorarios a simples trabajadores que no tenían un céntimo. Pobres desgraciados, pensó.

Estaba impaciente por contárselo a DeeAnna, pero antes debía hablar con Oscar. Y no en Finley & Figg, donde las conversaciones nunca eran privadas.

Se reunieron para almorzar dos horas más tarde en un restaurante italiano, no lejos del bufete. Oscar había tenido una mañana difícil intentando mediar entre seis niños hechos y derechos que se peleaban por una herencia materna que prácticamente carecía de valor. Necesitaba una copa y pidió una botella de vino barato. Wally, que llevaba doscientos cuarenta y un días sin probar gota, no tuvo problemas para contentarse con una botella de agua. Mientras daban cuenta de sus ensaladas *caprese*, Wally hizo un rápido resumen de su conversación con Alisandros y acabó con un enfático:

—¡Ha llegado el momento, Oscar! ¡Por fin se va a convertir en realidad!

El humor de Oscar cambió a medida que escuchaba y vaciaba su primera copa de vino. Se las arregló para sonreír, y Wally casi pudo ver cómo sus dudas se evaporaban. Oscar sacó un bolígrafo, apartó el plato y se dispuso a escribir.

—Repasemos los números una vez más. ¿De verdad un caso de fallecimiento vale dos millones?

Wally miró en derredor para asegurarse de que nadie los escuchaba.

—Mira, he investigado a fondo. He estudiado un montón

de acuerdos de indemnización en asuntos relacionados con medicamentos. Ahora mismo hay demasiadas incógnitas para poder predecir cuánto valdrá casa caso. Hay que determinar la responsabilidad, las causas de la muerte, el historial médico, la edad del difunto, su capacidad de ingresos potenciales y cosas por el estilo; por último, debemos averiguar cuánto está dispuesto Varrick a poner encima de la mesa. Sin embargo, yo diría que un millón por caso es lo mínimo, y tenemos ocho. Los honorarios son el cuarenta por ciento. La mitad de ellos son para Jerry más una pequeña propina por su experiencia. Aun así estamos hablando de unos ingresos netos para el bufete que rondan el millón y medio de dólares.

A pesar de que ya había oído aquellos cálculos antes, Oscar escribía frenéticamente.

—Son casos de fallecimiento, seguro que valen más de un millón cada uno —dijo como si hubiera tramitado un montón de demandas como aquella.

—Pongamos que valen dos —dijo Wally—. Pero es que además tenemos todo ese montón de casos de no fallecimiento. Por el momento son cuatrocientos siete. Supongamos que tras un examen médico solo la mitad de ellos son reales. Basándome en casos parecidos, creo que unos cien mil dólares es una cifra razonable para unos individuos que han sufrido un ligero daño cardíaco. Eso suma otros veinte millones, Oscar, y nuestra parte alrededor de tres millones y medio.

Oscar escribió algo, se detuvo y tomó un largo trago de vino.

—Bueno —dijo—, deberíamos hablar de cómo nos los repartiremos, ¿no crees?

—El reparto es solo una de las cuestiones urgentes que tenemos sobre la mesa.

—De acuerdo. ¿Qué te parece el cincuenta por ciento?

Todas sus discusiones sobre cómo repartirse los honorarios empezaban con el cincuenta por ciento.

Wally se metió en la boca una rodaja de tomate y masticó rápidamente.

—El cincuenta por ciento me parecería bien si yo no hubiera descubierto el Krayoxx, reunido todos los casos y hecho el noventa por ciento del trabajo. Tengo ocho casos de fallecimiento encima de la mesa, y David tiene cuatrocientos y pico de no fallecimiento en el piso de arriba. Si no me equivoco, Oscar, tú no tienes un solo caso de Krayoxx en tu mesa.

—No irás a pedir el noventa por ciento, ¿verdad?

—Claro que no. Lo que te propongo es lo siguiente: tenemos un montón de trabajo que hacer. Todos esos casos han de ser examinados y debidamente evaluados por un médico. Aparquémoslo todo, lo tuyo, lo mío y lo de David, y pongámonos manos a la obra. Preparemos los casos y busquemos otros nuevos. Cuando salte la noticia de que hay negociaciones, todos los abogados de este país se pondrán como locos, así que tenemos que estar preparados. Cuando los cheques empiecen a llegar, creo que lo correcto sería sesenta, treinta y diez.

Oscar había pedido la lasagna especial, y Wally los ravioli. Cuando el camarero se hubo ido, Oscar dijo:

—¿Tu parte es el doble de la mía? Eso es algo nuevo y no me gusta.

—¿Qué te gusta?

—Cincuenta y cincuenta.

—¿Y qué me dices de David? Cuando aceptó hacerse cargo de los casos de no fallecimiento le prometimos un trozo del pastel.

—De acuerdo. Cincuenta para ti, cuarenta para mí y diez para David. Rochelle se llevará una gratificación, pero no tendrá pastel.

Con tanto dinero flotando en el ambiente les fue fácil hacer números e incluso más fácil llegar a un acuerdo. Se habían peleado con fiereza por honorarios de cinco mil dólares, pero ese día no. El dinero los tranquilizó y disipó cualquier deseo de discutir. Wally tendió la mano por encima de la mesa, y Oscar hizo lo mismo. Se la estrecharon y volvieron la atención a sus platos.

Al cabo de unos instantes, Wally preguntó:

—¿Cómo te va con tu mujer?

Oscar frunció el entrecejo y miró hacia otro lado. Paula Finley era un tema que no se tocaba porque nadie del bufete la soportaba, muy especialmente Oscar.

Wally decidió insistir.

—Ya sabes que este es el momento. Si alguna vez piensas dejarla, tiene que ser ahora.

—¿Tú me das consejos matrimoniales?

—Sí, porque sé que tengo razón.

—Me parece que has estado dando vueltas al asunto.

—Sí, porque tú no lo has hecho. Intuyo que ha sido porque no tenías ninguna fe en lo del Krayoxx, pero ahora estás cambiando de idea.

Oscar se sirvió un poco más de vino.

—Vamos, dime qué has pensado.

Wally se acercó más, como si fuera a intercambiar secretos nucleares.

—Presenta una demanda de divorcio ya mismo. No tiene problema. Yo lo he hecho cuatro veces. Luego lárgate, búscate un piso y corta toda relación. Yo me ocuparé de llevarte el asunto. Que Paula contrate a quien quiera. Redactaremos un contrato y le pondremos fecha de seis meses antes. El contrato estipulará que yo me llevo el ochenta por ciento del dinero del Krayoxx y que tú y David os lleváis el veinte. Tienes que demostrar que el Krayoxx te ha proporcionado algún dinero, de lo contrario el abogado de Paula se lo olerá. De todas maneras, podemos meter la mayor parte del dinero en un fondo de reptiles durante un año, más o menos, hasta que el divorcio se haya solucionado. Luego, en algún momento del futuro, tú y yo nos lo repartimos.

—Eso es una transferencia de activos fraudulenta.

—Lo sé, pero me encanta. Lo he hecho un montón de veces, aunque en una escala mucho menor, y sospecho que tú también. Es muy astuto, ¿no te parece?

—Si nos descubren, podríamos acabar en la cárcel por un delito de desacato, y sin que hubiera juicio previo.

—No nos descubrirán. Paula cree que el dinero del Krayoxx es todo mío, ¿no?

—Sí.

—Entonces funcionará. Es nuestro bufete, y nosotros establecemos las normas sobre cómo nos repartimos las ganancias, a nuestra entera discreción.

—Sus abogados no serán idiotas, Wally. Se enterarán de la indemnización del Krayoxx tan pronto como llegue.

—Vamos, Oscar, no tocamos tanto dinero todos los días. Sospecho que tu promedio de ingresos brutos durante estos últimos diez años no llega a los setenta y cinco mil.

Oscar se encogió de hombros.

—Más o menos como tú. Después de treinta años en las trincheras es patético, ¿no crees?

—La cuestión no es esa, Oscar. La cuestión es que en un caso de divorcio lo que miran es lo que has ganado en el pasado.

—Lo sé.

—Si el dinero del Krayoxx es mío, podemos alegar con todo el fundamento del mundo que tus ingresos no han aumentado.

—¿Y qué harás con el dinero?

—Podemos esconderlo en el extranjero hasta que tengas el divorcio. Qué demonios, Oscar, podríamos tenerlo en las islas Caimán e ir una vez al año para ver cómo está todo. Créeme, no hay manera de que se enteren, pero para eso tienes que presentar tu demanda de divorcio ahora y largarte.

—¿Por qué tienes tantas ganas de que me divorcie?

—Porque detesto a esa mujer, porque llevas soñando con hacerlo desde tu luna de miel, porque te mereces ser feliz y porque, si dejas a esa zorra y escondes la pasta, tu vida dará un giro espectacular a mejor. Piénsalo, Oscar, con sesenta y dos años, soltero y la cartera llena.

Oscar no pudo reprimir una sonrisa. Apuró su tercera copa de vino y comió un poco más. Era evidente que dudaba.

—¿Cómo se lo suelto? —preguntó al fin.

Wally se limpió la comisura de los labios, se irguió y se convirtió en la voz de la autoridad.

—Bueno, hay muchas formas de hacerlo y las he probado todas. ¿Le has hablado alguna vez de separaros?

—No que yo recuerde.

—Supongo que no te costaría mucho montar una bronca.

—Eso es pan comido. Siempre está cabreada, normalmente por el dinero, así que discutimos un día sí y el otro también.

—Eso me imaginaba. Haz lo siguiente: ve a casa esta noche y le sueltas la bomba. Dile que no eres feliz y que quieres dejarla. Simple y claro. Nada de pelear ni discutir ni negociar. Dile que se puede quedar con la casa, con el coche y con los muebles, que se lo puede quedar todo si acepta un mutuo acuerdo.

—¿Y si no acepta?

—Lárgate de todos modos. Puedes quedarte en mi casa hasta que te encontremos algo. Cuando vea que te largas se pondrá hecha una furia y empezará a tramar. No tardará en explotar. Dale cuarenta y ocho horas y estará como una hiena.

—Ya es una hiena.

—Hace años que lo es. Nosotros prepararemos los papeles y se los entregaremos. Eso será la gota definitiva. En una semana se habrá buscado a un abogado.

—Esto que dices ya me lo habían aconsejado antes, solo que nunca me he visto con ánimos para hacerlo.

—Oscar, a veces hace falta tenerlos muy bien puestos para coger la puerta y largarse. Hazlo mientras todavía estés en situación de disfrutar de la vida.

Oscar se sirvió lo que quedaba de vino y sonrió. Wally no recordaba cuándo había sido la última vez que había visto a su socio tan contento.

—¿Te ves capaz de hacerlo, Oscar?

—Pues sí. La verdad es que pienso ir a casa temprano, hacer la maleta y acabar con este asunto.

—Impresionante. Celebrémoslo esta noche cenando juntos en el bufete.

—Trato hecho, pero esa tía buena tuya no estará por ahí, ¿verdad?

—Le diré que vaya a dar una vuelta.

Oscar apuró el vino como si fuera un chute de tequila.

—¡Maldita sea, Wally, hace años que no me sentía tan animado!

27

No les había sido fácil convencer a la familia Khaing de que su intención era ayudar, pero tras unas cuantas semanas cenando Big Macs, consiguieron desarrollar un alto nivel de confianza. Todos los miércoles, tras haber tomado algo más sano, David y Helen pasaban por el mismo McDonald's, encargaban las mismas hamburguesas con patatas fritas y lo llevaban todo a casa de los Khaing, en Rogers Park. Zaw, la abuela, y Lu, el abuelo, se les unían porque también les gustaba la comida rápida. Durante el resto de la semana vivían a base de pollo y arroz, pero los miércoles se alimentaban como auténticos estadounidenses.

Helen, que estaba embarazada de siete meses y su aspecto lo evidenciaba, se mostró inicialmente reacia con respecto a aquellas visitas semanales. Cabía la posibilidad de que hubiera plomo en el ambiente, y ella tenía un feto que proteger. Así pues, David se encargó de comprobarlo. Negoció con el doctor Sandroni hasta que este rebajó su tarifa de veinte a cinco mil dólares y se puso manos a la obra. Revisó la vivienda de arriba abajo, tomó muestras de la pintura de las paredes, del agua, de los sanitarios, de la vajilla y la cubertería; de juguetes, zapatos, álbumes de fotos y de cualquier cosa con la que la familia pudiera tener contacto. Llevó personalmente todo el lote al laboratorio de Sandroni en Akron y volvió a recogerlo dos semanas más tarde para devolverlo a los Khaing. Según el informe de Sandroni, apenas había rastros de plomo, y los que había eran perfectamente aceptables. La familia no tenía de qué preocuparse, y Helen y su hijo podían entrar tranquilamente en aquella casa.

Thuya se había intoxicado con los Nasty Teeth, y el doctor Sandroni estaba dispuesto a declararlo así bajo juramento ante cualquier tribunal del país. David tenía entre manos una prometedora demanda, pero todavía le faltaba encontrar al demandado. Entre él y Sandroni habían confeccionado una lista con cuatro empresas chinas conocidas por fabricar juguetes parecidos para importadores estadounidenses. Sin embargo, no habían logrado identificar a la responsable y, según Sandroni, lo más probable era que no lo lograran. Aquel juego de Nasty Teeth podía haber sido fabricado veinte años atrás y haber pasado otros diez en un almacén antes de que lo importaran a Estados Unidos, donde bien podía haber languidecido cinco más en la estantería de algún distribuidor. Cabía la posibilidad de que tanto el fabricante como el importador siguieran existiendo, pero también de que hubieran desaparecido hacía tiempo. Los chinos estaban bajo la presión constante de los inspectores estadounidenses para que no utilizaran compuestos de plomo en sus productos, pero a menudo resultaba imposible determinar quién había fabricado qué en el laberinto de fábricas semiclandestinas que había distribuidas por todo el país. El doctor Sandroni disponía de una lista interminable de fuentes y había intervenido en cientos de demandas, pero tras cuatro meses de investigaciones seguía con las manos vacías. Por su parte, Helen y David habían recorrido todos los mercados, mercadillos y tiendas de juguetes del área de Chicago y habían logrado reunir una increíble colección de dientes de vampiro; pero nada exactamente igual a los Nasty Teeth. Su búsqueda no había finalizado todavía, pero empezaba a perder fuelle.

Thuya había vuelto a casa, vivo pero con graves lesiones.

Los daños cerebrales eran profundos. No podía caminar sin ayuda ni hablar claramente, tampoco podía alimentarse por sí solo ni controlar sus funciones corporales. Su vista era limitada y apenas respondía a las órdenes más básicas. Cuando le preguntaban cómo se llamaba, a duras penas lograba balbucear algo parecido a «Tay». Pasaba la mayor parte del tiempo en una cama especial con barrotes, y mantenerla limpia resultaba realmente difícil. Cuidarlo era una lucha diaria en la que participaba toda la familia e incluso algún que otro vecino. El futuro del chico era más que complicado. Según los diplomáticos comentarios de los médicos del hospital, su estado no iba a mejorar. Estos habían hablado en privado con Helen y David y les habían confesado que ni el cerebro ni el cuerpo de Thuya evolucionarían de un modo normal, que no podían hacer nada más por él y que tampoco disponían de un sitio donde acogerlo, ningún centro para niños con lesiones cerebrales.

A Thuya lo alimentaban con una papilla especial de fruta y verdura que le daban con cucharilla a la que añadían la cantidad de nutrientes necesarios. Llevaba pañales diseñados para niños como él. La papilla, los pañales y las medicinas sumaban unos seiscientos dólares al mes, de los cuales Helen y David contribuían con la mitad. Los Khaing carecían de seguro médico, y de no haber sido por la generosidad del hospital Lakeshore, su hijo no habría estado tan bien atendido y habría muerto. En pocas palabras, Thuya se había convertido en una carga difícilmente soportable.

Soe y Lwin insistían en que se sentara a la mesa para cenar. Thuya tenía una silla especial que también les había donado el hospital, y cuando estaba atado y bien sujeto era capaz de mantenerse erguido y abrir la boca para que lo alimentaran. Mientras su familia devoraba las hamburguesas con patatas fritas, Helen le daba de comer con la cucharilla. Aseguraba que le convenía practicar de cara al futuro. Entretanto, David se sentaba al otro lado con una servilleta de papel y conversaba con Soe acerca de la vida en Estados Unidos. Las hermanas de Thuya, que habían decidido utilizar nombres estadounidenses —Lynn y Erin— tenían ocho y seis años respectivamente. No solían decir gran cosa durante las cenas, pero era evidente que les encantaba la comida rápida y cuando hablaban lo hacían en un inglés impecable. A decir de su madre, sacaban todo sobresaliente en el colegio.

Quizá se debía al incierto futuro que les esperaba o quizá era solo por la dura vida que llevaban como inmigrantes, pero aquellas cenas siempre resultaban tristes y apagadas. Los padres y familiares de Thuya lo miraban a menudo como si fueran a echarse a llorar. Estaba claro que recordaban al muchacho jovial y risueño y que tenían que hacer un gran esfuerzo para aceptar el hecho de que se había ido para siempre. Soe se echaba la culpa por haber comprado los dientes de vampiro, y Lwin por no haber sido más diligente. Lynn y Erin se reprochaban haberlo animado a jugar con ellos para asustarlas. Incluso Zaw y Lu se consideraban responsables y creían que tendrían que haber hecho algo, aunque no sabían qué.

Después de cenar, Helen y David sacaron a Thuya de la casa y, bajo la atenta mirada de la familia, lo ataron al asiento trasero del coche y se lo llevaron. Para los casos de emergencia tenían una bolsa con pañales de recambio y toallas.

Condujeron durante veinte minutos y aparcaron junto al lago, cerca del Navy Pier. David lo cogió de la mano derecha, Helen de la izquierda y entre los dos lo ayudaron a caminar lenta y trabajosamente. Daba pena verlo. Aunque no tuviera prisa y no pudiera caerse, Thuya se movía como un bebé que estuviera dando sus primeros pasos. Recorrieron poco a poco el paseo de la orilla contemplando los barcos. Cuando Thuya quería parar y admirar algún velero en concreto, ellos se detenían; si deseaba mirar un barco de pesca, lo complacían y le explicaban cómo era. Helen y David no dejaban de hablarle, como dos padres orgullosos con su recién nacido. Thuya les contestaba con una jerigonza incomprensible de ruidos y balbuceos que ellos fingían comprender. Cuando se cansaba lo animaban para que caminara un poco más. Según los especialistas en rehabilitación del hospital era importante que sus músculos no se atrofiaran.

David y Helen se lo habían llevado a parques, a carnavales, a centros comerciales, a partidos de béisbol y a fiestas callejeras. Los paseos de los miércoles por la noche eran importantes para él, y representaban el único momento de descanso de la semana para su familia. Al cabo de un par de horas, regresaban a casa.

Ese día a David lo esperaban tres caras nuevas. En los últimos meses se había ocupado de algunos asuntos legales sin importancia de los vecinos del barrio. Eran las cuestiones habituales relacionadas con la inmigración y se estaba aficionando a esa rama del derecho. Había tramitado un caso de divorcio, pero el matrimonio había acabado reconciliándose. En esos momentos tenía sobre la mesa un pleito por la compraventa de un vehículo. Su reputación entre la comunidad birmana subía como la espuma, pero David no estaba seguro de que fuera buena cosa. Necesitaba clientes que pudieran pagarle.

Salieron fuera y se apoyaron en los coches. Soe le explicó que aquellos tres hombres trabajaban para un contratista que estaba haciendo unas obras de drenaje. Eran ilegales, y el hombre, que lo sabía, les pagaba doscientos dólares semanales en efectivo. Trabajaban ochenta horas a la semana y, para empeorar las cosas, su jefe no les había pagado las últimas tres. Ninguno de ellos se expresaba correctamente en inglés, y David, que no entendía nada, tuvo que pedirle a Soe que se lo repitiera lentamente otra vez. La segunda versión fue igual que la primera: doscientos dólares a la semana, nada de cobrar horas extras y tres semanas sin cobrar. Y no eran los únicos. Había otros birmanos y un montón de mexicanos. Todos ilegales que trabajaban como perros de los que se aprovechaban sin piedad.

David tomó algunas notas y prometió estudiar la situación. Mientras regresaban a casa le explicó el caso a Helen.

—Pero ¿un trabajador ilegal puede demandar a su patrón? —le preguntó ella.

—Esa es la pregunta. Mañana lo sabré.

Después de almorzar, Oscar no regresó al despacho. Habría sido inútil hacerlo. Le rondaban demasiadas cosas por la cabeza para poder concentrarse en los asuntos que se amontonaban en su mesa. Además, estaba un tanto bebido y necesitaba despejarse la cabeza. Llenó el depósito en una gasolinera, compró un vaso de café doble y se dirigió hacia el sur por la I-57. Al cabo de un rato había salido de Chicago y circulaba por la campiña.

¿Cuántas veces había aconsejado a sus clientes que presentaran una demanda de divorcio? Miles. En las circunstancias adecuadas, resultaba muy fácil hacerlo. «Mire, hay un momento en muchos matrimonios en los que uno de los cónyuges tiene que decir "basta". Para usted ese momento ha llegado ya.» Siempre se había sentido un experto cuando impartía esos consejos, incluso un tanto superior, pero en esos instantes se veía a sí mismo como un fraude. ¿Cómo podía nadie dar tales consejos sin haber pasado por semejante experiencia?

Paula y él llevaban treinta desdichados años juntos. Solo habían tenido una hija, Keely, que en la actualidad era una joven divorciada de veintiséis años que cada día se parecía más a su madre. Su divorcio era aún muy reciente, esencialmente porque disfrutaba regodeándose en su desgracia, y también tenía un trabajo mal pagado y un montón de falsos problemas emocionales que requerían la ayuda de pastillas. Su principal terapia consistía en ir de compras con su madre a cuenta de Oscar.

—Estoy harto de las dos —dijo este audazmente y en voz

alta cuando pasó ante el cartel que indicaba que salía de Kankakee—. Tengo sesenta y dos años, estoy bien de salud y me quedan todavía veinte de expectativa de vida. Tengo derecho a un poco de felicidad, ¿no?

Naturalmente que sí.

Pero cómo dar la noticia. Esa era la cuestión. ¿Qué debía decir para soltar la bomba? Pensó en antiguos clientes y en viejos casos de divorcio que había tramitado a lo largo de los años. En un extremo del abanico, la bomba caía cuando la mujer pillaba al marido en la cama con otra. Oscar recordaba tres o cuatro casos en los que había ocurrido precisamente eso. Aquello era una bomba de verdad. «Esto se ha acabado, cariño, tengo a otra.» En el otro extremo recordaba un caso de divorcio que había llevado: una pareja que nunca había discutido, que nunca había hablado de divorciarse o separarse, y que acababa de celebrar sus bodas de plata y comprarse una casita junto al lago. Un día, el marido llegó tras un viaje de negocios y encontró el hogar conyugal desierto. Las cosas de su mujer habían desaparecido junto con la mitad del mobiliario. Se había largado y había dejado un mensaje diciendo que no lo amaba. Ella no tardó en volver a casarse. Él se suicidó.

Nunca resultaba difícil iniciar una pelea con Paula. Era una mujer a quien le encantaba discutir y reñir. Quizá lo mejor fuera que se tomara un par de copas más, llegara a casa medio borracho para que ella pudiera reprocharle lo mucho que bebía y él echarle en cara sus constantes compras hasta que los dos acabaran gritándose. Entonces podría meter algo de ropa en una maleta y coger la puerta.

Oscar nunca había tenido el valor suficiente para largarse. Tendría que haberlo hecho, muchas veces, pero siempre acababa encerrándose con llave en la habitación de invitados y durmiendo solo.

A medida que se aproximaba a Champaign fue dando forma a su plan. ¿Por qué recurrir al ardid de iniciar una pelea si podía echarle la culpa de todo? Deseaba largarse, así que lo mejor era comportarse como un hombre y reconocerlo: «No soy feliz, Paula. Llevo treinta años siendo desdichado y tengo muy claro que tú también. De lo contrario, no te pasarías la vida discutiendo y peleándote conmigo. Me marcho. Puedes quedarte con la casa y todo lo que contiene. Solo me llevo mi ropa. Adiós».

Dio media vuelta y enfiló hacia el norte.

Al final resultó bastante sencillo, y Paula se lo tomó aceptablemente bien. Lloró un poco y lo insultó a placer, pero cuando vio que Oscar no mordía el anzuelo se encerró en el sótano y se negó a salir. Oscar metió su ropa y unos cuantos efectos personales en su coche y se alejó, sonriendo, aliviado y cada vez más contento a medida que ponía distancia de por medio.

Sesenta y dos años, a punto de volver a ser soltero por primera vez en una eternidad y rico, si debía hacer caso a Wally, cosa que hacía. Lo cierto era que estaba depositando toda su confianza en su socio.

No sabía exactamente adónde se dirigía, pero de lo que sí estaba seguro era de que no iba a pasar la noche en casa de Wally. Ya tenía suficiente con lo que veía en el bufete. Además, aquel zorrón de DeeAnna era capaz de aparecer en cualquier momento, y no la soportaba. Estuvo dando vueltas con el coche durante una hora hasta que al final encontró una habitación en un motel cerca de O'Hare. Acercó una silla a la ventana y se dedicó a contemplar cómo los aviones aterrizaban y despegaban en la lejanía. Algún día también él iría en avión a todas partes con una mujer guapa del brazo.

Se sentía como si se hubiera quitado veinte años de encima. Estaba en marcha.

28

Rochelle llegó a las siete y media de la mañana siguiente con grandes planes para disfrutar de su yogur y su periódico sin más compañía que la de CA. Sin embargo, CA ya estaba jugando con otra persona. El señor Finley se encontraba en el despacho y de un humor realmente jovial. Rochelle no recordaba cuándo había sido la última vez que Oscar había llegado antes que ella.

—Buenos días, señora Gibson —dijo en tono cordial y con una expresión de alegría en su arrugado rostro.

—¿Qué está haciendo aquí? —preguntó ella, suspicaz.

—Es que soy el propietario de esto —repuso Oscar.

—¿Y por qué está tan contento esta mañana? —quiso saber Rochelle mientras dejaba el bolso en su mesa.

—Porque anoche dormí en un hotel, solo.

—Pues quizá debería hacerlo más a menudo.

—¿No siente curiosidad de saber por qué lo hice?

—Claro. ¿Por qué lo hizo?

—Porque anoche dejé a Paula, señora Gibson. Anoche hice las maletas y le dije «adiós». Me largué y no pienso volver.

—¡Alabado sea el señor! —exclamó Rochelle con el asombro pintado en el rostro—. ¡No puede ser!

—Sí puede. Lo hice y tras treinta años de infelicidad soy por fin libre. No sabe lo contento que estoy, señora Gibson.

—Yo también me alegro. Lo felicito.

En los ocho años y medio que llevaba en Finley & Figg, Rochelle nunca se había encontrado personalmente con Paula Finley y no podía estar más contenta por ello. Según Wally, Paula se negaba a poner el pie en Finley & Figg porque el bufete no era digno de ella. Siempre estaba dispuesta a decir a todo el mundo que su marido era abogado, con lo que eso implicaba supuestamente en cuanto a dinero y poder, pero en su interior se sentía humillada por la escasa categoría del bufete. Gastaba hasta el último centavo que Oscar llevaba a casa, y de no haber sido por cierto misterioso dinero familiar que ella poseía, el matrimonio no habría podido llegar a fin de mes. Paula había exigido a Oscar al menos en tres ocasiones que despidiera a Rochelle, y él lo había intentado dos veces. Las dos había claudicado y se había encerrado en su despacho para lamerse las heridas. Un día —que nadie había olvidado—, Paula llamó y exigió hablar con su marido. Rochelle la informó educadamente de que Oscar estaba reunido con un cliente. «Me da igual, páseme con él», contestó Paula. Rochelle hizo caso omiso y la dejó en espera. Cuando volvió a coger el teléfono, Paula estaba al borde de un ataque de nervios, la insultó y la amenazó con presentarse en el bufete para poner los puntos sobre las íes. Rochelle le replicó: «Hágalo si quiere, pero sepa que vivo en el extrarradio y que no me asusto fácilmente». Paula Finley no apareció, pero abroncó a su marido.

Rochelle dio un paso al frente y abrazó a Oscar. Ninguno de los dos recordaba un gesto parecido.

—Lo felicito, a partir de ahora va a ser un hombre nuevo.

—Será un divorcio sencillo.

—No pensará dárselo a Figg para que se encargue él, ¿verdad?

—Pues sí. Me han dicho que no es caro. Vi su nombre en una tarjeta de bingo.

Se echaron a reír y estuvieron charlando un rato de asuntos sin importancia.

Una hora más tarde, durante la tercera reunión del bufete, Oscar comunicó la noticia a David, que pareció ligeramente confundido por el entusiasmo que esta había despertado. No veía ni rastro de la menor tristeza. Estaba claro que Paula Finley se había hecho un montón de enemigos. Oscar parecía casi embriagado por la idea de haberla plantado.

Wally hizo un resumen de su conversación con Jerry Alisandros y explicó las cosas de tal modo que todos tuvieron la impresión de que los cheques de Varrick estaban prácticamente en camino. A medida que Wally parloteaba, David entendió de repente lo del divorcio. Era necesario que Oscar se deshiciera de su esposa sin demora y rápidamente, antes de que empezara a llegar el dinero en serio. Fuera cual fuese el plan, David se olió problemas: ocultar bienes, trasladar fondos, abrir cuentas bancarias fantasma... Era como si estuviera escuchando la conversación entre ambos socios. Las banderas de peligro ondeaban en la pista. A David no le quedaba otra que estar atento y vigilante.

Wally exhortó a sus colegas a que se pusieran las pilas, ordenaran los archivos, encontraran nuevos casos, dejaran a un lado todo lo demás, etcétera, etcétera. Alisandros prometía aportar exámenes clínicos, cardiólogos y todo tipo de apoyo logístico para preparar a sus clientes de cara a la indemnización. En esos momentos, cualquier caso potencial tenía un valor añadido.

Oscar se limitó a permanecer sentado y sonreír. Rochelle escuchaba atentamente. A David las noticias le parecieron interesantes, pero no por ello abandonó su cautela. Buena parte de lo que Wally solía decir era simple exageración, y David había aprendido que su importancia se podía reducir a la mitad. Aun así, la mitad representaría un estupendo día de paga.

Las cuentas de la familia Zinc habían descendido en cien

mil dólares en concepto de gastos. Aunque David intentaba no preocuparse, pensaba en ello cada vez más. Había pagado siete mil quinientos dólares a Sandroni por un caso que quizá no valiera nada. Helen y él destinaban todos los meses trescientos más al mantenimiento de Thuya, y ese era un gasto que podía ser de por vida. No habían dudado en hacerlo, pero la realidad se estaba imponiendo. Sus ingresos mensuales en el bufete aumentaban de manera regular, pero estaba descartado que algún día llegara a cobrar lo mismo que en Rogan Rothberg. De todas maneras, esa no era su referencia. Con su nuevo hijo en camino calculaba que necesitaba unos ciento veinticinco mil dólares al año para vivir cómodamente. Aunque no había hablado del reparto de la indemnización con los dos socios, el acuerdo del Krayoxx podía solucionarle las cuentas.

La tercera reunión del bufete concluyó bruscamente cuando una mujer del tamaño de un defensa de fútbol, vestida con chándal y chanclas, irrumpió en el bufete y exigió hablar con un abogado por lo del Krayoxx. Lo había tomado durante dos años y estaba empezando a notar el corazón cada día más débil. Deseaba demandar a la empresa farmacéutica sin demora. Oscar y David se esfumaron y dejaron que Wally se encargara. Este dio la bienvenida a la mujer con su mejor sonrisa y le dijo:

—No se preocupe. Ha venido al sitio adecuado.

La familia del senador Maxwell había contratado a un abogado de Boise llamado Frazier Gant, el socio más destacado de un bufete de cierto éxito que se ocupaba principalmente de accidentes de camiones y de casos de negligencia médica. Boise no formaba parte del circuito donde se producían los veredictos importantes, de modo que rara vez veía las generosas sentencias tan frecuentes en Florida, Texas, Nueva York y

California. En Idaho miraban con malos ojos las demandas conjuntas, y los jurados solían ser conservadores. A pesar de todo ello, Gant sabía cómo montar un caso y conseguir un veredicto. Era alguien a quien no convenía infravalorar y que en esos momentos tenía en su mesa el caso más importante de todas las acciones conjuntas del país: un senador muerto de un infarto en plena sesión del Senado cuya causa de fallecimiento apuntaba directamente a una gran empresa farmacéutica. Era el sueño de cualquier abogado.

Aunque Layton Koane estaba dispuesto a desplazarse hasta donde fuera necesario, Gant insistió en que se reunieran en Washington y no en Boise. En realidad, Koane habría preferido cualquier otro sitio que no fuera Washington porque entonces iba a tener que recibir a Gant en sus oficinas. El Koane Group ocupaba el último piso de un nuevo y reluciente bloque de diez plantas situado en K Street, el tramo de asfalto de Washington donde se encontraban los agentes más poderosos de toda la ciudad. Koane había pagado una fortuna a un diseñador de Nueva York para que el despacho proyectara una verdadera imagen de riqueza y prestigio. Había funcionado, y nada más salir del ascensor privado, los clientes —potenciales o no— quedaban impresionados ante semejante exhibición de mármol y vidrio. Se hallaban en el núcleo mismo del poder y sin ninguna duda pagaban por ello.

Sin embargo, con Gant los papeles se iban a intercambiar. Koane era quien manejaría el dinero, y por ello habría preferido un lugar más discreto. Sin embargo, el abogado de Boise había insistido. Así pues, nueve semanas después del fallecimiento de senador —y lo que era más importante para Koane y Varrick, casi siete desde que Sanidad había retirado el Krayoxx—, se encontraron alrededor de una pequeña mesa de reuniones situada en un extremo del despacho de Koane. Dado que este no pretendía impresionar a su interlocutor y que tampoco encontraba agradable la tarea, fue directamente al grano.

—Una de mis fuentes me ha dicho que la familia está dispuesta a no presentar ninguna demanda a cambio de cinco millones de dólares.

Gant torció el gesto, como si hubiera sufrido un ataque repentino de hemorroides.

—Siempre estoy dispuesto a negociar —dijo, lo cual era evidente, porque había volado desde Boise precisamente para eso—, pero cinco millones me parece que es tirar por lo bajo.

—¿Y qué tiraría por lo alto? —preguntó Koane.

—Mi cliente no tiene una gran fortuna —repuso Gant con aire apesadumbrado—. Como usted sabe, el senador dedicó toda su vida al servicio de los electores y sacrificó por ello muchas cosas. Deja una herencia valorada en medio millón, pero su familia tiene necesidades. Maxwell es un apellido importante en Idaho, y les gustaría mantener cierto estilo de vida.

Una de las especialidades de Koane era dar sablazos, y en cierto sentido le pareció divertido encontrarse siendo víctima de uno. La familia Maxwell la formaban la viuda —una agradable mujer de sesenta años que no tenía gustos caros—, una hija de cuarenta que estaba casada con un pediatra de Boise y estrujaba cuanto podía sus tarjetas de crédito, otra hija de treinta y cinco años que daba clases por valor de cuarenta y un mil dólares al año y un hijo varón de treinta y uno que constituía el verdadero problema: Kirk Maxwell Jr. llevaba desde los quince años luchando contra el alcohol y las drogas y no parecía que fuera a vencer. Koane había hecho sus propias averiguaciones y sabía de los Maxwell más que el propio Gant.

—¿Por qué no propone una cifra? —comentó—. Yo he puesto cinco encima de la mesa. Ahora le toca a usted.

—Su cliente está perdiendo del orden de veinte millones diarios por culpa de que Sanidad ha retirado el Krayoxx del mercado —contestó Gant, encantado de poder jugar al juego de quién sabe más.

—En realidad son dieciocho, pero no vamos a discutir por eso.

—Veinte es una cifra que suena bien.

Koane lo miró fijamente por encima de sus gafas de lectura y la mandíbula se le desencajó ligeramente.

—¿Veinte millones? —preguntó, anonadado.

Gant apretó los dientes y asintió.

Koane se recobró rápidamente y dijo:

—Dejemos las cosas claras, señor Gant. El senador Maxwell estuvo en el cargo treinta años y durante ese tiempo recibió al menos tres millones de dólares de las grandes farmacéuticas y de los Comités de Acción Política, y buena parte de dicha cantidad salió de las arcas de Varrick y de los bolsillos de sus ejecutivos. También recibió un millón más de individuos como los de la Iniciativa para la Reforma de las Acciones Conjuntas y otros grupos que deseaban restringir ese tipo de demandas. Igualmente se embolsó otros cuatro millones de médicos, hospitales, bancos, fabricantes y minoristas, una larga lista de grupos de buen gobierno decididos a poner límites a los daños, restringir las demandas y básicamente dar con la puerta de los tribunales en las narices a cualquiera que se presentara con una demanda por fallecimiento o lesiones. Cuando se trata de las grandes farmacéuticas y de la reforma de las acciones conjuntas nuestro difunto senador tiene un historial de voto perfecto. Me pregunto si también contó con el de usted.

—Alguna vez —repuso Gant con escaso entusiasmo.

—Bueno, la verdad es que no hemos podido hallar constancia de ninguna contribución suya o de su bufete a las campañas del senador. Reconozcan que estaban en el bando opuesto.

—De acuerdo, pero ¿qué importancia tiene eso?

—No la tiene.

—Entonces, ¿a qué viene plantearlo? El senador, como

cualquier otro miembro de la Cámara, recaudaba mucho dinero y era dinero legal que se destinaba a su reelección. Usted mejor que nadie sabe cómo funciona este juego, señor Koane.

—Desde luego que lo sé. Así que muere fulminado y ahora echa la culpa al Krayoxx. ¿Sabe usted que había dejado de tomar ese medicamento? La última receta que presentó es de octubre del año pasado, siete meses antes de fallecer. Su autopsia puso de manifiesto numerosas dolencias cardíacas, congestiones y trombos, ninguna de las cuales fue ocasionada por el Krayoxx. Lleve este caso ante los tribunales y será su tumba.

—Lo dudo, señor Koane. Usted nunca me ha visto ante un jurado.

—Es cierto.

No lo había visto, pero había hecho las averiguaciones pertinentes. El mayor veredicto que Gant había conseguido era de dos millones de dólares, la mitad de los cuales estaban pendientes de apelación. Su declaración de renta del año anterior arrojaba un total de cuatrocientos mil dólares, calderilla comparado con lo que se embolsaba Koane. Gant pagaba una pensión de alimentos de cinco mil dólares mensuales y once mil más por la hipoteca de una casa junto a un campo de golf que se había inundado. El caso Maxwell constituía sin duda su ocasión de oro. Koane desconocía la proporción exacta que Gant se llevaba en concepto de honorarios, pero según una fuente de Boise percibiría el veinticinco por ciento en caso de acuerdo y el cuarenta por ciento si se trataba del veredicto de un jurado.

Gant apoyó los codos en la mesa y dijo:

—Usted sabe tan bien como yo que este caso no va de responsabilidad ni de lesiones. La única cuestión es si Varrick está dispuesta a pagar para evitar que yo interponga una demanda que hará mucho ruido y será muy incómoda, porque de ser así no se quitará de encima la presión del Departamento de Sanidad, ¿verdad, señor Koane?

Koane se disculpó y fue a otro despacho. Reuben Massey estaba esperando en la sede de Varrick Labs. Lo acompañaba Nicholas Walker, y tenían el teléfono conectado a un altavoz.

—Quieren veinte millones —anunció Koane, que se preparó para la embestida.

Sin embargo, Massey recibió la noticia sin emoción alguna. Le gustaba utilizar los productos de su empresa y se había tomado un Plazid, la versión de Varrick de la píldora de la felicidad.

—Caramba, Koane, lo está haciendo de miedo como negociador. Ha empezado en cinco y ya estamos en veinte —dijo con calma—. Será mejor que aprovechemos la oferta antes de que suba a cuarenta. ¿Se puede saber qué demonios está pasando ahí?

—Nada que no sea simple codicia, Reuben. Saben que nos tienen en un puño. Este tipo acaba de reconocer que la demanda no tiene nada que ver ni con responsabilidad ni con lesiones. Según él, no podemos soportar más prensa adversa, así que la cuestión se reduce a cuánto estamos dispuestos a pagar para que el caso Maxwell no prospere. Así de sencillo.

—Creía que usted tenía una fuente estupenda que le susurraba al oído que eran cinco millones.

—Eso creía yo también.

—Esto no es un pleito, es un robo a mano armada.

—Sí, Reuben, me temo que lo es.

—Layton, soy Nick. ¿Ha hecho una contraoferta?

—No. Mi límite estaba en cinco. Hasta que no me digan otra cosa no me muevo de ahí.

Walker sonrió mientras hablaba.

—Este es el momento perfecto para levantarse de la mesa. Ahora mismo, el tal Gant está contando dinero, varios millones según él. Conozco a esa clase de tipos y son de lo más predecible. Enviémoslo de vuelta a Idaho con los bolsillos vacíos. Tanto él como los Maxwell se quedarán viendo visiones. Koane, dígale que su límite está en cinco millones y que el presidente de Varrick ha salido de viaje, que tendremos que reunirnos para hablar de todo esto y que tardaremos varios días. Eso sí, déjele bien claro que se despida de cualquier acuerdo si interpone la demanda.

—No lo hará —contestó Koane—. Opino igual. En estos momentos Gant está contando el dinero.

—Me parece bien —dijo Massey—. De todas maneras sería bueno poder dar carpetazo a este asunto. Suba a siete, Layton, pero no más.

De regreso a su despacho, Koane tomó asiento en su sillón y declaró:

—Mi límite son siete, no puedo subir más. El presidente de Varrick se encuentra fuera, creo que de viaje por Asia.

—Sus siete están muy lejos de mis veinte —repuso Gant, ceñudo.

—Los veinte están descartados. Acabo de hablar con el abogado de la empresa, que forma parte del consejo.

—Entonces nos veremos en los tribunales —contestó Gant, cerrando la cremallera de la fina cartera que no había utilizado.

—Esa es una amenaza bastante insustancial, señor Gant. Ningún jurado de este país le dará siete millones por una muerte causada por una cardiopatía que no tuvo nada que ver con nuestro medicamento. Además, tal como funciona nuestro sistema judicial, este caso no llegará a los tribunales antes de tres años. Tres años son muchos años para pasarlos pensando en siete millones.

Gant se puso en pie con brusquedad.

—Gracias por su tiempo, señor Koane. No se moleste en acompañarme, conozco el camino.

—Señor Gant, sepa que cuando salga por la puerta nuestra oferta de siete millones habrá desaparecido de la mesa. Va a volver a casa con los bolsillos vacíos.

Gant trastabilló ligeramente y recuperó el paso.

—Nos veremos en los tribunales —dijo con los labios fruncidos, antes de salir.

Dos horas más tarde, Gant llamó desde su móvil. Al parecer, la familia Maxwell había reconsiderado su opinión y recobrado la sensatez a instancias de su abogado. En fin, que después de todo siete millones de dólares les parecían de perlas. Layton Koane aprovechó para leerle la cartilla y le recordó todas y cada una de las condiciones. Gant estuvo encantado de aceptarlas en su totalidad.

Después de la llamada, Koane comunicó la noticia a Reuben Massey.

—Dudo que llegara siquiera a hablar con la familia —explicó—. Más bien me parece que les aseguró cinco millones y que decidió jugársela por su cuenta y pedir veinte. En estos momentos es un hombre feliz que vuelve a casa con un acuerdo de siete millones y que se convertirá en el héroe de la película.

—Y nosotros habremos esquivado una bala, la primera que no nos acierta en mucho tiempo —repuso Massey.

29

David presentó una demanda ante los tribunales federales contra un oscuro instalador de tuberías llamado Cicero Pipe por la infracción de todo tipo de normas laborales. La obra era una gran planta potabilizadora de agua de la zona sur de la ciudad, en la cual el demandado tenía una subcontrata valorada en sesenta millones de dólares. Los demandantes eran cinco trabajadores sin papeles, tres birmanos y dos mexicanos. Las infracciones afectaban a un número mucho mayor de inmigrantes, pero la mayoría de ellos no había querido sumarse a la denuncia. Todos tenían mucho miedo de identificarse.

Según las averiguaciones que David había hecho, el Departamento de Trabajo y el Departamento de Inmigración y Aduanas habían llegado a un delicado pacto en lo referente a los posibles abusos de los que pudieran ser víctimas los trabajadores ilegales. En esos casos, el principio elemental del derecho a un juicio justo prevalecía sobre la situación de ilegalidad del afectado. En consecuencia, un empleado que no tuviera papeles pero sí el valor suficiente para denunciar a quien lo contrataba de forma ilegal quedaba fuera del alcance de las autoridades de inmigración, al menos durante el tiempo que durara la demanda. David había explicado todo esto a los trabajadores birmanos, y estos, gracias al estímulo de Soe Khaing, acabaron reuniendo el arrojo necesario para constituirse en demandantes. Otros inmigrantes, en especial mexicanos y guatemaltecos, no quisieron correr el riesgo de perder el poco dinero que les pagaban. Uno de los birmanos calculaba que al menos había una treintena de compañeros sin papeles que cobraban doscientos dólares semanales en efectivo por ochenta horas de trabajo o más.

Los perjuicios potenciales eran considerables. El salario mínimo era de ocho dólares con veinticinco, y la legislación federal obligaba a pagar doce dólares con treinta y ocho centavos cualquier hora que excediera de las cuarenta semanales. A cada trabajador le correspondían ochocientos veinticinco dólares con veinte centavos por ochenta horas semanales, es decir, seiscientos veinticinco dólares con veinte centavos más de lo que cobraban en la práctica. Aunque no le resultó fácil determinar las fechas exactas, David calculó que el fraude de Cicero Pipe llevaba funcionando desde hacía al menos treinta semanas. La ley establecía que las indemnizaciones obligadas en estos casos eran del doble de lo que los demandantes habían dejado de percibir, de modo que a sus clientes les correspondían unos treinta y siete mil dólares por cabeza. La ley también facultaba al juez a imponer al condenado el cargo de las costas del juicio y de los honorarios de los letrados.

Oscar aceptó a regañadientes que David presentara la demanda. Wally no dijo nada porque estaba ilocalizable. Andaba recorriendo las calles de Chicago en busca de gente obesa.

Tres días después de la denuncia, un comunicante anónimo amenazó por teléfono a David con cortarle el gaznate si no la retiraba inmediatamente. Este avisó a la policía, y Oscar le recomendó que se comprara una pistola y la llevara siempre en la cartera. David se negó. Al día siguiente recibió una carta anónima que lo amenazaba de muerte y también mencionaba a sus colaboradores, Oscar Finley y Wally Figg e incluso a Rochelle Gibson.

El matón caminaba a paso vivo por Preston, como si regresara a casa a tan temprana hora. Pasaban unos minutos de las dos de la mañana, y el ambiente de finales de julio era todavía cálido y pegajoso. Se trataba de un varón, blanco, de unos treinta años, con un montón de antecedentes y casi nada entre una oreja y otra. Llevaba al hombro una vieja bolsa de deporte donde había un bidón de dos litros de gasolina firmemente cerrado. Giró rápidamente a la derecha y corrió medio agachado hasta el porche del bufete de Finley & Figg. Todas las luces estaban apagadas, tanto dentro como fuera. Preston dormía. Incluso el salón de masajes estaba cerrado.

Si CA hubiera estado despierto, habría oído el ligero roce del picaporte de la puerta principal cuando el matón lo giró para comprobar que nadie la hubiera dejado abierta por casualidad. Nadie se había olvidado de cerrar, y CA siguió durmiendo tranquilamente en la cocina. Sin embargo, Oscar estaba despierto, en pijama y tumbado en el sofá bajo una manta mientras pensaba en lo feliz que se sentía desde que había plantado a Paula.

El matón recorrió con sigilo el porche, bajó de nuevo a la calle y rodeó la casa hasta llegar a la entrada que había atrás. Su plan era sencillo: entrar y hacer estallar el primitivo artefacto que llevaba. Un par de litros de gasolina en un suelo de madera, con cortinas y libros por todas partes, reducirían la casa a cenizas antes de que los bomberos tuvieran tiempo de intervenir. Intentó abrir la puerta, que también estaba cerrada con llave, y se puso a trabajar rápidamente con el destornillador. No tardó en forzarla. La abrió sin hacer ruido y entró despacio. Todo estaba oscuro.

De repente se oyó el gruñido de un perro y sonaron dos estruendosos disparos. El matón gritó y cayó de espaldas en un pequeño parterre sin flores. Oscar apareció ante él. Una rápida ojeada le bastó para ver que el intruso tenía una herida por encima de la rodilla.

—¡No, por favor! —suplicó el matón.

Oscar apuntó lenta y fríamente y le encajó una bala en la otra pierna.

Dos horas más tarde, un Oscar a medio vestir conversaba alrededor de la mesa con dos policías mientras tomaban café. El intruso se encontraba en el hospital, donde lo estaban operando. Tenía heridas ambas piernas, pero su vida no corría peligro. Se llamaba Justin Bardall, y cuando no se dedicaba a provocar incendios o a dejar que le dispararan manejaba una excavadora para Cicero Pipe.

—¡Qué idiotas, pero qué idiotas! —no dejaba de repetir Oscar.

—Se supone que no debían pillarlo con las manos en la masa —comentó uno de los policías, entre risas.

En esos momentos había dos detectives en Evanston que llamaban a la puerta del propietario de Cicero Pipes. Para él iba a ser el comienzo de un día muy largo.

Oscar explicó a los policías que se hallaba en pleno divorcio y que estaba buscando un nuevo alojamiento. Cuando no dormía en un hotel lo hacía en el sofá del bufete.

—Hace veintiún años que soy el dueño de esto —explicó.

Conocía a uno de los policías, y al otro lo había visto por el barrio. Ninguno de los tres estaba ni remotamente preocupado por el tiroteo. Era un caso evidente de defensa propia. No obstante, en su relato de los hechos Oscar omitió discretamente la innecesaria herida de la otra pierna. Además del bidón con dos litros de gasolina, la bolsa contenía una tira de algodón empapada en queroseno y varias tiras de cartón. Se trataba de una versión modificada de un cóctel Molotov que no estaba pensada para ser arrojada. La policía creía que las tiras de cartón debían servir de yesca. Como intento de incendio resultaba patético, especialmente si se partía de la base de que no hacía falta ser un genio para encender un fuego.

Mientras charlaban, la furgoneta de un canal informativo de televisión se detuvo delante del bufete. Oscar se puso una corbata y dejó que lo entrevistaran a placer.

Unas horas más tarde, durante la cuarta reunión del bufete, David se tomó muy a pecho lo ocurrido, pero insistió en que no deseaba llevar pistola. Rochelle siempre tenía un pequeño revólver en el bolso, de modo que eran tres de cuatro los que iban armados. La prensa no dejaba de llamar. La noticia crecía por momentos.

—Recordad —dijo Wally a sus colegas—, somos un bufete-boutique especializado en casos de Krayoxx, ¿entendido?

—Vale —replicó Oscar—, ¿y qué hay de la denuncia laboral de esos birmanos?

—Sí, de eso también nos ocupamos.

La reunión se interrumpió cuando un reportero empezó a aporrear la puerta principal.

Enseguida se hizo evidente que ese día nadie iba a ejercer la abogacía en Finley & Figg. David y Oscar concedieron sendas entrevistas al *Tribune* y al *Chicago Sun-Times*. Los detalles no tardaron en correr de boca en boca. El señor Bardall había salido de quirófano, estaba custodiado en su habitación y no hablaba con nadie salvo con su abogado. El propietario de Cicero Pipes y sus dos capataces habían sido detenidos y puestos en libertad bajo fianza. El contratista general del proyecto era una conocida empresa de ingeniería de Milwaukee que había prometido investigar los hechos a fondo y con rapidez. La obra había sido precintada para que ningún trabajador ilegal se acercara por allí.

David informó a Rochelle discretamente de que tenía una cita en los juzgados y se marchó poco antes del mediodía. Fue en coche a su casa, recogió a Helen —que cada día estaba más embarazada—, y se la llevó a almorzar. Le explicó los últimos acontecimientos —las amenazas de muerte, el matón y sus intenciones, la intervención de Oscar en defensa del bufete y el creciente interés de la prensa—, hizo lo posible por minimizar cualquier noción de peligro y le aseguró que el FBI estaba encima del asunto.

—¿Estás preocupado? —le preguntó ella.

—No, en absoluto —repuso David con escasa convicción—, pero es posible que mañana salga algo de esto en los periódicos.

Y desde luego que salió: grandes fotos de Oscar en la sección local del *Tribune* y del *Chicago Sun-Times*. Para ser justos con la prensa, ¿cuántas veces surgían historias en las que un viejo abogado que estaba durmiendo en su despacho le pegaba dos tiros a un intruso que llevaba un cóctel Molotov, con el que pretendía prender fuego al edificio como represalia por el hecho de que ese bufete hubiera presentado una demanda en nombre de unos trabajadores sin papeles que estaban siendo explotados por una empresa que, años atrás, había tenido contactos con el crimen organizado? Oscar aparecía retratado como un valiente pistolero de la zona sur de la ciudad y, de paso, como uno de los principales especialistas del país en demandas conjuntas que se disponía a lanzarse contra Varrick Labs y su terrible Krayoxx. El *Tribune* añadía una pequeña foto de David y otra del propietario de Cicero Pipe y sus capataces en el momento de ser conducidos a comisaría.

Las informaciones parecían recoger los acrónimos de todas las instituciones posibles —FBI, DOL (Departamento de Trabajo), ICE (Inmigración y Aduanas), INS (Inmigración y Naturalización), OSHA (Salubridad y Seguridad Laboral), DHS (Seguridad Interior), OFCCP (Oficina Federal de Programa de Cumplimiento de Contratos)—, y todas ellas parecían tener algo que decir a los medios. Las obras siguieron precintadas un día más, y el contratista general se puso histérico. Finley & Figg se vio nuevamente asediada por reporteros, investigadores, supuestas víctimas del Krayoxx y la habitual chusma callejera. Oscar, Wally y Rochelle mantuvieron sus armas a mano, y el joven David se mantuvo candorosamente ingenuo.

Dos semanas más tarde, Justin Bardall salió del hospital en una silla de ruedas. Tanto él como su jefe y algunos más habían sido acusados de numerosos cargos por un gran jurado federal, y sus abogados ya estaban considerando la posibilidad de que se declararan culpables para poder negociar una reducción de condena. Bardall tenía astillada la fíbula izquierda e iba a necesitar más cirugía. No obstante, los médicos estaban seguros de que, a su debido tiempo, se recuperaría plenamente. Bardall había repetido a su jefe, a sus abogados y a la policía que tras el primer balazo había dejado de ser una amenaza y que no había hecho ninguna falta que Oscar le destrozara el peroné; sin embargo, nadie le hizo demasiado caso. La reacción generalizada podía resumirse con el comentario del detective que le dijo: «Puedes considerarte afortunado de que no te volara la cabeza».

30

Jerry Alisandros hizo por fin honor a una de sus promesas. Estaba sumamente ocupado organizando las negociaciones para un acuerdo y, según uno de los asociados con el que había hablado Wally, sencillamente no tenía tiempo para telefonear a todos los abogados cuyos casos se encargaba de coordinar. No obstante, la tercera semana de julio envió por fin a sus expertos.

El nombre de la empresa —Allyance Diagnostic Group, o ADG, como prefería que la llamaran— era lo de menos. A tenor de lo que Wally había logrado averiguar, se trataba de un equipo de médicos y técnicos con sede en Atlanta y cuya única tarea consistía en recorrer el país de una punta a otra haciendo pruebas médicas a todos los que pretendían beneficiarse de la última demanda colectiva puesta en marcha por Jerry Alisandros. Siguiendo sus instrucciones, Wally alquiló un local de doscientos metros cuadrados, que anteriormente había sido una tienda de mascotas, situado en un centro comercial cercano. Contrató igualmente una empresa de reformas que instaló puertas y tabiques y otra para que limpiara el desorden de la anterior. Las ventanas se cegaron con papel de embalar y no se colgaron rótulos de ningún tipo. Alquiló unas cuantas mesas y sillas baratas e instaló un mostrador con teléfono y fotocopiadora. Las facturas las envió de una en una a un ayudante de Jerry que no hacía otra cosa que llevar la contabilidad de la demanda contra el Krayoxx.

Cuando todo estuvo listo, ADG se instaló y se puso a trabajar. El equipo estaba formado por tres técnicos debidamente ataviados con el habitual conjunto verde azulado de los hospitales. Todos llevaban su correspondiente estetoscopio y tenían un aspecto tan formal que hasta Wally pensó que estaban altamente cualificados y tenían todos las credenciales imaginables. No era así, pero habían examinado a cientos de demandantes potenciales. Su jefe era el doctor Borzov, un cardiólogo ruso que había ganado un montón de dinero diagnosticando a los pacientes de Jerry Alisandros y de otros muchos bufetes importantes repartidos por todo el país. El doctor Borzov rara vez veía a una persona obesa que no sufriera de alguna dolencia grave atribuible al medicamento objeto de la acción conjunta de turno. Nunca prestaba declaración ante los tribunales —su acento era excesivamente marcado y su currículo demasiado escaso—, pero valía su peso en oro a la hora de hacer diagnósticos.

Tanto David como Wally estuvieron presentes cuando los de ADG pusieron en marcha su fábrica de análisis en cadena; el primero porque era, de hecho, el auxiliar jurídico de los cuatrocientos treinta casos de no fallecimiento que tenían (por el momento); el segundo porque era quien los había localizado y reunido. Tres clientes aparecieron puntualmente a las ocho de la mañana y fueron recibidos con café por Wally y una atractiva ayudante con zuecos de goma de hospital. El papeleo duraba diez minutos y pretendía certificar que el cliente había tomado efectivamente Krayoxx durante más de seis meses. El primer cliente fue acompañado hasta otra habitación donde los de ADG habían instalado un ecocardiograma y donde esperaban otros dos técnicos. Uno de ellos le explicó el procedimiento —«solo vamos a tomar una imagen digital de su corazón»— mientras el otro lo llevaba hasta una cama de hospital reforzada que ADG había paseado por todo el país junto con las máquinas de ecocardiograma. Cuando colocaban los sensores en el pecho del paciente, apareció el doctor Borzov y lo saludó con un breve gesto de cabeza. Sus maneras no resultaban en particular tranquilizadoras, pero lo cierto era que tampoco trataba con pacientes propiamente dichos. Iba vestido con una bata blanca con su nombre bordado en el bolsillo superior, llevaba al cuello el inevitable estetoscopio y cuando hablaba su acento le daba un aire muy experto. Estudió la imagen de la pantalla, frunció el entrecejo porque eso era lo que siempre hacía y salió.

La guerra contra el Krayoxx se basaba en una serie de informes que pretendían demostrar que el medicamento debilitaba el asentamiento de la válvula aórtica, lo cual provocaba a su vez una disminución del retorno de la válvula mitral. El ecocardiograma medía la capacidad aórtica, y los especialistas consideraban que una disminución del treinta por ciento constituía una excelente noticia para los abogados. El doctor Borzov, siempre impaciente por hallar una válvula aórtica deficiente, examinaba los gráficos nada más salir estos de la máquina.

Cada examen duraba unos veinte minutos, de modo que se realizaban unos tres por hora y un total de veinticinco al día, seis días por semana. Wally había alquilado el local para todo el mes, y ADG facturaba directamente mil dólares por examen a la cuenta de Zell & Potter/Finley & Figg que Jerry Alisandros controlaba desde Florida.

ADG y el doctor Borzov habían estado en Charleston y Buffalo antes de pasar por Chicago. Desde allí irían a Memphis y a Little Rock. Otra unidad de ADG, dirigida por un médico serbio, se dedicaba a cubrir la costa Oeste; y una tercera hacía lo propio en Texas. La red del Krayoxx de Zell & Potter abarcaba cuarenta estados, setenta y cinco abogados y casi ochenta mil clientes.

Para evitar el caos del despacho, David pasaba largos ratos en el local del centro comercial y charlaba con sus clientes, a los que no conocía. En términos generales estaban contentos de estar allí, inquietos por el daño que el medicamento hubiera podido causar a su corazón y esperanzados por poder cobrar algún tipo de indemnización. En su mayoría sufrían de un considerable sobrepeso y un lamentable estado de forma. Ya fueran blancos, negros, jóvenes o viejos, hombres o mujeres, la obesidad y el colesterol alto eran el denominador común. Todos los clientes con los que hablaba David estaban encantados con el resultado que el Krayoxx les había dado y en esos momentos no sabían con qué reemplazarlo. A pesar de que se mostraban muy reservados, a fuerza de conversar con ellos, David se ganó poco a poco la confianza de los técnicos y se enteró de distintos detalles de su trabajo. El doctor Borzov, sin embargo, apenas habló con él.

Después de tres días dando vueltas por el local, David llegó a la conclusión de que el equipo de ADG no estaba sastisfecho con los resultados. Sus ecocardiogramas de mil dólares estaban aportando escasas pruebas de la necesaria insuficiencia aórtica, aunque había algunos casos potenciales.

El cuarto día, el sistema de aire acondicionado se estropeó, y el local alquilado por Wally se convirtió en una sauna. Era agosto, y la temperatura sobrepasaba los treinta grados. Cuando la inmobiliaria dejó de responder a sus llamadas y los de ADG amenazaron con largarse, Wally llevó ventiladores y helados y les rogó que se quedaran. El equipo aceptó, pero los ecocardiogramas de veinte minutos no tardaron en pasar a serlo de quince y luego de diez. Borzov examinaba rápidamente los gráficos mientras fumaba en la acera.

El juez Seawright señaló audiencia para el primero de agosto, el último día de su agenda antes de que el sistema judicial cerrara por vacaciones. No había mociones pendientes ni disputas de ningún tipo. Todo el proceso de apertura del caso había transcurrido en un ambiente de notable cooperación. Hasta ese momento, Varrick Labs había aportado toda la documentación necesaria, así como los nombres de sus testigos y expertos. Nadine Karros solo había presentado un par de mociones sin importancia que el juez aprobó rápidamente. Por el lado de los demandantes, los abogados de Zell & Potter se habían mostrado igualmente eficientes en sus peticiones y mociones.

Seawright vigilaba de cerca los rumores sobre un acuerdo indemnizatorio. Sus ayudantes rastreaban la prensa económica y los blogs más serios. Varrick Labs no había emitido ningún comunicado oficial al respecto, pero saltaba a la vista que la empresa sabía cómo filtrar lo que le convenía. El precio de sus acciones había bajado hasta los veinticuatro dólares y medio, pero el rumor de un acuerdo lo había hecho subir hasta los treinta.

Cuando los dos equipos de letrados ocuparon sus sitios respectivos, Seawright subió al estrado y les dio la bienvenida. Empezó disculpándose por haber señalado la audiencia en pleno mes de agosto —«la época más difícil del año para la gente ocupada»—, pero estaba convencido de que ambas partes debían reunirse antes de que cada una se fuera por su lado. Repasó las normas de apertura para que todo el mundo se comportara y no hubo queja alguna.

Jerry Alisandros y Nadine Karros se trataban con tanta corrección mutua que casi resultaba embarazoso. Wally se hallaba sentado a la derecha de Jerry, como si fuera su colaborador más próximo. Tras ellos, y encajados entre un grupo de letrados de Zell & Potter, estaban David y Oscar. Desde el tiroteo y con la publicidad derivada, Oscar salía más y disfrutaba de la atención que recibía. Sonreía y se veía a sí mismo como un soltero.

El juez Seawright cambió de tema y dijo:

—Me están llegando muchos rumores de un posible acuerdo, una gran indemnización global, como la llaman ahora en el negocio, y quiero saber qué hay de cierto. Gracias a la rapidez con la que se ha tramitado este caso estoy en situación de señalar fecha para la vista. Sin embargo, si va a haber un acuerdo no veo la necesidad de hacerlo. ¿Puede usted arrojar alguna luz sobre esta cuestión, señorita Karros?

Nadine se levantó, atrajo todas las miradas y se dirigió al podio con paso elegante.

—Como seguramente sabrá su señoría, Varrick Labs se ha visto implicada en varias demandas, a cual más complicada, de modo que la empresa tiene su propia manera de abordar un acuerdo cuando este incluye a varios demandantes. No he sido autorizada a iniciar negociaciones en el caso Klopeck, y mi cliente tampoco me permite hacer declaraciones públicas en lo relativo a un acuerdo. En lo que a mí se refiere, estamos haciendo todo lo necesario para ir a juicio.

—Muy bien. ¿Y usted, señor Alisandros?

Intercambiaron su lugar en el podio, y Jerry empezó con su mejor sonrisa.

—En cuanto a nosotros, señoría, digo lo mismo: nos estamos preparando para ir a juicio. Sin embargo, debo admitir que, en mi condición de miembro del Comité de Demandantes, he mantenido varias conversaciones preliminares con la empresa encaminadas a una indemnización global. Creo que la señorita Karros está al tanto de dichas conversaciones, pero, como ha dicho, no ha sido autorizada para hablar de ellas. Dado que yo no represento a Varrick Labs, no estoy sometido a las mismas limitaciones, pero debo aclarar que la empresa no me ha pedido que mantenga en secreto nuestras conversaciones. Además, señoría, si llegamos a establecer negociaciones formales, dudo que la señorita Karros vaya a tomar parte en ellas. Sé por experiencias anteriores que Varrick prefiere que ese tipo de acuerdos se lleven a cabo dentro de la propia empresa.

—¿Espera usted que haya una negociación formal? —quiso saber Seawright.

Se hizo un tenso silencio mientras muchos contenían el aliento. Nadine Karros se las compuso para parecer intrigada, a pesar de que tenía un conocimiento de la situación mucho más amplio que cualquiera de los presentes. El corazón de Wally latía a toda velocidad mientras saboreaba las palabras «negociación formal».

Jerry se agitó, incómodo, y dijo finalmente:

—Señoría, no desearía que mis palabras se tomaran al pie de la letra, de modo que prefiero ser prudente y decir que no estoy seguro.

—Así pues, ni usted ni la señorita Karros pueden aclararme nada en cuanto a la cuestión de unas posibles negociaciones, ¿no es así? —dijo el juez Seawright no sin cierta frustración.

Los dos letrados negaron con la cabeza. Nadine sabía perfectamente que no iba a haber negociación alguna. Jerry estaba convencido de que sí la habría. Sin embargo, ninguno de los dos estaba dispuesto a poner sus cartas boca arriba, y el juez no podía obligarlos formal ni éticamente a que desvelaran sus estrategias. Su trabajo consistía en impartir un juicio justo, no en dirigir unas negociaciones.

Jerry regresó a su asiento, y Seawright cambió de tema.

—He considerado la fecha del 17 de octubre, lunes, para iniciar la vista del caso. No creo que el juicio dure más de dos semanas.

Todos los letrados consultaron sus agendas con aire ceñudo.

—Si para alguien supone un conflicto, será mejor que tenga buenas razones. ¿Señor Alisandros?

Jerry se puso en pie con una agenda de piel en la mano.

—Señoría, eso significa ir a juicio diez meses después de la presentación de la demanda. Es muy rápido, ¿no le parece?

—Desde luego que lo es, señor Alisandros. En mi tribunal el período medio es de once meses. Ya ve que no me gusta que mis casos acumulen polvo. ¿Qué problema tiene?

—No tengo ninguno, señoría, simplemente me preocupa no disponer del tiempo suficiente para preparar el juicio. Nada más.

—Tonterías. La apertura ha concluido prácticamente, ustedes tienen sus expertos, los demandados los suyos y sabe Dios que entre los dos cuentan con personal más que suficiente. Este caso debería ser pan comido para un abogado de su experiencia, señor Alisandros.

Menuda pantomima, pensó Wally, este caso y los demás habrán recibido una indemnización antes de un mes.

—¿Y qué dice la defensa, señorita Karros? —preguntó Seawright.

—Tenemos algunos conflictos, señoría, pero nada que no podamos arreglar.

—Muy bien, pues. La vista del caso de Klopeck contra Varrick queda fijada para el 17 de octubre. A menos que de aquí a entonces se produzca una catástrofe, no habrá aplazamientos ni retrasos, así que no se molesten en pedirlos. Muchas gracias. —Dio un golpe con el mazo y concluyó—: Se levanta la sesión.

31

La noticia de la fecha del juicio apareció en toda la prensa económica y en internet. La historia se presentó con diferentes enfoques, pero en general la idea era que Varrick Labs había sido forzada a comparecer ante los tribunales para que respondiera de sus numerosos pecados. A Reuben Massey le daba igual cómo se presentara la noticia o lo que el público pudiera pensar de ella. Para los grandes bufetes demandantes era importante reaccionar como si la empresa estuviera aturdida y asustada. Massey sabía cómo pensaban los abogados especialistas en litigios.

Tres días después de la audiencia en Chicago, Nicholas Walker llamó a Jerry Alisandros y le propuso que organizaran una reunión secreta entre la farmacéutica y los principales bufetes implicados en la demanda contra el Krayoxx. El propósito de la reunión debía ser abrir la puerta a unas negociaciones a gran escala. Alisandros se apuntó rápidamente y juró absoluto secreto con voz grave. Gracias a los más de veinte años que llevaba tratando con abogados, Walker sabía que la reunión nunca sería secreta porque alguno de ellos acabaría por filtrar la noticia a la prensa.

Al día siguiente, un comentario aparecido en el *Wall Street Journal* informaba de que Varrick Labs había avisado a Cymbol, su principal compañía aseguradora, para que activara su fondo de reserva. El artículo, que citaba una fuente anónima, proseguía y especulaba con que la única razón que podía tener la farmacéutica para tomar tal decisión era que pensaba zanjar la demanda contra el Krayoxx con una cuantiosa indemnización. Hubo más filtraciones, y los blogueros no tardaron en declarar que los consumidores se habían anotado una nueva victoria.

Dado que todo abogado que se preciara de serlo tenía su propio avión a reacción, el lugar de la cita no era un problema. Con la ciudad de Nueva york desierta en pleno agosto, Nicholas Walker reservó una gran sala de reuniones en la planta cuarenta de un gran hotel del centro, medio vacío. Muchos de los abogados estaban de vacaciones, en su mayoría intentando eludir el calor, pero no falló ninguno. Una indemnización, especialmente si era cuantiosa, tenía mucha más importancia que unos días de asueto. Cuando al fin se reunieron, ocho días después de que el juez Seawright hubiera señalado fecha para la vista, lo hicieron los seis miembros del Comité de Demandantes y una treintena de abogados más, cada uno de los cuales manejaba miles de casos contra el Krayoxx. Los insignificantes como Finley & Figg ni siquiera se enteraron del encuentro.

Unos corpulentos sujetos vestidos con traje se encargaron de montar guardia ante la puerta de la sala y de comprobar las credenciales de los asistentes. La primera mañana, y tras un rápido desayuno, Nicholas Walker dio la bienvenida a todos, como si fueran vendedores de una misma empresa. Incluso se permitió hacer algún chiste que fue correspondido con las risas de rigor. Sin embargo, bajo la superficie se palpaba la tensión. Lo que estaba en juego era una ingente cantidad de dinero, y todos los allí presentes eran expertos fajadores dispuestos para la pelea.

Hasta ese momento había mil cien casos de fallecimiento. Dicho con otras palabras: mil cien casos en los que los herederos de los fallecidos aseguraban que el Krayoxx había sido el causante de las muertes. Las pruebas médicas estaban lejos de ser irrefutables, aunque seguramente serían suficientes para que un jurado se planteara algunas preguntas. Walker y Judy Beck se atuvieron a su plan original y no perdieron el tiempo discutiendo la cuestión básica de la responsabilidad. Al igual que su legión de adversarios, dieron por hecho que el medicamento era el causante de mil cien muertes y de miles de lesionados.

Una vez concluidas las formalidades, Walker empezó diciendo que a Varrick le gustaría aclarar primero la cuantía de cada caso de fallecimiento. Suponiendo que lo consiguieran, después podrían pasar a los de no fallecimiento.

Wally se encontraba a orillas del lago Michigan, en un pequeño apartamento alquilado, con su querida DeeAnna, siempre impresionante en biquini. Había dado buena cuenta de un plato de ensalada de pasta cuando su móvil sonó. Comprobó el número entrante y dijo:

—Jerry, amigo mío, ¿qué me cuentas?

DeeAnna, que estaba haciendo topless en una tumbona vecina, se incorporó. Sabía que cualquier llamada del amigo Jerry podía resultar interesante.

Alisandros explicó que estaba de vuelta en Florida después de haber pasado dos días en Nueva York, enzarzado en una serie de reuniones secretas con los de Varrick, que eran unos tipos muy duros de pelar. Habían tratado los casos de fallecimiento. Por el momento no había nada firmado, claro, pero estaban haciendo progresos. Calculaba que cada caso podía rondar los dos millones de dólares.

Wally escuchó en silencio mientras lanzaba ocasionales sonrisas a DeeAnna, que se había acercado un poco más.

—Son buenas noticias, Jerry. Gran trabajo. Nos llamamos la próxima semana.

—¿Qué ocurre, cariño? —ronroneó DeeAnna cuando Wally colgó.

—En realidad nada. Era Jerry con las últimas noticias. Los de Varrick han interpuesto un montón de mociones y quiere que les eche un vistazo.

—¿Nada de negociaciones?

—De momento no.

De lo único que hablaban últimamente era de la indemnización. Wally sabía que era culpa suya, por bocazas, pero DeeAnna parecía realmente obsesionada con el asunto y no era lo bastante inteligente para disimular y aparentar que no le importaba. No, quería conocer hasta el último detalle.

Y también quería dinero. Eso era lo que más preocupaba a Wally, que ya empezaba a pensar en cómo quitársela de encima tal como había hecho Oscar, su nuevo héroe: deshacerse de la parienta antes de que llegara el dinero.

Dieciséis millones de dólares. El diecisiete por ciento de esa cantidad iría a parar a la caja de Finley & Figg: un total de dos millones setecientos mil dólares, de los cuales Oscar se llevaría la mitad. Era millonario.

Se tumbó en un colchón hinchable y flotó en la piscina mientras cerraba los ojos y procuraba no sonreír. DeeAnna no tardó en acercársele en otro colchón, todavía en topless, y en acariciarlo de vez en cuando para asegurarse de que la necesitaba. Llevaban varios meses juntos, y Wally comenzaba a aburrirse de ella, entre otras razones porque cada día le costaba más satisfacer sus constantes demandas de sexo. Al fin y al cabo, él tenía cuarenta y seis años, y ella diez menos; o eso creía, porque su fecha de nacimiento seguía sumida en la neblina. Había conseguido aclarar el mes y el día, pero el año se le resistía. No solo estaba cansado y necesitaba un respiro, sino que cada día lo preocupaba más la fascinación de DeeAnna hacia el dinero del Krayoxx.

Lo mejor para él era dejarla sin demora, cumplir con la

ruptura de rutina que tan bien conocía y alejarla de su vida y del dinero. No iba a ser fácil y le llevaría tiempo, pero era una estrategia que a Oscar le había dado buen resultado. Paula había contratado a un despreciable abogado de divorcios llamado Stamm, y los tambores de guerra no habían tardado en sonar. La primera vez que lo llamó, Stamm mostró su sorpresa por el poco dinero que Oscar ganaba con el bufete y dio a entender que lo estaba ocultando. Sondeó el oscuro asunto de los honorarios abonados en efectivo, pero Wally, que conocía el tema muy bien, no soltó prenda. Stamm mencionó la demanda contra el Krayoxx, pero se topó con la terquedad de Wally y su bien ensayada negativa de que Oscar tuviera algo que ver con ella.

—Pues la verdad es que me parece sospechoso que, tras treinta años de matrimonio, el señor Finley haya decidido marcharse sin nada más que el coche y la ropa —dijo finalmente Stamm.

—No crea —repuso Wally—. Es perfectamente lógico, y a usted también se lo parecería si conociera bien a su clienta, la señora Paula Finley.

Discutieron un poco más, como suelen hacer los abogados divorcistas, y prometieron que se volverían a llamar.

A pesar de lo mucho que Wally deseaba el dinero, decidió aplazar varios meses la recepción del efectivo, preparar el papeleo inmediatamente —o al menos hacerlo en las semanas siguientes—, tenerlo listo para presentarlo en los tribunales y entonces deshacerse de aquella mujer.

Aunque se suponía que era el mes en que todo se paralizaba, aquel agosto resultó de lo más productivo. El día 22, Helen Zinc dio a luz a una niña de tres kilos y medio —Emma—, y durante varios días sus padres se comportaron como si acabaran de traer al mundo al primer bebé de la historia. La madre y la niña gozaban de perfecta salud, y cuando llegaron a casa los estaban esperando los cuatro abuelos y un montón de amigos. David se tomó la semana libre y le resultó difícil salir del cuarto de su hija.

Fue devuelto a la acción por la llamada de una airada juez federal que no creía en el cuento de las vacaciones y de quien se rumoreaba que trabajaba noventa horas semanales. Se llamaba Sally Archer, y la habían apodado adecuadamente como «Sally la Repentina». Era joven, impetuosa, muy brillante y estaba decidida a que todos siguieran su ejemplo. Sally la Repentina dictaba sentencia con la rapidez de un rayo y pretendía que los casos que llegaban a su mesa quedaran resueltos al día siguiente de su presentación. La demanda laboral de David había ido a parar a sus manos, y ella no se había mordido la lengua al manifestar la pobre opinión que le merecían Cicero Pipe y sus censurables métodos.

Presionado por distintas ramas del gobierno federal y por la propia Archer, el contratista principal de la obra convenció a su subcontratado, Cicero Pipe, para que resolviera sus problemas legales y laborales de una vez por todas y concluyera su parte del trabajo en la planta potabilizadora. Los cargos penales contra el presunto incendiario Justin Bardall y sus superiores en la empresa tardarían meses en quedar resueltos, pero la denuncia por salarios debidos podía y tenía que zanjarse inmediatamente.

Seis semanas después de haber interpuesto la demanda, David cerró una indemnización por una cuantía que todavía le costaba creerse. Cicero Pipe aceptaba pagar un total de cuarenta mil dólares a cada uno de los cinco clientes de David. Y por si eso fuera poco, también aceptaba pagar otros treinta mil por cabeza a la treintena de ilegales —en su mayoría mexicanos y guatemaltecos— a los que había estado explotando.

Dada la notoriedad del caso —notoriedad acrecentada por la vigorosa defensa del bufete realizada por Oscar y la posterior detención del rico propietario de Cicero Pipe—, la vista presidida por Sally la Repentina contó con la cobertura de la prensa. La juez Archer empezó resumiendo la demanda, con lo que se aseguró que la citaran textualmente cuando describió los abusos de la empresa como «trabajo de esclavos». Puso verde a la empresa, reprendió a sus abogados —que en opinión de David no eran mala gente— y sobreactuó con grandilocuencia durante treinta minutos mientras los reporteros tomaban nota a toda prisa.

—Señor Zinc, ¿está usted satisfecho con la indemnización pactada? —preguntó su señoría.

El acuerdo había sido redactado y firmado por ambas partes. Lo único que quedaba pendiente era la cuestión de los honorarios de las partes.

—Sí, señoría —repuso David, tranquilo.

Los tres abogados de Cicero Pipe se encogieron en sus asientos, casi como si tuvieran miedo de alzar la vista.

—Veo que ha presentado una solicitud de honorarios por los servicios prestados —comentó Sally la Repentina, hojeando unos papeles—. En total dice usted que han sido cincuenta y ocho horas. Yo diría que, teniendo en cuenta lo que ha conseguido y el dinero que gracias a usted van a recibir esos trabajadores, ha empleado muy bien su tiempo.

—Gracias, señoría —repuso David, que estaba de pie, tras su mesa.

—¿Cuál es su tarifa por horas, señor Zinc?

—La verdad, señoría, es que esperaba esta pregunta; y lo cierto es que no tengo una tarifa por horas. Además, mis clientes no pueden permitirse pagarme por horas.

La juez Archer asintió.

—¿A lo largo del último año ha facturado a algún cliente por horas?

—Desde luego que sí, señoría. Hasta diciembre pasado fui asociado de Rogan Rothberg.

La juez no pudo contener la risa ante el micrófono.

—¡Caramba, hablando de expertos en la facturación por horas! ¿Y a cuánto facturaba entonces sus horas, señor Zinc?

David se encogió de hombros, visiblemente incómodo, y dijo:

—La última vez que facturé por horas, señoría, las cobré a quinientos dólares.

—En ese caso, eso es lo que vale su tiempo. —La juez hizo un rápido cálculo y anunció—: Para dejarlo en cifras redondas, digamos que son treinta mil dólares. ¿Alguna objeción, señor Lattimore?

El portavoz de los abogados defensores se puso en pie y sopesó lo que iba a decir. Objetar no iba a servirle de nada porque era evidente que Sally la Repentina estaba de parte de los demandantes. Además, a sus clientes los habían crucificado hasta tal punto que treinta mil dólares más o menos carecían de importancia. Por otra parte, sabía que si manifestaba sus dudas acerca de lo adecuado de los honorarios, la juez le replicaría con un rápido «muy bien, señor Lattimore, ¿y usted a cuánto cobra la hora?».

—Me parece razonable, señoría.

—Muy bien, quiero que todos los pagos queden hechos antes de treinta días. Se levanta la sesión.

Una vez fuera de la sala, David dedicó unos minutos a responder pacientemente las preguntas de la prensa. Cuando acabó, fue en coche hasta la vivienda de Soe y Lwin, donde se encontró con sus tres clientes birmanos y les comunicó la noticia de que no tardarían en recibir cada uno un cheque por valor de cuarenta mil dólares. El mensaje se perdió en la traducción, y Soe tuvo que repetirlo varias veces para lograr convencer a sus compatriotas. Al principio, los clientes de David se echaron a reír y pensaron que se trataba de una broma, pero este permaneció muy serio. Cuando por fin el mensaje caló, dos de ellos se echaron a llorar. El tercero estaba demasiado anonadado para que se le saltaran las lágrimas. David intentó que comprendieran que aquel era un dinero que se habían ganado con el sudor de su frente, pero la traducción tampoco resultó acertada.

David no tenía prisa. Llevaba seis horas apartado de su nueva hija, lo cual era todo un récord, pero ella no se iría a ninguna parte. Bebió un poco de té en una taza diminuta y charló un rato con sus clientes mientras saboreaba su primera victoria importante. Había aceptado un caso que la mayoría de sus colegas habría rechazado. Sus clientes se habían atrevido a salir de las sombras de la ilegalidad para denunciar una situación de abuso, y él los había respaldado. Tres insignificantes individuos, a miles de kilómetros de su hogar, habían sido maltratados por una empresa importante con contactos aún más importantes; esos tres individuos que para defenderse de los abusos no contaban más que con un joven abogado y los tribunales —la justicia con todas sus imperfecciones y ambigüedades— habían triunfado a lo grande.

Mientras conducía de vuelta al despacho, sin más compañía, David se sintió invadido por una inmensa satisfacción ante la idea del trabajo bien hecho. Confiaba en tener más días de triunfo en el futuro, pero aquel iba a ser especial. Nunca en los cinco años que había pasado en Rogan Rothberg se había sentido tan orgulloso de ser abogado.

Era tarde, y el bufete estaba desierto. Wally se había ido de puente, aunque de vez en cuando llamaba para informarse de las últimas novedades del caso contra el Krayoxx. Oscar llevaba varios días ilocalizable, y ni siquiera Rochelle sabía su paradero. David comprobó sus mensajes y el correo y ordenó algunos papeles, pero no tardó en aburrirse. Justo cuando cerraba la puerta principal un coche de policía se detuvo delante del edificio. Eran los amigos de Oscar que pasaban a echar un vistazo. David saludó a los agentes con la mano y se dirigió a casa.

32

Fresco tras el largo fin de semana del día del Trabajo, Wally escribió lo siguiente a Iris Klopeck:

> Querida Iris:
> Como sabe, nuestro juicio se verá el mes que viene, concretamente el 17 de octubre, pero no es algo que deba preocuparla. He pasado el último mes negociando con los abogados de Varrick Labs y hemos alcanzado un acuerdo muy ventajoso. La empresa se dispone a ofrecer una cantidad en torno a los dos millones de dólares por el fallecimiento indebido de su esposo, Percy. Por ahora, dicho ofrecimiento no es oficial, pero esperamos tenerlo por escrito en un plazo de unos quince días. Me consta que es una cantidad considerablemente mayor que el millón que le prometí, no obstante necesito su aprobación para aceptar la oferta en su nombre cuando la tenga sobre la mesa. Me siento muy orgulloso de nuestro pequeño bufete. Somos como David luchando contra Goliat, y por el momento vamos ganando.
> Le ruego que me devuelva firmada la autorización adjunta.
> Sinceramente,
>
> WALLIS T. FIGG,
> abogado

Acto seguido envió cartas parecidas a sus otros siete clientes con casos de fallecimiento y cuando acabó se quitó los zapatos, se repantigó en su silla giratoria y apoyó los pies en el escritorio mientras soñaba con el dinero. No obstante, sus sueños fueron interrumpidos cuando, con brusquedad, la voz de Rochelle dijo por el intercomunicador:

—Tengo a la mujer esa al teléfono. Hable con ella, señor Figg, porque me está volviendo loca.

—Vale, ya voy —contestó Wally mientras miraba fijamente el aparato.

DeeAnna se resistía a desaparecer sin hacer ruido. Durante el trayecto a su casa desde el lago Michigan, Wally había iniciado a propósito una discusión que logró convertir en un acalorado enfrentamiento. Entonces aprovechó el fragor de la batalla para decirle que habían terminado y durante un par de tranquilos días no volvieron a hablar. Después ella se presentó en su piso, borracha. Wally se apiadó y le permitió que durmiera en el sofá. DeeAnna no solo presentaba un aspecto penoso, sino que se mostró arrepentida y se las arregló para ofrecérsele sexualmente cada cinco minutos. Wally rechazó todas sus proposiciones. En esos momentos, DeeAnna llamaba a todas horas e incluso aparecía por el bufete de vez en cuando, pero Wally estaba decidido. Tenía muy claro que el dinero del Krayoxx no le duraría ni tres meses con DeeAnna a su lado.

Descolgó el teléfono y la saludó con un «hola» brusco. DeeAnna rompió a llorar al otro lado de la línea.

Aquel ventoso lunes de septiembre sería recordado durante mucho tiempo en Zell & Potter como «la matanza del día del Trabajo». El bufete no cerraba porque los que trabajaban en él eran profesionales y no obreros, aunque eso careciera de importancia. Los festivos y los fines de semana a menudo formaban parte del calendario laboral. Las oficinas abrían temprano, y a las ocho de la mañana los pasillos y los despachos estaban llenos de abogados que se dedicaban a perseguir sin descanso todo tipo de medicamentos perniciosos y a las empresas que los fabricaban.

Sin embargo, de vez en cuando alguna de aquellas persecuciones terminaba en nada o pinchaba en hueso.

El primer puñetazo cayó a las nueve de la mañana, cuando el doctor Julian Smitzer —el director de investigación médica del bufete— insistió en ver a Jerry Alisandros, que no tenía un minuto libre pero que no pudo negarse, especialmente cuando su secretaria le describió el asunto como de la «máxima urgencia».

El doctor Smitzer había desarrollado una ilustre carrera como cardiólogo e investigador en la clínica Mayo de Rochester, Minnesota, antes de trasladarse a Florida en busca de sol para su esposa enferma. Al cabo de un par de meses de aburrimiento conoció por casualidad a Jerry Alisandros. Una cosa llevó a la otra y en esos momentos hacía ya cinco años que Smitzer se encargaba de supervisar los trabajos de investigación médica del bufete a cambio de un salario de un millón de dólares anuales. Parecía un trabajo a su medida pues había dedicado la mayor parte de su carrera a escribir sobre la perversidad de las grandes empresas farmacéuticas.

En un bufete lleno de abogados hiperagresivos, el doctor Smitzer era una figura reverenciada. Nadie ponía en duda sus opiniones ni el resultado de sus investigaciones. Su trabajo valía mucho más de lo que le pagaban por él.

—Tenemos un problema con el Krayoxx —dijo al poco de haber tomado asiento en el opulento despacho de Jerry Alisandros.

Este suspiró larga y dolorosamente.

—Te escucho —respondió.

—Hemos pasado los últimos seis meses analizando el trabajo de McFadden y he llegado a la conclusión de que está equivocado. No existen pruebas estadísticas verificables que demuestren que los consumidores de Krayoxx tengan más riesgo de sufrir un derrame cerebral o un ataque al corazón que los que no lo toman. Sinceramente, McFadden manipuló los resultados. Es un excelente médico e investigador, pero está claro que se convenció de que el medicamento era pernicioso y arregló los datos para que confirmaran sus conclusiones. La gente que toma Krayoxx sufre múltiples dolencias: obesidad, diabetes, hipertensión o arterioesclerosis, por citar unas cuantas. Muchos de ellos están francamente mal de salud y presentan altos niveles de colesterol. Lo normal es que cada día tomen un montón de pastillas, de las cuales el Krayoxx es una más, y por el momento ha sido imposible determinar los efectos de la combinación de todas ellas. Desde un punto de vista estadístico cabría la posibilidad, y subrayo lo de «cabría», de que el Krayoxx aumentara muy ligeramente la probabilidad de sufrir un derrame cerebral o un infarto, pero también podría ser lo contrario. McFadden estudió tres mil casos durante un período de dos años, en mi opinión una muestra estadística insuficiente, y encontró que la posibilidad de sufrir un derrame o un infarto por culpa del Krayoxx era solo de un nueve por ciento más.

—He leído ese informe varias veces, Julian —lo interrumpió Alisandros—. Prácticamente me lo he aprendido de memoria antes de lanzarme a demandar a Varrick.

—Pues te lanzaste demasiado deprisa, Jerry. Ese medicamento no tiene nada de malo. He hablado largo y tendido con McFadden. Ya sabes las críticas que le llovieron cuando publicó su trabajo. Le han dado muchos palos y ahora respalda el medicamento.

—¿Qué?

—Sí. La semana pasada McFadden admitió ante mí que tendría que haber ampliado su muestra de sujetos. También estaba preocupado porque no había dedicado tiempo suficiente a estudiar los efectos de la combinación de diferentes fármacos. Tiene pensado retractarse e intentar salvar su reputación.

Jerry se pellizcó el puente de la nariz como si pretendiera aplastárselo.

—No, no, no... —murmuró.

—Sí, sí y sí —insistió Smitzer—, y su documento de retractación está al caer.

—¿Cuándo?

—Para dentro de unos tres meses. Pero es que hay más. Hemos estudiado a fondo los efectos del Krayoxx en la válvula aórtica. Como sabes, el estudio de Palo Alto parecía relacionar las fugas de la válvula con un deterioro de la misma causado por el medicamento. En estos momentos, incluso esto parece dudoso.

—¿Por qué me cuentas todo esto ahora, Julian?

—Porque el trabajo de investigación requiere tiempo y es ahora cuando estamos obteniendo las primeras conclusiones.

—¿Qué opina el doctor Bannister de todo esto?

—Bueno, para empezar dice que no quiere testificar.

Jerry se masajeó las sienes, se levantó y miró fijamente a su amigo. Luego fue hasta una ventana y dejó que su mirada se perdiera en la lejanía. Smitzer estaba en nómina del bufete y, por lo tanto, no podía declarar como testigo en ninguno de los asuntos en los que interviniera Zell & Potter, ni en el proceso de apertura de un caso ni en el juicio posterior. Una parte importante de su trabajo consistía en mantener una red de expertos dispuestos a testificar ante un tribunal a cambio de la correspondiente remuneración. El doctor Bannister era un testigo profesional que tenía un currículo impecable y disfrutaba encarándose con los abogados de la parte contraria. El hecho de que deseara retirarse del caso resultaba más que grave.

El segundo puñetazo cayó una hora después, cuando Jerry ya estaba contra las cuerdas y sangrando. Un joven asociado llamado Carlton llegó con un abultado informe y pésimas noticias.

—Esto no va bien, Jerry —dijo nada más entrar.

—Ya lo sé.

Carlton se encargaba de supervisar las pruebas realizadas a los miles de posibles clientes contra el Krayoxx, y el informe que llevaba estaba lleno de resultados desalentadores.

—No hemos visto por ninguna parte los daños que se supone que causa ese medicamento. Llevamos hechos unos diez mil exámenes y los resultados distan de ser buenos. Es posible que un diez por ciento de pacientes tengan una ligera pérdida de presión en la válvula aórtica, pero no en proporciones preocupantes, desde luego. Hemos visto cantidad de cardiopatías, casos de hipertensión y de arterias obstruidas, pero nada que podamos atribuir directamente al Krayoxx.

—¿Me estás diciendo que nos hemos gastado diez millones en ecocardiogramas y que no tenemos nada? —preguntó Jerry con los ojos cerrados y los dedos en las sienes.

—Sí. Al menos han sido diez millones y estamos como al principio. No me gusta tener que decirlo, Jerry, pero me parece que este medicamento no tiene nada de malo. Me temo que estamos a punto de darnos de bruces con este caso. Mi sugerencia es que minimicemos los daños y pasemos página.

—No te he pedido consejo.

—Es verdad.

Carlton salió del despacho y cerró la puerta. Jerry echó el cerrojo, se tumbó en el sofá y se quedó contemplando el techo. Aquello ya le había pasado otras veces, encontrarse con un medicamento que no era ni por asomo tan malo como él había asegurado. Todavía quedaba la esperanza de que los de Varrick estuvieran unos pasos por detrás y no supieran tanto como él. Con los rumores sobre una indemnización, el valor de sus acciones había subido y el viernes había cerrado a treinta y cuatro dólares y medio. Cabía la posibilidad de que quizá pudiera marcarse un farol y convencer a la empresa de que firmase rápidamente una indemnización. Ya lo había hecho antes. Lo único que deseaban las empresas con mucho dinero y muy mala prensa era ver desaparecer a los abogados y sus demandas.

Los minutos fueron pasando y logró relajarse un poco. No tenía tiempo para pensar en los Wally Figg de este mundo. Ya eran mayorcitos y si habían presentado sus demandas era porque habían querido. Los cientos de clientes que estaban esperando recibir un cheque en cualquier momento no le quitaban el sueño, y tampoco no le preocupaba tener que salvar la cara: era obscenamente rico, y hacía tiempo que el dinero lo había encallecido.

En lo que pensaba realmente Jerry Alisandros era en cuál sería el siguiente medicamento, el que llegaría después del Krayoxx.

El tercer puñetazo, y el que lo tumbó en la lona, llegó con la conferencia que tenía prevista para las tres de la tarde con otro miembro del Comité de Demandantes. Rodney Berman era un extravagante abogado de Nueva Orleans, especialista en juicios, que había ganado y perdido su fortuna más de una vez jugándosela ante un jurado. En aquellos momentos se había forrado gracias a un vertido de crudo en el golfo de México y había logrado reunir incluso más clientes que Zell & Potter en la demanda conjunta contra el Krayoxx.

—Estamos con la mierda hasta el cuello —empezó a decir en tono amable.

—Ha sido un mal día, Rodney —reconoció Alisandros—, así que adelante, empeóralo.

—Me acaba de llegar el soplo confidencial de una fuente

privilegiada y muy bien pagada que ha podido echar un vistazo al informe preliminar que publicará el mes que viene el *New England Journal of Medicine*. En él, un grupo de investigadores de Harvard y de la clínica Cleveland declaran que nuestro querido Krayoxx es tan inofensivo como las vitaminas y que no tiene efectos perniciosos de ningún tipo, que no aumenta el riesgo de derrames cerebrales ni de infartos y que no daña la válvula aórtica. Nada de nada. Los que han escrito el informe tienen unos currículos que hacen que nuestros expertos parezcan los brujos de la tribu. Mis testigos han salido huyendo y tengo a la mitad del bufete escondido bajo la mesa. Por si fuera poco, según uno de mis lobistas, el Departamento de Sanidad está pensando en volver a autorizar la venta del Krayoxx y resulta que Varrick está untando a todo Washington. ¿Qué más deseas oír, Jerry?

—Creo que ya he oído bastante. En estos momentos estoy buscando un puente bien alto desde donde tirarme.

—Yo veo uno desde mi despacho —repuso Rodney, con una risa forzada—. Es muy bonito y se extiende de una orilla a otra del Mississippi. Me está esperando. Lo llamarán el Rodney Berman Memorial y algún día encontrarán mi cuerpo en el golfo, cubierto de crudo.

Cuatro horas más tarde, los seis miembros del Comité de Demandantes se conectaron mediante una videoconferencia que Jerry Alisandros coordinó desde su despacho. Después de hacerles un resumen de la situación cedió la palabra a Berman, que les comunicó las últimas noticias. Cada uno de ellos intervino por turno y ninguno dijo nada alentador. La demanda se derrumbaba en todos los frentes y de costa a costa. Hablaron largamente acerca de lo que Varrick podía saber, y la opinión general fue que como demandantes llevaban una importante ventaja a la empresa. Sin embargo, eso no tardaría en cambiar.

Acordaron poner fin de inmediato a los cardiogramas.

Jerry se ofreció voluntario para llamar a Nicholas Walker, de Varrick, e intentar acelerar las negociaciones de una indemnización. Los seis acordaron que empezarían a comprar gran cantidad de acciones de Varrick en un esfuerzo por hacer subir su cotización. Al fin y al cabo, se trataba de una empresa que cotizaba en Bolsa y para la cual el valor de sus acciones lo era todo. Si Varrick se convencía de que una indemnización tranquilizaría los ánimos de Wall Street, cabía la posibilidad de que decidiera enterrar todo aquel lío del Krayoxx aunque el medicamento no tuviera nada de malo.

La videoconferencia se prolongó durante un par de horas y acabó con un tono ligeramente más optimista que el del comienzo. Seguirían apostando fuerte unos días más, pondrían cara de póquer, jugarían sus cartas y confiarían en que se produjera el milagro, pero de ningún modo iban a gastar un céntimo más en aquel desastre. El Krayoxx era agua pasada. Minimizarían sus pérdidas y se prepararían para la siguiente batalla.

Apenas dijeron una palabra del juicio de Klopeck contra Varrick, para el que faltaban menos de seis semanas.

33

Dos días más tarde, Jerry Alisandros realizó una llamada telefónica aparentemente rutinaria a Nicholas Walker, de Varrick Labs. Charlaron un momento del tiempo y de fútbol, y después Jerry fue al grano.

—La semana que viene estaré por vuestra zona y me preguntaba si podría pasarme para que nos viéramos, suponiendo que te vaya bien y tengas tiempo.

—Seguramente —repuso Walker con cautela.

—Los números nos están saliendo muy bien y hemos hecho muchos progresos, al menos con los casos de fallecimiento. Me he reunido con el Comité de Demandantes y estamos preparados para negociar formalmente un acuerdo indemnizatorio, al menos en su fase preliminar. Nuestra idea es zanjar primero los casos importantes y después ocuparnos de los pequeños.

—Esa es nuestra idea también, Jerry —convino plenamente Walker para que Jerry respirara tranquilo—. Reuben Massey no ha dejado de darme la lata para que nos quitemos de encima este asunto. Esta misma mañana ha vuelto a echarme un rapapolvo, de modo que pensaba llamarte. Me ha ordenado que vaya a Florida con mi gente y nuestros abogados de allí para acordar una indemnización en línea con lo que ya hemos hablado. Te propongo que nos veamos en Fort Lauderdale dentro de una semana, firmemos un acuerdo y lo presentemos ante el juez. Los casos de no fallecimiento nos llevarán más tiempo, pero lo primero es zanjar los importantes. ¿Estás conforme?

¿Conforme?, pensó Jerry, ni te imaginas lo conforme que estoy.

—Me parece una gran idea, Nick. Me encargaré de tenerlo todo listo por aquí.

—Bien, pero insisto en que estén presentes los seis integrantes del Comité de Demandantes.

—Eso se puede arreglar. No hay problema.

—¿Podríamos también conseguir que viniera alguien del juzgado? No pienso marcharme de allí hasta que tengamos un acuerdo por escrito, firmado y con el visto bueno de los tribunales.

—Buena idea —repuso Alisandros, sonriendo como un bobo.

—Pues manos a la obra.

Jerry Alisandros revisó las cotizaciones tras la llamada. Varrick se negociaba a treinta y seis dólares, y la única explicación posible de la subida era el rumor de un acuerdo.

La conversación telefónica había sido grabada por una empresa especializada en la detección de mentiras. Zell & Potter la utilizaba con frecuencia para determinar el grado de veracidad de sus interlocutores. Media hora después de que Jerry colgara, dos expertos entraron en su despacho cargados con gráficos y diagramas. Se habían instalado con sus aparatos y su personal en una sala de reuniones al final del pasillo desde donde habían medido el nivel de estrés de las voces de ambos interlocutores. La conclusión final era que los dos habían mentido. Naturalmente, las mentiras de Jerry habían sido planificadas de antemano para provocar a Walker.

Los análisis de estrés de la voz de Walker mostraban altos niveles de engaño. Decía la verdad cuando se refería a Reuben Massey y al deseo de la empresa de quitarse de encima las demandas, pero mentía descaradamente cuando hablaba de hacer planes para una cumbre en Fort Lauderdale y pactar una gran indemnización.

Jerry aparentó recibir la noticia como si tal cosa. Una prueba como aquella nunca sería admitida ante un tribunal porque carecía de toda fiabilidad. A menudo se preguntaba por qué se tomaba tantas molestias con los análisis de estrés en la voz, pero después de tantos años de utilizarlos casi creía en ellos y estaba dispuesto a lo que fuera con tal de conseguir la más ligera ventaja. En cualquier caso, esas grabaciones eran muy poco éticas e incluso ilegales en determinados estados, de modo que no resultaba difícil enterrarlas.

A lo largo de los últimos quince años había acosado permanentemente a Varrick con una demanda tras otra y, al hacerlo, había aprendido muchas cosas de la empresa: su trabajo de investigación siempre era mejor que el de los demandantes, contrataba espías e invertía grandes cantidades en espionaje industrial. A Reuben Massey le gustaba jugar duro y solía encontrar la manera de salir victorioso de la guerra, incluso tras haber perdido una batalla.

Una vez solo en su despacho, Jerry Alisandros anotó lo siguiente en su diario particular: «El caso del Krayoxx se desvanece a ojos vistas. Acabo de hablar con N. Walker y me ha dicho que va a venir a Florida para firmar un acuerdo. Apuesto 80/20 a que no aparece».

Iris Klopeck mostró la carta de Wally a varios amigos y parientes. La inminente llegada de dos millones de dólares ya empezaba a crearle problemas. Clint, el haragán que tenía por hijo y que podía pasar días sin dirigirle más que algún gruñido ocasional, empezó a mostrarse inesperadamente cariñoso, a ordenar su habitación, a lavar los platos, a hacerle los recados y a hablar por los codos. Su tema favorito de conversación era su deseo de un coche nuevo. El hermano de Iris, recién salido de su segunda estancia en la cárcel por robar motocicletas, se dedicó a pintarle la casa gratis mientras dejaba caer comentarios acerca de que su sueño consistía en abrir su propio taller de motos y de que conocía uno que se traspasaba por la módica cantidad de cien mil dólares. «Una ganga, prácticamente un robo», aseguró, a lo que Clint añadió, mirando a su madre: «Tratándose de prácticamente un robo seguro que sabe lo que se dice». Bertha, la infeliz hermana de Percy, iba por ahí diciendo que tenía derecho a una parte del dinero por razones de sangre. Iris la aborrecía, lo mismo que la había aborrecido Percy, y le recordó que no había aparecido en el funeral de su hermano. Bertha objetó diciendo que ese día estaba en el hospital. «Demuéstralo», la retó Iris, y así iniciaron una pelea más.

El día en que recibió la carta de Wally, Adam Grand iba de un lado a otro por la pizzería. Su jefe le soltó un bufido sin razón aparente, él se lo devolvió y se organizó una buena bronca. Cuando finalizaron los gritos, Adam se largó o fue despedido, según la versión de cada uno. Fuera como fuese le traía sin cuidado porque iba a ser rico.

Millie Marino fue lo bastante inteligente como para no enseñar la carta a nadie. Tuvo que leerla varias veces antes de dar crédito a su contenido y sintió un ligero remordimiento por haber dudado de la habilidad de Wally. Este seguía inspirándole escasa confianza, y ella todavía estaba resentida con él por su intervención en la testamentaría de su difunto esposo.

No obstante, todo aquello carecía de importancia. Lyle, el hijo de Chester, tenía derecho a una parte de la indemnización y por esa razón había estado siguiendo la evolución de la demanda. Si llegaba a enterarse de que el pago era inminente podía convertirse en un incordio, de manera que guardó la carta bajo llave y no habló con nadie sobre ella.

El 9 de septiembre, cinco semanas después de haber recibido un balazo en cada pierna, Justin Bardall presentó una demanda contra Oscar Finley a título individual y contra Finley & Figg a título colectivo. Alegaba que Oscar había utilizado una «fuerza desproporcionada» a la hora de disparar y que, más concretamente, había disparado a sangre fría una tercera bala sobre su pierna izquierda y lo había herido por segunda vez cuando ya estaba en el suelo y no representaba amenaza alguna. La demanda solicitaba cinco millones de dólares por lesiones y otros diez en concepto de daños punitivos por la conducta maliciosa de Oscar.

El abogado que la redactó, Goodloe Stamm era el mismo que Paula Finley había contratado para su divorcio. Era evidente que el señor Stamm había localizado a Bardall y que, a pesar de que su cliente tenía antecedentes e iba a pasar una larga temporada en la cárcel por intento de incendio, lo había convencido para que presentara la demanda.

Oscar enfureció cuando se enteró de que lo demandaban por quince millones y echó la culpa a David. Si este no hubiera llevado el caso de aquellos ilegales contra Cicero Pipe, él nunca se habría topado con Bardall. Wally logró una tregua, y los gritos cesaron; luego llamó a la compañía de seguros e insistió en que les proporcionara cobertura legal y económica.

El divorcio estaba resultando más complicado de lo que Wally y Oscar habían previsto, especialmente teniendo en cuenta que Oscar se había marchado llevándose solo su coche y su ropa. Stamm seguía hablando del dinero del Krayoxx e insistiendo en que todo aquello no era más que un ardid para ocultárselo a su clienta.

Con la indemnización a punto de llegar, les resultó mucho más fácil hacer las paces, sonreír e incluso bromear a propósito de la imagen de Bardall entrando medio cojo en el tribunal para convencer al jurado de que él, un incendiario incompetente, tenía derecho a convertirse en millonario por no haber logrado prender fuego al bufete de su demandado.

34

El correo electrónico llegó precedido de las habituales advertencias sobre confidencialidad y protegido por códigos de encriptación. Había sido escrito por Jerry Alisandros y enviado a unos ochenta abogados, entre los que figuraba Wally Figg. Decía lo siguiente:

> Lamento informarle de que la reunión prevista mañana para negociar un acuerdo indemnizatorio ha sido cancelada a instancia de Varrick Labs. A primera hora he tenido una larga conversación telefónica con Nicholas Walker, el asesor legal de la empresa, en la que me ha dicho que Varrick ha decidido aplazar temporalmente cualquier negociación. Su estrategia ha cambiado apreciablemente, en especial si tenemos en cuenta que el juicio de Klopeck contra Varrick dará comienzo en Chicago dentro de cuatro semanas. La empresa cree oportuno tantear la situación con un primer juicio, ver cómo funcionan las pruebas, cómo se determina la responsabilidad y jugársela ante un jurado. A pesar de que esto no es infrecuente, he tenido duras palabras para el señor Walker y su empresa por su brusco cambio de parecer, e incluso los he acusado de obrar de mala fe. Sin embargo, llegados a este punto no podemos esperar gran cosa por su parte. Dado que no llegamos a negociar nada concreto, en estos momentos no tenemos nada que reclamar. Según parece, a partir de ahora todas

las miradas estarán fijas en el juicio que se va
a celebrar en Chicago. Lo mantendré informado.

J. A.

Wally imprimió el mensaje —que de repente parecía pesarle una tonelada—, entró en el despacho de Oscar y lo dejó en su mesa. Luego se desplomó en el sofá de piel y estuvo a punto de echarse a llorar.

Oscar lo leyó despacio, y las arrugas de su frente se hicieron más profundas con cada frase. Respiraba con dificultad por la boca y no respondió cuando Rochelle lo avisó por el intercomunicador. La oyeron acercarse a la puerta y llamar. Al ver que nadie respondía, Rochelle asomó la cabeza y dijo:

—Señor Finley, es el juez Wilson.

Oscar meneó la cabeza y respondió sin levantar la mirada del papel:

—Ahora no puedo. Dígale que lo telefonearé.

Rochelle cerró la puerta. Al cabo de unos minutos, David entró en el despacho, miró a sus dos colegas y se dio cuenta de que el fin del mundo estaba próximo. Oscar le entregó el mensaje, y David lo leyó mientras caminaba frente a las estanterías llenas de libros.

—Pues hay más —dijo David cuando hubo terminado.

—¿Qué quieres decir con que hay más? —preguntó Wally con voz estrangulada.

—Estaba navegando por internet en busca de un documento de la apertura de la causa de Klopeck cuando vi que alguien acababa de presentar una moción. Fue hace menos de veinte minutos. Jerry Alisandros, en representación de Zell & Potter, ha solicitado retirarse como parte en el caso Klopeck.

Wally pareció hundirse aún más en el sofá, y Oscar masculló algo ininteligible. David, pálido y aturdido, continuó:

—Acabo de telefonear a mi contacto en Zell & Potter, un

chaval llamado Worley, y me ha dicho *off the record* que se trata de una retirada en toda regla. Resulta que los expertos, nuestros expertos, se han echado atrás con el Krayoxx y ninguno está dispuesto a testificar. Por si fuera poco, parece que el informe McFadden no es presentable en un juicio. Varrick estaba al tanto de esto desde hace tiempo y nos ha estado dando largas con el tema de la indemnización para cortarnos la hierba bajo los pies en el último momento y dejarnos solos ante el caso Klopeck. Worley me ha contado que los socios de Zell & Potter están que trinan, pero que Alisandros tiene la última palabra y que no piensa aparecer por Chicago porque no quiere una mancha así en su brillante carrera. Sin expertos, el caso está perdido. Worley incluso me ha confesado que es posible que el Krayoxx no tuviera nada malo desde el principio.

—Ya sabía yo que estos casos eran una mala idea —protestó Oscar.

—Por qué no te callas —bufó Wally.

David se sentó en una silla de madera, lo más alejada posible de los dos socios. Oscar estaba con los codos apoyados en la mesa y la cabeza entre las manos, como si padeciera una migraña letal. Wally tenía los ojos cerrados y la cabeza ladeada. Dado que ninguno de ellos parecía capaz de articular palabra, David se sintió obligado a decir algo.

—¿Alisandros puede retirarse estando el juicio tan próximo? —preguntó a pesar de que sabía que ninguno de sus colegas tenía la menor idea de cómo funcionaba un juicio federal.

—Eso depende del juez —contestó Wally. Seguidamente miró a David y le preguntó—: Pero ¿se puede saber qué va a hacer Alisandros con todos los casos que ha reunido? Tiene miles, decenas de miles.

—Según me ha dicho Worley, no piensan hacer nada hasta ver qué pasa con el caso Klopeck. Si ganamos, es posible que Varrick esté dispuesta a reanudar las negociaciones. Si perdemos, los casos del Krayoxx no valdrán nada.

La idea de ganar parecía francamente improbable. Se hizo un largo silencio durante el cual lo único que se oyó fue la trabajosa respiración de los tres consternados colegas. La lejana sirena de una ambulancia se acercó por Beech Street, pero nadie se movió.

Al fin, Wally se irguió —o lo intentó— y dijo:

—Tendremos que solicitar un aplazamiento al tribunal y también presentar una moción oponiéndonos a la retirada de Alisandros.

Oscar levantó la cabeza de entre las manos y lo fulminó con la mirada, como si fuera a pegarle un tiro allí mismo.

—Lo que tienes que hacer es llamar a ese Alisandros que es tan amigo tuyo y averiguar de qué va todo esto. No puede darse el piro teniendo el juicio tan cerca. Dile que lo denunciaremos por conducta poco ética. Dile que filtraremos a la prensa que el gran Jerry Alisandros está demasiado asustado para personarse en Chicago. Dile lo que te dé la gana, Wally, pero convéncelo para que lleve el juicio de este caso. Sabe Dios que nosotros no podemos hacerlo.

—Si resulta que el Krayoxx no tiene nada malo, ¿por qué debemos pensar siquiera en ir a juicio? —preguntó David.

—Es un medicamento que tiene efectos perniciosos, y encontraremos al experto que lo testificará —aseguró Wally.

—No sé por qué me cuesta creerte —repuso Oscar.

David se levantó y fue hacia la puerta.

—Propongo que vayamos a nuestros despachos, pensemos en una solución y nos volvamos a reunir dentro de una hora.

—Buena idea —dijo Wally mientras se levantaba con gesto vacilante.

Acto seguido se encerró en su oficina y llamó a Alisandros. Como era de esperar, el gran Jerry estaba ilocalizable. Entonces empezó a escribirle correos electrónicos, largos mensajes llenos de amenazas e invectivas.

David rebuscó en los blogs —financieros, de acciones conjuntas y jurídicos— y encontró repetidas confirmaciones de que Varrick había cancelado las negociaciones. El precio de sus acciones llevaba cayendo por tercer día consecutivo.

A última hora de la tarde, el bufete había presentado una moción solicitando un aplazamiento y otra en respuesta a la solicitud de Alisandros para retirarse. David hizo prácticamente todo el trabajo porque Wally había desaparecido de la oficina y Oscar no parecía encontrarse bien. David había informado brevemente a Rochelle del desastre, y la primera preocupación de esta fue que Wally pudiera estar bebiendo. Llevaba sobrio casi todo un año, pero ella había visto recaídas peores.

Al día siguiente, con sorprendente presteza, Nadine Karros presentó una respuesta oponiéndose a la petición de aplazamiento en la que, de manera predecible, no manifestaba la menor contrariedad por la retirada de Zell & Potter. Un largo juicio contra un viejo zorro como Alisandros habría supuesto un formidable desafío, pero Nadine estaba convencida de poder merendarse tranquilamente tanto a Finley com a Figg, juntos o por separado.

Un día después, con una rapidez fulminante, el juez Seawright denegó la petición de aplazamiento. La vista estaba señalada para el 17 de octubre y así seguiría. Seawright había hecho un hueco de dos semanas en su agenda y consideraba que cambiarlo sería una falta de respeto hacia otros litigantes. El señor Figg había presentado su demanda con la mayor publicidad posible y dispuesto de tiempo suficiente para preparar el juicio. Bienvenidos al procedimiento abreviado.

Seawright también tuvo duras palabras para Jerry Alisandros, pero acabó aceptando su moción para retirarse. Desde un punto de vista procedimental, esas peticiones se aprobaban casi siempre. El juez subrayó que, a pesar de la marcha del señor Alisandros, Iris Klopeck seguía teniendo la adecuada representación legal. Es posible que el término «adecuada» pudiera ser objeto de discusión, pero Seawright se abstuvo de hacer comentarios sobre la falta de experiencia del señor Figg, el señor Finley y el señor Zinc en un juicio federal.

La única alternativa que le quedaba a Wally era presentar una moción para retirar la demanda del caso Klopeck en su totalidad junto con la de los otros siete demandantes. Su fortuna se esfumaba a ojos vistas, y él estaba a punto de sufrir un colapso nervioso. Por doloroso que pudiera ser retirarse, no se veía con ánimos para hacer frente al horror de comparecer ante Seawright cargando él solo con el peso de cientos de víctimas del Krayoxx y enfrentarse a un caso que incluso los abogados más expertos e importantes evitaban como a la peste. No señor. Al igual que todos los demás que se habían lanzado al ruedo, él también se retiraría. Oscar insistió en que primero debía notificárselo a sus clientes. David opinó que debía obtener su consentimiento antes de retirar las demandas. A pesar suyo, Wally estaba de acuerdo con los dos, pero no tenía el valor suficiente para informar a sus clientes de que retiraba las demandas cuando apenas hacía unos días que les había mandado una carta estupenda en la que prácticamente les prometía dos millones de dólares a cada uno.

No obstante, ya se había puesto a trabajar en sus mentiras. Su plan era explicar, primero a Iris y después al resto, que Varrick había logrado que el tribunal federal rechazara los casos, que él y los demás abogados estaban estudiando volver a presentar las demandas ante los tribunales del estado y que el proceso podía eternizarse. Necesitaba ganar tiempo, dejar que los meses fueran pasando y, mientras tanto, echar todas las culpas a Varrick Labs. Transcurrido el primer revuelo, los sueños millonarios irían muriendo lentamente. Al cabo de un año, se inventaría unas cuantas mentiras más y todo acabaría por olvidarse.

Escribió la moción personalmente y cuando la tuvo acabada la contempló largamente en la pantalla del ordenador. Luego cerró la puerta del despacho, se quitó los zapatos, presionó la tecla «enviar» y se despidió de sus millones.

Necesitaba una copa. Necesitaba el olvido. Solo, más arruinado y endeudado que nunca, con sus sueños hechos añicos, Wally se derrumbó y rompió a llorar.

35

No tan deprisa, repuso Nadine Karros. Su rápida y cortante respuesta a lo que Wally creía que era una simple moción para retirarse resultó sorprendente. Empezaba declarando que su cliente insistía en ir a juicio y describía con gran detalle la prensa desfavorable que Varrick llevaba soportando desde hacía más de un año, gran parte de la cual había sido alimentada por el colectivo de demandantes; para demostrarlo adjuntaba un abultado dossier con recortes de periódicos de todo el país. La mayoría de los artículos estaban protagonizados por algún abogado bocazas (entre los que figuraba Wally) que abominaba del Krayoxx, de Varrick y reclamaba millones. Para Nadine Karros era una injusticia intolerable permitir que esos mismos abogados se desentendieran del caso sin pedir siquiera disculpas a la empresa.

No obstante, lo que su cliente deseaba no eran disculpas, sino justicia. Y para ello exigía un juicio justo ante un jurado. Varrick Labs no había empezado la pelea, pero sin duda pretendía ponerle fin.

Junto con su respuesta, Nadine incluyó su propia moción, una de la que nunca habían oído hablar en Finley & Figg. Se llamaba Disposición n.° 11 en Caso de Sanciones, y solo su nombre ya daba miedo. Su lenguaje bastaba para enviar a Wally a rehabilitación, a David de regreso a Rogan Rothberg y a Oscar a una jubilación prematura y sin derecho a pensión. La señorita Karros argumentaba de modo harto convincente que si el tribunal aprobaba la moción del demandante para retirarse, significaría que la demanda había sido presentada frívolamente y sin el debido fundamento. El hecho de que el demandante quisiera retirarse demostraba sobradamente que el caso era infundado y que la demanda nunca tendría que haber sido interpuesta. Sin embargo, lo había sido nueve meses antes y su cliente, Varrick Labs, no había tenido más remedio que defenderse. En consecuencia, según el régimen de sanciones establecido en la Disposición n.º 11 de las normas de procedimiento federal, el demandado tenía derecho a que le resarcieran los gastos de defensa.

Hasta ese momento —y Nadine era brutalmente explícita recordando que el contador seguía funcionando a toda máquina—, Varrick llevaba gastados dieciocho millones de dólares en su defensa, la mitad de los cuales correspondían exclusivamente al caso Klopeck. Sin duda, se trataba por si sola de una cuantía elevada, pero Nadine añadía que el demandante había solicitado cien millones de dólares de indemnización al interponer la demanda y que, teniendo en cuenta que el colectivo de acciones conjuntas parecía haberse dado a la fuga, era y seguía siendo imperativo que Varrick pudiera defenderse en el primer juicio costara lo que costase. Además, la ley no obligaba a que ninguna de las partes eligiera el servicio de representación legal más económico, por lo que Varrick se había decantado muy sabiamente por un bufete con un largo historial de victorias ante los tribunales.

Nadine proseguía durante páginas y más páginas en las que aportaba detalles de otros casos de demandas presentadas a la ligera en las que los jueces habían aplicado todo el peso de la ley a los letrados poco escrupulosos responsables de su presentación. Entre estos figuraban dos que habían sido objeto de las iras justicieras del honorable juez Harry L. Seawright.

La Disposición n.º 11 también establecía que la sanción, en caso de ser aprobada por el tribunal, debía repartirse equitativamente entre los abogados demandantes y sus representados.

Hola, Iris, no sé si lo sabías, pero ahora debes la mitad de nueve millones de dólares, se dijo David en un vano intento de hallar un poco de humor en tan deprimente día.

Había sido el primero en leer la contestación y al acabar estaba sudando. Nadine Karros y su pequeño ejército de Rogan Rothberg la habían redactado en menos de cuarenta y ocho horas, y a David no le costaba ningún esfuerzo imaginar a aquellos esforzados jóvenes trabajando toda la noche y durmiendo en sus mesas.

Después de leerla, Wally salió del bufete y no se dejó ver por allí durante el resto del día. Oscar, en cambio, se arrastró hasta el pequeño sofá de su despacho, cerró con llave, se quitó los zapatos, se tumbó y se cubrió los ojos con el brazo. Al cabo de unos minutos, no solo parecía haber muerto, sino que rezaba para estarlo.

Bart Shaw era un abogado especializado en demandar a otros abogados por negligencia profesional. Aquel pequeño nicho en un mercado saturado le había dado cierta fama de paria entre sus colegas. Tenía muy pocos amigos en la profesión, pero eso siempre le había parecido algo bueno. Era un hombre de talento, inteligente y agresivo. En otras palabras, se trataba de la persona adecuada para el trabajo que Varrick deseaba, un trabajo que podía parecer poco limpio, pero que se hallaba dentro de la ética profesional más estricta.

Tras una serie de conversaciones con Judy Beck y Nicholas Walker, Shaw se avino a aceptar las condiciones de una representación confidencial. Su fijo inicial fue de veinticinco mil dólares y su tarifa por horas de seiscientos. Además, se embolsaría todos los honorarios que se derivaran de la potencial negligencia profesional.

La primera llamada que hizo fue a Iris Klopeck, cuya estabilidad emocional, a un mes vista del inicio del juicio, guardaba cierto parecido con un yo-yo. Al principio, ella no quiso hablar con otro abogado al que no conocía, pero acabó admitiendo que ojalá nunca hubiera conocido al anterior y colgó bruscamente. Shaw esperó una hora y volvió a intentarlo. Tras un cauteloso «hola, señora Klopeck» se lanzó en picado:

—¿Sabe usted que su abogado tiene intención de retirarse del caso? —le preguntó. Al ver que Iris no respondía, prosiguió—: Señora, Klopeck, me llamo Bart Shaw, soy abogado y represento a los que se han visto perjudicados por las acciones de sus propios abogados. Se llama negligencia profesional y a eso me dedico. Su abogado, Wally Figg, está intentando escabullirse de su caso, y creo que usted podría demandarlo. El señor Figg dispone de un seguro que le cubre en caso de negligencia profesional, y usted podría tener derecho a parte de ese dinero.

—Eso ya lo he oído antes —contestó Iris con tranquilidad.

Era la jugada de Shaw, así que habló sin parar durante los diez minutos siguientes. Describió la moción para retirarse de Wally y sus intentos por desembarazarse no solo de su caso, sino también de los otros siete que tenía. Cuando Iris habló fue para decir:

—¡Pero si me prometió un millón de dólares!

—¿Se lo prometió?

—Desde luego que sí.

—Eso es algo muy poco ético, aunque dudo que el señor Figg se interese demasiado por la ética.

—Siempre me ha parecido bastante artero.

—¿En qué términos le prometió exactamente ese dinero?

—Lo hizo aquí mismo, en la mesa de la cocina. Era la primera vez que lo veía. Y después me lo dijo por escrito.

—¿Que hizo qué? ¿Lo tiene por escrito?

—Tengo una carta de Figg de hará cosa de una semana. En ella me decía que estaba negociando una indemnización de dos millones y que era más del millón que había prometido inicialmente. Tengo la carta aquí mismo. ¿Qué ha pasado con la indemnización? ¿Y cómo me ha dicho que se llama usted?

Shaw estuvo una hora hablando con Iris Klopeck, y cuando la conversación finalizó ambos estaban agotados. Millie Marino fue la siguiente y, puesto que no tomaba pastillas de ningún tipo, se hizo cargo de la situación con mucha mayor rapidez que la pobre Iris. No sabía nada del fracaso de las negociaciones ni de la retirada de los principales bufetes, y hacía semanas que no hablaba con Wally. Shaw la convenció, lo mismo que a Iris, para que no lo telefoneara nada más acabar. Era mejor que lo hiciera él en el momento oportuno. La señora Marino estaba perpleja por el giro de los acontecimientos y dijo que necesitaba un tiempo para poner en orden sus ideas.

Adam Grand no lo necesitó y empezó a maldecir a Wally desde el primer momento. ¿Cómo podía atreverse aquel miserable gusano a retirarse de su caso sin decírselo? La última vez que había tenido noticias de él estaba a punto a cerrar una indemnización de dos millones de dólares. Pues claro que estaba dispuesto a ir por Wally.

—¿A cuánto asciende su seguro de cobertura en caso de negligencia profesional? —quiso saber.

—La póliza estándar es de cinco millones, pero hay muchas variables —le contestó Shaw—. En todo caso, no tardaré en averiguarlo.

La quinta reunión del bufete tuvo lugar un jueves por la tarde, cuando ya había oscurecido. Rochelle se la saltó. No podía seguir soportando malas noticias y tampoco podía hacer nada para remediar tan lamentable situación.

La carta de Bart Shaw había llegado aquella misma tarde y en esos momentos descansaba en medio de la mesa. Tras explicar que estaba «en contacto con seis de sus clientes involucrados en la demanda contra el Krayoxx, incluyendo a la señora Klopeck», proseguía diciendo claramente que no había sido contratado por ninguno de los seis —todavía— porque se hallaban a la espera de ver lo que ocurría con sus casos. Sin embargo, él, Shaw, estaba muy preocupado por los aparentes intentos de Finley & Figg de abandonar el caso sin haberlo notificado a sus clientes. Semejante comportamiento infringía las normas de ética más elementales. En un lenguaje áspero pero lúcido, sermoneaba al bufete en una serie de asuntos: 1) su obligación ética de proteger los derechos de sus clientes por encima de todo; 2) su deber de mantener informados a sus clientes de cualquier cambio; 3) que era inadmisible desde el punto de vista ético pagar comisiones a sus clientes a cambio de información sobre otros potenciales clientes; 4) que era inadmisible desde el punto de vista ético prometer un resultado favorable para inducir a un cliente a firmar. Al final de todo ello advertía que cualquier insistencia en esa línea de conducta llevaría inevitablemente a un desagradable pleito.

Oscar y Wally, que habían sobrevivido a numerosas acusaciones de conducta poco ética, se asustaron más por el mensaje global de la carta —que Shaw demandaría en el acto al bufete si este se retirara del caso— que por sus acusaciones concretas. David se sintió profundamente incomodado por todas y cada una de las palabras de la carta de Shaw.

Los tres se sentaron alrededor de la mesa, abatidos y claramente derrotados. No se oyeron gritos ni insultos. David sabía que la pelea ya había tenido lugar mientras él estaba fuera.

No tenían alternativa. Si retiraban la demanda del caso Klopeck, Nadine Karros los destrozaría con su petición de sanciones, y el viejo Seawright estaría encantado de complacerla. El bufete no solo se enfrentaría a una serie de multas millonarias, sino también a las denuncias por negligencia profesional de ese tiburón de Shaw, que podía arrastrarlos por el fango durante un par de años más.

Pero si no se retiraban de la demanda, se verían obligados a comparecer en un juicio para el que faltaban escasamente veinticinco días.

Oscar fue el que llevó la voz cantante mientras Wally hacía garabatos en su libreta.

—La cosa está así: o bien nos retiramos y nos enfrentamos a la ruina económica, o bien nos presentamos en el juicio, que será antes de un mes, para defender un caso que ningún abogado en su sano juicio querría defender ante un jurado; un caso donde no hay un responsable, para el que carecemos de expertos y de pruebas a nuestro favor, con una clienta que la mitad del tiempo no está en sus cabales y la otra mitad está colocada; una clienta cuyo marido pesaba ciento cincuenta kilos al morir y que prácticamente se mató a fuerza de comer; un caso donde la parte contraria cuenta con un ejército de abogados a cuál más brillante y mejor pagado, con un presupuesto prácticamente ilimitado, con expertos de los mejores hospitales y centros de investigación; y, por último, con un juez que está claramente de su parte y al que no le caemos bien porque opina que somos un hatajo de incompetentes sin experiencia. ¿Me he dejado algo en el tintero, David?

—Que no tenemos dinero para cubrir los gastos del juicio —respondió David para completar la lista.

—Eso es. Buen trabajo, Wally. Como solías decir, estos casos de acciones conjuntas son una mina de oro.

—Vamos, Oscar, dame un respiro —rogó Wally en tono cansado—. Asumo toda la responsabilidad. Ha sido culpa mía. Puedes azotarme con un látigo si quieres, pero permíteme que sugiera que limitemos nuestras conversaciones a algo productivo, ¿de acuerdo?

—Claro. ¿Qué planes tienes? Anda, Wally deslúmbranos un poco más.

—No tenemos más remedio que comparecer —repuso Wally, fatigado—. Intentaremos reunir algunas pruebas y nos presentaremos en el tribunal para luchar con uñas y dientes. Si perdemos, podremos decir a nuestros clientes y a esa escoria de Shaw que aguantamos hasta el final. En todos los juicios hay un ganador y un perdedor. Está claro que nos van a dar una paliza, pero llegados a este punto prefiero salir del tribunal derrotado pero con la cabeza bien alta a tener que enfrentarme a un montón de sanciones y otra denuncia por negligencia profesional.

—¿Te has enfrentado alguna vez a un jurado en un tribunal federal? —le preguntó Oscar.

—No, ¿y tú?

—Yo tampoco —repuso Oscar, que se volvió hacia David—. ¿Y tú?

—No, nunca.

—Es lo que me temía: tres desgraciados entrando con la encantadora Iris Klopeck y sin la menor idea de cómo proceder. Has hablado de reunir algunas pruebas. ¿Podrías iluminarnos al respecto?

Wally lo fulminó con la mirada, pero acabó respondiendo:

—Me refería a que intentemos localizar a algún cardiólogo o a un farmacólogo. Hay montones de expertos por ahí que están dispuestos a declarar lo que sea con tal de cobrar. Yo digo que busquemos uno, lo hagamos subir al estrado y recemos para que sobreviva.

—No habrá forma de que sobrevivan porque para empezar serán un fraude.

—Vale, pero al menos lo estaremos intentando. Al menos plantaremos cara.

—¿Cuánto puede costar contratar a uno de esos genios?

Wally miró a David, que dijo:

—Esta tarde me he puesto en contacto con el doctor Borzov, ya sabéis, el médico que hacía los cardiogramas a nuestros clientes. Dado que las pruebas se han interrumpido, ha vuelto a su casa de Atlanta. Me dijo que estaría dispuesto a testificar en el caso de Iris Klopeck a cambio de... Creo que dijo setenta y cinco mil dólares. Tiene un acento terrible.

—¿Setenta y cinco mil y no se le entiende cuando habla?

—Es ruso, y su inglés no es muy fluido, pero eso puede ser una ventaja en el juicio porque tal vez nos interese que el jurado no se entere de nada.

—Lo siento, pero no te sigo.

—Bueno, hay que suponer que Nadine Karros lo hará picadillo cuando lo interrogue. Si el jurado se da cuenta de lo mal testigo que es, nuestro caso perderá fuerza, pero si el jurado no está seguro porque no ha entendido nada entonces es posible, solo posible, que los daños sean menores.

—¿Eso te lo enseñaron en Harvard?

—La verdad es que no recuerdo qué me enseñaron en Harvard.

—¿Y cómo te convertiste en un experto en juicios?

—No soy ningún experto, pero estoy leyendo mucho y por las noches veo *Perry Mason*. Mi pequeña Emma no duerme bien, así que doy vueltas por la casa.

—Es un alivio saberlo.

Wally intervino.

—Creo que por veinticinco mil dólares podríamos encontrar un falso farmacólogo. Tendremos algunos gastos extra, pero Rogan Rothberg nos lo está poniendo fácil.

—Sí, y ahora sabemos por qué. Quieren un juicio y un juicio rápido. Quieren justicia. Quieren un veredicto claro que les sirva para que los medios lo difundan a los cuatro vientos. La verdad es que tú y tus amigos, Wally, os habéis metido de cabeza en la trampa de Varrick. La empresa empezó a hablar de llegar a un acuerdo, y los bufetes especialistas en acciones conjuntas se lanzaron a comprarse aviones privados. Os llevaron de la nariz hasta que el primer juicio estuvo al caer y entonces os segaron la hierba bajo los pies. Luego, tus amigos de Zell & Potter se dieron el piro y nos dejaron en la estacada, y sin más alternativa que la ruina económica.

—Oye, Oscar, esto ya lo hemos hablado —dijo Wally, tajante.

Decretaron una pausa de treinta segundos mientras todos se serenaban.

—Este edificio vale trescientos mil dólares y está libre de cargas —declaró Wally fríamente—. Vayamos al banco y pidamos un crédito con el edificio como aval. Reunamos doscientos mil y salgamos a la caza del experto.

—Esperaba algo así —dijo Oscar—. ¿Por qué deberíamos gastar dinero en algo que no lo vale?

—Vamos, Oscar, sabes más que yo de pleitos, que no es mucho, y...

—En eso tienes razón.

—Y sabes que no basta con presentarse en el tribunal, seleccionar al jurado y correr en busca de refugio cuando Nadine Karros empiece a bombardearnos. No habrá juicio siquiera si no conseguimos un par de expertos. Eso en sí mismo sería negligencia profesional.

David terció en un intento de ayudar.

—Podéis estar seguros de que ese tal Shaw estará entre el público, observándonos.

—Así es —convino Wally—. Y si no defendemos nuestro caso como es debido, es posible que Seawright nos tache de frívolos y nos machaque a sanciones. Aunque pueda parecer una locura, gastar ahora un poco de dinero puede ahorrarnos un buen pellizco más adelante.

Oscar dejó escapar un suspiro y enlazó las manos en la nuca.

—Esto es una locura, una locura total.

Wally y David estuvieron de acuerdo.

Wally dio marcha atrás a su moción para retirar sus casos y, por si acaso, envió copia de todo a Shaw. Nadine Karros retiró su respuesta y su petición de que se aplicara la Disposición n.º 11 en Caso de Sanciones. Cuando el juez Seawright firmó ambas órdenes, en el bufete-boutique Finley & Figg respiraron más tranquilos. Aunque solo fuera por el momento, sus tres abogados dejaban de estar en el punto de mira.

Tras estudiar las cuentas del despacho y aunque el edificio estuviera libre de cargas, el banco se mostró reacio a conceder el préstamo. Sin que Helen lo supiera, David prestó su aval personal a la solicitud del crédito, al igual que hicieron sus dos socios. Con los doscientos mil dólares disponibles, el bufete se puso en marcha, cosa aún más complicada debido a que nadie sabía exactamente qué hacer a continuación.

El juez Seawright y sus ayudantes revisaron diariamente y con creciente preocupación la marcha del proceso. El lunes 3 de octubre las partes fueron convocadas a una reunión informal para ponerse al día. Su señoría empezó diciendo que la vista daría comienzo en un par de semanas y que nada podría cambiar eso. Ambas partes se declararon listas para ir a juicio.

—¿Han contratado expertos? —preguntó Seawright a Wally.

—Sí, señoría.

—¿Y cuándo piensa usted compartir esa información con el tribunal y la parte demandada? Hace meses que tendría que haberlo hecho, no sé si lo sabe.

—Sí, señoría, pero hemos sufrido unos cuantos incidentes inesperados en nuestra agenda —respondió hábilmente Wally intentando dárselas de profesional.

—¿Quién es su cardiólogo? —disparó Nadine Karros desde el otro lado de la mesa.

—El doctor Igor Borzov —replicó Wally tranquilamente, como si el doctor Borzov fuera una eminencia mundial.

Nadine no se inmutó ni sonrió.

—¿Cuándo puede presentarse para realizar su declaración? —quiso saber Seawright.

—Cuando sea, no hay problema —repuso Wally a pesar de que Borzov no estaba plenamente convencido para subir al estrado, ni siquiera a cambio de setenta y cinco mil dólares.

—No tomaremos declaración al señor Borzov —dijo Nadine Karros en tono displicente. En otras palabras, sé que es un charlatán, y me da igual lo que pueda decir en una deposición porque lo haré picadillo delante del jurado.

Tomó su decisión sobre la marcha sin necesidad de consultar con sus subalternos ni de meditarlo veinticuatro horas. Su reacción resultaba gélida.

—¿Cuentan con algún farmacólogo? —preguntó.

—Así es —mintió Wally—. El doctor Herbert Threadgill.

Wally había hablado con él, pero todavía no habían llegado a un acuerdo. David había conseguido el nombre gracias a su amigo en Zell & Potter, que describió a Threadgill como «un tipo que dirá lo que sea con tal de que le paguen». Sin embargo, no estaba resultando tan fácil porque Threadgill exigía cincuenta mil dólares como compensación por la humillación que sin duda sufriría en el estrado.

—Tampoco necesitaremos su deposición —dijo Nadine con un leve gesto de la mano que valía más que mil palabras. También él sería carnaza para las fieras.

Cuando finalizó la reunión, David insistió para que Wally y Oscar lo acompañaran a una sala del piso decimocuarto del edificio Dirksen. Según la página web de los tribunales federales allí iba a dar comienzo un juicio importante. Se trataba del caso civil por la muerte de un estudiante de diecisiete años que había fallecido en el acto cuando un camión con remolque se saltó un semáforo en rojo y lo embistió de lleno. El remolque era propiedad de una empresa de otro estado, lo cual explicaba que se tratara de un juicio federal.

Dado que nadie en Finley & Figg había llevado un caso en el ámbito federal, David creía importante que al menos vieran cómo funcionaba uno.

36

Cinco días antes de la vista, el juez Seawright convocó a los letrados a una última reunión previa al juicio. Gracias a los esfuerzos de David, los tres colegas ofrecían un aspecto notablemente pulcro y profesional. Había insistido en que llevaran traje oscuro, camisa blanca, corbatas poco llamativas y zapatos negros. Para Oscar eso no supuso ningún problema puesto que siempre había vestido como un abogado serio, aunque callejero. Para David era como su segunda naturaleza porque conservaba un armario lleno de trajes caros de su época en Rogan Rothberg. El desafío fue para Wally. David localizó una tienda de ropa masculina a precios moderados y lo acompañó para ayudarlo a elegir y supervisar cómo le sentaba. Wally no solo se quejó y protestó durante aquel calvario, sino que dio un buen respingo al ver que la factura ascendía a mil cuatrocientos dólares. Al final sacó su tarjeta de crédito y tanto él como David contuvieron el aliento cuando el dependiente la pasó por la máquina. Una vez aceptado el cargo, se marcharon a toda prisa con un traje, un par de camisas, unas corbatas y unos zapatos de cordones.

En el otro lado del tribunal estaba Nadine Karros, vestida de Prada y rodeada por media docena de sus perros guardianes ataviados de Zegna y Armani que parecían recién salidos de las páginas de moda de una revista masculina.

Como tenía por costumbre, el juez Seawright no había hecho pública la lista de los posibles miembros del jurado. Otros jueces las entregaban semanas antes de que empezara el juicio, lo cual ponía en marcha una frenética investigación por parte de costosos grupos especialistas en la selección de jurados que asesoraban a ambas partes. Cuanto más importante era el caso, más dinero gastaban en bucear en los antecedentes de cualquier posible candidato. El juez Seawright aborrecía tan discutibles maniobras. Unos años antes se había enfrentado en uno de sus casos a graves acusaciones de contactos indebidos por parte de determinados investigadores: los jurados se habían quejado de que los seguían, los fotografiaban y de que incluso eran abordados por persuasivos desconocidos que parecían saber demasiadas cosas sobre ellos.

Seawright declaró iniciada la reunión y ordenó a su ayudante que entregara una lista a Oscar y otra a Nadine. En ella había un total de sesenta nombres que habían sido preseleccionados por el juez y sus ayudantes para descartar a cualquier candidato que: 1) estuviera tomando o hubiera tomado Krayoxx o cualquier otro medicamento para combatir el colesterol; 2) tuviera algún familiar o pariente que estuviera tomando o hubiera tomado Krayoxx; 3) hubiera sido representado por alguno de los abogados implicados en el caso; 4) hubiera estado implicado en alguna demanda relacionada con algún medicamento declarado pernicioso; 5) hubiera leído en periódicos o revistas información relativa al Krayoxx y la demanda contra él. El cuestionario, que ocupaba cuatro páginas, había sido pensado para cubrir todas las causas capaces de invalidar a un candidato a jurado.

A lo largo de los cinco días siguientes, Rogan Rothberg gastaría medio millón de dólares en hurgar en los antecedentes de todos y cada uno de los integrantes de la lista. Cuando comenzara el juicio, tendría varios asesores muy bien pagados repartidos por la sala del tribunal para observar cómo reaccionaban los miembros del jurado ante las declaraciones de los testigos. La asesora de Finley & Figg iba a costarles veinticinco mil dólares y había sido incorporada al bufete tras otra discusión. Ella y sus colaboradores harían todo lo que estuviera en su mano para comprobar los antecedentes y los perfiles de los candidatos y controlar el proceso de selección. Se llamaba Consuelo y no tardó en darse cuenta de que nunca había trabajado con unos abogados tan inexperimentados.

Tras varias discusiones desagradables e irritantes habían decidido que Oscar llevaría el peso de la actuación ante el tribunal. Wally observaría, tomaría notas, actuaría como consejero y haría todo lo que se supone que debe hacer un segundo de a bordo. David se encargaría de investigar, lo cual suponía una tarea monumental puesto que aquel era el primer juicio federal en el que comparecían y tenían que aprenderlo todo desde cero. En el transcurso de las arduas y numerosas reuniones para planificar su estrategia, David descubrió que la última vez que Oscar había actuado ante un jurado había sido ocho años antes, en un tribunal del estado a causa de un simple accidente de tráfico por saltarse un semáforo en rojo y que, para acabarlo de arreglar, había perdido. Los antecedentes judiciales de Wally eran aún más modestos: un caso de resbalón y caída contra Walmart en el que al jurado le bastó con deliberar quince minutos para declarar inocente a los grandes almacenes; y un accidente de tráfico en Wilmette prácticamente olvidado y que también había acabado mal.

Cada vez que Oscar y Wally habían discrepado a propósito de la estrategia se habían vuelto hacia él en busca de respuesta porque era el único disponible. Su voto había sido crucial, y eso no dejaba de preocuparlo seriamente.

Una vez repartidas las listas, el juez Seawright lanzó una severa advertencia para que a nadie se le ocurriera acercarse a los candidatos. Explicó que cuando estos se presentaran el lunes por la mañana él se ocuparía personalmente de advertirlos contra cualquier contacto indebido y de preguntarles si alguien había estado husmeando en sus vidas y antecedentes, o si los habían seguido o fotografiado. En caso afirmativo, su descontento tendría consecuencias desagradables. Luego prosiguió y anunció:

—No se ha presentado ninguna Daubert, de modo que doy por hecho que ninguna de las partes pone objeciones a los expertos de la otra. ¿Es así?

Ni Oscar ni Wally conocían la norma Daubert que llevaba años aplicándose y que permitía que cualquiera de las partes cuestionara la admisibilidad del testimonio de los expertos de la parte contraria. Se trataba de un procedimiento habitual en la jurisdicción federal que también se observaba en muchos estados. David se había tropezado con ella mientras observaba el desarrollo de un juicio en el mismo edificio. Tras hacer las oportunas averiguaciones descubrió que Nadine Karros podía rechazar a sus expertos antes incluso de que la vista diera comienzo. El hecho de que ella no hubiera solicitado una Daubert solo podía significar una cosa: que deseaba que los expertos de Finley & Figg subieran al estrado para poder hacerlos picadillo delante del jurado.

Cuando David explicó a sus socios el significado de la norma Daubert, los tres decidieron no poner objeciones a los expertos de Varrick. Su razón era la misma que la de Nadine, pero al revés: los expertos de la defensa eran tan capaces, experimentados y estaban tan cualificados que una Daubert no habría servido de nada.

—Así es, señoría —respondió Nadine.

—En efecto, señoría —contestó Oscar.

—Está bien, no es lo habitual pero cuanto menos trabajo, mejor. —El juez hojeó unos papeles y susurró algo a su ayudante antes de volverse hacia las partes—. No veo ninguna moción pendiente ni ningún asunto por resolver, de modo que no queda sino iniciar la vista. Los miembros del jurado comparecerán a las ocho y media de la mañana del lunes, así que empezaremos a las nueve en punto. ¿Alguna cosa más?

Nada por parte de los abogados.

—Muy bien. Felicito a las partes por cómo han llevado la apertura del caso y por la inhabitual colaboración que han mostrado. No olviden que mi intención es presidir un juicio justo y rápido. Se levanta la sesión.

El equipo de Finley & Figg recogió sin demora sus papeles y salió de la sala. Al marcharse, David intentó imaginar qué aspecto tendría el tribunal cinco días después, con sesenta nerviosos candidatos a jurado, con los hurones del colectivo de acciones conjuntas a la espera del baño de sangre, con los reporteros, los analistas de mercados, los asesores de jurado, los presuntuosos ejecutivos de Varrick y los curiosos habituales. El nudo que tenía en el estómago le dificultaba la respiración.

Limítate a salir de esto con vida, se repetía, solo tienes treinta y dos años. Esto no supone el fin de tu carrera.

Una vez en el pasillo, sugirió a sus socios que se separaran y fueran a ver otros juicios, pero lo único que Oscar y Wally deseaban era marcharse. Así pues, David hizo lo que llevaba dos semanas haciendo: entró sigilosamente en la tensa sala de un tribunal y se sentó unas cuantas filas por detrás de los abogados.

Cuanto más observaba, más fascinado se sentía por el arte de pleitear.

37

En el caso de Klopeck contra Varrick Labs la primera crisis se produjo por la incomparecencia de la demandante. Cuando fue informado de ello en su despacho, el juez Seawright se mostró cualquier cosa menos contento. Wally intentó explicarle que Iris había sido ingresada esa misma noche en el hospital aquejada de dificultades respiratorias, hiperventilación, urticaria y unas cuantas dolencias más.

Tres horas antes, mientras los socios de Finley & Figg se hallaban en plena sesión de trabajo de madrugada, Wally había recibido una llamada de Bart Shaw, el especialista en negligencia profesional que había amenazado con demandarlos si decidían retirar su demanda contra el Krayoxx. Al parecer, el hijo de Iris había encontrado su número de teléfono y lo había llamado para decirle que su madre estaba en una ambulancia, camino del hospital, y que no podría comparecer en la vista. Clint había llamado al abogado equivocado, y Shaw les transmitía la noticia. «Gracias, capullo», dijo Wally después de colgar.

—¿Cuándo se enteraron ustedes de que la habían llevado al hospital? —quiso saber Seawright.

—Hace apenas un par de horas, señoría. Estábamos en el despacho, preparándonos, cuando llamó su abogado.

—¿Su abogado? Yo creía que sus abogados eran ustedes.

David y Oscar desearon que se los tragara la tierra. Wally se había tomado un par de sedantes y estaba atontado. Entornó los ojos e intentó pensar en una forma de arreglar su metedura de pata.

—Bueno, sí. Es complicado, señoría, pero la cuestión es que está en el hospital. Iré a verla durante el receso del mediodía.

A pesar de que conocía las amenazas de Shaw contra Finley & Figg, Nadine Karros mantuvo su expresión de cortés preocupación. De hecho, habían sido ella y sus colaboradoras quienes habían localizado a Shaw y lo habían recomendado a Nicholas Walker y Judy Beck.

—Hágalo, señor Figg —le aconsejó Seawright—. Y no olvide que quiero ver el parte de los médicos. Supongo que si la señora Klopeck es incapaz de testificar tendremos que conformarnos con utilizar su deposición.

—Sí, señoría.

—Lo siguiente es el proceso de selección del jurado y espero haberlo terminado a última hora de esta tarde. Así pues, señor Figg, usted será el primero en comparecer mañana. Lo habitual es que sea el demandante quien abra el caso y suba al estrado para hablar de los seres queridos que ya no están.

Resultaba un detalle considerado que Seawright les explicara cómo debían presentar su caso, pensó Wally, pero el tono del magistrado tenía un deje condescendiente.

—Consultaré con los médicos —repuso Wally—. Es todo lo que puedo hacer.

—¿Alguna otra cosa? —preguntó Seawright.

Los abogados negaron con la cabeza, salieron del despacho y entraron en la sala del tribunal, que se había ido llenando durante los últimos minutos. A la izquierda, detrás de la mesa de los demandantes, un alguacil acompañaba a los jurados hacia los bancos. A la derecha se arremolinaban varios grupos de espectadores que cuchicheaban mientras esperaban. Al fondo se sentaban juntos Millie Marino, Adam Grand y Agnes Schmidt, tres de las demás víctimas de Finley & Figg que se hallaban presentes por curiosidad o porque quizá buscaban una respuesta a la súbita desaparición de los millones que les habían prometido. Los acompañaba Bart Shaw, el buitre, el paria, lo más miserable de la abogacía. Dos filas por delante de ellos se sentaba Goodloe Stamm, el abogado de divorcios contratado por Paula Finley. Se había enterado del rumor de que los peces gordos habían huido del barco, pero tenía curiosidad por el caso y rogaba para que Finley & Figg hiciera el milagro, y él pudiera conseguir un poco más de dinero para su clienta.

El juez Seawright llamó al orden y agradeció a los jurados por cumplir con tan cívico deber. Hizo un resumen del caso en treinta palabras y presentó a los abogados y al personal del tribunal que iban a tomar parte en la vista: el relator, los alguaciles y los bedeles. Explicó los motivos de la ausencia de Iris Klopeck y presentó a Nicholas Walker como representante de Varrick Labs.

Tras treinta años en el estrado, Harry Seawright sabía todo lo que era necesario saber acerca de seleccionar jurados. El elemento más importante, al menos en su opinión, era conseguir que los abogados se estuvieran lo más callados posibles. Tenía su lista de preguntas, que había ido refinando con el tiempo, y permitía que los letrados le formularan sus propias disquisiciones, pero él llevaba la voz cantante.

Los interrogatorios previos habían simplificado de forma considerable la tarea y descartado a los candidatos que fueran mayores de sesenta y cinco años, ciegos, sufrieran alguna discapacidad grave o a los que hubieran servido como jurados en los últimos doce meses. También había eliminado a los que decían saber algo del caso, de los abogados o del medicamento. Durante el interrogatorio, un piloto de líneas aéreas se levantó y pidió que lo eliminaran porque el juicio interfería con su calendario de vuelo, lo cual provocó que Seawright le echara un rapapolvo y le recordara la obligación de cumplir con sus deberes cívicos. Cuando el infeliz se sentó, debidamente escocido, nadie más se atrevió a decir que estaba demasiado ocupado para ser jurado. Solo fue disculpada una joven madre con un hijo con síndrome de Down.

En las dos semanas previas al juicio, David había hablado con una docena de abogados que habían tramitado casos ante Seawright. El comentario general había sido que no abriera la boca durante la selección del jurado. Todos los jueces tenían sus manías, especialmente los federales porque eran designados de por vida y sus decisiones raramente se cuestionaban. «El viejo hará el trabajo por ti», le repitieron una y otra vez.

Cuando el número de candidatos quedó reducido a cincuenta, Seawright eligió a doce al azar. Un alguacil los acompañó al estrado del jurado, donde ocuparon sus cómodos asientos. Todos los abogados escribían frenéticamente. Los asesores de jurado estaban sentados muy erguidos y miraban fijamente a los primeros doce.

Su gran debate había sido cuál era el jurado ideal para un juicio como aquel. Los demandantes preferían gente obesa y de costumbres tan desaliñadas como las de los Klopeck, preferiblemente individuos que tuvieran el colesterol alto y con los derivados problemas de salud. Al otro lado del pasillo, los abogados de la defensa preferían personas atléticas y sanas, cuerpos jóvenes con poca paciencia y comprensión hacia los obesos y afligidos. En el primer grupo había la inevitable mezcla, aunque solo dos de ellos parecían dedicar tiempo al gimnasio. Seawright se centró en la número treinta y cinco porque había reconocido haber leído varios artículos sobre el medicamento, no obstante demostró que era abierta de mente y que sabía ser justa. El padre de la número veintinueve era médico y ella había crecido en una casa donde la palabra «demanda» se consideraba fea. En una ocasión el número dieciséis había presentado una demanda por un trabajo de reparación de un tejado mal hecho, y aquello fue objeto de interminables y soporíferas discusiones. No obstante, el juez siguió con sus implacables preguntas. Cuando hubo acabado, invitó al demandante a interrogar a los candidatos, pero solo acerca de asuntos que no hubieran sido tratados previamente.

Oscar fue hasta el podio, que había sido girado para que mirara al banco del jurado, sonrió amablemente y saludó a los candidatos.

—Me gustaría hacerles unas cuantas preguntas —dijo como si hubiera hecho aquello muchas veces.

Desde el azaroso día en que David había irrumpido literalmente en las dependencias de Finley & Figg, Wally había comentado en numerosas ocasiones que Oscar no era de los que se dejaban intimidar con facilidad. Puede que se debiera a su infancia difícil, a los días que había pasado pateándose las calles como policía, a su larga trayectoria representando esposas maltratadas o trabajadores lesionados, o puede que se debiera simplemente a su pugnaz origen irlandés. El caso era que Oscar tenía un pellejo muy duro. También era posible que se debiera al Valium, pero lo cierto fue que mientras estuvo hablando con los potenciales jurados se las arregló para disimular los tics, el nerviosismo y el miedo, y proyectar un aire de calma y seguridad en sí mismo. Formuló unas cuantas preguntas inofensivas, obtuvo unas cuantas respuestas sin importancia y se sentó.

El bufete había dado su primer paso de recién nacido en un tribunal federal y no había caído en el ridículo. David se relajó un poco. Aunque no significaba que tuviera una confianza desmedida en quienes lo precedían, para él era un consuelo ser el tercero de la lista porque le permitía tener un lugar ligeramente a cubierto en la trinchera desde que por fin se hallaban en la línea de fuego. Estaba decidido a no mirar a la pandilla de Rogan Rothberg, y ellos también parecían decididos a hacer caso omiso de su presencia. Era día de función, y ellos eran los actores. Sabían que ganarían. David y sus socios se limitaban a cumplir con el trámite de un caso que nadie deseaba y a soñar con que acabara.

Nadine Karros se dirigió a los candidatos a jurado y se presentó. Cinco hombres y siete mujeres ocupaban el estrado. Los hombres, cuyas edades variaban desde los veintitrés hasta los sesenta y tres años, la miraron apreciativamente y le dieron su aprobado. David se concentró en los rostros de las mujeres. Helen tenía la teoría de que las mujeres albergarían sentimientos encontrados con respecto a Nadine Karros. El primero y más importante sería de orgullo no solo por el hecho de que una mujer estuviera al frente de una de las partes, sino por que fuera la abogada más brillante en la sala. Sin embargo, para otras ese orgullo no tardaría en trocarse en envidia. ¿Cómo era posible que una mujer fuera tan guapa, elegante, delgada y al mismo tiempo tuviera la inteligencia suficiente para triunfar en un mundo de hombres?

A juzgar por los rostros femeninos, la primera impresión fue buena en general. Los hombres habían quedado embelesados desde el principio.

Las preguntas de Nadine fueron más concretas. Habló acerca de las demandas, de la cultura de la denuncia en nuestra sociedad y también de los habituales veredictos que indignaban a todos. ¿Consiguió con ello captar la atención de algún candidato? Sí, de unos cuantos, así que insistió. El marido de la número ocho era un electricista del sindicato, lo cual normalmente representaba una apuesta segura en una demanda contra una gran empresa. Nadine pareció mostrar un interés especial por ella.

Los abogados de Finley & Figg observaron con atención a Nadine. Para ellos, su imponente aspecto sería seguramente el único punto culminante del juicio, e incluso eso acabaría estando muy visto.

Al cabo de dos horas, el juez Seawright decretó un receso de treinta minutos para que las partes pudieran comparar notas, reunirse con sus asesores y empezar a seleccionar. Cada una podía pedir que se excluyera a cualquier candidato por una buena razón. Por ejemplo, si un jurado manifestaba una preferencia, había sido representado anteriormente por alguno de los bufetes o decía aborrecer Varrick, podía ser excluido legítimamente. Más allá de eso, cada parte disponía de tres oportunidades para excluir a un determinado candidato con razón o sin ella.

Transcurridos los treinta minutos, ambas partes solicitaron más tiempo, y Seawright aplazó la vista hasta las dos de la tarde.

—Doy por hecho que irá a ver cómo se encuentra su cliente, señor Figg —le advirtió el juez.

Wally le aseguró que así lo haría.

Una vez fuera de la sala, Oscar y él decidieron que David iría a ver a Iris para determinar si era capaz y estaba dispuesta o no a testificar al día siguiente. Según Rochelle, que había pasado la mañana discutiendo por teléfono con las recepcionistas de los hospitales, había ingresado en el servicio de urgencias del Christ Medical Center. Cuando David se presentó allí a mediodía se enteró de que hacía una hora que Iris se había marchado. Salió a toda prisa hacia su casa, situada cerca del aeropuerto Midway, y durante el trayecto tanto él como Rochelle la telefonearon cada diez minutos. No hubo respuesta.

Ante la puerta principal estaba acurrucado el mismo gato gordo y naranja. El animal abrió un ojo cuando David se acercó cautelosamente por la acera. Este recordaba la barbacoa del porche y el papel de aluminio que cubría las ventanas. Diez meses antes, tras su huida de Rogan Rothberg, había hecho el mismo trayecto mientras acompañaba a Wally y se preguntaba si se había vuelto loco. En esos momentos se hacía la misma pregunta. Sin embargo, no tenía tiempo para mirarse el ombligo. Llamó a la puerta con fuerza y esperó a que el gato se marchara o se lanzara contra él.

—¿Quién es? —preguntó una voz masculina.

—Soy David Zinc, su abogado. ¿Es usted, Clint?

Lo era. Clint abrió la puerta y dijo:

—¿Qué está haciendo aquí?

—Estoy aquí porque su madre no se ha presentado en el juzgado. Estamos eligiendo al jurado, y hay un juez federal muy cabreado porque Iris no ha comparecido esta mañana.

Clint le hizo un gesto para indicarle que pasara. Iris estaba tendida en el sofá bajo una raída manta de cuadros, con los ojos cerrados, igual que una ballena varada en la playa. En la mesita auxiliar había un montón de revistas de chismorreos, una caja de pizza vacía, varias botellas de gaseosa y tres frascos con pastillas.

—¿Cómo se encuentra? —preguntó David, a quien no le costó hacerse una idea general.

Clint meneó la cabeza con aire grave.

—No está bien —dijo, como si Iris fuera a morirse en cualquier momento.

David se sentó en una silla llena de pelos naranjas de gato. No podía perder el tiempo y de todas maneras tampoco le gustaba estar allí.

—¿Puede oírme, Iris? —preguntó en voz alta y clara.

—Sí —respondió ella sin abrir los ojos.

—Escuche, ha empezado el juicio, y el juez quiere saber si mañana comparecerá. Necesitamos que testifique y le cuente al jurado cómo era Percy. Es su trabajo como su heredera y portavoz de la familia. ¿Lo sabe, no?

Iris gruñó y suspiró. De sus pulmones salieron unos ruidos siniestros.

—Yo no quería esta demanda —repuso arrastrando las palabras—. Ese gilipollas de Figg se presentó aquí y me convenció. Me prometió un millón de dólares. —Logró abrir un ojo y mirar a David—. Usted vino con él. Ahora me acuerdo. Yo estaba sentada aquí tan tranquilamente, ocupándome de mis asuntos, pero ese Figg me prometió un montón de dinero.

El ojo se cerró. David insistió.

—Esta mañana la ha visitado un médico del hospital, ¿qué le dijo? ¿Cuál es su estado?

—¿Cuál va a ser? Son los nervios. No puedo ir a declarar. Eso me mataría.

En ese momento, David comprendió lo que era obvio. Su caso, si es que podía llamarse así, empeoraría aún más si Iris comparecía ante el jurado. Cuando un testigo no podía presentarse a declarar —ya fuera por razón de muerte, enfermedad o cárcel—, las normas de procedimiento permitían que su deposición pudiera utilizarse en su lugar. Por endeble que esta fuera, nada sería peor que una Iris declarando en carne y hueso.

—¿Cómo se llama su médico?

—¿Cuál de ellos?

—Me da igual, elija uno, el que la ha visitado esta mañana en el hospital.

—Esta mañana no me ha visitado ningún médico. Me he hartado de esperar en urgencias, y Clint me ha traído a casa.

—Y ya es la quinta vez en un mes —añadió Clint, de mal humor.

—No es verdad —protestó ella.

—Lo hace constantemente —le explicó Clint a David—. Va a la cocina, dice que está cansada y que le falta la respiración, y a continuación la ves llamando al novecientos once. Estoy harto. Siempre me toca a mí llevarla en coche al maldito hospital y traerla de vuelta.

—Vaya, vaya —dijo Iris, mirando a su hijo con ojos vidriosos pero enfurecidos—. Eras mucho más amable cuando iba a llovernos todo ese dinero, incluso parecías cariñoso. En cambio, mírate ahora, metiéndote con tu pobre madre enferma.

—Pues deja de llamar al novecientos once.

—¿Piensa comparecer mañana para testificar, Iris? —le preguntó David con tono firme.

—No, no puedo. No puedo salir de casa. Si lo hago, mis nervios no lo resistirán.

—Si va no servirá de nada, ¿verdad? —dijo Clint—. La demanda está perdida. El otro abogado, ese tal Shaw, opina que ustedes lo han hecho tan mal que no hay forma de ganar el caso.

David se disponía a replicar cuando comprendió que Clint estaba en lo cierto. No había forma de ganar aquella demanda. Gracias a Finley & Figg, los Klopeck estaban en un tribunal federal con un caso perdido de antemano mientras él y sus socios se limitaban a cumplir con el expediente y a desear que el juicio acabara lo antes posible.

Se despidió y salió a toda prisa. Clint lo acompañó fuera y mientras caminaban por la calle le dijo:

—Mire, si me necesita, estoy dispuesto a ir al juzgado y a hablar en nombre de la familia.

Si una comparecencia de Iris era lo último que necesitaba, un cameo de Clint tampoco era imprescindible.

—Deje que lo piense —contestó David para ser amable.

El jurado vería todo lo que necesitaba saber de Iris y mucho más a través de su deposición en vídeo.

—¿Hay alguna posibilidad de que lleguemos a cobrar, aunque solo sea una parte del dinero? —quiso saber Clint.

—Estamos luchando por ello, Clint. Posibilidades siempre las hay, pero no puedo garantizarle nada.

—No estaría mal.

A las cuatro y media de la tarde, los miembros del jurado habían sido seleccionados, habían prestado juramento y habían sido devueltos a sus casas con órdenes de presentarse a las nueve menos cuarto de la mañana siguiente. De los doce que lo componían, siete eran mujeres y cinco hombres. Aunque los asesores de jurado afirmaban que la cuestión racial carecía de importancia, había ocho blancos, tres negros y un hispano. Una de las mujeres era relativamente obesa. El resto estaba en bastante buena forma. Sus edades oscilaban entre los veinticinco y los sesenta y un años. Todos tenían estudios secundarios y tres de ellos un título universitario.

Los abogados de Finley & Figg se apretujaron en el cuatro por cuatro de David y regresaron a la oficina. Estaban agotados, pero se sentían extrañamente satisfechos. Se habían enfrentado al poder de una gran empresa y, por el momento, habían aguantado la presión. Por supuesto, el juicio propiamente dicho no había empezado todavía. Los testigos no habían comparecido ni se habían presentado pruebas. Lo peor estaba por llegar, pero aun así seguían en el partido.

David hizo un detallado relato de su visita a Iris, y los tres convinieron en que lo mejor era mantenerla alejada del estrado. La primera tarea de la tarde sería obtener una carta del médico que satisficiera a Seawright.

Tenían mucho que hacer. Compraron pizza y se la llevaron al despacho.

38

El martes por la mañana ya nadie se acordaba del breve respiro al miedo de ser aniquilados del que habían disfrutado el día anterior. Cuando los tres socios del bufete-boutique entraron en la sala, la presión era máxima. El juicio estaba a punto de dar comienzo, y el ambiente estaba cargado de tensión.

Tú limítate a eludirlo, se repetía David cada vez que el estómago le daba un vuelco.

El juez Seawright saludó con un brusco «buenos días», dio la bienvenida a los miembros del jurado y después les explicó —o intentó explicar— la ausencia de la señora Iris Klopeck, viuda y representante del difunto Percy Klopeck. Cuando acabó añadió:

—Ahora, cada parte hará su exposición inicial. Nada de lo que van a escuchar ustedes serán pruebas, sino lo que las partes creen que podrán demostrar a lo largo del juicio. Les prevengo que no deben tomárselo muy en serio. El señor Finley procederá en primer lugar por la parte demandante.

Oscar se levantó y caminó hasta el podio con su libreta de notas. La depositó en el atril, sonrió al jurado, miró sus notas, volvió a sonreír al jurado y la sonrisa se le borró bruscamente de la cara. Pasaron unos incómodos segundos, como si Oscar hubiera perdido el hilo de sus pensamientos y no se le ocurriera nada que decir. Se enjugó la frente con el dorso de la mano y cayó hacia delante. Chocó contra el atril, rebotó, y se desplomó violentamente en el suelo enmoquetado, gruñendo y haciendo muecas como preso de un dolor insoportable. Se produjo un gran revuelo cuando Wally y David corrieron hacia él, al igual que dos alguaciles uniformados y un par de abogados de Rogan Rothberg. Varios miembros del jurado se pusieron en pie como si desearan ayuda de algún modo. El juez Seawright gritó:

—¡Que llamen al novecientos once! ¡Que llamen al novecientos once! ¿Hay algún médico en la sala?

No había ninguno. Uno de los alguaciles se hizo cargo de la situación y enseguida quedó claro que lo de Oscar no había sido un simple desmayo. En medio del caos, mientras la gente se arremolinaba a su alrededor, alguien dijo:

—Apenas respira.

Hubo más idas y venidas y más llamadas pidiendo ayuda. El paramédico asignado a la sala del tribunal apareció minutos más tarde y se arrodilló junto a Oscar.

Wally se puso en pie, retrocedió ligeramente y se encontró junto al banco del jurado. Entonces, con una voz que muchos oyeron, dijo unas palabras que otros repetirían en los años venideros:

—¡Ah, las maravillas del Krayoxx!

—¡Señoría, por favor! —saltó Nadine Karros.

Algunos miembros del jurado lo encontraron gracioso, otros no.

—¡Señor Figg, aléjese del jurado! —bramó Seawright.

Wally puso pies en polvorosa y se fue a esperar al otro lado de la sala, junto a David.

Un alguacil se llevó al jurado fuera del tribunal.

—La vista se aplaza una hora —decretó el juez, que acto seguido bajó del estrado y se quedó esperando junto al podio.

Wally se acercó y le dijo:

—Lo siento, señoría.

—Cállese.

Un equipo de paramédicos llegó con una camilla, sujetó a Oscar y lo sacó de la sala. No parecía hallarse consciente. Tenía pulso, pero era peligrosamente débil. Mientras los letrados y el público conversaban entre ellos, David le preguntó a su socio:

—¿Tenía antecedentes de problemas cardíacos?

—Ninguno —contestó Wally meneando la cabeza—. Siempre ha estado sano y en forma. Me parece que su padre murió joven de algo, pero Oscar tampoco hablaba mucho de su familia.

Un alguacil fue hasta ellos.

—Su señoría desea ver a los letrados en su despacho.

Wally, que temía hallarse en el punto de mira de Seawright, llegó a la conclusión de que no tenía nada que perder y entró haciendo una exhibición de firmeza.

—Señoría, tengo que ir al hospital.

—Un momento, señor Figg.

Nadine estaba de pie y muy enfadada.

—Señoría, basándome exclusivamente en el desafortunado comentario hecho por el señor Figg ante los miembros del jurado no tengo más remedio que solicitar juicio nulo —dijo con el tono que reservaba para dirigirse al tribunal.

Wally, que también estaba de pie, no supo qué responder.

—No veo cómo el jurado puede haberse visto influenciado, señoría —terció David instintivamente—. El señor Finley no toma ese medicamento. Está claro que ha sido un comentario estúpido hecho en el calor del momento, pero no ha habido perjuicio.

—Discrepo, señoría —replicó Nadine—. Varios miembros del jurado lo encontraron gracioso y estuvieron a punto de reír. Llamarlo «comentario estúpido» es un eufemismo. Ha sido claramente un comentario indebido y perjudicial.

Un juicio nulo suponía un aplazamiento, justo lo que la parte demandante necesitaba. Si hubiera dependido de ellos, lo habrían retrasado eternamente.

—Petición concedida —dijo Seawright—. Declararé el juicio nulo. ¿Y ahora qué?

Wally se había dejado caer en una silla y estaba pálido. David dijo lo primero que le pasó por la cabeza:

—Señoría, es evidente que nosotros necesitamos más tiempo. ¿Qué le parecería un aplazamiento o algo así?

—¿Señorita Karros? —preguntó Seawright.

—Señoría, sin duda estamos ante una situación especial. Propongo que esperemos veinticuatro horas y sigamos de cerca la evolución del estado del señor Finley. Me parece que es de justicia señalar que la demanda la presentó el señor Figg y que hasta hace poco él era quien llevaba la voz cantante en el bufete. Estoy segura de que podrá ocuparse del caso con la misma diligencia que su socio.

—Bien visto —convino el juez Seawright—. Señor Zinc, creo que lo mejor es que usted y el señor Figg vayan al hospital y vean cómo se encuentra el señor Finley. Manténgame informado por correo electrónico y envíen copia de sus mensajes a la señorita Karros.

—Sí, señoría.

Oscar había sufrido un infarto de miocardio en toda regla. Se encontraba estable, y los médicos confiaban en que viviría, pero los primeros escáneres mostraban importantes obstrucciones en las arterias coronarias. David y Wally pasaron una tarde deprimente en la sala de espera de la UCI, matando el tiempo y hablando de la estrategia del juicio, enviando correos electrónicos a Seawright, alimentándose de una máquina expendedora y recorriendo los pasillos para combatir el aburrimiento. Wally estaba seguro de que ni Paula Finley ni su hija

Keely habían ido al hospital. Oscar se había marchado de casa hacía tres meses y ya se estaba viendo con otra mujer, aunque de tapadillo. También corría el rumor de que Paula había encontrado a otro. Fuera como fuese, el matrimonio había llegado a su fin aunque todavía faltara mucho para el divorcio.

A las cuatro y media de la tarde una enfermera los acompañó hasta la cama de Oscar para que pudieran hacerle una breve visita. Se encontraba despierto y lleno de tubos y cables por todas partes, pero respiraba sin ayuda.

—Una gran exposición inicial, sí señor —le dijo Wally, que obtuvo una débil sonrisa por toda respuesta.

Ni él ni David le hablaron del juicio nulo. Tras unos infructuosos intentos de entablar conversación, los dos se convencieron de que Oscar estaba demasiado cansado, así que se despidieron y marcharon. Al salir, una enfermera los informó de que Oscar sería operado a las siete de la mañana siguiente.

A las seis, David, Wally y Rochelle se reunieron alrededor de su cama para una última ronda de despedidas antes de que lo llevaran a quirófano. Cuando una enfermera les pidió que salieran bajaron a la cafetería para tomarse un buen desayuno a base de huevos del día anterior y beicon frío.

—¿Qué va a pasar con el juicio? —quiso saber Rochelle.

David acabó de masticar un trozo de tocino correoso y contestó:

—No estoy seguro, pero tengo el presentimiento de que no nos concederán un aplazamiento significativo.

Wally removía su café y observaba de reojo a un par de jóvenes enfermeras.

—Y también parece que nos van a ascender. Ahora seré yo quien lleve el caso y tú pasarás al puesto de primer suplente.

—¿O sea, que el espectáculo continúa? —preguntó Rochelle.

—Desde luego —dijo David—. En estos momentos, tenemos muy poco control sobre lo que está ocurriendo. Varrick es quien toma las decisiones. La empresa quiere una gran victoria, salir en primera plana y todo tipo de pruebas de que su medicamento es tan maravilloso como dice. Y lo que es más importante: el juez está de su parte. —Dio otro mordisco al beicon—. Así es, Varrick tiene las pruebas y los testigos, también el dinero, los abogados y el juez.

—¿Y nosotros qué tenemos? —preguntó Rochelle.

Wally y David lo meditaron un momento y después menearon la cabeza simultáneamente. Nada. No tenemos nada.

—Bueno, supongo que tenemos a Iris, a la encantadora Iris —dijo Wally, riendo amargamente.

—¿Y va a declarar ante el jurado?

—No —contestó David—. Uno de sus médicos me ha enviado una carta por correo electrónico para decirme que físicamente es incapaz de comparecer en un juicio.

—Demos gracias a Dios por ello —sentenció Wally.

Tras una hora matando el rato, los tres votaron por unanimidad regresar a la oficina e intentar hacer algo productivo. Tanto David como Wally tenían muchas cosas en las que ocuparse antes de que se reanudara el juicio. A las once y media llamó una enfermera para comunicarles que Oscar había salido del quirófano, evolucionaba favorablemente y no podría recibir visitas durante veinticuatro horas. Todo ello fue bien recibido. David transmitió ese último parte al ayudante del juez Seawright y quince minutos más tarde recibió su respuesta en la que convocaba a todos los letrados en su despacho a las dos de esa misma tarde.

—Le ruego que transmita mis mejores deseos al señor Finley —dijo su señoría con total indiferencia cuando todos hubieron tomado asiento.

A un lado estaban David y Wally, y al otro, Nadine con cuatro de sus secuaces.

—Gracias, señoría —dijo Wally, pero solo porque habría sido de mala educación no contestar.

—Nuestro nuevo plan es el siguiente —prosiguió Seawright—. Nos quedan treinta y cuatro candidatos en nuestra lista de jurados. Los convocaré el viernes 21 de octubre por la mañana, es decir dentro de tres días, y escogeré un nuevo jurado. De ese modo, el lunes 24 reiniciaremos la vista. ¿Alguna pregunta?

Sí, muchas, le habría gustado decir a Wally, pero por dónde empezar.

Ninguna por parte de los letrados.

Seawright continuó:

—Comprendo que esto no da a la parte demandante demasiado tiempo para reagrupar sus fuerzas, pero estoy seguro de que el señor Figg lo hará igual de bien que el señor Finley. Francamente, ninguno de los dos tiene experiencia en los tribunales federales, de modo que sustituir uno por otro no perjudicará de ninguna manera el caso de los demandantes.

—Estamos preparados —declaró Wally con energía, pero solo para replicar algo y defenderse.

—Bien. Ahora escúcheme, señor Figg: no pienso tolerar ni uno más de sus ridículos comentarios en la sala, independientemente de si el jurado se halla presente o no.

—Le pido disculpas, señoría —contestó Wally con evidente falta de sinceridad.

—Se aceptan sus disculpas, pero lo voy a multar a usted y a su bufete con cinco mil dólares por su comportamiento inadecuado y poco profesional. Además, le advierto que volveré a hacerlo si se desmadra otra vez.

—Es un poco excesivo, señoría —farfulló Wally.

Así no habrá forma de parar la hemorragia, se dijo David. Setenta y cinco mil dólares para el doctor Borzov; cincuenta mil para el doctor Herbert Threadgill, el experto en farmacología; quince mil para la doctora Kanya Meade, su experta en economía; veinticinco mil para Consuelo, la experta en jurados. Si a lo anterior se sumaban otros quince mil para alojarlos en un bonito hotel y alimentarlos durante su estancia en Chicago, resultaba que Iris Klopeck y su difunto marido iban a costar a Finley & Figg la friolera de ciento ochenta mil dólares. Y en ese momento, gracias al bocazas de Wally, acababan de tirar por la ventana otros cinco mil.

Ten en cuenta, se repetía David una y otra vez, que es dinero empleado en la defensa. De otro modo, Shaw los demandaría por negligencia profesional y tendrían que enfrentarse a sanciones escalofriantes por haber presentado una demanda sin fundamento. La realidad era que estaban gastando una fortuna para que su frívolo caso pareciera menos frívolo.

En Harvard nunca le habían explicado maniobras como aquellas, y tampoco había oído hablar de locuras parecidas durante los cinco años que había pasado en Rogan Rothberg.

Nadine Karros aprovechó que mencionaban las sanciones y dijo:

—Señoría, lo que presentamos en este momento es una moción basada en la Disposición n.º 11. —Repartió copias a todo el mundo—. Basándonos en el hecho de que el temerario comportamiento de ayer del señor Figg ha sido el responsable de que el juicio se declarara nulo, causando así un perjuicio innecesario a nuestro cliente, solicitamos que sea objeto de sanción. No vemos motivo para que Varrick Labs deba pagar por el comportamiento poco profesional del demandante.

—El motivo para que pague es que Varrick Labs tiene un valor contable de cuarenta y ocho mil millones de dólares —replicó Wally—. El nuestro es sustancialmente menor —añadió con humor, pero sin sonreír.

El juez Seawright leyó detenidamente la moción. David y Wally se apresuraron a hacer lo mismo. Tras diez minutos en silencio, Seawright preguntó:

—¿Qué responde, señor Figg?

Wally arrojó la moción sobre la mesa, como si fuera algo sucio.

—Verá, señoría, no puedo evitar el hecho de que esta gente cobre millones por hora trabajada. Realmente son obscenamente caros, pero eso no debería ser problema mío. Si Varrick prefiere gastarse así el dinero, eso solo demuestra que tiene todo el que quiere, pero a mí que me deje al margen.

—La cuestión no es esa, señor Figg —replicó Nadine—. No estaríamos trabajando de más de no haber sido por el juicio nulo que usted ha provocado con sus comentarios.

—¿Y por eso pide treinta y cinco mil dólares? ¿De verdad se creen que los valen?

—Dependerá del resultado del juicio, señor Figg. Cuando usted presentó su demanda pidió, ¿cuánto fue, cien millones? No critique a mi cliente por pagarse una buena defensa.

—Aclaremos esto. Si durante el juicio usted o su cliente nos cuelan una mentira, se equivocan o meten la pata, Dios no lo quiera, ¿significa que podré presentar una moción solicitando sanciones y que me llevaré una pasta? —Se volvió hacia Seawright—. Le agradecería que me lo aclarara, señoría.

—No. Eso sería una moción frívola sometida la Disposición n.º 11.

—¡Claro, faltaría más! —exclamó Wally con una risotada—. Realmente ustedes dos forman un equipo formidable.

—Cuidado con lo que dice, señor Figg —gruñó Seawright.

—Déjalo estar, Wally —le susurró David.

Transcurrieron unos segundos de tenso silencio mientras Wally se tranquilizaba.

—Estoy de acuerdo en que se habría podido evitar la nulidad del juicio —declaró finalmente Seawright—, y en que eso ha causado un gasto innecesario. Sin embargo, me parece que treinta y cinco mil dólares son una cantidad excesiva. Una sanción me parece adecuada, pero no una tan severa. Diez mil dólares son suficientes, y así se ordena.

Wally dejó escapar un suspiro: un nuevo disparo en la barriga. David solo pensaba en hallar la manera de acelerar las cosas para poner fin a aquella reunión. Finley & Figg no podía soportar mucho más.

—Señoría, tenemos que volver al hospital —dijo tímidamente.

—De acuerdo. Se levanta la sesión hasta el viernes por la mañana.

39

El segundo jurado estaba formado por siete hombres y cinco mujeres. De ellos, la mitad eran blancos, tres negros, dos asiáticos y uno hispano. El conjunto era ligeramente más proletario y algo más pesado. Dos de los hombres estaban realmente obesos. Nadine Karros había utilizado sus prerrogativas para excluir a los gordos en lugar de a las minorías, pero se había visto abrumada por la abundancia de michelines. Por su parte, Consuelo estaba convencida de que ese segundo jurado era más de su gusto que el primero.

El lunes por la mañana, David contuvo el aliento cuando Wally se levantó y se dirigió al podio. Era el siguiente en la lista. Otro ataque al corazón lo obligaría a situarse en primera línea contra un enemigo infinitamente superior, así que apoyaba a su socio con todas sus fuerzas. A pesar de que Wally había perdido algunos kilos correteando con Dee-Anna, seguía siendo rollizo y desaliñado. En lo que a infartos se refería, parecía un candidato mucho más firme que Oscar.

Vamos, Wally, puedes hacerlo. Dales caña y, por favor, no te desmayes.

No se desmayó e hizo una aceptable exposición de su caso contra Varrick Labs, la tercera empresa farmacéutica más grande del mundo, una «compañía mastodóntica» ubicada en

Nueva Jersey, una compañía con un largo y lamentable historial de comercializar fármacos perniciosos.

Protesta de la señorita Karros. Protesta admitida por el juez.

Sin embargo, Wally se mostró cauteloso. Tenía buenas razones para ello. Cuando una palabra de más podía costar una multa de diez mil dólares había que tener mucho cuidado dónde se pisaba. Se refirió repetidas veces al medicamento llamándolo «ese mal producto» en lugar de hacerlo por su nombre. Aunque a ratos divagó, se atuvo al guión la mayor parte del tiempo. Cuando acabó, treinta minutos después de haber empezado, David volvió a respirar tranquilo y le susurró al oído: «Buen trabajo».

Nadine Karros no se anduvo por las ramas a la hora de defender a su cliente. Empezó con una larga, detallada y bastante interesante lista de todos los fantásticos medicamentos que Varrick había puesto en el mercado durante los últimos cincuenta años, productos que todo estadounidense conocía y en los que confiaba: los medicamentos que daban a sus hijos, aquellos que consumían diariamente, medicamentos que eran sinónimo de buena salud, los que alargaban la vida, eliminaban infecciones y prevenían enfermedades. Ya fuera aliviando gargantas irritadas o luchando contra el sida, Varrick Labs llevaba décadas en primera fila de la investigación, y el mundo era un lugar mejor, más sano y seguro gracias a ello. Cuando Nadine finalizó la primera parte de su intervención, la mitad de los presentes en la sala se habría dejado matar por Varrick.

A continuación cambió de registro y se centró en el fármaco en cuestión, el Krayoxx, un medicamento tan eficaz que los médicos —los médicos de todos— lo recetaban con preferencia a cualquier otro cuando se trataba de combatir el colesterol. Detalló el exhaustivo trabajo de investigación que había sido necesario para desarrollarlo y, de algún modo, logró que los detalles técnicos resultaran interesantes. Los estudios habían demostrado uno tras otro que el medicamento no solo era eficaz, sino que carecía de efectos perniciosos. Su cliente había gastado cuatro mil millones de dólares y dedicado ocho años de investigación para desarrollar el Krayoxx. Varrick no solo se sentía orgullosa de su producto, sino que lo respaldaba plenamente.

David observó disimuladamente los rostros del jurado. Los doce seguían con atención las palabras de Nadine, los doce se estaban convirtiendo en creyentes. Incluso él tenía la sensación de que lo estaban convenciendo.

Nadine siguió hablando de los expertos que llamaría a testificar, eminentes eruditos y especialistas de lugares tan renombrados como la clínica Mayo, la clínica Cleveland o el Harvard Medical School. Aquellos hombres y mujeres habían estudiado el Krayoxx durante años y lo conocían mucho mejor que los presuntos especialistas que los demandantes iban a llamar al estrado.

En resumen, tenía plena confianza en que una vez expuestas y oídas todas las pruebas, ellos, los miembros del jurado, comprenderían y asumirían sin ninguna dificultad que el Krayoxx no tenía nada malo, se retirarían a deliberar y volverían con un veredicto de inocencia para su cliente, Varrick Labs.

Cuando Nadine se sentó, David contempló a los siete hombres que componían el jurado. Catorce ojos la siguieron fijamente. Miró la hora. Cincuenta y ocho minutos. El tiempo había pasado volando.

Unos técnicos entraron para instalar dos grandes pantallas. Mientras trabajaban, el juez Seawright explicó al jurado que iban a ver el vídeo de la declaración de Iris Klopeck, porque la demandante no podía subir al estrado por razones de salud. Su deposición había sido grabada el 30 de marzo en un hotel del centro de Chicago. Seawright aseguró a los miembros del jurado que aquello no era nada fuera de lo normal y que no debía influir de ningún modo en su opinión.

Las luces se apagaron y de pronto apareció Iris, mucho más grande que en la realidad, mirando a la cámara con aire ceñudo, inmóvil, totalmente despistada y colocada. La deposición había pasado por un proceso de montaje para eliminar lo que fuera inapropiado y las discusiones entre los abogados. Tras comentar rápidamente los antecedentes, Iris se centró en Percy, en su papel como padre, en su historial laboral, sus costumbres y su fallecimiento. En la pantalla aparecieron distintas pruebas y documentos: una foto de Iris chapoteando en el agua con el pequeño Clint; Iris y Percy mórbidamente obesos; otra foto de Percy ante la barbacoa rodeado de amigos, todos dispuestos a devorar bratswurts y hamburguesas en un Cuatro de Julio; otra de él sentado en una mecedora con un gato naranja en el regazo. Al parecer, balancearse en la mecedora era su único ejercicio. Las imágenes no tardaron en fundirse para pintar un retrato de Percy que era fiel pero poco agradable de contemplar: el de un hombre gordo y corpulento que comía demasiado, no hacía ejercicio, era un holgazán y había muerto muy joven por causas que saltaban a la vista. En algunos momentos, Iris se emocionaba; en otros parecía incoherente. El vídeo no hacía gran cosa por despertar simpatías hacia ella, pero como bien sabían sus abogados constituía una alternativa mucho mejor que tenerla en carne y hueso en el estrado. Una vez pasado por la sala de montaje, el vídeo duraba ochenta y siete minutos. Todos los presentes suspiraron de alivio cuando concluyó.

Las luces se encendieron y el juez Seawright declaró que era hora de ir a comer y que la vista se reanudaría a las dos de la tarde. Wally desapareció entre la multitud sin decir palabra. Él y David habían planeado tomarse un sándwich rápido y analizar la estrategia. Tras buscarlo durante un cuarto de hora, David desistió y almorzó solo en la cafetería de la segunda planta del edificio.

Oscar había salido del hospital y convalecía en casa de Wally. Rochelle lo llamaba dos veces al día. Su mujer y su hija seguían sin dar señales de vida. David lo telefoneó para ponerlo al corriente del juicio e intentó darle una visión optimista de la situación. Oscar fingió interesarse, pero quedó claro que se sentía contento de estar donde estaba.

La sesión se reanudó puntualmente a las dos de la tarde. El baño de sangre iba a empezar, y Wally parecía extrañamente tranquilo.

—Llame a su siguiente testigo —ordenó el juez.

Wally cogió su libreta de notas.

—Esto se va a poner feo —susurró, y David percibió el inconfundible olor de la cerveza en su aliento.

El doctor Igor Borzov fue conducido al estrado de los testigos, donde el alguacil le presentó una Biblia para que prestara juramento. Borzov la miró, negó con la cabeza y rehusó tocarla. Seawright le preguntó qué problema había, y Borzov dijo algo acerca de que era ateo.

—No quiero Biblia. No creo en Biblia.

David lo contempló entre estupefacto y horrorizado. Vamos, tío, por setenta y cinco mil pavos lo menos que puedes hacer es ponerlo fácil, se dijo. Tras una incómoda pausa, Seawright ordenó al alguacil que se llevara la Biblia. Borzov alzó la mano derecha y juró decir la verdad, pero para entonces ya habían perdido al jurado.

Wally, que se ceñía a un guión cuidadosamente preparado, lo acompañó a lo largo del ritual de acreditación de un experto. Estudios: universidad y facultad de medicina de Moscú. Formación: prácticas como cardiólogo en Kiev y en un par de hospitales de Moscú. Experiencia: una breve temporada como miembro de un hospital comunal en Fargo, Dakota del Norte, y consultas como médico particular en Toronto y Nashville. La noche anterior, Wally y David habían ensayado con él durante horas y le habían suplicado que hablara despacio e intentara vocalizar con la mayor claridad posible. En la intimidad del bufete, Borzov había resultado bastante inteligible. Sin embargo, en el estrado y con la tensión del juicio se olvidó de las súplicas y respondió rápidamente y con un acento tan marcado que apenas parecía expresarse en inglés. La relatora del tribunal tuvo que interrumpirlo dos veces para pedirle que le aclarara lo que acababa de decir.

Los relatores tienen un talento especial para descifrar los balbuceos, las dificultades del habla, el acento, el argot y los tecnicismos. El hecho de que aquella mujer no lograra entender a Borzov era un desastre. La tercera vez que lo interrumpió, Seawright se sumó y dijo:

—Yo tampoco consigo entender lo que dice, ¿no tiene un traductor, señor Figg?

Gracias, señoría. A varios miembros del jurado les hizo gracia la pregunta.

Wally y David habían considerado la posibilidad de contratar a un traductor ruso, pero aquello había formado parte de un plan más amplio para olvidarse de Borzov, de los expertos, de los testigos en su conjunto y no presentarse en la vista.

Tras unas cuantas preguntas más, Wally dijo:

—Consideramos al doctor Igor Borzov un testigo experto en cardiología.

Seawright miró a la defensa.

—¿Alguna objeción, señorita Karros?

—Ninguna, señoría —respondió ella con una amplia sonrisa.

En otras palabras: le daremos toda la cuerda que quiera para que se ahorque solo.

Wally preguntó a Borzov si había revisado los antecedentes médicos de Percy Klopeck, y él contestó con un claro «sí». Durante media hora hablaron del lamentable historial médico de Percy y después empezaron el tedioso proceso de admitir los documentos como prueba. Habrían sido necesarias varias horas de no haber sido por la admirable cooperación de la defensa. La señorita Karros podría haber impugnado mucho material, pero deseaba que todo se expusiera al jurado. Cuando el expediente de diez centímetros de grosor se hubo admitido en su totalidad, varios miembros del jurado daban cabezadas.

La declaración de Borzov mejoró sustancialmente con la ayuda de un gran diagrama del corazón humano. La imagen apareció en la pantalla, y el cardiólogo pudo describirla a sus anchas para el jurado. Armado con un puntero, caminó arriba y abajo, e hizo un trabajo aceptable señalando las válvulas, las cámaras y las arterias. Cada vez que decía algo que nadie entendía, Wally se apresuraba a repetirlo para beneficio de todos. Sabía que esa era la parte fácil del testimonio y se tomaba su tiempo. El buen doctor parecía conocer su trabajo, pero cualquier estudiante de segundo de medicina habría dominado igualmente la materia. Cuando la exposición finalizó, Borzov regresó al estrado de los testigos.

Percy se había sometido a su revisión médica anual —con electrocardiograma y ecocardiograma incluidos— dos meses antes de morir mientras dormía. De ese modo había proporcionado a Borzov algo sobre lo que explayarse. Wally le entregó el ecocardiograma y los dos pasaron un cuarto de hora hablando de sus elementos básicos. Percy mostraba un notable descenso en el retorno circulatorio del ventrículo izquierdo.

David dejó escapar un suspiro cuando su socio y el testigo se adentraron en el peligroso territorio de la jerga y los tecnicismos médicos. Fue un desastre desde el principio.

Supuestamente, el Krayoxx dañaba la válvula mitral de tal manera que obstruía el flujo de sangre cuando esta era bombeada fuera del corazón. En su intento de explicar el fenómeno, Borzov utilizó la expresión «fracción de expulsión del ventrículo izquierdo». Cuando le pidieron que aclarase al jurado lo que significaban aquellas palabras, Borzov dijo: «La fracción de expulsión es en realidad el volumen ventricular de la diástole final menos la sístole final. Si ese volumen ventricular se divide por cien volúmenes, tenemos la fracción de expulsión». Si ese lenguaje, expresado lentamente y con claridad, ya resultaba incomprensible para los legos en la materia, en boca de Borzov constituía un galimatías tristemente cómico.

Nadine Karros se levantó y dijo:

—Señoría, por favor.

El juez Seawright meneó la cabeza y dijo:

—Señor Figg, por favor.

Tres miembros del jurado lo miraban como si los hubiera insultado gravemente. Un par de ellos contenían la risa.

Wally pidió a su testigo que hablara despacio y con claridad, a ser posible utilizando un lenguaje lo más llano posible. Prosiguieron mientras Borzov lo intentaba y Wally repetía todo lo que el otro decía hasta que conseguía aportar cierta claridad, que no era mucha ni remotamente suficiente. Borzov se explayó con el grado de insuficiencia mitral, el retorno de la zona atrial izquierda y la gravedad del retorno mitral.

Cuando hacía ya rato que el jurado había desconectado, Wally formuló una serie de preguntas sobre la interpretación de un ecocardiograma que obtuvieron la siguiente respuesta: «Si el ventrículo fuera totalmente simétrico y no mostrara discrepancias en la geometría o en el movimiento de las paredes sería un elipsoide ovoide, es decir, un extremo achatado y un extremo afilado unidos por una suave curva. De ese modo, el ventrículo se contraería y seguiría siendo un elipsoide ovoide, pero todas las paredes se moverían salvo el plano de la válvula mitral».

La relatora alzó la mano y farfulló:

—Lo siento, señoría, pero no he entendido nada.

El juez Seawright tenía los ojos cerrados y la cabeza gacha, como si también él se hubiera rendido y solo deseara que Borzov finalizara y desapareciera de su tribunal.

—La vista se suspende quince minutos —decretó.

Wally y David estaban sentados en silencio en un pequeño bar ante dos tazas de café que no habían probado. Eran las cuatro y media de la tarde del lunes y ambos se sentían como si hubieran pasado un mes en el tribunal de Seawright. Ninguno de los dos deseaba volverlo a ver.

A pesar de que David estaba estupefacto por el pésimo papel de Borzov, también pensaba en Wally y su problema con la bebida. Este no parecía estar borracho o bajo sus efectos, pero tratándose de un alcohólico su regreso a la botella resultaba preocupante. Quería preguntarle, comprobar que estuviera bien, pero tanto el lugar como el momento no le parecieron apropiados. ¿Por qué sacar un asunto tan desagradable en tales circunstancias?

Wally tenía la mirada clavada en una mancha del suelo, como si estuviera en otro mundo.

—Me parece que el jurado no está de nuestro lado —comentó David intempestivamente y sin pretender hacerse el gracioso.

No obstante, Wally sonrió y dijo:

—El jurado nos odia, y no lo culpo por ello. No vamos a ir más allá de un juicio sumario. Tan pronto como hayamos acabado de exponer nuestro caso, Seawright nos echará de su tribunal.

—¿Un final rápido? No seré yo quien se lo reproche.

—Un final rápido y misericordioso —dijo Wally sin dejar de mirar al suelo.

—¿Y eso cómo crees que afectará a los otros problemas, como las sanciones y la negligencia profesional?

—¡Quién sabe! Creo que la demanda por negligencia caerá

por su propio peso. No te pueden demandar por perder un caso. Sin embargo, lo de las sanciones es harina de otro costal. Ya veo a Varrick lanzándose a nuestro cuello y diciendo que la demanda carecía de fundamento.

David tomó por fin un sorbo de café.

—No dejo de pensar en Jerry Alisandros —dijo Wally—. Me gustaría cruzarme con él en un callejón oscuro y darle una buena paliza con un bate de béisbol.

—Eso sí que es un pensamiento agradable.

—Será mejor que nos marchemos. Acabemos con Borzov y saquémoslo de aquí.

Durante la siguiente hora la sala sufrió el tortuoso proceso de ver el vídeo del ecocardiograma de Percy mientras el doctor Borzov intentaba explicar lo que estaban viendo. Varios miembros del jurado no tardaron en dormitar con las luces apagadas. Cuando la proyección finalizó Borzov regresó al estrado.

—¿Falta mucho más, señor Figg? —preguntó el juez.

—Cinco minutos, señoría.

—Proceda.

Hasta el más endeble de los casos necesita cierto lenguaje mágico. Wally pretendía utilizarlo mientras el jurado siguiera comatoso y la defensa estuviera distraída pensando en volver a casa.

—Veamos, doctor Borzov, ¿tiene usted una opinión basada en las pruebas médicas y científicas acerca de las causas de la muerte del señor Percy Klopeck?

—La tengo.

David observaba a Nadine Karros, que podría haber desmontado las expertas opiniones de Borzov sin el menor esfuerzo. No parecía interesada en hacerlo.

—¿Y cuál es? —quiso saber Wally.

—Mi opinión, basada en una razonable certeza médica, es que el señor Klopeck murió de un infarto de miocardio agudo, vulgarmente llamado ataque al corazón —declaró Borzov, hablando despacio y en un inglés mucho más inteligible.

—¿Y tiene usted una opinión acerca de qué pudo causarle ese ataque al corazón?

—Mi opinión, basada en una razonable certeza médica, es que dicho ataque fue provocado por una cámara ventricular izquierda dilatada.

—¿Y tiene usted una opinión acerca de qué pudo causar dicha dilatación ventricular?

—Mi opinión, basada en una razonable certeza médica, es que dicha dilatación se debió a la ingestión del medicamento contra el colesterol llamado Krayoxx.

Dos miembros del jurado negaban con la cabeza mientras que otros dos parecían dispuestos a levantarse y gritar todo tipo de obscenidades al testigo.

A las seis de la tarde, Seawright ordenó al testigo que se retirara y mandó a casa al jurado.

—Se aplaza la vista hasta mañana a las nueve en punto —declaró.

Wally se durmió en el asiento de atrás durante el camino de vuelta al bufete. David se metió en un atasco de tráfico y aprovechó para comprobar si tenía mensajes telefónicos y ver los mercados en internet. Las acciones de Varrick habían pasado de treinta y un dólares y medio a treina y cinco.

La noticia de su inminente victoria corría como la pólvora.

40

Tras sus dos primeros meses en este mundo, la pequeña Emma seguía sin dormir de un tirón. La acostaban a las ocho, y se despertaba a las once para que le dieran un biberón rápido y le cambiaran el pañal. Una larga sesión de paseo por la casa en brazos y de acunamiento lograba tumbarla a medianoche, pero a las tres volvía a despertarse con hambre. Al principio, Helen se aferró con valentía a su intención de amamantarla, pero seis semanas después ya no pudo más e introdujo el biberón. El padre de Emma tampoco dormía mucho, y lo normal era que tuviera largos monólogos con su hija durante las comidas de madrugada, mientras Helen se quedaba en la cama.

El jueves, alrededor de las cuatro y media de la mañana, David la depositó delicadamente en la cuna, apagó la luz y salió del cuarto sin hacer ruido. Fue a la cocina, puso en marcha la cafetera y mientras preparaba café entró en internet para ver las noticias, el tiempo y los blogs jurídicos. Un blog en concreto llevaba siguiendo desde el principio la demanda contra el Krayoxx y concretamente el caso de Klopeck contra Varrick. Sintió la tentación de ignorarlo, pero al final la curiosidad pudo con él.

El titular decía: «Masacre en la sala 2314». Evidentemente, el bloguero, conocido como Hung Juror, es decir, «jurado ahorcado», tenía mucho tiempo libre o era uno de los esclavos de Rogan Rothberg. Había escrito lo siguiente:

Aquellos que tengan una curiosidad tirando a morbosa y que se hayan acercado a la sala 2314 del edificio federal Dirksen habrán presenciado el segundo round del primer y seguramente último juicio del mundo contra el Krayoxx. Para aquellos que no han podido asistir, ha sido como presenciar un choque de trenes a cámara lenta, pero mucho más divertido. Ayer, primer día de la vista, los espectadores y los miembros del jurado tuvieron el placer de contemplar la grotesca imagen de la viuda Iris Klopeck testificando en vídeo. Supuestamente no pudo comparecer en el juicio por razones médicas, aunque uno de mis espías la vio ayer comprando comestibles en Dominick's, de Pulaski Road (clicar aquí para las fotos). La mujer es realmente obesa, y cuando su rostro apareció en pantalla fue todo un shock. Al principio parecía estar..., bueno, bastante colgada, pero a medida que fue avanzando en su declaración, el efecto de los medicamentos se fue disipando. Incluso logró derramar unas lagrimitas al hablar de su querido Percy, que falleció hace dos años con ciento cincuenta kilos de peso. Iris quiere que el jurado le dé un montón de dinero e hizo lo posible para despertar simpatías. Pero no funcionó. La mayoría de los miembros del jurado pensaron lo mismo que yo: si no hubierais estado tan gordos, no habríais tenido tantos problemas de salud.

Su Dream Team —sin el líder, porque la semana pasada sufrió su propio ataque al corazón cuando se vio cara a cara con un jurado de verdad— solo ha tenido una idea brillante por el momento, y esa ha sido la de mantener a Iris alejada de la sala y el jurado. No se esperan más ideas brillantes de ese par de pesos ligeros.

Su segundo testigo era su experto-estrella, un completo payaso originario de Rusia que, tras quince años viviendo en este país, no domina los más rudimentarios principios de la lengua inglesa. Se llama Igor, y cuando Igor habla nadie escucha. Igor podría haber sido rechazado fácilmente por la defensa alegando su incompetencia —sus fallos son demasiado numerosos para ser enumerados aquí—, pero se diría que la defensa ha optado por la estrategia de dar todas las facilidades a los abogados demandantes para que sean ellos mismos quienes se encarguen de demostrar que su caso carece de fundamento. Que los demandantes quieren a Igor en el estrado, ¡pues adelante!

Suficiente. David cerró el portátil y fue a buscar su café. Se duchó y se vistió sin hacer ruido, dio un beso a Helen, se asomó a ver a Emma y salió. Al llegar a Preston vio que las luces del bufete estaban encendidas. Eran las seis menos cuarto y Wally debía de estar trabajando. Bien, se dijo, quizá su socio había descubierto alguna nueva teoría que lanzar contra Nadine Karros y Harry Seawright para que los humillaran un poco menos. Sin embargo, el coche de Wally no se hallaba aparcado en la parte de atrás del edificio. La puerta principal, lo mismo que la trasera, no estaba cerrada con llave, y CA deambulaba por la planta baja, inquieto. Wally no estaba en su despacho ni por ninguna parte. David echó la llave y subió a su oficina del piso de arriba, seguido por CA. No tenía mensajes ni correos electrónicos. Llamó al móvil de Wally y le salió el contestador. Le pareció extraño, pero Wally no era hombre de rutinas fijas. Sin embargo, ni él ni Oscar habían dejado nunca el bufete abierto y con las luces encendidas.

Intentó revisar algunos papeles, pero le costaba concentrarse. Tenía los nervios de punta por culpa del juicio y encima lo acosaba el presentimiento de que algo no iba bien. Bajó y echó una ojeada al despacho de Wally. La papelera de su escritorio estaba vacía. No le gustaba hacerlo, pero abrió algunos cajones y no halló nada interesante. En la cocina, junto a la estrecha nevera, había un cubo de basura donde iban a parar los restos de café molido junto con los envases de bebida, las botellas y los envoltorios de comestibles. David lo abrió, sacó la bolsa de plástico y halló lo que temía encontrar: medio oculta bajo un envase de yogur había una botella vacía de vodka Smirnoff. La cogió, la limpió con agua en el fregadero mientras se lavaba las manos y se la llevó a su despacho, donde se sentó y la contempló largamente.

Wally se había tomado un par de cervezas con el almuerzo y pasado parte de la noche en el bufete, hasta que en algún momento había decidido marcharse. Evidentemente estaba borracho, pues había dejado las luces encendidas y las puertas sin cerrar.

Habían acordado reunirse a las siete de la mañana para un café y una sesión de trabajo. A las siete y cuarto empezó a preocuparse. Llamó a Rochelle y le preguntó si había tenido noticias de Wally.

—No, ¿pasa algo? —preguntó ella, como si una llamada telefónica con malas noticias de Wally no fuera una sorpresa.

—No, solo lo estoy buscando. Usted llegará a las ocho, ¿verdad?

—En este momento estoy saliendo de casa. Pasaré un momento para ver cómo está el señor Finley e iré al despacho.

David deseaba llamar a Oscar, pero no se atrevía. Hacía solo seis días que lo habían operado de un triple bypass, y no deseaba molestarlo. Paseó arriba y abajo por el despacho, dio de comer a CA y volvió a llamar a Wally. Nada. Rochelle llegó puntualmente a las ocho con noticias de que Oscar estaba bien y de que no había visto a su socio.

—Al parecer anoche no apareció por casa —explicó Rochelle.

David sacó la botella y se la mostró.

—He encontrado esto en la basura. Anoche Wally se emborrachó aquí y después se marchó. Dejó las luces encendidas y las puertas sin cerrar con llave.

Rochelle miró fijamente la botella y sintió ganas de echarse a llorar. Había cuidado de Wally durante sus anteriores batallas contra el alcohol y lo había animado durante los períodos de rehabilitación. Le había cogido la mano, había rezado por él, llorado por él y lo había celebrado con él cuando contaba con orgullo sus días en el dique seco. Había pasado un año, dos semanas y dos días, y en ese momento se encontraba de nuevo contemplando una botella vacía.

—Supongo que la presión lo ha podido —comentó David.

—Cuando cae, cae con todo su peso, y cada vez es peor que la anterior.

David dejó la botella en la mesa.

—Estaba tan orgulloso del tiempo que llevaba sobrio... La verdad es que me cuesta creerlo.

Lo que realmente le costaba creer era que el Dream Team (o Los Tres Secuaces) se había quedado con un solo hombre. A pesar de que sus colegas tenían muy poca experiencia en materia de juicios, eran auténticos veteranos comparados con él.

—¿Cree que comparecerá ante el tribunal? —preguntó.

No, Rochelle creía que no, pero tampoco tuvo el valor de ser sincera.

—Seguramente. Creo que debería ir para allá.

Era un largo trayecto hasta el centro, así que David aprovechó para llamar a Helen y darle la noticia. Ella se sorprendió tanto como su marido y opinó que el juez no tendría más remedio que posponer el procedimiento. A David le gustó cómo sonaba aquello y cuando se apeó del coche se había convencido de que Wally no iba a aparecer y de que seguramente lograría convencer a Seawright para que le concediera un aplazamiento. En toda justicia, la desaparición de los dos principales abogados de un caso debía ser causa suficiente para posponerlo o declararlo nulo.

Wally no estaba en la sala. David se sentó a la mesa de la parte demandante, solo, mientras las tropas de Rogan Rothberg ocupaban sus lugares y los espectadores llenaban los bancos. A las nueve menos diez David se acercó al alguacil y le dijo que tenía que hablar con el juez Seawright.

—Acompáñeme —contestó el alguacil.

Su señoría acababa de ponerse la toga cuando David entró en su despacho. Este prescindió de cortesías y fue al grano:

—Señoría, tenemos un problema: el señor Figg no ha venido y está ilocalizable. No creo que vaya a aparecer por aquí.

El juez dejó escapar un suspiro de frustración y siguió abrochándose la toga.

—¿No sabe dónde está? —preguntó.

—No, señoría.

Seawright se volvió hacia el alguacil.

—Vaya a buscar a la señorita Karros —le dijo.

Cuando Nadine llegó, sola, ella y David se sentaron con el juez en un extremo de la mesa de reuniones. David les contó todo lo que sabía y no ahorró detalles de la historia de Wally con el alcohol. Ambos se mostraron comprensivos y dubitativos con respecto a lo que eso significaba para la marcha del juicio. David les confesó que no se sentía en absoluto preparado para ocuparse de lo que quedaba por hacer, pero al mismo tiempo no se imaginaba al bufete volviendo a presentar el caso.

—Reconozcámoslo —dijo con total franqueza—, nuestro caso es muy endeble y eso es algo que sabíamos desde el principio. Hemos llevado el asunto tan lejos como hemos podido, pero lo hemos hecho únicamente para evitar que nos impongan sanciones y nos demanden por negligencia profesional.

—¿Quiere un aplazamiento? —preguntó Seawright.

—Sí, en las actuales circunstancias me parece lo más justo.

—Mi cliente se opone a cualquier intento de retrasar las cosas —objetó Nadine—, y estoy convencida de que insistirá con todas sus fuerzas para que este juicio llegue a su fin.

—No estoy seguro de que un aplazamiento vaya a servir de algo —declaró Seawright—. Si el señor Figg ha vuelto a darle a la botella hasta el punto de no comparecer, lo más probable es que tarde un tiempo en desintoxicarse y estar listo de nuevo para la acción. No, no soy partidario de un aplazamiento.

David se sintió incapaz de refutar semejante argumento.

—Señoría, es que no tengo la menor idea de lo que debo hacer ahí fuera. Nunca he llevado un caso ante un tribunal.

—No me ha parecido apreciar una gran experiencia en la materia por parte del señor Figg. Estoy seguro de que como mínimo usted estará a su altura, señor Zinc.

Se produjo un largo silencio mientras los tres consideraban aquel dilema. Al fin Nadine dijo:

—Le ofrezco un trato, señor Zinc. Si usted concluye el juicio, creo que podré convencer a mi cliente para que se olvide de las sanciones de la Disposición n.º 11.

Seawright se apresuró a intervenir.

—Señor Zinc, si decide llegar hasta el final, le garantizo que no impondré sanciones ni a usted ni a su cliente.

—Estupendo, pero ¿que hay de la demanda por negligencia?

Nadine no dijo nada, pero Seawright contestó:

—Dudo que vaya a tener problemas con eso. No me consta que se haya presentado ninguna denuncia por negligencia profesional por haber perdido un caso.

—Ni yo —convino Nadine—. En todo juicio hay siempre un ganador y un perdedor.

Claro, se dijo David, y debe ser agradable ser siempre el ganador.

—Hagamos lo siguiente —propuso el juez—: hoy declararé un receso y mandaré al jurado a casa. Entretanto, usted haga lo posible por localizar al señor Figg. Si por alguna casualidad aparece mañana, seguiremos como si nada hubiera ocurrido y no lo sancionaré por lo de hoy. Si no lo encuentra o bien si Figg es incapaz de continuar, reanudaremos la vista a las nueve de la mañana. Haga lo que pueda y yo lo ayudaré en lo que esté en mi mano. Acabaremos el juicio y todo habrá terminado.

—¿Qué me dice de una apelación, señoría? —preguntó Nadine—. Perder a los dos principales abogados de un caso podría ser un argumento convincente para solicitar un nuevo juicio.

David se las arregló para sonreír.

—Le prometo que no habrá ninguna apelación, al menos mientras dependa de mí. Este caso podría perfectamente suponer la ruina para nuestro pequeño bufete. Hemos tenido que pedir un crédito para llegar hasta aquí, así que no me imagino a mis socios perdiendo más tiempo y dinero con una apelación. Si la ganaran, se verían obligados a volver aquí y presentar el caso de nuevo. Y eso es lo último que desean.

—Muy bien, ¿tenemos trato pues? —preguntó Seawright.

—En lo que a mí concierne, lo tenemos —declaró Nadine.

—¿Señor Zinc?

David no tenía elección. Si continuaba solo y hasta el final, salvaría al bufete de la amenaza de sanciones y seguramente le evitaría también una demanda por negligencia. Su única opción era solicitar un aplazamiento y, una vez rechazado, negarse a seguir.

—Sí, trato hecho.

Se tomó su tiempo para volver en coche al despacho. No dejaba de recordarse que solo tenía treinta y dos años y que aquel caso no iba a hundir su carrera como abogado. De un modo u otro lograría sobrevivir durante los tres días que faltaban. Al cabo de un año, ni se acordaría.

Seguía sin haber señales de Wally. David se encerró en su despacho y pasó el resto del día leyendo transcripciones de otros juicios, examinando las deposiciones de otros casos, estudiando las normas de procedimiento y de presentación de pruebas y reprimiendo sus deseos de vomitar.

Durante la cena le explicó lo sucedido a Helen con todo lujo de detalles mientras jugueteaba con la comida.

—¿Cuántos abogados tiene la otra parte? —preguntó ella.

—No lo sé, son demasiados para contarlos. Al menos tiene seis y otros tantos auxiliares para apoyarlos.

—¿Y tú estás solo en tu mesa?

—Sí, ese es el panorama.

Helen se llevó un bocado de pasta a la boca y después de masticarlo preguntó:

—¿Sabes si hay alguien que compruebe las credenciales de los auxiliares?

—Yo diría que no. ¿Por qué lo preguntas?

—Estoy pensando que podría hacerte de auxiliar jurídica durante los próximos días. Siempre he tenido curiosidad por ver un juicio.

David se echó a reír por primera vez en muchos días.

—No sé, Helen. No estoy seguro de querer que alguien presencie la carnicería que se avecina.

—¿Qué diría el juez si me presentase con una cartera, una libreta y empezara a tomar notas?

—Teniendo en cuenta la situación, creo que me dará cancha.

—Podría llamar a mi hermana para que se ocupara de Emma mientras tanto.

David volvió a reír, pero la idea estaba calando. ¿Qué podía perder? Bien podía ser el primer y el último juicio de su carrera como litigante. ¿Por qué no divertirse un poco?

—Me gusta tu idea —contestó.

—Me dijiste que en el jurado había siete hombres, ¿verdad?

—Sí.

—¿Falda larga o corta?

—No demasiado corta.

41

Hung Juror escribió en su blog:

El día fue corto en el caso Klopeck-Krayoxx porque el
Dream Team tuvo problemas para reunir a sus miembros. En la
calle se rumorea que el letrado principal, el honorable Wallys T.
Figg no apareció cuando sonó el timbre y que el novato de su
secuaz tuvo que salir en su busca. Figg no compareció, y a las
nueve el juez Seawright mandó a casa al jurado con instrucciones para que volviera esta mañana. Las repetidas llamadas al bufete de Finley & Figg acabaron en el contestador automático, y
su personal —suponiendo que lo tenga— no devolvió ninguna.
Alguien podría preguntarse si Figg se ha ido de juerga por ahí, y
podría hacerlo con razón porque en los últimos doce años Figg
ha sido detenido dos veces por conducir bajo los efectos del alcohol. Mis archivos me indican que también se ha casado y divorciado cuatro veces. Me puse en contacto con su segunda esposa y me confirmó que Wally siempre ha tenido problemas
con la bebida. Cuando ayer llamé a la demandada a su casa, Iris
Klopeck, que supuestamente sigue demasiado enferma para
comparecer ante el tribunal, me dijo que no le extrañaba cuando
le comenté que su abogado tampoco se había presentado. Luego colgó. Bart Shaw, el conocido especialista en demandas por
negligencia profesional, ha sido visto merodeando por la sala.
Se rumorea que es posible que Shaw recoja los pedazos del caso

Krayoxx y monte con ellos una demanda contra Finley & Figg por haber arruinado los casos. Por el momento, el caso Kopleck aún sigue en pie, al menos en teoría y hasta que el jurado decida lo contrario. Manténganse a la escucha.

David repasó otros blogs mientras devoraba una barrita de cereales en su despacho y aguardaba a Wally sin esperar que apareciera. Nadie —ni Oscar, ni Rochelle, ni DeeAnna, ni sus compañeros de timba— había tenido noticias suyas. Oscar había telefoneado a un amiguete que tenía en la comisaría local y denunciado su desaparición aunque ni él ni David sospechaban nada turbio. Según Rochelle, en una ocasión Wally se esfumó durante toda una semana sin decir ni pío y después llamó a Oscar desde un motel de Green Bay, totalmente abochornado. David se estaba enterando de un montón de historias de Wally el Borracho y no le cuadraban porque solo había conocido a Wally estando sobrio.

Rochelle llegó temprano y subió al piso de arriba, cosa que casi nunca hacía. Estaba preocupada por Wally y se ofreció a ayudar en lo que fuera. David le dio las gracias mientras metía los expedientes en su cartera. Rochelle dio de comer a CA, cogió un yogur y se instaló en su mesa para revisar los mensajes de correo.

—¡Señor Zinc! —gritó.

Era de Wally, tenía fecha del 26 de octubre, a las 5.10 de la mañana y había sido enviado desde su IPhone: «RG: Hola, estoy vivo. No llame a la policía y no pague el rescate. WF».

—¡Gracias a Dios, está bien! —exclamó Rochelle.

—No dice que está bien. Solo dice que está vivo. Supongo que es algo bueno.

—¿Qué quiere decir con lo del rescate? —preguntó Rochelle.

—Seguramente es su intento de ser gracioso. Sí, ja, ja.

David lo llamó al móvil tres veces de camino al tribunal. El buzón de voz estaba lleno.

En una sala llena de hombres serios vestidos con traje oscuro, una mujer guapa llama mucho más la atención que si paseara por la calle. Nadine Karros había utilizado su atractivo como un arma a medida que ascendía hacia la élite de los abogados especialistas en juicios del área de Chicago. El miércoles se encontró con una inesperada competencia.

La nueva auxiliar jurídica de Finley & Figg llegó a las nueve menos cuarto, como estaba planeado, fue directamente hacia donde se hallaba Nadine y se presentó como Helen Hancock (su apellido de soltera), auxiliar a tiempo parcial del bufete. A continuación se presentó al resto de abogados de la defensa y los obligó a interrumpir lo que estuvieran haciendo, levantarse, darle la mano y ser amables. Con su metro setenta y sus tacones de diez centímetros, superaba con creces a Nadine y miraba a más de uno de arriba abajo. Gracias a sus ojos castaños y sus elegantes gafas de marca —por no mencionar su esbelta figura y la falda doce centímetros por encima de la rodilla—, Helen logró alterar el ritual de todos los días, aunque solo fuera durante un momento. Los espectadores, en su mayoría hombres, no le quitaron ojo. Su marido, que fingía no prestar atención, le indicó que se sentara en una silla situada tras él y le dijo con un estilo muy propio de abogados:

—Pásame esos expedientes. —Después añadió entre susurros—: Estás espectacular, pero no me sonrías.

—Sí, jefe —contestó ella mientras abría la cartera, una de las muchas de su colección.

—Gracias por venir.

Una hora antes, David había enviado desde su despacho un correo electrónico al juez Seawright y a Nadine Karros para decirles que finalmente habían tenido noticias de Wally, aunque todavía no sabían dónde estaba ni cuándo lo verían. Por lo que David sabía, lo mismo podía hallarse de vuelta en Green

Bay, borracho y medio comatoso. No obstante, se guardó el comentario.

El doctor Igor Borzov fue llamado a declarar y ocupó el estrado de los testigos con el aspecto de un leproso a punto de ser lapidado.

—Puede proceder con el interrogatorio de la defensa, señorita Karros —dijo el juez.

Nadine se acercó al estrado ataviada para matar, con un vestido de punto de color lavanda que se le pegaba al cuerpo y destacaba la rotundidad de sus curvas y la firmeza de su trasero, y un ancho cinturón de cuero que de tan apretado proclamaba a gritos que era una talla 4. Empezó ofreciendo su mejor sonrisa al experto y a continuación le pidió que hablara despacio porque la última vez le había costado mucho trabajo entenderlo.

Con tantas grietas en el frente, resultaba difícil saber por dónde atacaría primero. David no había podido preparar a Borzov, aunque tampoco se podía decir que deseara dedicarle más tiempo.

—Doctor Borzov, ¿cuándo fue la última vez que trató a uno de sus pacientes?

El ruso tuvo que pensarlo un momento antes de contestar.

—Unos diez años.

Aquello llevó a una serie de preguntas acerca de qué había estado haciendo exactamente durante aquellos diez años. No había visitado pacientes, no había dado clases, no había investigado. En otras palabras, no había hecho nada de lo que se suponía que hacían los médicos de verdad. Por fin, cuando ya había descartado todo lo descartable, Nadine le preguntó:

—¿No es cierto, doctor Borzov, que durante estos últimos diez años se ha dedicado a trabajar exclusivamente para distintos bufetes de abogados?

Borzov se retorció ligeramente. No estaba tan seguro de eso.

Nadine sí y además tenía todos los hechos, conseguidos

de una deposición hecha por el propio Borzov en otro caso, un año antes. Armada con todos aquellos detalles, lo cogió de la mano y lo llevó por el camino de la autodestrucción. Fue revisando año tras año todas las demandas, las pruebas realizadas, los medicamentos y los distintos abogados hasta que, una hora más tarde, quedó claro para todos los presentes en la sala que Igor Borzov no era más que un simple burócrata a sueldo del colectivo de acciones conjuntas.

El ayudante de David le deslizó un papel con una pregunta: «¿De dónde habéis sacado a este tipo?».

David escribió su respuesta: «Impresionante, ¿verdad? Y solo nos ha costado setenta y cinco mil dólares».

«¿Y quién los ha pagado?»

«No quieras saberlo.»

Evidentemente, el estrado afectaba a la dicción de Borzov o quizá era que no deseaba que se le entendiera. El caso es que sus palabras se fueron haciendo progresivamente ininteligibles. Nadine mantuvo su compostura hasta el punto de que David se preguntó si alguna vez llegaba a perderla. Estaba contemplando a una maestra y tomaba notas, no para intentar resucitar a su testigo, sino sobre técnicas concretas de interrogatorio.

A los miembros del jurado no les habría podido importar menos. Habían desconectado y simplemente esperaban la intervención del siguiente testigo. Nadine lo intuyó y empezó a resumir los problemas principales. A las once el juez necesitó un descanso para ir al baño y declaró un receso de veinte minutos. Cuando el jurado abandonó la sala, Borzov se acercó a David y le preguntó:

—¿Falta mucho?

—No tengo ni idea —respondió David.

El doctor sudaba copiosamente y jadeaba. Tenía las axilas empapadas. Qué pena, deseó decirle David, pero al menos le pagan por esto.

Durante el receso, Nadine Karros y su equipo tomaron la decisión táctica de no pasar de nuevo el ecocardiograma de Percy. Teniendo a Borzov contra las cuerdas, aquella prueba podía darle un respiro y quizá volviera a despistar al jurado con su jerga médica. Tras el descanso, Borzov volvió a ocupar el estrado, y Nadine empezó a desmontar su expediente académico, empezando por las diferencias entre las facultades de medicina rusas y las estadounidenses. Luego enumeró toda una serie de seminarios y estudios que eran perfectamente normales «aquí», pero desconocidos «allí». Sabía todas las respuestas a las preguntas que le hacía, y Borzov se dio cuenta, de modo que empezó a evitar dar respuestas directas porque era consciente de que ella detectaría la menor discrepancia, saltaría sobre ella, la diseccionaría y se la echaría en cara.

Nadine continuó machacando la preparación académica de Borzov y logró pillarlo en un par de contradicciones. A mediodía, los pocos jurados que seguían la carnicería habían llegado a la conclusión de que Borzov era alguien en quien no confiarían ni para que les recetara una crema de manos.

¿Por qué nunca había publicado ningún trabajo? Había asegurado haberlo hecho en Rusia, pero tuvo que reconocer que no se había traducido. ¿Por qué nunca había dado clases o conferencias en la facultad? Trató de explicar que la enseñanza lo aburría, pero costaba imaginar a Borzov intentando comunicarse con un grupo de estudiantes.

Durante el almuerzo, David y su auxiliar se escabulleron del edificio y fueron a una cafetería a la vuelta de la esquina. Helen estaba fascinada por el proceso, pero al mismo tiempo estupefacta por la patética demostración de Borzov.

—Solo para que conste —le dijo entre bocado y bocado de ensalada—, si algún día llegamos a divorciarnos, contrataré a Nadine.

—¿Ah, sí? Pues en ese caso yo tendré que recurrir a Wally Figg, suponiendo que pueda mantenerlo sobrio.

—Entonces estás perdido.

—Olvídate del divorcio, cariño. Eres demasiado guapa y tienes un gran potencial como auxiliar jurídica.

Helen se puso seria y dijo:

—Oye, ya sé que en estos momentos estás muy ocupado con todo esto, pero deberías pensar un poco en el futuro. No puedes quedarte en Finley & Figg. ¿Qué pasaría si Oscar no puede volver o si Wally es incapaz de desengancharse de la bebida? Además, aun suponiendo que lo hicieran, ¿por qué ibas a querer quedarte con ellos?

—No lo sé. Últimamente no he tenido mucho tiempo para pensarlo.

David le había ocultado la doble pesadilla de las sanciones de la Disposición n.º 11 y la demanda por negligencia; tampoco le había hablado del crédito de doscientos mil dólares que había avalado junto a sus otros dos socios. No era probable que pudiera dejar el bufete en un futuro inmediato.

—¿Por qué no hablamos de esto más tarde?

—Lo siento. Es solo que creo que puedes hacerlo mucho mejor. Nada más.

—Gracias, pero no me irás a decir que no te han impresionado mis habilidades ante el tribunal.

—Eres brillante, pero sospecho que con un juicio importante ya tienes suficiente.

—Ahora que lo mencionas, Nadine Karros no se ocupa de divorcios.

—Entonces queda descartada. Tendré que pensarme lo del divorcio.

A la una y media de la tarde Borzov caminó tambaleante hacia el estrado por última vez, y Nadine lanzó su asalto final. Dado que era un cardiólogo que no trataba pacientes, se podía deducir que nunca había tratado a Percy Klopeck. Cierto, pues además el señor Klopeck había fallecido mucho antes de que Borzov fuera contratado como experto. Sí, pero sin duda este había hablado con los médicos que lo trataron. No, Borzov tuvo que reconocer que no. Nadine fingió el debido asombro y empezó a machacar aquel increíble desliz. Las respuestas del cardiólogo se hicieron más lentas, su voz más débil y su acento más fuerte hasta que, al fin, a las tres menos cuarto, sacó un pañuelo del bolsillo y empezó a agitarlo.

Semejante actuación no había sido prevista por los sabios que redactaron las normas del procedimiento procesal, y David no estaba seguro de lo que debía hacer, de modo que se levantó y dijo:

—Señoría, me parece que el testigo ya no puede más.

—Doctor Borzov, ¿se encuentra usted bien? —inquirió Seawright.

La respuesta fue obvia: el testigo negó con la cabeza.

—No tengo más preguntas, señoría —anunció Nadine Karros antes de dar media vuelta y alejarse del estrado con una muesca más en su revólver.

—¿Señor Zinc? —preguntó el juez.

Lo último que David deseaba era intentar revivir un testigo muerto.

—No, señor —se apresuró a responder.

—Puede marcharse, doctor Borzov.

El ruso se levantó con la ayuda de un alguacil y se alejó con setenta y cinco mil dólares en el bolsillo y otro borrón en su currículo. Seawright ordenó un receso hasta las tres y media.

El doctor Herbert Threadgill era un farmacólogo de dudosa reputación. Al igual que Borzov, dedicaba los últimos días de su carrera a vivir tranquilamente, lejos de los rigores de la verdadera medicina sin hacer otra cosa que testificar para los abogados que necesitaban que sus flexibles opiniones cuadraran con sus versiones de los hechos. Los caminos de ambos testigos profesionales se habían cruzado en más de una ocasión, de modo que se conocían bien. Threadgill se había mostrado reacio a declarar en el caso Klopeck por tres razones: los hechos alegados eran dudosos; el caso tenía escaso fundamento; y no deseaba enfrentarse con Nadine Karros ante un tribunal. Solo había aceptado por una razón: cincuenta mil dólares más gastos a cambio de unas pocas horas de trabajo.

Durante el descanso vio a Borzov fuera de la sala y quedó consternado por su aspecto.

—No lo hagas —le dijo el ruso mientras se arrastraba hacia los ascensores.

Threadgill entró a toda prisa en los lavabos, se refrescó la cara con agua fría y optó por darse a la fuga. Al cuerno con el caso. Al cuerno con Finley & Figg, que al fin y al cabo no era un bufete importante. Le habían pagado por adelantado y si lo amenazaban con demandarlo quizá aceptara devolver parte del dinero. O no. Antes de una hora habría subido a un avión. En tres estaría tomando una copa con su mujer en el jardín. No iba a cometer ningún delito. No había sido citado judicialmente. Si era necesario, no volvería a pisar Chicago.

A las cuatro de la tarde, David volvió a entrar en el despacho del juez Seawright y le dijo:

—Bien, señoría, parece que hemos perdido a otro. No encuentro al doctor Threadgill por ninguna parte, y tampoco contesta al teléfono.

—¿Cuándo fue la última vez que habló con él?

—Durante la hora del almuerzo. Estaba preparado, o al menos eso me dijo.

—¿Tiene algún otro testigo, alguno que esté por aquí y no haya perdido?

—Sí, señoría, mi economista, la doctora Kanya Meade.

—Entonces llámela y veamos si la oveja descarriada encuentra el camino a casa.

Percy Klopeck había trabajado durante veintidós años como transportista para una empresa de logística. Se trataba de un trabajo sedentario, y Percy no había hecho nada para romper la monotonía de estar sentado ocho horas seguidas. No estaba sindicado, cobraba cuarenta y cuatro mil dólares en el momento de su muerte y era probable que hubiese podido trabajar otros diecisiete años más.

La doctora Kanya Meade era una joven economista de la Universidad de Chicago que se pluriempleaba de vez en cuando como asesora para ganar un dinero extra: concretamente, quince mil dólares en el caso Klopeck. Los números hablaban por sí solos: cuarenta y cuatro mil dólares multiplicados por diecisiete años, más los incrementos anuales previstos basados en una tendencia verificable, más una jubilación del setenta por ciento del sueldo basada en una esperanza de vida de quince años a partir de los sesenta y cinco. En pocas palabras, la doctora Meade declaró que el fallecimiento de Percy había costado a su familia la cantidad de un millón quinientos cien mil dólares.

Dado que había muerto tranquilamente mientras dormía no añadiría un plus por sufrimiento y dolor.

Durante su turno de preguntas, Nadine Karros se ofendió con las cifras de expectativa de vida de Percy. Teniendo en cuenta que había muerto a los cuarenta y ocho años y que los fallecimientos tempranos eran corrientes entre los varones de su familia, parecía poco realista asumir que viviría hasta los ochenta. Sin embargo, Nadine tuvo cuidado de no perder el tiempo discutiendo daños, de lo contrario habría dado credibilidad a las cifras de Meade. Los Klopeck no tenían derecho a percibir ni un centavo, y ella no deseaba dar la impresión de estar preocupada por los supuestos daños.

Cuando la doctora Meade acabó, a las cinco y veinte de la tarde, el juez Seawright declaró suspendida la vista hasta la mañana siguiente.

42

Tras un día duro en el tribunal, Helen no estaba de humor para cocinar. Recogió a su hija en casa de su hermana, en Evanston, le dio las gracias efusivamente, le prometió que le daría el parte más tarde y corrió en busca del restaurante de comida rápida más próximo. Emma, que dormía en cualquier clase de vehículo más plácidamente que en su cuna, durmió tranquilamente mientras su madre encargaba la comida desde el coche y pedía más hamburguesas y patatas fritas de lo habitual porque tanto ella como David estaban hambrientos. Llovía y los días de finales de octubre empezaban a acortarse.

Helen se dirigió a casa de los Khaing, en Rogers Park, y cuando llegó se encontró con que David ya estaba allí. El plan de ambos era una cena rápida y volver a casa para acostarse temprano, siempre que Emma se lo permitiera. David no tenía más testigos que presentar por parte de la acusación y no sabía qué podía esperar de Nadine Karros. Durante la fase de apertura del caso, la defensa había aportado una lista de veintisiete testigos expertos, y él había leído sus respectivos informes. Solo Nadine sabía cuántos iba a llamar al estrado y en qué orden. David tenía poco más que hacer salvo escuchar, protestar de vez en cuando, pasar notas a su atractiva auxiliar e intentar dar la impresión de que sabía lo que hacía. Según un amigo de la facultad que era litigante en un bufete de Washington, era probable que la defensa optara por un juicio sumario, convenciera a Seawright de que la parte demandante no había logrado presentar un caso con el debido fundamento y ganara el juicio sin necesidad de llamar a declarar a uno solo de sus expertos. «Mañana podría haber acabado», dijo sentado en su coche en Washington en mitad de un atasco, mientras David lo escuchaba en Chicago en la misma situación.

Desde que Thuya había salido del hospital, cinco meses antes, los Zinc solo habían fallado un par de veces en sus cenas de los miércoles. La llegada de Emma había interrumpido brevemente esa costumbre, pero no tardaron en llevarla con ellos a sus visitas. El ritual estaba definitivamente asentado. Cuando Helen se acercó a la vivienda con Emma, Lwin y Zaw, los abuelos de Thuya, salieron corriendo a ver a la recién nacida mientras Lynn y Erin, las hermanas mayores de Thuya, esperaban dentro sentadas en el sofá, impacientes por poner las manos encima del bebé. Helen la depositó con delicadeza en sus brazos, y las niñas, junto con la madre y la abuela, parlotearon y rieron como si nunca hubieran visto un bebé mientras se la pasaban con mucho cuidado y los hombres se morían de hambre.

Thuya contempló la ceremonia desde su trona especial y pareció hacerle gracia. Todas las semanas, Helen y David confiaban en ver cierta mejoría en su estado, y todas las semanas se llevaban una decepción. Tal como los médicos habían pronosticado, era poco probable que progresara. Las lesiones, por desgracia, eran permanentes.

David se sentó junto a él, le revolvió el cabello y le dio una patata frita; luego charló con Soe y Lu mientras las mujeres formaban un corro alrededor de Emma. Al final, se sentaron todas a la mesa y se alegraron al saber que Helen y David se quedaban a cenar. Normalmente ambos evitaban las hamburguesas con patatas, pero esa noche no. David les explicó que tenían un poco de prisa y que no podrían llevarse a Thuya a pasear.

A media hamburguesa el móvil de David empezó a vibrar en el bolsillo de su abrigo. Lo cogió, se levantó, «es Wally» le susurró a Helen, y salió al porche.

—¿Dónde estás, Wally?

La respuesta llegó con una voz débil y apagada.

—Estoy borracho, David, muy borracho.

—Eso es lo que suponíamos. ¿Dónde estás?

—Tienes que ayudarme, David, no tengo a nadie más. Oscar no quiere ni hablar conmigo.

—Claro que sí, ya sabes que te ayudaré, pero tienes que decirme dónde estás.

—En el bufete.

—Está bien, llegaré en cuarenta y cinco minutos.

Estaba en el sofá, junto a la mesa, roncando. CA lo observaba desde una prudente distancia, receloso. Era miércoles por la noche, y David dedujo acertadamente que la última vez que se había duchado había sido el lunes por la mañana, el día en que se había reanudado el juicio, seis días después del dramático ataque al corazón sufrido por Oscar y su famoso comentario. Desde entonces tampoco se había afeitado ni cambiado de ropa. Llevaba el mismo traje azul oscuro con el que David lo había visto, pero la corbata había desaparecido y la camisa estaba sucia. Una de las perneras del pantalón tenía un siete, y los zapatos de cordones recién comprados estaban manchados de barro. David le dio un golpecito en el hombro y lo llamó por su nombre. Nada. Wally tenía el rostro abotagado y arrebolado, pero no mostraba señales de golpes ni hematomas. Quizá no hubiera ido de bares ni de bronca en bronca. David deseaba saber dónde se había metido, pero pensándolo mejor decidió que no. Wally estaba a salvo. Ya habría tiempo para las preguntas más adelante. Una de ellas sería: «¿Cómo has llegado hasta aquí?». Su coche no se veía por ninguna parte, lo cual no dejaba de ser un alivio. Cabía la posibilidad de que a pesar de estar borracho hubiera tenido la presencia de ánimo suficiente para no conducir, o también de que lo hubiera estrellado o se lo hubieran robado o confiscado.

Lo zarandeó y le gritó. La pesada respiración de Wally se interrumpió durante un segundo, pero siguió roncando. CA gimió, así que David le abrió la puerta para que saliera a hacer sus necesidades y preparó café.

Luego, le mandó un mensaje de texto a Helen: «Está como una cuba, pero vivo. No estoy seguro de qué hacer a continuación».

Llamó a Rochelle y le comunicó la noticia. Cuando hizo lo mismo con Oscar le salió el contestador automático.

Wally se despertó una hora después y cogió una taza de café.

—Gracias, David —repitió una y otra vez—. ¿Has llamado a Lisa?

—¿Quién es Lisa?

—Mi mujer. Tienes que llamarla, David. Ese hijo de puta de Oscar no quiere hablar conmigo.

David decidió seguirle el juego, a ver adónde los llevaba.

—La he llamado.

—¿Y qué te ha dicho?

—Pues que os divorciasteis hace años.

—Muy propio de ella —dijo mirándose los pies con ojos vidriosos, reacio o incapaz de alzar la vista.

—De todas maneras me dijo que todavía te quiere —añadió David por decir algo.

Wally se echó a llorar como suelen hacerlo los borrachos. David se sintió un poco mal, pero le hizo gracia.

—Lo siento —dijo Wally, secándose las lágrimas con el antebrazo—. No sabes cuánto lo siento. Te doy las gracias, David. Oscar no quiere ni hablar conmigo. Está en mi casa, ya sabes, escondiéndose de su mujer y vaciándome la nevera.

Fui a casa y tenía la cadena echada. Tuvimos una bronca hasta que los vecinos llamaron a la policía. Escapé por los pelos. ¿Te lo imaginas, huyendo de mi propia casa? ¿Qué clase de trato es ese?

—¿Cuándo ocurrió todo esto?

—No lo sé. Hará una hora, quizá. Hace rato o días que no estoy muy lúcido. No sabes cuánto te lo agradezco, David.

—No pasa nada. Escucha, Wally, debemos trazar un plan. Según parece tu casa es zona prohibida, así que quiero que esta noche duermas aquí y te despejes. Me quedaré a hacerte compañía. Entre CA y yo te ayudaremos a salir de esta.

—Necesito ayuda, David. Ya no es solo cuestión de estar sobrio.

—De acuerdo, pero estar sobrio será un primer paso importante.

De repente Wally empezó a reír. Echó la cabeza hacia atrás y rió todo lo fuerte que se puede reír. Se estremeció, se retorció, lloró de risa y se le saltaron las lágrimas hasta que ya no pudo más, luego se quedó sentado riendo entre dientes durante unos minutos. Cuando por fin recobró el control, miró a David y volvió a reír.

—¿Hay algo que me quieras contar, Wally?

Wally hizo un esfuerzo para controlarse y contestó:

—Estaba pensando en la primera vez que apareciste por aquí, ¿lo recuerdas?

—Me acuerdo de algo, sí.

—Nunca había visto a nadie tan borracho. Te habías pasado todo el día en aquel bar, ¿no?

—Sí.

—Estabas que te caías, y entonces te enfrentaste con ese capullo de Gholston, de ahí enfrente.

—Eso es lo que me han explicado.

—Oscar y yo nos miramos y dijimos: «Este tío tiene potencial». —Hizo una pausa mientras su mente divagaba—.

Vomitaste dos veces, pero mira ahora quién está borracho y quién está sobrio.

—Te vamos a poner sobrio, Wally.

Había dejado de estremecerse y guardó silencio durante un rato.

—¿No te has preguntado alguna vez cómo es que acabaste aquí, David? Lo tenías todo, trabajo en un bufete importante, un sueldo estupendo y una carrera como abogado de prestigio en las altas esferas de la abogacía.

—No me arrepiento de nada, Wally —contestó David sin faltar en esencia a la verdad.

Tras otra pausa más larga aún que la anterior, Wally cogió la taza de café con ambas manos y la miró fijamente.

—¿Qué va a ser de mí, David? Tengo cuarenta y seis años, estoy más arruinado que nunca y me siento humillado. No soy más que un borracho que no puede estar alejado de la botella, un pobre abogado de segunda que creía que podía jugar en primera con los grandes.

—Ahora no es el momento de hablar del futuro, Wally. Lo que necesitas es una buena desintoxicación que elimine todo el alcohol que te has metido en el cuerpo. Luego podrás tomar las decisiones que quieras.

—No quiero ser como Oscar. Tiene diecisiete años más que yo, y dentro de diecisiete años no quiero estar aquí, haciendo todos los días la misma mierda que ahora. No sabes cuánto te lo agradezco, David.

—De nada, hombre, de nada.

—¿Tú quieres estar aquí dentro de diecisiete años?

—La verdad es que no lo he pensado. Por el momento me basta con sobrevivir al juicio.

—¿Qué juicio?

No parecía estar bromeando ni fingiendo, de modo que David no le hizo caso.

—Hace un año estuviste en rehabilitación, ¿no, Wally?

Wally hizo una mueca mientras se esforzaba por recordar.

—¿Qué día es hoy?

—Miércoles, 26 de octubre.

—Sí —dijo, asintiendo—, fue en octubre del año pasado. Estuve en desintoxicación durante treinta días. No sabes lo bien que lo pasé.

—¿Dónde estuviste?

—En Harbor House, justo al norte de Waukegan. Es mi sitio favorito, junto al lago. Una preciosidad. Supongo que podríamos llamar a Patrick.

—¿Y quién es Patrick?

—Mi asesor de rehabilitación —dijo Wally, sacando una tarjeta donde se leía «Harbor House, donde la vida comienza de nuevo. Patrick Hale, terapeuta jefe»—. Puedes llamarlo a cualquier hora del día y de la noche. Forma parte de su trabajo.

David dejó un mensaje en el buzón de voz de Patrick en el que afirmaba ser amigo de Wally Figg y que era urgente que hablaran. Al cabo de un rato su móvil vibró. Era Patrick, que lamentaba tener malas noticias de Wally, pero que estaba listo para ayudar inmediatamente.

—No lo pierda de vista —le dijo— y tráigalo ahora mismo. Nos veremos en Harbor House dentro de una hora.

—Vámonos, grandullón —dijo David cogiendo a Wally del brazo.

Este se levantó, logró conservar el equilibrio a duras penas y salió apoyándose en David. Subieron al cuatro por cuatro y enfilaron por la I-94, en dirección norte. Wally no tardó en roncar de nuevo.

Al cabo de una hora de haber salido de la oficina, David localizó Harbor House con la ayuda del GPS. Era un pequeño centro privado de rehabilitación medio escondido entre los bosques del norte de Waukegan, en Illinois. David no logró despertar a Wally, de modo que lo dejó en el coche y entró. Patrick Hale, que lo esperaba en recepción, envió a un par de ayudantes con bata blanca y una silla de ruedas para que fueran a buscarlo. Cinco minutos después entraban con él, todavía inconsciente.

—¿Cuántas veces ha estado Wally aquí? —preguntó David—. Se diría que conoce el sitio bastante bien.

—Me temo que esa información es confidencial, al menos por nuestra parte.

Su cálida sonrisa se desvaneció nada más cerrar la puerta de su despacho.

—Lo siento —se disculpó David.

Patrick consultaba unos documentos en un sujetapapeles.

—Tenemos un ligero problema con la cuenta de Wally, señor Zinc, y no sé qué hacer con él. Verá, cuando Wally se marchó de aquí, hace ahora un año, su seguro pagó únicamente mil dólares diarios por su tratamiento. Sin embargo, por la calidad de nuestro servicio, de nuestro personal y de las instalaciones, aquí cobramos mil quinientos dólares diarios. Wally se marchó debiendo algo menos de catorce mil. Ha realizado algunos pagos, pero sigue teniendo un saldo deudor de once mil.

—Yo no soy responsable ni de sus facturas médicas ni de su tratamiento por alcoholismo, y tampoco tengo nada que ver con el seguro —objetó David.

—Bien, en ese caso no podemos aceptarlo aquí.

—¿No ganan dinero cobrando mil dólares diarios?

—No entremos en eso, señor Zinc. Cobramos lo que cobramos. Disponemos de sesenta camas y están todas llenas.

—Wally tiene cuarenta y seis años. ¿Por qué necesita que alguien más lo avale con su firma?

—Normalmente eso no sería necesario, pero no es buen pagador.

Y eso era antes del Krayoxx, se dijo David. Debería ver sus cuentas ahora.

—¿Cuánto tiempo cree que podrá acogerlo esta vez?

—Su seguro le cubrirá treinta días.

—Eso significa treinta días con independencia de los progresos que haga con él y que todo correrá por cuenta de la compañía, ¿no?

—Así son las cosas.

—Sí, y apestan. ¿Qué pasa si un paciente necesita más tiempo? Tengo un amigo de la universidad que se volvió adicto a la cocaína. Pasó por varios períodos de rehabilitación de treinta días y ninguno le funcionó. Al final tuvieron que encerrarlo en un centro durante un año para que se desenganchara.

—Todos conocemos alguna historia así, señor Zinc.

—Y usted más que nadie, claro. —David hizo un gesto de impotencia—. De acuerdo, señor Hale, ¿cuál es el trato? Tanto usted como yo sabemos que Wally no se marchará de aquí esta noche porque acabaría haciéndose daño.

—Mire, podemos olvidarnos del saldo que tiene pendiente, pero pedimos que alguien lo avale por la diferencia que el seguro no cubre.

—Y eso son quinientos dólares diarios, ni uno más ni uno menos, ¿no?

—En efecto.

David sacó la cartera, cogió su tarjeta de crédito y la arrojó sobre la mesa.

—Aquí tiene mi American Express. Le pagaré diez días como máximo. Pasado ese tiempo vendré a buscarlo y pensaremos en otra solución.

Hale anotó rápidamente los datos de la tarjeta y se la devolvió.

—Necesitará más de diez días.

—Desde luego. Por el momento ya ha demostrado que con un mes no era suficiente.

—La mayor parte de los alcohólicos necesitan tres o cuatro intentonas si desean tener éxito de verdad.

—Diez días, señor Hale. No tengo mucho dinero y ejercer la abogacía con Wally está resultando ruinoso. No sé qué hacen ustedes aquí, pero será mejor que lo hagan deprisa. Volveré dentro de diez días.

Cuando se acercó al cruce de la Tri-State con Tollway se le encendió una luz roja en el salpicadero del coche. Estaba casi sin gasolina. Llevaba más de tres días sin fijarse en el indicador de combustible.

El aparcamiento para camiones estaba abarrotado, sucio y necesitaba una buena remodelación. Había una cafetería a un lado y una tienda al otro. David llenó el depósito, pagó con la tarjeta y entró para comprar un refresco. Solo había una persona en la caja y una larga cola de clientes que esperaban, así que se tomó su tiempo. Cogió una Diet Coke, una bolsa de cacahuetes y se dirigía al mostrador cuando se detuvo en seco.

El estante estaba lleno de juguetes baratos y chucherías de Halloween. En medio, a la altura de los ojos, había una bolsa de plástico transparente con un reluciente juego de Nasty Teeth. Lo cogió y leyó la letra pequeña de la etiqueta. «Hecho en China. Importado por Gunderson Toys, de Louisville, Kentucky.» Cogió las cuatro bolsas que había para que sirvieran como evidencia adicional, pero también para evitar que otro chaval se intoxicara como Thuya. La cajera lo miró con cara rara. Pagó en efectivo, volvió a su coche y aparcó lejos de los surtidores, bajo una farola, cerca de los tráilers.

Se conectó a Google con el IPhone y realizó una rápida búsqueda de Gunderson Toys. La empresa llevaba cuarenta años en el negocio y en su día había sido familiar. Hacía cuatro que había sido adquirida por Sonesta Games Inc., la tercera empresa juguetera de Estados Unidos.

Tenía un expediente de Sonesta.

43

Reuben Massey llegó al aeropuerto de Midway a bordo del Gulfstream G650 de Varrick cuando ya había oscurecido y fue recogido en el acto por un séquito compuesto por varios Cadillac Escalade que se alejó rápidamente. Treinta minutos más tarde entró en la Trust Tower y fue conducido al piso ciento uno, donde Rogan Rothberg tenía un elegante comedor privado que solo usaban los socios más veteranos y sus clientes más importantes. Judy Beck y Nicholas Walker lo estaban esperando junto con Nadine Karros y Marvin Macklow, el socio director del bufete. Un camarero de esmoquin blanco pasó una bandeja con cócteles mientras se efectuaban las presentaciones y todos se ponían cómodos. Reuben llevaba meses esperando conocer y examinar a Nadine. No se llevó una decepción. Esta puso en marcha sus encantos, y Reuben cayó rendido a sus pies tras el primer cóctel. Era de los que daban marcha a las mujeres y siempre andaba a la caza de alguna. Nunca se sabía lo que podía pasar con una recién conocida. Sin embargo, según los informes de que disponía, Nadine era una mujer felizmente casada cuya principal afición residía en trabajar. En los diez meses que Nicholas Walker llevaba tratando con ella no había visto más que una total entrega a la profesionalidad. «No va a funcionar», le había dicho a su jefe antes de salir del despacho.

En honor a las preferencias del invitado, la cena estuvo compuesta por ensalada de bogavante con rizos de pasta. Massey se sentó junto a Nadine, le dirigió todas y cada una de sus palabras y alabó efusivamente la forma en que había llevado el caso y el juicio. Tanto él como los demás que se sentaban a la mesa estaban impacientes por conseguir un veredicto aplastante.

—Estamos aquí para hablar de nuestro asunto —dijo Walker cuando hubieron retirado los platos del postre y cerrado la puerta—, pero antes me gustaría que Nadine nos explicara lo que va a venir a continuación en el juicio.

Ella se lanzó a resumir la situación sin vacilar.

—Suponemos que la parte demandante no tiene más testigos que presentar. Si el farmacólogo compareciera por la mañana podría testificar, pero según nuestras fuentes sigue escondido en su casa de Cincinnati. Así pues, los demandantes deberían concluir a las nueve. Llegado ese momento, tenemos dos opciones: la primera y más obvia es solicitar un juicio sumario. El juez Seawright suele permitir que esto se haga tanto por escrito como oralmente. Si optamos por esta alternativa, lo haremos de ambas maneras. En mi opinión, que es compartida por buena parte de mis colaboradores, hay muchas probabilidades de que Seawright nos lo conceda inmediatamente. La parte demandante no ha logrado establecer los fundamentos más elementales de su caso, y todo el mundo, incluyendo a su abogado, lo sabe. Al juez Seawright nunca le ha gustado este asunto y, francamente, tengo la impresión de que desea quitárselo de delante cuanto antes mejor.

—¿Qué historial tiene con las solicitudes de juicio sumario que se presentan cuando la parte demandante ha terminado? —le preguntó Reuben.

—Durante los últimos veinte años ha concedido más que cualquier otro juez federal de Chicago o del estado de Illinois. No tiene paciencia con los casos que carecen de fundamento probatorio.

—Sí, pero yo quiero un veredicto —declaró Reuben.

—Entonces nos olvidaremos de la petición de juicio sumario y empezaremos a llamar a nuestros testigos. Tenemos un montón porque ustedes los han pagado y son todos impecables. Aun así, me da la impresión de que el jurado empieza a estar cansado.

—Estoy completamente de acuerdo —intervino Walker, que había seguido atentamente las sesiones—. A pesar de las advertencias del juez Seawright en sentido contrario, tengo la sensación de que ya han comenzado a deliberar entre ellos.

—Nuestros asesores están convencidos de que deberíamos dar carpetazo a este caso lo antes posible —añadió Judy Beck—, a poder ser antes del fin de semana. El veredicto está cantado.

Reuben sonrió a Nadine y le preguntó:

—¿Y usted qué opina, consejera?

—Para mí, una victoria es una victoria. Un juicio sumario no tiene flecos. En cambio, cuando interviene un jurado siempre se corre el riesgo de que surja algún imprevisto. Yo preferiría el camino más seguro y fácil, pero comprendo que aquí hay más en juego que la decisión de un juez.

—¿Cuántos casos lleva cada año?

—Seis es el promedio. No puedo preparar más, al margen del personal de que disponga.

—¿Y cuántos años hace que no pierde y cuántos casos lleva ganados?

—Llevo once años sin perder y sesenta y cuatro victorias seguidas, pero, la verdad, ya he dejado de contar.

Aquel viejo chiste provocó más risas de las que merecía, pero todos necesitaban un poco de humor.

—¿Alguna vez se ha sentido tan segura como ahora del veredicto y del jurado? —quiso saber Reuben.

Nadine tomó un sorbo de vino, lo meditó unos segundos y sacudió la cabeza.

—No que yo recuerde.

—Si vamos por el veredicto, ¿qué posibilidades tenemos de ganar?

Todos los presentes la observaron mientras tomaba otro sorbo.

—Se supone que un abogado no debe hacer semejantes predicciones, señor Massey.

—Pero usted no es una abogada cualquiera, señorita Karros.

—Noventa y cinco por ciento.

—Noventa y nueve por ciento —precisó Walker, riendo.

Reuben dio un trago a su tercer whisky y chasqueó los labios.

—Quiero un veredicto —declaró—. Quiero que el jurado delibere un poco y salga con un veredicto a favor de Varrick Laboratories. Para mí, un veredicto constituye una venganza y un resarcimiento. Es mucho más que una simple victoria. Cogeré ese veredicto y lo difundiré a los cuatro vientos. Nuestra gente de relaciones públicas y las agencias de publicidad están listas e impacientes. Koane, nuestro hombre en Washington, me asegura que un veredicto favorable desbloqueará el veto de Sanidad. Además, nuestros abogados están convencidos de que un veredicto así dará un buen susto al colectivo de demandas conjuntas. Quiero un veredicto favorable, Nadine. ¿Me lo puede conseguir?

—Como he dicho, estoy segura al noventa y cinco por ciento.

—Bien, eso zanja la cuestión. Nada de juicio sumario. Acabemos con esos cabrones.

44

Exactamente a las nueve de la mañana del jueves, el alguacil llamó la atención de los presentes y ordenó que se pusieran en pie ante la entrada de su señoría.

—Prosiga, señor Zinc —ordenó bruscamente Seawright cuando el jurado estuvo en su lugar.

David se levantó y anunció:

—Señoría, el demandante ha concluido.

El juez no pareció sorprenderse en absoluto.

—¿Ha perdido algún otro testigo, señor Zinc?

—No, señoría, simplemente se nos han acabado.

—Muy bien. ¿Desea presentar alguna moción, señorita Karros?

—No, señoría, estamos preparados para seguir.

—Ya me lo imaginaba. Llame a su primer testigo.

David también lo sospechaba. Se había permitido el lujo de soñar con que el juicio acabaría rápidamente esa misma mañana, pero estaba claro que Nadine y su cliente habían olido la sangre. A partir de ese momento le quedaba poco por hacer, salvo escuchar y contemplar la actuación de una verdadera especialista en tribunales.

—La defensa llama al doctor Jesse Kindorf.

David observó al jurado y vio que varios de sus miembros sonreían. Estaban a punto de conocer a una celebridad.

Jesse Kindorf era ex secretario de salud del gobierno de Estados Unidos. Había estado seis años en el cargo y su mandato fue brillantemente controvertido. En ese tiempo se dedicó a perseguir a las compañías tabaqueras, a celebrar conferencias multitudinarias en las que denunció el contenido en calorías y grasas de la comida rápida tradicional y a condenar públicamente algunas de las marcas de más reputación de Estados Unidos, empresas que eran abiertamente culpables de producir y comercializar en masa productos alimenticios muy adulterados. Durante el tiempo en que estuvo ejerciendo se propuso combatir la mantequilla, el queso, los huevos, la carne roja, el azúcar, los refrescos y el alcohol, pero el mayor alboroto lo organizó cuando se le ocurrió sugerir que se prohibiera el café. Kindorf disfrutaba siendo el centro de atención, y con su apostura, su complexión atlética y agudeza no tardó en convertirse en el secretario de salud más famoso de la historia. Y por si fuera poco, era un conocido cardiólogo de Chicago. El hecho de que se hubiera pasado al campo contrario y estuviera dispuesto a testificar a favor de una de las empresas farmacéuticas más importantes del mundo constituía para el jurado una señal inequívoca de que creía en los beneficios del Krayoxx.

Ocupó su lugar en el estrado y dedicó su mejor sonrisa al jurado, su jurado. Nadine empezó entonces el largo y tedioso proceso de repasar su currículo para acreditar su condición de experto. David se puso rápidamente en pie y dijo con voz muy clara:

—Señoría, la defensa no tiene inconveniente en reconocer que el doctor Kindorf es un experto en el campo de la cardiología.

Nadine se volvió y le sonrió.

—Muchas gracias.

—Muy amable, señor Zinc —masculló Seawright.

Lo esencial del testimonio de Kindorf fue que había recetado Krayoxx a cientos de pacientes a lo largo de los últimos años sin que ninguno de estos sufriera efectos secundarios perniciosos. El medicamento había funcionado perfectamente en el noventa por ciento de los casos y bajaba los niveles de colesterol de un modo espectacular. Su madre de noventa años tomaba Krayoxx, o al menos lo había tomado hasta que las autoridades sanitarias lo habían retirado del mercado.

La auxiliar de la defensa escribió una nota y se la pasó a su jefe. «¿Te imaginas lo que le habrán pagado?»

David respondió al dorso como si estuvieran discutiendo un fallo flagrante en el testimonio: «Una pasta».

Nadine Karros y el doctor Kindorf se enfrascaron en una impecable ronda de lanzamientos de pelota. Ella le tiró todo tipo de bolas fáciles, y él las bateó todas fuera del campo. Al jurado le faltó poco para ponerse a aplaudir.

Cuando el juez Seawright dijo: «Es su turno de preguntar, señor Zinc», David se levantó educadamente y respondió: «No tengo preguntas, señoría».

Para ganarse el favor de los miembros negros del jurado, Nadine llamó al doctor Thurston, un elegante y distinguido caballero de color que lucía una pulcra barba gris y un traje bien cortado. El doctor Thurston también ejercía en Chicago y era el médico más veterano de un equipo formado por treinta y cinco cardiólogos y cirujanos cardiovasculares. En su tiempo libre daba clases en la facultad de medicina de la Universidad de Chicago. Para acelerar los trámites, David admitió de antemano sus credenciales. El doctor Thurston y su grupo habían recetado Krayoxx a decenas de miles de pacientes a lo largo de los últimos seis años, con resultados espectaculares y ningún efecto contrario. En su opinión, el medicamento era perfectamente inocuo. De hecho, tanto él como sus colegas lo consideraban prácticamente un producto milagroso. Su ausencia en el mercado era motivo de profundo disgusto y, sí, tenía intención de volver a recetarlo tan pronto volvieran a autorizarlo. Incluso reveló al jurado que él mismo llevaba tomándolo desde hacía cuatro años.

Para llamar la atención de la única mujer hispana del jurado, la defensa llamó a la doctora Roberta Seccero, cardióloga e investigadora de la clínica Mayo de Rochester. David dio nuevamente luz verde a sus credenciales, y la doctora Seccero, como era previsible, cantó cual canario en primavera. Sus pacientes eran principalmente mujeres, y el fármaco lo hacía todo salvo lograr que adelgazaran. No había el menor indicio estadístico de que aquellas que lo tomaban sufrieran más infartos o embolias que las que no. Ella y sus colegas lo habían investigado en profundidad y no tenían ninguna duda. En sus veinticinco años como cardióloga, nunca había visto un medicamento más seguro y más eficaz.

El arcoíris se completó cuando la señorita Karros hizo subir al estrado a un joven médico coreano de San Francisco que, curiosamente, guardaba un sorprendente parecido con el jurado número diecinueve. El doctor Pang apoyó con entusiasmo el Krayoxx y manifestó su disconformidad por el hecho de que lo hubieran retirado del mercado. Lo había recetado a cientos de pacientes y siempre con resultados extraordinarios.

David tampoco interrogó al doctor Pang. No estaba dispuesto a encararse con ninguna de aquellas renombradas lumbreras. ¿Qué podía hacer, discutir de criterios médicos con las principales eminencias del país? No señor. Permaneció sentado sin quitar ojo a su reloj, que parecía funcionar mucho más despacio que de costumbre.

No tenía la menor duda de que, si uno de los miembros del jurado hubiera sido lituano, Nadine se habría sacado de la manga un experto de dicha nacionalidad con unas credenciales impecables.

El quinto testigo era la cardióloga jefe de la facultad de medicina Feinberg de la Universidad Northwestern. Se llamaba Parkin, y su testimonio fue un tanto distinto. La habían contratado para que realizara un estudio exhaustivo del historial médico de Percy Klopeck. Había revisado sus antecedentes desde los doce años y los de sus parientes hasta donde le había sido posible, asimismo había hablado con los compañeros de trabajo y amigos que se habían mostrado dispuestos a cooperar. En el momento de su fallecimiento, Percy tomaba Prinzide y Levatol para la hipertensión, insulina para su diabetes crónica, Bexnin para la artritis, Plavix como anticoagulante sanguíneo, Colestid para la arterioesclerosis y Krayoxx para el colesterol. El Xanax era su píldora de la felicidad favorita, que solía sustraer a sus amigos, a Iris o que compraba en internet y que, a decir de un compañero de trabajo, utilizaba diariamente para combatir el estrés que le producía la vida con «esa mujer». También consumía de vez en cuando Fedamin, un supresor del apetito que se vendía sin receta y con el que se suponía que comía menos. Había fumado durante veinte años, pero había logrado dejarlo a los cuarenta y uno con la ayuda de Nicotrex, un chicle aderezado con nicotina famoso por crear adicción. Lo masticaba sin parar y consumía unos tres paquetes diarios. A tenor del análisis de sangre que se había hecho poco antes de morir, su hígado parecía funcionar por debajo de lo normal. A Percy le gustaba la ginebra y, tal como mostraban los recibos a los que Nadine había tenido acceso, compraba al menos una botella a la semana en Bilbo's Spirits de Stanton Avenue, situado a cinco manzanas de su casa. Por si lo anterior fuera poco, Percy sufría de frecuentes dolores de cabeza matinales y tenía un par de grandes frascos de ibuprofeno en el desordenado cajón de su mesa de trabajo.

Cuando la doctora Parkin acabó su prolijo relato de las costumbres y estado de salud de Percy se hizo patente que era terriblemente injusto atribuir su muerte a un solo medicamento. Dado que no había habido autopsia —Iris estaba demasiado alterada para oír hablar de ella—, tampoco había evidencia de que hubiera muerto por un ataque al corazón. Su fallecimiento podría haber sido causado por la clásica y conceptualmente muy amplia «parada respiratoria».

Wally y Oscar habían hablado de exhumar el cuerpo para tener una idea más precisa de lo que había matado a Percy, pero Iris se puso como una fiera. Además, la exhumación, la autopsia y el posterior entierro costaban casi diez mil dólares. Oscar se había negado en redondo a aprobar semejante gasto.

En opinión de la doctora Parkin, Percy Klopeck había fallecido joven porque estaba predispuesto genéticamente a una muerte temprana y resultaba innegable que su estilo de vida la había hecho mucho más probable. También declaró que resultaba imposible predecir cuáles eran los efectos acumulativos de tan abrumadora medicación.

Pobre Percy, pensó David. Había vivido una vida corta y aburrida y fallecido tranquilamente mientras dormía, sin saber que algún día un montón de especialistas analizarían sus costumbres y sus dolencias ante un tribunal.

El testimonio de la doctora Parkin resultó devastador, y David no se vio con fuerzas para debatir ninguna de sus conclusiones en su turno de preguntas. A las doce y media, Seawright declaró un receso hasta las dos de la tarde. David y Helen salieron a toda prisa del tribunal y disfrutaron de una larga y agradable comida. David pidió una botella de vino, y Helen, que casi nunca bebía, se tomó una copa. Brindaron por Percy, para que descansara en paz.

En la inexperta opinión de David, Nadine y la defensa tuvieron un ligero tropiezo con el primer testigo de la tarde, el doctor Litchfield, cardiólogo y cirujano vascular de la mundialmente famosa clínica Cleveland, donde tenía consulta, investigaba y daba clases. Le correspondió la aburrida tarea de explicar a los miembros del jurado el último ecocardiograma de Percy, el mismo vídeo que en manos de Borzov los había sumido en un profundo sopor. Nadine, que intuía que un nuevo pase no sería bien recibido, apretó el acelerador y optó por una versión abreviada. La cuestión principal que destacó fue que no había reducción en el retorno de la válvula mitral y que el ventrículo izquierdo no estaba dilatado. Suponiendo que el paciente hubiera fallecido realmente de un ataque al corazón, su causa era imposible de determinar.

Resumen: Borzov era idiota.

David tuvo una rápida visión de Wally, tendido cómodamente en una cama, vestido con un camisón, un pijama o lo que fuera de rigor en Harbor House, sobrio, tranquilo gracias a un sedante, leyendo o quizá solo contemplando el lago Michigan, con sus pensamientos a miles de kilómetros de la carnicería de la sala 2314. Sin embargo, la culpa de todo aquello era suya. Durante los meses que había recorrido Chicago, visitando funerarias de segunda, repartiendo folletos en gimnasios y tugurios de comida rápida, nunca, jamás, se había detenido a estudiar la farmacología ni la fisiología del Krayoxx ni el supuesto daño que causaba en las válvulas cardíacas. Había dado por supuesto alegremente que el medicamento tenía efectos perniciosos y, espoleado por tipos espabilados como Jerry Alisandros y otras estrellas de las acciones conjuntas, se había subido al carro y empezado a contar el dinero antes de hora. ¿Acaso en esos momentos, mientras descansaba en rehabilitación, pensaba en el juicio, en el caso del que había tenido que hacerse cargo mientras él y Oscar se lamían las heridas? David llegó a la conclusión de que no, de que Wally no se preocupaba lo más mínimo por el juicio y de que tenía asuntos más importantes que atender: la sobriedad, la bancarrota, el trabajo y el bufete.

El siguiente testigo fue un profesor e investigador médico

de Harvard que había estudiado el Krayoxx y escrito un artículo definitivo en el *New England Journal of Medicine*. David logró despertar unas risas contenidas cuando dio por bueno el currículo del médico.

—Señoría, si estudió en Harvard, estoy seguro de que sus credenciales serán impecables —declaró—. Tiene que ser un fuera de serie.

Afortunadamente, el jurado no había sido informado de que David se había graduado en la facultad de derecho de Harvard, de lo contrario la agudeza podría haberse vuelto en su contra. Los graduados de Harvard que presumían de serlo no solían ser bien vistos en Chicago.

«Bonita tontería», decía la nota de su auxiliar.

David no contestó. Eran casi las cuatro de la tarde y solo deseaba marcharse. El profesor parloteaba sobre sus métodos de investigación. Ni uno solo de los miembros del jurado lo escuchaba. La mayoría de ellos parecían en estado de muerte cerebral y completamente anonadados por aquella inútil demostración de responsabilidad cívica. Si eso era lo que fortalecía la democracia, que Dios nos librara.

David se preguntó si los miembros del jurado ya estarían debatiendo el caso entre ellos. Todas las mañanas y todas las tardes, el juez Seawright les lanzaba las mismas advertencias sobre contactos indebidos, la prohibición de leer nada del caso en los periódicos o en internet, y la necesidad de abstenerse de hacer comentarios hasta que todas las pruebas hubieran sido presentadas. Había numerosos estudios que trataban del comportamiento de los jurados, la dinámica de las decisiones en grupo y esas cosas, y casi todos ellos concluían que los jurados no podían evitar hablar entre ellos de los abogados, de los testigos e incluso del juez; que tendían a formar parejas, a establecer lazos de camaradería, a dividirse en función de sus clichés y prejuicios y, en general, a sacar conclusiones de forma prematura. Pocas veces lo hacían como grupo y lo más corriente era que se ocultaran mutuamente sus pequeños conciliábulos.

David desconectó de su compañero de Harvard, buscó una hoja concreta de su libreta y reanudó el borrador de la carta que había dejado a medias.

> Apreciado señor... y señor...:
> Represento a la familia de Thuya Khaing, el hijo de cinco años de un matrimonio de inmigrantes birmanos que viven en este país legalmente.
> Desde el 20 de noviembre del pasado año hasta el 19 de mayo del actual, Thuya estuvo ingresado en el hospital infantil Lakeshore de Chicago. Había ingerido una dosis casi letal de plomo y en más de un momento consiguió sobrevivir únicamente gracias a que estaba conectado a una máquina de respiración asistida. Según sus médicos —adjunto con la presente un resumen de su diagnóstico—, Thuya sufre daños cerebrales graves e irreversibles. A pesar de que cabe la posibilidad de que viva hasta los veinte, su esperanza de vida es de unos pocos años más.
> El origen del plomo ingerido por Thuya es un juguete fabricado en China e importado por una empresa de la que ustedes son propietarios, Gunderson Toys. Se trata de un juguete de Halloween llamado Nasty Teeth. A decir del doctor Biff Sandroni, un reconocido toxicólogo del que seguramente habrán oído hablar, esos dientes y colmillos falsos están recubiertos por pinturas de distintos colores ricas en plomo. Les adjunto también una copia del informe del doctor Sandroni que sin duda les interesará leer.
> También acompaña esta carta un copia de la demanda que dentro de poco interpondré contra Sonesta Games ante el tribunal federal de Chicago.
> Si están dispuestos a hablar...

—¿Desea repreguntar, señor Zinc? —lo interrumpió Seawright.

David se levantó rápidamente y respondió:

—No, señoría.

—Muy bien. Son las cinco y cuarto. Vamos a aplazar la vista hasta mañana a las nueve con las mismas instrucciones para el jurado.

Wally estaba en una silla de ruedas, vestido con un albornoz blanco y con los rollizos pies metidos en unas zapatillas de lona barata. Un ordenanza lo llevó hasta la sala de visitas donde David lo esperaba, de pie, mientras contemplaba la negrura del lago Michigan. El ordenanza salió, y se quedaron solos.

—¿Por qué vas en silla de ruedas? —le preguntó David, dejándose caer en el sofá.

—Es porque estoy sedado —contestó Wally en voz baja—. Durante un par de días me dan no sé qué pastillas para facilitar las cosas. Si intentara ponerme de pie, podría caerme y romperme la cabeza o algo así.

Habían pasado veinticuatro horas de una borrachera de tres días y seguía con muy mal aspecto. Tenía los ojos hinchados y enrojecidos, así como una expresión de tristeza y derrota en el rostro. También necesitaba un corte de pelo.

—¿No tienes curiosidad por el juicio, Wally?

Se produjo una pausa mientras este procesaba la pregunta.

—Sí, he pensado en él.

—¿Que has pensado en él, dices? ¡Vaya, qué amable por tu parte! Mañana deberíamos acabar, y digo nosotros porque en nuestro lado de la sala solo estamos yo y mi encantadora mujer, que se hace pasar por auxiliar jurídica y está cansada de contemplar cómo a su marido le patean el culo y de ver a la panda de tipos vestidos de negro que revolotean alrededor de Nadine Karros que, créeme, aún está mejor de lo que dicen por ahí.

—¿El juez no va a continuar con el caso?

—¿Por qué debería, Wally? Continuar hasta cuándo y por qué. ¿Qué más podríamos haber hecho con otros treinta o sesenta días? ¿Salir en busca de un verdadero abogado que se hiciera cargo del caso? La conversación podría ser más o menos esta: «Eso es, señor, le prometemos cien mil dólares y la mitad de nuestra parte si entra en la sala con un montón de pruebas dudosas, un cliente poco dispuesto y un juez menos dispuesto aún, para que se enfrente a un equipo de defensa que no solo tiene talento, sino medios ilimitados, y que representa a una empresa grande y poderosa». Dime, ¿a quién le lanzarías esa bola, Wally?

—Pareces enfadado, David.

—No, Wally, no es enfado, es solo la necesidad de despotricar, de protestar, de soltar presión.

—Pues adelante.

—Pedí un aplazamiento y creo que Seawright lo habría considerado, pero ¿de qué habría servido? Nadie es capaz de decir cuándo estarás en condiciones de volver; y en cuanto a Oscar, la respuesta es que seguramente nunca. Así pues, acordamos seguir adelante y acabar de una vez.

—Lo lamento, David.

—Y yo. Me siento como un idiota, allí sentado sin tener pruebas ni testigos, sin tener ni idea, sin armas, sin nada con que luchar. Es muy frustrante.

Wally inclinó la cabeza hasta que apoyó la barbilla contra el pecho, como si estuviera a punto de echarse a llorar.

—Lo siento..., lo siento... —farfulló.

—Está bien. Yo también lo siento. No he venido a echarte la culpa, ¿vale? He venido a ver cómo estabas. Me tenías preocupado, lo mismo que a Rochelle y a Oscar. Estás enfermo y deseamos ayudarte.

Cuando Wally alzó la vista tenía los ojos llenos de lágrimas y le temblaban los labios al hablar.

—No puedo seguir así, David. Pensé que me lo había quitado de encima, te lo juro. Llevaba seco un año, dos semanas y dos días y, de repente, no sé qué ocurrió. Estábamos en el tribunal el lunes por la mañana. Yo me sentía más nervioso que nunca, la verdad es que estaba muerto de miedo. Entonces me invadió el irresistible deseo de beber. Recuerdo que pensé, ya sabes, que un par de copas no me harían ningún daño. Un par de cervezas y todo arreglado, pero el alcohol es un gran mentiroso, es un monstruo muy peligroso. Tan pronto como Seawright declaró el receso para comer, salí y encontré un pequeño bar con el rótulo luminoso de una marca de cerveza. Me senté a una mesa, pedí un sándwich y me bebí tres cervezas. No solo me supieron de maravilla, sino que me sentí aún mejor. Cuando volví al tribunal recuerdo que pensé que podía conseguirlo, ya sabes, que podía tomarme un par de cervezas y controlarlo, que lo había superado. Mírame ahora, de nuevo en rehabilitación y más asustado que un conejo.

—¿Dónde tienes el coche, Wally?

Lo meditó un buen rato hasta que al final se rindió.

—No tengo la menor idea porque ni recuerdo las veces que perdí el conocimiento.

—No te preocupes, yo me encargaré de encontrarlo.

Wally se enjugó las lágrimas con el dorso de la mano y se limpió la nariz con la manga.

—Lo siento, David. Creí que teníamos una oportunidad.

—Nunca tuvimos una oportunidad, Wally. Ese medicamento no tiene nada malo. Nos unimos a una carrera que no llevaba a ninguna parte y no nos dimos cuenta hasta que fue demasiado tarde.

—Pero el juicio no ha terminado, ¿verdad?

—El juicio ha terminado aunque los abogados sigan haciendo su trabajo. Mañana el jurado tendrá la última palabra.

Nadie dijo nada durante unos minutos. Los ojos de Wally se despejaron, pero seguía sin atreverse a mirar a David.

—Gracias por venir —dijo finalmente—. Gracias por ocuparte de mí, de Oscar y de Rochelle. Confío en que no nos dejarás.

—No hablemos de eso ahora. Por el momento desintoxícate y ponte bien. Vendré a verte la semana que viene y después celebraremos una reunión del bufete y tomaremos algunas decisiones.

—Me gusta eso. Otra reunión del bufete.

45

Emma tuvo una mala noche, y sus padres se alternaron en turnos de una hora para cuidarla. Cuando Helen la dejó en manos de David, a las cinco y media, y se volvió a la cama aprovechó para anunciarle que su carrera como auxiliar jurídica había acabado, gracias a Dios. Había disfrutado con los almuerzos, pero de poco más. En cualquier caso, tenía una recién nacida de la que ocuparse. David se las arregló para tranquilizar a Emma con un biberón y mientras se lo daba se conectó a internet. El jueves, las acciones de Varrick habían cerrado a cuarenta dólares. Su constante alza durante la semana era una demostración más de que el juicio del caso Klopeck iba de mal en peor para la parte demandante y no hacían falta más pruebas. Luego, obedeciendo a su morbosa curiosidad, entró en el blog de Hung Juror. Este había escrito:

> Las cosas siguen yendo de mal en peor para el difunto —y en estos momentos muy desacreditado— Percy Klopeck, en el que sin duda es el juicio más desequilibrado de la historia de Estados Unidos. A medida que la defensa de Varrick Labs aplasta al indefenso e incompetente abogado de Klopeck, uno no puede sino casi sentir lástima por ese pobre diablo. Casi, pero no del todo. La pregunta que pide a gritos una respuesta es cómo es posible que un caso tan poco fundamentado haya conseguido llegar a los tribunales y a manos de un jurado.

¡Que alguien me diga si esto no es un derroche de tiempo, dinero y talento! Talento al menos por parte de la defensa, porque talento es precisamente lo que falta en el otro lado de la sala, donde el despistado David Zinc ha optado por la original estrategia de intentar hacerse invisible. Todavía no ha repreguntado a un solo testigo, todavía no ha formulado la menor protesta y todavía no ha tomado la menor iniciativa para defender su caso. Se limita a quedarse sentado durante horas mientras finge tomar notas e intercambia mensajes con su nueva auxiliar jurídica, una tía buena con minifalda que se ha traído para que enseñe las piernas y distraiga la atención de los presentes del hecho de que la parte demandante tiene un caso sin fundamento y un pésimo abogado. El jurado no lo sabe, pero esa auxiliar jurídica es en realidad Helen Zinc, la esposa del idiota que se sienta delante de ella. Ese putón no solo no es auxiliar jurídica, sino que carece de conocimientos legales y experiencia ante los tribunales, de modo que encaja perfectamente entre los payasos de Finley & Figg. Su presencia es, sin duda, una astuta estratagema para atraer la mirada de los jurados varones y compensar así la imponente presencia de Nadine Karros, que con toda seguridad es la abogada más competente que este Hung Juror ha visto en acción ante un tribunal.

Confiemos en que este desgraciado asunto concluya hoy mismo y que el juez Seawright aplique las sanciones que corresponden por haber presentado tan frívolo caso.

David dio un respingo tan violento que estrujó sin querer a la pequeña Emma, la cual se olvidó por un momento de su biberón. David cerró el portátil y se maldijo por haber consultado aquel blog. Nunca más, juró, aunque no por primera vez.

Con un veredicto favorable prácticamente en la mano, Nadine Karros decidió ir un poco más allá. Su primer testigo del viernes por la mañana fue el doctor Mark Ulander, vicepresidente de Varrick y director del departamento de investigación. Los preliminares quedaron rápidamente establecidos con el guión que habían elaborado previamente. Ulander tenía tres títulos universitarios y había dedicado los últimos veinte años a supervisar el desarrollo de los miles de medicamentos que la empresa había producido. Del que más orgulloso se sentía era del Krayoxx. La empresa se había gastado cuatro mil millones de dólares antes de ponerlo en el mercado. Un equipo de treinta científicos había trabajado durante ocho años para perfeccionar el producto, asegurarse de que efectivamente reducía el colesterol, no correr riesgos con sus efectos secundarios y obtener finalmente el visto bueno del Departamento de Sanidad. Ulander detalló los rígidos procedimientos establecidos, no solamente para el Krayoxx, sino para todos los excelentes productos de la compañía. Varrick ponía en juego su reputación con cada producto que desarrollaba, y su excelencia estaba presente en todos y cada uno de los aspectos de su investigación. Bajo la hábil dirección de Nadine, el doctor Ulander trazó un impresionante cuadro de los diligentes esfuerzos de la empresa para producir el medicamento perfecto: el Krayoxx.

David, que no tenía nada que perder, decidió jugársela y unirse al baile. Empezó su turno de preguntas con un:

—Doctor Ulander, hablemos un momento de todas esas pruebas clínicas que acaba de mencionar.

El hecho de que David hubiera subido al podio pareció pillar desprevenido al jurado. Aunque solo eran las diez y cuarto, estaban listos para deliberar y marcharse a casa.

—¿Dónde se efectuaron las pruebas clínicas? —preguntó David.

—¿Del Krayoxx?

—No, de la aspirina infantil, si le parece. Pues claro que del Krayoxx.

—Desde luego. Lo siento. Tal como he dicho, dichas pruebas fueron extensivas.

—Ya lo hemos entendido, doctor Ulander. La pregunta es sencilla: ¿dónde se efectuaron dichas pruebas?

—Sí, bueno, las pruebas iniciales se hicieron con un grupo de sujetos con altos índices de colesterol en Nicaragua y Mongolia.

—Siga. ¿Dónde más?

—En Kenia y Camboya.

—¿Me está diciendo que Varrick se gastó cuatro mil millones de dólares para obtener dividendos en Mongolia y Kenia?

—No sabría qué contestar a eso, señor Zinc. No intervengo en cuestiones de marketing.

—De acuerdo. ¿Cuántas pruebas se realizaron aquí, en Estados Unidos?

—Ninguna.

—¿Cuántos medicamentos tiene Varrick en fase de prueba a fecha de hoy?

Nadine Karros se levantó y dijo:

—Protesto, señoría. La pregunta es irrelevante. Aquí no se debaten otros medicamentos.

El juez Seawright se rascó el mentón en ademán pensativo.

—Denegada. Veamos adónde nos conduce esto.

David no estaba seguro de adónde conducía, pero acababa de ganar su primera e insignificante victoria ante Nadine. Envalentonado, prosiguió.

—Puede, por favor, responder a la pregunta, doctor Ulander. ¿Cuántos medicamentos tiene actualmente Varrick en fase de prueba?

—Unos veinte, más o menos. Si me da un momento, se los puedo detallar.

—Veinte suena bien. Vamos a ahorrar un poco de tiempo. ¿Cuánto dinero se gastará Varrick este año en pruebas médicas para el desarrollo de todos sus medicamentos?

—Unos dos mil millones.

—El año pasado, en 2010, ¿qué porcentaje de las ventas de Varrick correspondió a mercados extranjeros?

Ulander se encogió de hombros con expresión de perplejidad.

—No lo sé, tendría que mirar los números del balance.

—Usted es actualmente el vicepresidente de la empresa y lo ha sido durante los últimos dieciséis años, ¿no?

—Así es.

David cogió una delgada carpeta y pasó unas hojas.

—Este es el último balance de Varrick, y aquí pone claramente que el ochenta y dos por ciento de las ventas de la empresa se produjeron en el mercado estadounidense. ¿Lo ha visto?

—Desde luego que sí.

—Protesto, señoría —dijo Nadine Karros, poniéndose en pie—. Aquí no estamos para debatir el balance de mi cliente.

—Denegada. Los balances de su cliente se hacen públicos y, por lo tanto, son objeto de interés general.

Otra insignificante victoria. David sintió por segunda vez la excitación de intervenir en un juicio.

—¿La cifra del ochenta y dos por ciento le parece correcta, doctor Ulander?

—Si usted lo dice...

—No lo digo yo, señor, es la que figura en el balance publicado.

—Muy bien, pues que sea el ochenta y dos por ciento.

—Gracias. ¿Cuántas pruebas de los veinte medicamentos que están desarrollando actualmente se llevarán a cabo en Estados Unidos?

El testigo apretó los dientes, tensó la mandíbula y contestó:

—Ninguna.

—¡Ninguna! —repitió David mientras se volvía y miraba al jurado. Algunos rostros denotaban interés. Hizo una breve pausa y prosiguió—: Así pues, Varrick obtiene el ochenta y dos por ciento de sus beneficios en este país y, sin embargo, prueba sus medicamentos en lugares como Nicaragua, Camboya y Mongolia. ¿Por qué razón, doctor Ulander?

—Es muy sencillo, señor Zinc. Las regulaciones y la normativa de este país estrangulan la investigación y el desarrollo de nuevos medicamentos, dispositivos y procedimientos.

—Estupendo, así pues está echando la culpa al gobierno por tener que probar sus medicamentos con personas de países lejanos.

Nadine se puso rápidamente en pie.

—Protesto, señoría. Ese comentario es una deformación de lo que ha contestado el testigo.

—Denegada. El jurado ha podido oír lo que ha dicho el testigo. Prosiga, señor Zinc.

—Gracias, señoría. Doctor Ulander, le ruego que conteste la pregunta.

—Lo siento, ¿cuál era su pregunta?

—¿Declara que el motivo de que su empresa lleve a cabo las pruebas clínicas de sus medicamentos en otros países se debe al exceso de regulaciones que hay en nuestro país?

—Sí, ese el motivo.

—¿Y no es verdad que Varrick prueba sus medicamentos en países en vías de desarrollo porque de ese modo no tiene que enfrentarse a la amenaza de una demanda si las cosas se tuercen?

—No, en absoluto.

—¿Y no es verdad que Varrick prueba sus medicamentos en países en vías de desarrollo porque de ese modo le resulta mucho más fácil encontrar individuos dispuestos a ser conejillos de Indias a cambio de unos pocos dólares?

Se oyó un clamor a espaldas de David cuando todo el equipo de la defensa reaccionó. Nadine saltó:

—¡Protesto, señoría!

—Aclare el motivo de su protesta —declaró con tranquilidad el juez Seawright, apoyado sobre sus codos.

Por primera vez, Nadine Karros tuvo que hacer un esfuerzo para hallar las palabras adecuadas.

—Bueno, para empezar protesto porque las preguntas son irrelevantes. Lo que mi cliente haga con otros medicamentos es algo que no compete a este caso.

—Esa protesta ya la he denegado, señorita Karros.

—Y también protesto por la utilización por parte del demandante del término «conejillo de Indias».

La expresión podía ser claramente objeto de protesta, pero se trataba de un término de uso corriente que se ajustaba perfectamente a lo descrito. Seawright lo meditó un momento mientras las miradas se centraban en su persona. David observó a los miembros del jurado y vio que algunos sonreían.

—Protesta denegada. Prosiga, señor Zinc.

—¿En 1998 usted supervisaba toda la investigación de Varrick?

—Sí —contestó el doctor Ulander—. Como he dicho, ese ha sido mi trabajo durante los últimos veintidós años.

—Gracias. ¿Sería tan amable de confirmarme si Varrick Labs hizo pruebas médicas con un producto llamado Amoxitrol?

Ulander lanzó una mirada de terror a la mesa de la defensa, donde varios abogados de Varrick lucían idéntica expresión de pánico. Nadine Karros saltó una vez más para manifestar su disconformidad.

—¡Señoría, protesto! Ese medicamento no es lo que se debate aquí. Su historial carece completamente de relevancia.

—¿Señor Zinc?

—Señoría, ese medicamento tiene una pésima historia, y no culpo a Varrick por querer ocultarla.

—Señor Zinc, ¿sería usted tan amable de aclararme por qué deberíamos hablar de otros medicamentos?

—Verá, señoría, tengo la impresión de que el testigo ha convertido la reputación de la empresa en un hecho relevante. Ha testificado durante sesenta y cuatro minutos y ha dedicado la mayor parte de ese tiempo a convencer al jurado de que su empresa da gran importancia a las pruebas clínicas. Me gustaría ahondar un poco en la cuestión porque me parece sumamente importante y creo que al jurado le resultará muy interesante.

Nadine replicó en el acto:

—Señoría, este juicio se ocupa de un medicamento llamado Krayoxx y de nada más. Cualquier otra cosa no es más que marear la perdiz.

—Sin embargo, tal como el señor Zinc ha subrayado con acierto, usted ha puesto el acento en la reputación de la empresa, señorita Karros. Nadie le pidió que lo hiciera, pero usted abrió esa puerta. Protesta denegada. Prosiga, señor Zinc.

La puerta estaba efectivamente abierta, y el historial de Varrick se había convertido en un blanco legítimo.

David no sabía cómo lo había logrado, pero no por ello estaba menos emocionado. Sus dudas se habían esfumado. El miedo atenazante había desaparecido. Allí estaba, de pie y solo contra uno de los grandes. Y marcando goles. La hora del espectáculo.

—Le he preguntado por el Amoxitrol, doctor Ulander. Sin duda lo recordará.

—Lo recuerdo.

Hizo un gesto elegante hacia el jurado y dijo:

—¿Sería tan amable de explicarle al jurado la historia de ese medicamento?

Ulander se encogió visiblemente en el estrado y volvió a mirar a la defensa en busca de ayuda. Luego empezó a hablar a regañadientes y con frases muy cortas.

—El Amoxitrol se desarrolló como píldora abortiva.

David decidió echarle una mano.

—Una píldora abortiva que podía tomarse un mes después de la concepción, una especie de versión extendida de la llamada «píldora del día después», ¿no?

—Más o menos.

—¿Con eso quiere decir sí o no?

—Quiero decir sí.

—Lo que el Amoxitrol hacía era básicamente disolver el feto, cuyos restos eran eliminados junto con otros residuos corporales. ¿Es eso correcto, doctor?

—Es una forma simplificada de explicarlo, pero sí, eso es lo que se suponía que debía hacer.

Con siete católicos entre los miembros del jurado, David no tuvo que mirarlos para ver cómo recibían la noticia.

—¿Hicieron ustedes pruebas clínicas con el Amoxitrol?

—Las hicimos.

—¿Y dónde las hicieron?

—En África.

—¿En qué lugar de África?

Ulander alzó los ojos al cielo e hizo una mueca.

—Yo... No sé... Tendría que comprobarlo.

David caminó lentamente hasta su mesa, cogió unos papeles y sacó una carpeta. La abrió, pasó las páginas mientras regresaba al podio y preguntó como si estuviera leyendo un informe—: ¿En qué tres países africanos llevó a cabo Varrick las pruebas del Amoxitrol?

—En Uganda seguro. No recuerdo...

—¿Le suenan Uganda, Botsuana y Somalia? —preguntó David.

—Sí.

—¿Cuántas mujeres africanas utilizaron en sus estudios?

—¿No tiene las cifras ahí, señor Zinc?

—¿El número de cuatrocientas le parece correcto, doctor Ulander?

—Sí.

—¿Y cuánto dinero pagó Varrick a cada mujer africana embarazada para que abortara con una de sus píldoras?

—Seguro que tiene la cantidad en esa carpeta, señor Zinc.

—¿Le suenan cincuenta dólares por feto?

—Supongo.

—No suponga, doctor Ulander. Tengo el informe aquí mismo.

Pasó una hoja y se tomó su tiempo para que aquella patética cuantía calara entre los miembros del jurado. Nadine Karros se levantó una vez más.

—Señoría, protesto. El informe que está utilizando el señor Zinc no figura entre las pruebas aportadas. Yo no lo he visto.

—Estoy seguro de que sí lo ha visto, señoría —interrumpió David—. Es más, no me cabe duda de que todos los peces gordos de Varrick lo han leído.

—¿A qué informe se refiere, señor Zinc? —quiso saber Seawright.

—Se trata de una investigación realizada en el año 2002 por la Organización Mundial de la Salud. Sus especialistas siguieron la pista de las principales empresas farmacéuticas del mundo e investigaron cómo utilizan cobayas humanos en países pobres para probar medicamentos que después venderán en los países ricos.

El juez levantó ambas manos.

—Ya es suficiente, señor Zinc. No puede utilizar ese informe si no ha sido aportado como prueba.

—No lo estoy utilizando como prueba, señoría, sino para recusar al testigo y poner en duda la excelente reputación de su maravillosa empresa.

A esas alturas, David no sentía la menor necesidad de medir sus palabras. ¿Qué podía perder?

El juez Seawright frunció el entrecejo y se rascó el mentón un poco más, claramente dubitativo.

—Usted dirá, señorita Karros —dijo.

—Señoría, la acusación está extrayendo hechos de un informe que el jurado no podrá ver a menos que sea admitido como prueba —declaró, claramente nerviosa pero sin perder la compostura.

Seawright se volvió hacia David.

—Vamos a hacer lo siguiente, señor Zinc. Podrá utilizar ese informe solo con propósitos recusatorios, pero debe trasladar la información de modo exacto y fidedigno y no adaptarla en lo más mínimo a sus propósitos. ¿Me ha entendido?

—Perfectamente, señoría. ¿Desea tener una copia del informe?

—No me vendría mal.

David volvió a su mesa, cogió dos carpetas y mientras cruzaba la sala dijo:

—Tengo aquí otra copia para Varrick, aunque estoy convencido de que ya conoce el informe y de que sin duda lo tiene guardado bajo llave.

—¡Ya basta de comentarios fuera de lugar, señor Zinc! —le espetó Seawright.

—Pido disculpas, señoría —dijo David, que le entregó una copia y a continuación dejó otra en la mesa de Nadine Karros. Regresó al podio, consultó un momento sus notas y miró fijamente a Ulander—. Veamos, doctor, volviendo al Amoxitrol, cuando su empresa llevó a cabo las pruebas ¿se preocupó de la edad que tenían aquellas mujeres africanas embarazadas?

Durante unos segundos, Ulander fue incapaz de articular palabra.

—Estoy seguro de que sí —farfulló al cabo de un momento.

—Estupendo. Así pues, ¿cuántos años debían tener aquellas mujeres para ser consideradas demasiado jóvenes según ustedes, doctor Ulander? ¿Qué criterio aplicaba Varrick en la cuestión de la edad?

—Era necesario que las sujetos tuvieran al menos diecio-cho años.

—¿Ha visto alguna vez este informe, doctor?

Ulander miró con desesperación a Nadine Karros que, junto con el resto de su equipo, evitaba mirar a los ojos de los presentes. Al fin se volvió y pronunció un poco convin-cente «no».

El jurado número treinta y siete, un varón negro de cin-cuenta y dos años soltó un bufido para que fuera oído por todos. Sonó como algo parecido a la palabra «mierda».

—¿No es cierto, doctor Ulander, que se administró Amo-xitrol a jóvenes embarazadas menores de catorce años para que abortaran? Página veintidós, señoría, segunda columna, último párrafo.

Ulander no contestó.

Reuben Massey estaba sentado en la primera fila de los ban-cos de la defensa, junto a Judy Beck. Como veterano que era de las guerras de acciones conjuntas sabía que resultaba cru-cial mantener una apariencia de absoluta calma y confianza en uno mismo. Sin embargo, la furia lo consumía por dentro. Deseaba agarrar a Nadine Karros por el cuello y estrangular-la. ¿Cómo podía estar ocurriendo todo aquello? ¿Cómo era posible que aquella puerta no solo se hubiera entreabierto, sino que la hubieran derribado de una patada?

Varrick habría podido ganar un juicio sumario sin ningu-na dificultad, y él estaría a salvo en la central, saboreando tranquilamente la victoria en su despacho y moviendo los hi-los para volver a poner el Krayoxx en el mercado. Sin embar-go, allí estaba, viendo como un novato sin experiencia arras-traba a su querida empresa por el fango.

El novato sin experiencia siguió presionando.

—Dígame, doctor Ulander, ¿el Amoxitrol llegó a comercializarse?

—No.

—Como medicamento tenía ciertos problemas, ¿no es verdad?

—Sí.

—¿Cuáles eran sus principales efectos secundarios?

—Náuseas, mareos, dolores de cabeza y desmayos. Sin embargo, eso es habitual en la mayoría de anticonceptivos de emergencia.

—No ha mencionado las hemorragias abdominales, ¿verdad, doctor Ulander? Sin duda se le habrá olvidado.

—Hubo hemorragias abdominales y fueron la razón de que pusiéramos fin a las pruebas clínicas.

—Las interrumpieron muy rápidamente, ¿no, doctor? En realidad, las pruebas finalizaron a los noventa días de haber empezado.

—Sí.

David hizo una breve pausa para aumentar el efecto dramático que se avecinaba. La siguiente pregunta fue la más brutal. La sala estaba sumida en un silencio absoluto.

—Dígame, doctor Ulander, de la muestra de mujeres embarazadas que participaron en las pruebas, ¿cuántas murieron a causa de dichas hemorragias?

El testigo se quitó las gafas, las dejó en el regazo y se frotó los ojos. Luego miró a Reuben Massey, apretó los dientes y se dirigió al jurado.

—Tuvimos noticia de once muertes.

David inclinó la cabeza brevemente. Dejó un montón de papeles en su mesa y cogió otro juego. Ignoraba hasta dónde podría llegar, pero no estaba dispuesto a rendirse hasta que lo obligaran a ello. Regresó al podio, ordenó unas hojas y, con toda su parsimonia, dijo:

—Bien, doctor Ulander, hablemos ahora de otros medicamentos que Varrick sí comercializó.

Nadine se levantó rápidamente.

—Protesto, señoría, por lo mismo que antes.

—Protesta denegada por la misma razón, señorita Karros.

—En ese caso, señoría, ¿podríamos tener un breve receso?

Eran casi las once y pasaba media hora del habitual descanso de las diez y media. Seawright miró a David y le preguntó:

—¿Falta mucho, señor Zinc?

David alzó las manos sin soltar su libreta de notas.

—Caramba, señoría, no lo sé. Tengo una lista muy larga de medicamentos peligrosos.

—Quiero verlos a los dos en mi despacho para hablar de ello. Receso de quince minutos.

46

Teniendo a tres miembros negros en el jurado, David tomó la decisión táctica de pasar un poco más de tiempo en África con el doctor Ulander. Durante el receso, Seawright le permitió adentrarse en los antecedentes de solo tres medicamentos más.

—Quiero que el jurado tenga el caso concluido esta misma tarde —dijo.

Nadine Karros siguió manifestando enérgicamente sus protestas, y el juez, denegándoselas.

El jurado entró y ocupó sus asientos. El doctor Ulander regresó al estrado de los testigos, y David le preguntó:

—Doctor Ulander, ¿recuerda usted un medicamento llamado Klervex?

—Sí.

—¿Lo produjo y lo comercializó su empresa, Varrick Labs?

—Sí.

—¿Cuándo recibió la aprobación de Sanidad?

—Veamos... A principios del año 2005, si no recuerdo mal.

—¿Sigue en el mercado?

—No.

—¿Cuándo fue retirado del mercado?

—Dos años después, en junio de 2007, creo.

—¿Fue Varrick quien tomó la decisión de retirarlo o lo hizo por orden de Sanidad?

—Fue Sanidad.

—Cuando lo retiraron, su empresa se enfrentaba a miles de demandas por culpa del Klervex, ¿no es cierto?

—Sí.

—¿Podría explicar en términos para legos qué clase de medicamento era?

—Se usaba para combatir la hipertensión, para pacientes que sufrían una alta presión sanguínea.

—¿Y tenía efectos perniciosos?

—Según los abogados del colectivo de acciones conjuntas, sí.

—Bien, ¿y qué me dice de Sanidad? No ordenaría retirar el medicamento porque no era del gusto de los abogados, ¿verdad? —David tenía otra carpeta en la mano y la agitaba en el aire mientras hablaba.

—Supongo que no.

—No le he pedido suposiciones, doctor. Usted conoce este informe de Sanidad. El Klervex provocó fortísimas migrañas en miles de pacientes, migrañas que en algunos casos llegaban a nublar la vista.

—Según Sanidad, sí.

—¿Pone en duda los criterios de Sanidad?

—Sí.

—¿Supervisó usted las pruebas clínicas del Klervex?

—Mi personal y yo revisamos las pruebas de todos los productos de nuestra empresa. Pensaba que había quedado claro.

—Mis más sinceras disculpas. ¿Cuántos tipos de pruebas clínicas diferentes se realizaron con el Klervex?

—Al menos seis.

—¿Y dónde las llevaron a cabo?

Aquella tortura no acabaría hasta que finalizara el turno de repreguntas, de modo que Ulander se lanzó.

—Cuatro en África, una en Rumanía y otra en Paraguay.

—¿Cuántos sujetos fueron tratados con Klervex en África?

—En cada prueba participaron unos mil sujetos.

—¿Recuerda de qué países eran?

—No con exactitud. Creo que fueron Camerún, Kenia y puede que Nigeria. No recuerdo el cuarto.

—¿Las pruebas se realizaron de forma simultánea?

—En general sí y durante un período de doce meses, entre los años 2002 y 2003.

—¿No es cierto, doctor, que usted, y me refiero a usted personalmente, sabía desde el principio que el medicamento tenía problemas?

—¿Qué quiere decir con lo de «desde el principio»?

David se acercó a la pila de papeles de su mesa, cogió uno y se dirigió al tribunal.

—Señoría, me gustaría que se admitiera como prueba este memorando interno enviado al doctor Ulander por una técnico de Varrick llamada Darlene Ainsworth. Fechado el 4 de mayo de 2002.

—Déjeme verlo —pidió el juez.

Nadine se puso en pie.

—Señoría, protesto basándome en la falta de relevancia y del debido fundamento.

Seawright examinó las dos páginas del documento y miró al doctor Ulander.

—¿Recibió usted este memorando?

—Sí.

David intervino para echar una mano.

—Señoría, este memorando fue filtrado por una fuente confidencial a los demandantes en el caso contra el Klervex que se ventiló hace un par de años. Su autenticidad quedó probada entonces, y el doctor Ulander lo sabe.

—Es suficiente, señor Zinc. Se admite.

El señor Zinc volvió a la carga.

—Este memorando lleva fecha del 4 de mayo de 2002. ¿Es correcto, doctor Ulander?

—Sí.

—Así pues, este memorando llegó a su mesa unos dos meses después de que Varrick iniciara las pruebas clínicas en África. Mire, por favor, el último párrafo de la segunda página, ¿sería usted tan amable de leérselo al jurado, doctor Ulander?

Saltaba a la vista que el testigo no tenía ningunas ganas de leer nada. Aun así, se ajustó las gafas y empezó:

—«Los pacientes han tomado Klervex durante seis semanas, dos veces al día en dosis de cuarenta miligramos. El setenta y dos por ciento muestran un descenso de la presión sanguínea, tanto sistólica como diastólica. Los efectos secundarios son preocupantes. Los pacientes se quejan de mareos, náuseas y vómitos. Muchos de ellos, alrededor de un veinte por ciento, sufren dolores de cabeza tan fuertes y debilitantes que ha sido necesario interrumpir el tratamiento. Tras comparar notas con otros técnicos médicos de aquí, en Nairobi, propongo con la mayor insistencia que se suspendan todos los ensayos del Klervex».

—Dígame, doctor Ulander, ¿en algún momento se interrumpieron los ensayos?

—No, no se interrumpieron.

—¿Recibió más informes parecidos?

Ulander suspiró y miró a la mesa de la defensa, impotente.

—Tengo copias de los otros informes, doctor Ulander, por si le refrescan la memoria —insistió David.

—Sí, hubo más informes —reconoció Ulander.

—Y esa técnico, Darlene Ainsworth, ¿sigue trabajando en Varrick?

—No lo creo.

—¿Eso es un sí o un no, doctor Ulander?

—No, no trabaja en Varrick.

—¿No es cierto, doctor Ulander, que fue despedida un mes después de haberle enviado ese informe acerca de los horrores del Klervex?

—Yo no la despedí.

—Pero fue despedida, ¿no?

—Bueno, no sé en qué condiciones dejó la empresa. Es posible que se marchara por voluntad propia.

David se acercó de nuevo a su mesa y cogió un grueso documento. Se volvió hacia Seawright y dijo:

—Señoría, esta es la declaración del doctor Ulander en el juicio contra el Klervex que se celebró hace dos años. ¿Puedo utilizarla para refrescar la memoria del testigo?

Seawright se volvió hacia Ulander.

—Haga el favor de responder a la pregunta —le ordenó secamente—. ¿Esa empleada fue despedida un mes después de que le enviara ese informe?

La reprimenda de su señoría refrescó la memoria del doctor Ulander en un abrir y cerrar de ojos.

—Sí, lo fue —se apresuró a contestar.

—Gracias —dijo el juez.

David se volvió hacia el jurado.

—Por lo tanto, a pesar de esas advertencias, Varrick siguió adelante y en el año 2005 obtuvo el visto bueno de las autoridades de Sanidad, ¿no es así, doctor Ulander?

—El medicamento fue aprobado en el año 2005, sí.

—Y una vez obtenida la aprobación, Varrick lo comercializó en todo el país con una intensa campaña publicitaria, ¿verdad?

—Yo no tengo nada que ver con el departamento de marketing.

—Pero usted forma parte de la junta directiva.

—Sí.

—Poco después empezaron los problemas y al menos ocho mil pacientes que habían tomado Klervex presentaron una demanda conjunta alegando fuertes migrañas y otras dolencias por culpa del medicamento.

—Desconozco esas cifras.

—Es igual, doctor, no vamos a perder el tiempo en esos detalles. Intentaré resumir esto rápidamente. ¿Su empresa ha ido alguna vez a juicio en este país para defender su medicamento conocido como Klervex?

—Una vez.

—¿Y no es cierto, doctor Ulander, que hasta la semana pasada Varrick había llegado a acuerdos de indemnización para más de veinticinco mil demandas contra ese medicamento?

Nadine se puso nuevamente en pie.

—Protesto, señoría, las indemnizaciones pactadas en otros casos carecen de relevancia en el que nos ocupa. El señor Zinc se está extralimitando.

—Eso lo decidiré yo, señorita Karros, pero su protesta es admitida. El señor Zinc no se referirá a otros acuerdos indemnizatorios.

—Desde luego, señoría. Dígame, doctor Ulander, ¿recuerda usted un medicamento llamado Ruval?

Ulander suspiró nuevamente y empezó a mirarse los pies. David fue hasta su mesa, rebuscó entre sus papeles y sacó otro fajo de documentos salidos de entre la ropa sucia de Varrick y, resumiendo, demostró: 1) que se suponía que el Ruval aliviaba las migrañas, pero que al mismo tiempo aumentaba considerablemente la presión sanguínea; 2) que había sido probado en África y la India con personas que sufrían migrañas; 3) que Varrick conocía sus efectos perniciosos, pero que intentó ocultar dicha información; 4) que los abogados de las partes demandantes en las subsiguientes denuncias hallaron documentación interna e inculpatoria de la empresa; 5) que Sanidad acabó retirando el medicamento del mercado; y 6) que Varrick seguía defendiéndose de varias acciones conjuntas y que ni uno solo de aquellos casos había llegado a juicio.

A la una, David decidió dejarlo. Había interrogado implacablemente a Ulander durante casi tres horas sin que Nadine Karros replicara y había logrado anotarse suficientes puntos. El jurado, que al principio había parecido divertirse con el revolcón de Varrick, en esos momentos estaba listo para irse a comer, votar y marcharse a casa.

—Hora de comer —dictó Seawright—. La sesión se reanudará a las dos de la tarde.

David encontró una mesa libre en un rincón de la cafetería del segundo piso del edificio y estaba tomando un sándwich y revisando sus notas cuando notó que alguien se le acercaba por detrás. Era Taylor Barkley, un asociado de Rogan Rothberg al que David conocía y había saludado en alguna ocasión en la sala.

—¿Tienes un segundo? —preguntó, acercando una silla.

—Claro.

—Buen interrogatorio. Nadine no suele cometer errores, pero esta vez ha metido la pata.

—Gracias —dijo David, sin dejar de masticar.

Barkley miró a un lado y a otro rápidamente, como si fuera a confesarle un secreto de estado.

—¿Conoces a un bloguero que se llama Hung Juror?

David asintió, y Barkley prosiguió:

—Nuestros chicos del departamento técnico son muy buenos y le han seguido el rastro. Resulta que está aquí, en la sala del tribunal, tres filas por detrás de ti. Jersey azul marino, camisa blanca, de unos treinta años y con pinta de empollón. Se llama Aaron Deentz y solía trabajar para un bufete no demasiado importante del centro, pero con la crisis lo despidieron. Ahora escribe en su blog y se las da de importante, pero sigue sin encontrar trabajo.

—¿Por qué me cuentas todo esto?

—Mira, tiene todo el derecho del mundo a bloguear, la sala es un lugar público. La mayor parte de lo que escribe es inofensivo, pero se ha metido con tu mujer. Yo lo tumbaría de un puñetazo. Pensé que te gustaría saberlo. Ya nos veremos.

Dicho lo cual, Barkley se levantó y se marchó.

A las dos, Nadine Karros se puso en pie y anunció:

—Señoría, la defensa ha concluido.

Aquello ya se había discutido en privado y no constituyó ninguna sorpresa. El juez Seawright no perdió el tiempo y dijo:

—Señor Zinc, puede presentar sus conclusiones finales.

David no tenía el menor deseo de dirigirse al jurado y suplicarle compasión para Iris Klopeck, su cliente. Sin embargo, habría resultado sumamente extraño que el abogado que había llevado el caso casi desde el principio no presentara sus conclusiones finales. Se levantó, subió al podio y empezó agradeciendo sus servicios al jurado. A continuación reconoció que aquel era su primer juicio y que en principio su trabajo solo había consistido en documentarse. Añadió que los acontecimientos lo habían empujado a hacerse cargo del caso y que lamentaba no haberlo hecho mejor. Mostró un documento y explicó que se trataba de la orden previa, una especie de resumen de lo que iba a ser el juicio que ambas partes pactaban mucho antes de que el jurado fuera seleccionado. En la página treinta y cinco había algo que les interesaba: una lista de los expertos reunidos por la defensa. ¡Veintisiete en total y todos con la palabra «doctor» delante de sus nombres! Gracias a Dios, la defensa no había llamado a los veintisiete, aunque sin duda los había contratado y pagado. ¿Y por qué podía necesitar la defensa tantos y tan bien pagados expertos? ¿Acaso su cliente tenía algo que ocultar? ¿Y para qué le hacían falta tantos abogados?, preguntó David, señalando al equipo de

Rogan Rothberg. Su cliente, Iris Klopeck, no podía costearse tanto talento. Aquello no era justo, las fuerzas no estaban igualadas. Solo el jurado podía hacer justicia.

Habló menos de diez minutos y bajó del podio tan tranquilo. Mientras caminaba hacia su mesa observó a los espectadores y cruzó la mirada con la de Aaron Deentz, el Hung Juror, hasta que este apartó la vista.

Nadine Karros argumentó durante treinta minutos y consiguió atraer la atención del jurado hacia el Krayoxx y alejarla de los desagradables ensayos que el señor Zinc había expuesto. Defendió vigorosamente a Varrick y les recordó los variados y famosos medicamentos que la empresa había ofrecido al mundo, incluyendo el Krayoxx, un medicamento que había salido intacto de aquel juicio gracias a que la parte demandante había fracasado estrepitosamente a la hora de demostrar que era pernicioso. Sí, ella y Varrick quizá tuvieran veintisiete expertos en cartera, pero eso no tenía nada que ver. Mucho más importantes eran las pruebas aportadas por el demandante, que había presentado la denuncia y a quien correspondía fundamentarla correctamente; cosa que no había hecho.

David contempló su actuación con gran admiración. Nadine era hábil y competente, y su experiencia ante los tribunales se apreciaba claramente en su forma de moverse y de hablar, en cómo escogía las palabras sin el menor esfuerzo, en cómo miraba a los miembros del jurado y confiaba en ellos. A juzgar por la expresión de sus rostros, no había duda de que le correspondían.

David no hizo uso de su derecho de réplica, así que el juez pasó directamente a lectura de las instrucciones al jurado, sin duda la parte más aburrida del juicio. A las tres y media el jurado fue llevado a una sala aparte para que deliberara. David deseaba marcharse lo antes posible, de modo que metió todos sus papeles en una caja y se la llevó en el ascensor hasta su coche, que había dejado en el aparcamiento. Cuando volvía a subir al piso veintitrés, su móvil vibró. El mensaje de texto decía: «El jurado está listo». Sonrió y dijo para sí:

—No ha tardado mucho.

Todo el mundo guardó silencio en la sala, y el alguacil hizo entrar al jurado. El portavoz entregó el veredicto al bedel, que a su vez se lo entregó al juez Seawright, que a su vez lo leyó y declaró:

—El veredicto parece estar en orden.

El papel volvió a manos del portavoz que se levantó y leyó en voz alta:

—Nosotros, el jurado, fallamos a favor de la parte demandada, Varrick Labs.

No se produjo ninguna reacción significativa en la sala. El juez Seawright cumplió con los rituales posveredicto y mandó a casa al jurado. David no tenía ganas de entretenerse y sufrir los comentarios de rigor de «buen trabajo», «era un caso muy difícil» y «más suerte la próxima vez». Tan pronto como Seawright dio un golpe de mazo y levantó la sesión, cogió su pesada cartera y abandonó la sala a toda prisa. Salió antes que el público y caminaba a paso vivo por el pasillo cuando vio que un rostro conocido entraba en los aseos. Lo siguió y una vez dentro miró en derredor y se aseguró de que solo estaban él y Aaron Deentz. Se lavó las manos para hacer tiempo y esperó. Deentz se apartó del urinario, dio media vuelta y se encontró con David. Desenmascarado, se detuvo en seco.

—Tú eres el Hung Juror, ¿verdad? —preguntó David.

—¿Y qué si lo soy? —contestó Deentz con una sonrisa burlona.

David le asestó un derechazo. El golpe acertó de pleno en la fofa mandíbula izquierda del Hung Juror, que estaba demasiado perplejo para reaccionar y gruñó cuando el hueso hizo un ruido seco. David lo remató con un gancho de izquierda directo a la nariz.

—Esto es por lo de «putón», ¡capullo! —dijo David mientras Deentz caía al suelo.

Salió del aseo y vio una multitud al final del pasillo. Encontró la escalera y bajó a toda prisa hasta el vestíbulo principal. Cruzó la calle corriendo hasta el aparcamiento y cuando estuvo a salvo dentro de su cuatro por cuatro respiró hondo y exclamó:

—¡Serás idiota!

Tras un tortuoso camino de regreso a la oficina, David llegó a última hora de la tarde. Para su sorpresa se encontró con que Oscar estaba sentado a la mesa y compartía un refresco con Rochelle. Se lo veía pálido y delgado, pero sonreía y dijo encontrarse bien. El médico le había dado permiso para que pasara no más de dos horas en el despacho, y aseguró estar impaciente por volver al trabajo.

David le dio una versión muy resumida del juicio y consiguió despertar algunas risas cuando les hizo su imitación del doctor Borzov, con acento ruso incluido. Ya que todo el mundo parecía reírse de Finley & Figg, ¿por qué no iban a hacerlo ellos también? Las risas aumentaron cuando les relató sus frenéticos esfuerzos por encontrar al doctor Threadgill. Apenas podían creer que Helen se hubiera enrolado como auxiliar jurídica. Rochelle tuvo que secarse las lágrimas de risa al oír las caras que habían puesto los miembros del jurado al ver el vídeo de la deposición de Iris.

—Y a pesar de mi brillante actuación, el jurado llegó a un veredicto en menos de diecisiete minutos.

Cuando todo el mundo hubo dejado de reír, hablaron de Wally, el compañero caído. También hablaron de las facturas, del crédito del banco y de su sombrío futuro. Oscar acabó proponiendo que lo olvidaran todo hasta el lunes siguiente.

—Ya se nos ocurrirá alguna cosa —dijo.

David y Rochelle se quedaron muy sorprendidos por lo amable y atento que se había vuelto. Era posible que el infarto y la posterior operación le hubieran dado conciencia de su propia mortalidad. El viejo Oscar habría maldecido a Figg por la inminente ruina del bufete, pero el nuevo parecía extrañamente optimista acerca de su situación.

Al cabo de una hora de la más agradable conversación que había conocido en el bufete, David dijo que tenía que marcharse. Su auxiliar jurídica lo esperaba con la cena y deseaba saber cómo había ido el juicio.

47

David dedicó el fin de semana a ocuparse de la casa, hizo recados para Helen, paseó a Emma por el vecindario en su cochecito, lavó y abrillantó los dos coches, y se mantuvo al tanto de las noticias y comentarios acerca del juicio y la gran victoria de Varrick.

A diferencia del *Tribune*, el *Chicago Sun-Times* del sábado publicó un pequeño artículo. No obstante, los medios de internet bullían con la noticia y sus consecuencias. La maquinaria propagandística de Varrick había empezado a funcionar a plena potencia y todo el mundo describía el veredicto como una gran reivindicación del Krayoxx. En todas partes aparecían citas de Reuben Massey, el consejero delegado de Varrick, en las que alababa el medicamento, condenaba al colectivo de acciones conjuntas y prometía perseguir a los «cazadores de ambulancias» hasta la muerte, felicitaba al jurado de Chicago por su comportamiento y clamaba por una legislación que protegiera a las empresas inocentes de tan frívolas denuncias. Jerry Alisandros no quiso hacer declaraciones. De hecho, ninguno de los abogados que había demandado a Varrick hizo comentario alguno. «Por primera vez en la historia reciente, el colectivo de acciones conjuntas ha cerrado la boca», escribió un reportero.

La llamada llegó a las dos de la tarde del domingo. El doctor Biff Sandroni había recibido las muestras de Nasty Teeth el viernes por la mañana a través de FedEx y, mientras David apretaba las tuercas a Ulander, él se había dado prisa por analizarlas.

—Son las mismas, David. Todas están recubiertas por la misma pintura de plomo altamente tóxica. Tu demanda es pan comido. Será coser y cantar. La mejor que he visto.

—¿Cuándo tendrás listo el informe?

—Mañana te lo enviaré por correo electrónico.

—Gracias, Biff.

—Buena suerte.

Una hora más tarde, Helen y David metieron a Emma en su asiento del coche y partieron hacia Waukegan. El propósito del viaje era ver cómo estaba Wally y de paso aprovechar para que la pequeña se durmiera.

Tras cuatro días sobrio, Wally parecía descansado e impaciente por abandonar Harbor House. Wally le hizo un resumen del juicio, pero como no deseaba repetirse y no estaba de humor omitió las partes que Rochelle y Oscar habían encontrado tan graciosas el viernes. Wally se disculpó tantas veces que David tuvo que pedirle que lo dejara estar.

—Se ha acabado, Wally. Debemos seguir adelante.

Hablaron de la manera de deshacerse de sus clientes del Krayoxx y de los problemas que eso podía crearles, pero en realidad poco importaba lo mucho que pudiera complicarse su situación. La decisión era definitiva. No más Krayoxx ni Varrick.

—No tengo por qué quedarme más tiempo aquí —dijo Wally.

Estaban solos al final del pasillo. Helen había preferido quedarse en el coche con Emma, que dormía.

—¿Qué dice tu terapeuta?

—Me estoy cansando de ese tío. Escucha, David, recaí por culpa de la presión. Eso es todo. En estos momentos me considero recuperado. Ya he empezado a contar los días. Volveré a apuntarme a Alcohólicos Anónimos, y rezaré y me esforzaré para no recaer de nuevo. No me gusta ser un borracho, ¿me entiendes? Tenemos trabajo por delante y debo estar sobrio.

Con su parte del contador marcando quinientos dólares diarios, David era el primero que deseaba ver a Wally fuera de allí lo antes posible, pero no estaba seguro de que diez días de desintoxicación pudieran ser suficientes.

—Hablaré con él, ¿cómo se llamaba?

—Hale, Patrick Hale. Esta vez se ha puesto en plan duro de verdad conmigo.

—Quizá sea lo que necesitas, Wally.

—Vamos, David, sácame de aquí. Nos hemos cavado nuestro propio agujero, y esta vez solo estamos tú y yo. No creo que Oscar vaya a sernos de mucha ayuda.

Quedó en el aire que Oscar había sido desde el principio el gran escéptico del Krayoxx y de las acciones conjuntas en general y que el agujero en el que estaban lo había cavado exclusivamente un tal Wallis T. Figg. Hablaron un rato de Oscar, de su divorcio, de su salud y de su nueva amiguita, que según Wally no era tan nueva. David no pidió más detalles. Cuando se despidió, Wally volvió a suplicarle:

—Sácame de aquí, David. Tenemos mucho trabajo por delante.

David se despidió con un abrazo y salió de la sala de visitas. El trabajo al que Wally se refería constantemente no era más que la imponente tarea de desembarazarse de más de cuatrocientos clientes descontentos, barrer los restos del naufragio del caso Klopeck, enfrentarse a un montón de facturas pendientes y seguir trabajando en un edificio que en esos momentos soportaba una hipoteca de doscientos mil dólares. El bufete llevaba más de un mes descuidando a sus clientes habituales, de modo que muchos de ellos se habían buscado otro abogado, y las llamadas de clientes en potencia habían descendido notablemente.

David había pensado en la posibilidad de marcharse y abrir su propio despacho o buscar otros bufetes de un tamaño parecido. Si lo hacía, se llevaría consigo el caso de Thuya Khaing y ni Oscar ni Wally se enterarían nunca. En el supuesto de que la demanda prosperara siempre podría enviar un cheque a Finley & Figg para cubrir su parte de la hipoteca. Sin embargo, esos pensamientos lo inquietaban. Ya había huido de un bufete sin mirar atrás. Si volvía a hacerlo, tarde o temprano lo lamentaría. En realidad, sabía que no podía abandonar Finley & Figg estando sus socios como estaban y teniendo una legión de clientes disgustados y de acreedores llamando a la puerta.

El lunes por la mañana los teléfonos no dejaron de sonar. Rochelle contestó unas cuantas llamadas y después anunció:

—Son todos nuestros clientes del Krayoxx que preguntan por sus casos.

—Desconecta el teléfono —le dijo David, y el ruido cesó.

El viejo Oscar había regresado y se había encerrado en su despacho mientras trasladaba papeles de un sitio a otro.

A las nueve, David terminó la carta que pensaba enviar a los más de cuatrocientos clientes que seguían creyendo que tenían una demanda en marcha. Decía así:

Apreciado Sr./Sra. ____:

La semana pasada nuestro bufete tramitó el juicio de la primera demanda contra Varrick Labs por el asunto de su medicamento conocido como Krayoxx. El juicio no salió como pensábamos y perdimos. El jurado dictó a favor de Varrick. Con las pruebas presentadas está claro que no es aconsejable proseguir con las demandas contra dicha empresa. Por este motivo nos estamos retirando como su representante legal.

Considérese libre para consultar con cualquier otro abogado. Por si le interesa, deseo resaltar que Varrick presentó pruebas convincentes de que el Krayoxx no daña las válvulas cardíacas ni ninguna otra parte del cuerpo.

Sinceramente,

DAVID ZINC,
abogado

Cuando la impresora de Rochelle empezó a escupir las cartas, David subió a su despacho para preparar otra denuncia ante el tribunal federal, que era el último lugar que aquel lunes por la mañana deseaba visitar de nuevo. Tenía un borrador de la demanda que iba a presentar contra Sonesta Games y otro de la carta que pensaba enviar al jefe del departamento jurídico de la empresa, de modo que mientras esperaba a que llegara el informe de Sandroni se dedicó a pulir los dos.

Las acciones de Varrick habían abierto el lunes a cuarenta y dos dólares y medio, su valor más alto de los últimos dos años. David repasó las páginas financieras de internet y algunos blogs, y vio que en su mayoría seguían especulando con futuros litigios contra el Krayoxx. Dado que no pensaba desempeñar ningún papel en aquel asunto no tardó en perder todo interés.

Buscó en la impenetrable página web del condado de Cook —tribunales, delitos, mandamientos y declaraciones juradas— y no encontró ni rastro de una denuncia por lesiones presentada por un tal Aaron Deentz. El sábado, Hung Juror había escrito en su columna acerca de la conclusión del juicio del caso Klopeck, pero no había mencionado haber recibido un par de puñetazos en los aseos de hombres del piso veintitrés del edificio federal Dirksen.

Oscar tenía un amigo que a su vez tenía un amigo que trabajaba en mandamientos y declaraciones juradas y que se suponía que debía estar al tanto por si aparecía una denuncia a nombre de Deentz.

—¿De verdad lo tumbaste? —le había preguntado Oscar con verdadera admiración.

—Sí, y fue una estupidez por mi parte.

—No te preocupes. Solo es un caso de lesiones, tengo amigos por ahí.

Cuando llegó el informe de Sandroni, David lo leyó detenidamente y casi dio un salto de alegría con la conclusión: «Los niveles de plomo de la pintura utilizada en los Nasty Teeth son altamente tóxicos. No solo un niño, sino cualquier persona que utilice el producto de la manera en que fue diseñado, es decir, para ser llevado en la boca encima de los dientes de verdad, correrá el riesgo de ingerir grandes cantidades de pintura con un alto contenido en plomo».

Por si fuera poco, Sandroni añadía: «A lo largo de los treinta años que llevo analizando productos en busca de elementos tóxicos, nunca he visto un producto diseñado y fabricado de forma tan torpe y negligente».

David hizo una copia de las seis páginas del informe y lo metió en una carpeta junto a las fotos en color de los Nasty Teeth originales utilizados por Thuya y las del juego que había comprado la semana anterior en la gasolinera. Adjuntó una copia de la demanda y del resumen clínico redactado por los médicos de Thuya. En la atenta pero directa carta que dirigió al señor Dylan Kott, jefe del departamento jurídico de Sonesta Games, David se ofreció a tratar el asunto antes de presentar la demanda ante los tribunales. Sin embargo, su oferta solamente tenía una validez de dos semanas. La familia de Thuya no solo había sufrido mucho, sino que seguía sufriendo y tenía derecho a una compensación inmediata.

Cuando salió a comer cogió la carpeta y la envió a Sonesta Games utilizando el servicio de veinticuatro horas de FedEx. Nadie más en el bufete estaba al corriente del asunto. En la carta había indicado su casa y su teléfono móvil como direcciones de contacto.

Oscar se marchaba cuando David regresó, y resultó que su chófer era una mujer menuda perteneciente a una etnia de difícil clasificación. Al principio, David pensó que era tailandesa, pero luego le pareció más bien hispana. Fuera lo que fuese, le resultó agradable charlar con ella en el porche. Como mínimo era veinte años más joven que Oscar. Durante su breve conversación David tuvo la clara impresión de que ambos se conocían desde hacía tiempo. Oscar, que tenía un aspecto bastante frágil tras una mañana de trabajo muy tranquila en el bufete, se metió lentamente en el pequeño Honda, y los dos se alejaron.

—¿Quién es? —le preguntó David a Rochelle mientras cerraba la puerta.

—Acabo de conocerla. Tiene un nombre muy raro que no he llegado a entender. Me dijo que hace tres años que conoce a Oscar.

—Que Wally es un ligón empedernido ya lo sabía, pero tratándose de Oscar me sorprende.

Rochelle sonrió.

—Cuando se trata de amor y sexo, nada me sorprende, señor Zinc. —Cogió una nota y se la alargó—. Y ya que hablamos del tema, quizá debería llamar a este individuo.

—¿Quién es?

—Goodloe Stamm, el abogado que lleva el divorcio de Paula Finley.

—No sé nada de derecho matrimonial, señora Gibson.

Rochelle echó un conspicuo vistazo en derredor y dijo:

—Estamos solos, así que será mejor que aprenda deprisa.

Stamm empezó hablando en un tono melifluo:

—Lamento el veredicto, pero la verdad es que no me sorprendió.

—Ni a mí —respondió con sequedad David—. ¿En qué puedo ayudarlo?

—Ante todo, ¿cómo se encuentra el señor Finley?

—Oscar está bien. Hoy hace dos semanas que tuvo el infarto. Esta mañana ha venido un rato a la oficina y está mejorando rápidamente. Supongo que me llama por la demanda contra el Krayoxx, por si hay alguna esperanza de cobrar algo. Por desgracia para nuestros clientes, para nosotros y para la señora Finley, la respuesta es que no vamos a sacar un centavo de esos casos. No pensamos apelar el veredicto del caso Klopeck y estamos notificando a nuestros clientes que nos retiramos. Nos hemos endeudado para financiar el juicio, que nos ha costado ciento ochenta mil dólares en metálico. Nuestro socio más veterano se está recuperando de un infarto y la correspondiente operación. El socio más joven está ausente hasta nuevo aviso. En estos momentos estoy al frente del bufete con mi secretaria, que dicho sea de paso sabe de derecho mucho más que yo. Por si tiene curiosidad acerca de los bienes del señor Finley, permítame que le asegure que nunca ha estado tan en bancarrota como ahora. Por lo que sé de su oferta a su cliente, el señor Finley está dispuesto a cederle la casa con todo su contenido, el coche y la mitad del efectivo del banco, que asciende a menos de cinco mil dólares, a cambio de un simple divorcio de mutuo acuerdo. Oscar solo quiere poner fin a su matrimonio, señor Stamm. Yo le sugiero que acepte su oferta antes de que cambie de opinión.

Stamm asimiló todo aquello y al fin respondió:

—Bien, le agradezco su franqueza.

—Pues hay más. Usted ha presentado una demanda contra Oscar Finley en nombre de su cliente convicto, Justin Bardall, por el desafortunado incidente del tiroteo. En estos momentos, su cliente está a punto de entrar en prisión por intento de incendio. Tal como le he dicho, el señor Finley está en bancarrota. Su compañía de seguros se niega a respaldarlo porque considera que sus acciones fueron intencionales y no simple negligencia. Así pues, será inútil que lleve a juicio al señor Finley porque, sin cobertura del seguro y sin bienes personales, no podrá sacarle un centavo. Lo siento, señor Stamm, pero su demanda no vale nada.

—¿Y qué me dice del edificio donde está el bufete?

—Pues que soporta una considerable hipoteca. Mire, señor Stamm, no conseguirá el veredicto que pretende porque su cliente es reincidente y fue detenido cuando intentaba cometer un delito; y aun suponiendo que tuviera suerte y lo consiguiera, al día siguiente el señor Finley presentaría una declaración de insolvencia. No sé si se da cuenta, señor Stamm, pero no tiene manera de meterle mano.

—Empiezo a hacerme una idea.

—Créame que le digo la verdad cuando le aseguro que no tenemos nada y que no ocultamos nada. Le ruego que hable con la señora Finley y con el señor Bardall y se lo explique. Me gustaría poder dar carpetazo a estos dos asuntos lo antes posible.

—De acuerdo, de acuerdo, veré qué puedo hacer.

48

Transcurrió una semana sin que hubiera noticias de Sonesta Games. David no quitó ojo al calendario ni al reloj y tuvo que hacer un esfuerzo para resistirse a la tentación de soñar con un acuerdo indemnizatorio al tiempo que contemplaba con temor la posibilidad de tener que enfrentarse a una gran empresa ante un tribunal federal. Acababa de recorrer ese camino y había aprendido que estaba sembrado de peligros. A ratos se sentía igual que el pobre Wally, perdido en sueños de dinero fácil.

Poco a poco el bufete regresó a una rutina que más o menos se parecía a la de la vieja época. Rochelle seguía llegando puntualmente todas las mañanas a las siete y media y disfrutaba de su momento de paz con CA. David era el siguiente y después Wally, que había recuperado su coche intacto porque se lo había llevado la grúa durante la borrachera. Oscar aparecía alrededor de las diez de la mano de su nueva pareja que, con sus encantos, había logrado impresionar incluso a Rochelle. En algún momento de todas las mañanas, Wally se dirigía a sus socios y anunciaba «decimosegundo día sobrio», y así sucesivamente. Sus palabras recibían la aprobación y el estímulo de todos, de modo que no tardó en recuperar su autoestima. Incluso acudía casi todas las noches a las distintas reuniones de Alcohólicos Anónimos de la ciudad.

Los teléfonos seguían sonando con las llamadas de los decepcionados clientes del Krayoxx, llamadas que Rochelle desviaba invariablemente a David y a Wally. Por lo general, la gente se mostraba más desengañada que beligerante. Todos ellos habían esperado una lluvia de dinero y no entendían qué había ocurrido. Tanto David como Wally se deshacían en disculpas y echaban la culpa a un nebuloso «jurado federal» que había acordado un veredicto favorable a Varrick. Igualmente insistían en que había quedado demostrado ante el tribunal que el medicamento no tenía efectos secundarios perniciosos. En otras palabras, que no iban a cobrar un centavo, pero que sus corazones estaban mucho mejor de lo que creían.

Por todo el país se repetían conversaciones parecidas a medida que cientos de abogados de altos vuelos retiraban sus demandas contra el medicamento. Un abogado de Phoenix presentó una moción para retirar cuatro demandas de clientes que supuestamente habían fallecido por culpa del Krayoxx y se encontró con la Disposición n.º 11 del catálogo de pesadillas de Nadine Karros. Varrick Labs solicitó que se impusieran sanciones por presentar demandas infundadas y demostró que llevaba gastados ocho millones de dólares defendiéndose de ellas. Con el colectivo de acciones conjuntas en plena retirada, enseguida se hizo evidente que Varrick Labs iba por él. Las guerras por la Disposición n.º 11 durarían meses.

Diez días después del veredicto, el Departamento de Sanidad levantó la prohibición que pesaba sobre el Krayoxx, y Varrick volvió a inundar el mercado con él. Reuben Massey empezó a hacer acopio de reservas de efectivo. Su principal prioridad era perseguir al colectivo de acciones conjuntas por haber maltratado de ese modo a su querido medicamento.

Once días después del veredicto, seguía sin haber noticias de Aaron Deentz. El Hung Juror se había tomado unas vacaciones de su blog sin dar explicaciones. David tenía dos planes en caso de una denuncia por agresión. Primero, si Deentz presentaba cargos, corría el riesgo de desvelar su identidad; y al igual que muchos blogueros disfrutaba del anonimato y de la consiguiente libertad de decir prácticamente lo que quisiera. El hecho de que David supiera quién era y lo hubiera llamado por su nombre antes de golpearlo sin duda debía tenerlo intranquilo. Si Deentz lo denunciaba, se vería obligado a presentarse ante un tribunal y reconocer que era el Hung Juror. Suponiendo que fuera cierto que andaba buscando trabajo, su actividad como bloguero podía constituir un obstáculo porque en los últimos dos años había dicho de todo contra jueces, abogados y bufetes. Por otra parte, se había llevado dos buenos puñetazos. David no había oído crujir huesos, pero sin duda el daño había sido importante, aunque transitorio. Teniendo en cuenta que Deentz era abogado, cabía esperar que deseara obtener su revancha ante un tribunal.

David no le había dicho nada a Helen acerca de la agresión. Sabía que ella no la aprobaría y se preocuparía de que pudieran denunciarlo y detenerlo. Su intención era confesárselo solo si Deentz lo denunciaba. En otras palabras, quizá se lo diría más adelante. Entonces se le ocurrió otra idea. Solo había un Deentz en el listín telefónico, así que lo llamó un día, a última hora de la tarde.

—Con Aaron Deentz, por favor —dijo.

—Al habla.

—Soy David Zinc, señor Deentz, y llamo para disculparme por mis acciones después del veredicto del jurado en el caso Klopeck. Estaba molesto, enfadado y reaccioné de modo inapropiado.

Una breve pausa.

—Me rompió la mandíbula.

Inicialmente David sintió una punzada de orgullo de macho al saber de lo que era capaz de hacer uno de sus puñetazos, pero ese sentimiento se desvaneció cuando pensó en una demanda por lesiones.

—Vuelvo a repetirle mis disculpas y le aseguro que no era mi intención romperle nada.

La respuesta de Deentz fue de lo más reveladora.

—¿Cómo supo mi identidad? —preguntó.

Así pues, temía verse descubierto. David lanzó una cortina de humo.

—Tengo un primo que es un pirado de los ordenadores. Solo tardó veinticuatro horas. No debería colgar su columna siempre a la misma hora todos los días. Lamento lo de la mandíbula. Estoy dispuesto a cubrir sus gastos médicos.

Se trataba de un ofrecimiento que hacía obligado por las circunstancias, pero lo último que le apetecía era un nuevo desembolso.

—¿Me está proponiendo un trato, Zinc?

—Desde luego. Yo le cubro los gastos médicos, y usted no presenta demanda alguna.

—¿Le preocupa que lo denuncie por lesiones?

—No especialmente. Si me lleva ante los tribunales me aseguraré de que el juez se entere de las cosas que ha publicado y no creo que le guste. Los jueces aborrecen los blogs como el suyo. El juez Seawright lo seguía diariamente y estaba furioso porque pensaba que podía afectar al desarrollo del caso si algún miembro del jurado se topaba con él. Había dado instrucciones a sus ayudantes para que hicieran lo imposible por desvelar la identidad del Hung Juror.

David estaba improvisando sobre la marcha, pero sus palabras sonaban plausibles.

—¿Se lo ha dicho a alguien? —preguntó Deentz, y por el tono David no supo si era tímido, estaba asustado o simplemente le molestaba la mandíbula.

—A nadie.

—Cuando me quedé sin trabajo también perdí mi seguro

médico. Hasta el momento su puñetazo me ha costado cuatro mil seiscientos pavos. Me han puesto alambres durante un mes. Después no sé qué más habrá.

—Ya ha oído mi oferta, señor Deentz. ¿Hay trato?

Se hizo un momentáneo silencio.

—Sí, supongo que sí.

—Hay otra cosa.

—¿Cuál?

—Llamó «putón» a mi mujer.

—Es verdad. No tendría que haberlo hecho. Es muy guapa.

—Sí, y muy inteligente.

—Le pido disculpas.

—Y yo.

La primera victoria de Wally tras el veredicto fue llegar a un acuerdo en el caso del divorcio de Oscar. Dada la escasez de los activos y la circunstancia de que ambas partes deseaban verse libres el uno del otro fervientemente, el acuerdo resultó sencillo, suponiendo que haya algún documento legal digno de tal calificativo. Cuando Oscar y Wally estamparon sus firmas debajo de las de Paula Finley y Goodloe Stamm, Oscar se quedó mirándolas largo rato y no se molestó lo más mínimo en reprimir su sonrisa. Wally presentó el documento para su validación ante los tribunales y le dieron cita para mediados de enero.

Oscar insistió en descorchar una botella de champán —sin alcohol, naturalmente—, y esa misma tarde los miembros del bufete se reunieron en torno a la mesa para una reunión extraoficial. Dado que todos sabían qué indicaba el marcador —quince días en el dique seco—, los brindis fueron tanto en honor de Wally como del nuevo soltero del grupo, Oscar Finley. Era jueves 10 de noviembre, y a pesar de que ante el pequeño bufete se abría un futuro con muchas deudas y muy

473

pocos clientes, todos parecían decididos a disfrutar del momento. A pesar de estar heridos y humillados seguían en pie y dando señales de vida.

David apuraba su copa cuando su móvil vibró. Se disculpó y subió a su despacho.

Dylan Kott se presentó como vicepresidente y asesor jurídico de Sonesta Games, cargos ambos que llevaba años desempeñando. Llamaba desde la central que la empresa tenía en San Jacinto, California. Dio las gracias a David por su carta y por lo razonable de su tono, y le aseguró que las muestras habían sido estudiadas a fondo y que eran motivo de «honda preocupación» entre los máximos responsables de la empresa. También él estaba preocupado.

—Nos gustaría reunirnos con usted, señor Zinc —dijo—, cara a cara.

—¿Y el propósito de esa reunión sería...? —quiso saber David.

—Hablar de un posible acuerdo que evitara el juicio.

—Y también la publicidad negativa, ¿no?

—Desde luego. Somos una empresa juguetera, señor Zinc. Nuestra imagen es muy importante.

—¿Cuándo y dónde?

—Tenemos un centro de distribución y unas oficinas en Des Plaines, cerca de donde está usted. Podríamos vernos allí el lunes por la mañana.

—Sí, pero solo si van en serio con el acuerdo. Si su intención es presentarse con una oferta a la baja, olvídenlo. Prefiero arriesgarme ante un tribunal.

—Por favor, señor Zinc, es muy pronto para lanzar amenazas. Le aseguro que somos conscientes de la gravedad de la situación. Por desgracia, ya hemos pasado por esto otras veces. Se lo explicaré todo el lunes.

—De acuerdo.

—¿Han designado los tribunales un representante legal del chico?

—Sí, a su padre.

—¿Sería posible que tanto el padre como la madre lo acompañaran el lunes?

—Seguramente. ¿Para qué?

—Nuestro presidente, Carl LaPorte, desea conocerlos y pedirles disculpas en nombre de la empresa.

49

El centro de distribución era uno más de la hilera de modernas naves que parecían extenderse interminablemente hacia el oeste, entre Des Plaines y las afueras de Chicago. David lo localizó sin problemas gracias al GPS y a las diez de la mañana del lunes escoltó a Soe y Lwin Khaing a través de la entrada principal de un edificio de oficinas de ladrillo adosado a un gran almacén. Una vez dentro fueron inmediatamente acompañados hasta una sala de reuniones donde les esperaban zumos, café y pastas. Los tres lo rechazaron con amabilidad. David tenía un nudo en el estómago y los nervios de punta. Los Khaing parecían realmente abrumados.

Tres individuos bien vestidos entraron en la sala: Dylan Kott, el asesor jurídico; Carl LaPorte, el presidente; y Wyatt Vitelli, el director financiero. Tras finalizar con las presentaciones, Carl LaPorte pidió a los presentes que tomaran asiento e hizo lo posible para relajar la tensión. Más ofrecimientos de zumos, café y pastas. Más «no gracias». Cuando se hizo evidente que los Khaing estaban demasiado intimidados para entablar conversación, LaPorte se puso serio y les dijo:

—Bien, lo primero es lo primero. Sé que tienen un hijo muy enfermo y que no parece que vaya a mejorar. Yo tengo un nieto de cuatro años y es mi único nieto, así que no quiero ni imaginar lo que estarán pasando. En nombre de mi empresa,

Sonesta Games, asumo toda la responsabilidad de lo que le ha ocurrido a su hijo. Nosotros no fabricamos ese juguete, los Nasty Teeth, pero somos los propietarios de la pequeña empresa que los importó de China. Dado que la empresa es nuestra, nuestra es la responsabilidad. ¿Desean preguntar algo?

Lwin y Soe negaron despacio con la cabeza.

David contemplaba la situación con asombro. En un juicio, aquellos comentarios de LaPorte habrían sido inimaginables. Una disculpa por parte de la empresa habría constituido un reconocimiento implícito de culpa y habría tenido un gran peso ante el jurado. El hecho de que estuviera aceptando la responsabilidad y lo hiciera sin vacilar era muy importante porque significaba dos cosas: una, la empresa se mostraba sincera; y dos, el caso no llegaría a juicio. La presencia del presidente, del director financiero y del jefe de la asesoría jurídica significaba sin ningún tipo de dudas que tenían listo el cheque.

LaPorte prosiguió:

—Nada de lo que yo pueda decir les devolverá a su hijo. Lo único que puedo añadir es que lo siento y que les prometo que nuestra empresa hará todo lo que pueda para ayudarlos.

—Gracias —respondió Soe mientras su mujer se enjugaba las lágrimas.

Tras una larga pausa durante la cual LaPorte observó sus rostros con gran conmiseración, dijo:

—Señor Zinc, le propongo que los padres de Thuya esperen en otra sala mientras usted y yo hablamos del asunto.

—Me parece correcto —repuso David.

Una secretaria apareció como por ensalmo y acompañó a los Khaing.

—Propongo que nos quitemos las chaquetas y nos relajemos. Puede que esto nos lleve un buen rato —propuso LaPorte cuando la puerta se hubo cerrado—. ¿Tiene algún inconveniente en que nos tuteemos, señor Zinc?

—En absoluto.

—Bien, somos una empresa californiana y tendemos a proceder de un modo un tanto informal.

Una vez se hubieron quitado las chaquetas y aflojado las corbatas, Carl prosiguió:

—¿Cómo te gustaría que procediéramos, David?

—No sé, la reunión la habéis convocado vosotros.

—Así es, de modo que quizá nos vengan bien unos pocos antecedentes. Primero, como sin duda sabrás, somos la tercera empresa juguetera de Estados Unidos y nuestras ventas superan los tres mil millones de dólares.

—Por detrás de Mattel y Hasbro —añadió David—. He leído vuestros informes anuales y un montón de documentos más. Conozco vuestros productos, vuestra situación financiera, el personal clave, vuestras divisiones y la estrategia de la matriz a largo plazo. Sé quién os asegura, aunque los límites de vuestras coberturas son confidenciales, desde luego. Estoy encantado de estar aquí y de charlar tanto como queráis. No tengo nada más planeado para hoy, y mis clientes se han tomado el día libre, pero propongo que vayamos al grano.

Carl sonrió y miró a sus compañeros.

—Claro, todos estamos muy ocupados. Veo que has hecho los deberes, David, así que dinos qué has pensado.

David les entregó la prueba número uno y empezó:

—Esto es un resumen de los veredictos de los casos de niños que han sufrido daños cerebrales en los últimos diez años. El primero es el de un jurado de Nueva Jersey que el año pasado dictaminó doce millones en el caso de un niño de seis años que ingirió plomo al mordisquear un soldadito de plástico; el caso está pendiente de apelación. Mirad el número cuatro: un veredicto de nueve millones en Minnesota que fue confirmado el año pasado tras la apelación. Mi padre está en el Tribunal Supremo de Minnesota y es francamente conservador cuando se trata de confirmar veredictos que suponen una suma cuantiosa. En este caso votó afirmativamente, al igual que el resto del tribunal, que lo hizo por unanimidad. Fue otro caso de un niño que se intoxicó con plomo por culpa de un juguete. El número siete se refiere a una niña de nueve años que estuvo a punto de ahogarse cuando el pie se le quedó trabado en el desagüe de una piscina del club de campo de Springfield, Illinois. Al jurado le bastó con deliberar durante menos de una hora para conceder nueve millones a la familia. Echad una ojeada a la página dos, el caso número trece: un chico de diez años que fue golpeado por un trozo de hierro que salió disparado de una segadora que trabajaba sin la debida malla de protección; el caso se vio en un tribunal federal de Chicago, y el jurado concedió una indemnización de cinco millones de dólares por lesiones más otros veinte en concepto de daños punitivos; con posterioridad, esta segunda cantidad se redujo a cinco millones en la apelación. De todas maneras, no creo que sea necesario que repasemos todos los casos. Estoy seguro de que esto os resulta familiar.

—Me parece que es obvio que preferiríamos no ir a juicio.

—Lo entiendo, pero quiero que comprendáis que un caso como este es sumamente atractivo para un jurado. Cuando sus miembros lleven tres días viendo a Thuya Khaing atado a su silla especial es más que probable que se descuelguen con un veredicto aún más abultado que cualquiera de estos. Es una posibilidad cuyo valor debe figurar en nuestras negociaciones.

—Entendido. ¿Qué pides? —preguntó Carl.

—Bien, el acuerdo de indemnización debe incluir distintos tipos de compensación. Empecemos con la carga económica que representan para la familia los cuidados que necesita Thuya. En estos momentos se están gastando seiscientos dólares mensuales en alimentación, medicinas y pañales. No es mucho dinero, pero sí más de lo que la familia puede permitirse. El chico necesita una enfermera a tiempo parcial y un programa de rehabilitación constante que, como mínimo, intente reactivarle los músculos y el cerebro.

—¿Qué expectativa de vida tiene por delante? —quiso saber Wyatt Vitelli.

—Nadie lo sabe. Es una incógnita. No lo he puesto en mi informe porque un médico dice confidencialmente que un año o dos, y otro dice que podría llegar a adulto. He hablado con todos sus médicos y ninguno se cree lo bastante listo para predecir cuánto tiempo va a vivir. Yo llevo viéndolo regularmente desde hace seis meses y debo decir que le he notado alguna mejoría en ciertas funciones, pero muy leve. Creo que deberíamos negociar como si su expectativa de vida fuera de veinte años.

Los tres ejecutivos asintieron, y David siguió hablando:

—Está claro que sus padres no ganan demasiado. Viven en una casa muy humilde con sus otras dos hijas mayores. La familia necesita una vivienda espaciosa que disponga de un dormitorio especial para Thuya. No tiene que ser especialmente lujosa. Son gente sencilla, aunque también tienen sus sueños.

David les alargó copias de la prueba número dos, que los otros se apresuraron a coger de la mesa. Respiró hondo y prosiguió:

—Esta es nuestra propuesta de indemnización. Lo primero que aparece son los daños concretos. El punto número uno se refiere a los gastos que he mencionado, además de una enfermera a tiempo parcial que suma unos treinta mil dólares al año y de los veinticinco mil anuales en concepto de pérdida de salario de la madre, que desea dejar de trabajar para poder ocuparse de su hijo. También he añadido el coste de un coche nuevo para que puedan llevarlo a rehabilitación todos los días. He redondeado la cantidad en cien mil dólares anuales que, si multiplicamos por veinte años, suman un total de dos millones de dólares. En estos momentos y con el tipo de interés actual podríais suscribir una renta vitalicia por un millón cuatrocientos mil. El capítulo de rehabilitación es una zona gris porque no estoy seguro de cuánto tiempo puede durar. A día de hoy supone unos cincuenta mil dólares anuales. Si seguimos basándonos en un período de veinte años, la renta vitalicia os costará setecientos mil. A continuación está el asunto de la vivienda, que debería estar en un barrio decente que contara con buenos colegios, pongamos que medio millón. El siguiente apartado se refiere al hospital infantil Lakeshore. Sus cuidados salvaron la vida de Thuya y fueron gratuitos, al menos para la familia; sin embargo, creo que habría que reembolsárselos. La dirección del hospital se resistió a darme una estimación, pero aquí está, unos seiscientos mil.

David había llegado a tres millones doscientos mil dólares y ninguno de los tres ejecutivos había sacado el bolígrafo. Tampoco habían torcido el gesto ni meneado la cabeza. No habían hecho nada para darle a entender que se había vuelto loco.

—Si entramos en el capítulo de cosas menos concretas, he añadido daños por pérdida de expectativas de Thuya y en concepto de perjuicios afectivos para la familia. Sé que se trata de conceptos poco definidos, pero las leyes del estado de Illinois los contemplan. Propongo un millón ochocientos mil dólares por ambos.

David entrelazó las manos y aguardó una respuesta. Nadie parecía especialmente sorprendido.

—Eso representa una bonita suma de cinco millones de dólares —comentó Carl LaPorte.

—¿Y qué hay de los honorarios de los abogados? —quiso saber Dylan Kott.

—Vaya, se me había olvidado —contestó David provocando una sonrisa general—. Mis honorarios son aparte de la indemnización para la familia. Yo me llevo el treinta por ciento del total que tienen delante, es decir un millón y medio.

—No está mal como paga —dijo Dylan.

David estuvo a punto de mencionar los millones que sus

interlocutores se habían embolsado el año anterior en acciones preferentes, pero se mordió la lengua.

—Me gustaría pensar que va a ser todo para mí, pero no es el caso —repuso.

—Eso suma seis millones y medio —dijo Carl, dejando el documento en la mesa y estirando los brazos.

—Así es —convino David—. Mirad, parecéis gente seria y dispuesta a hacer lo correcto; además, no queréis una mala publicidad ni arriesgaros a enfrentaros con un jurado poco comprensivo.

—Nuestra imagen es muy importante —dijo Carl—. No nos dedicamos a polucionar el medio ambiente ni a fabricar pistolas baratas, ni a dejar de atender reclamaciones, ni a defraudar al gobierno con contratos basura. Nosotros fabricamos juguetes para niños, ni más ni menos. Si nos cuelgan la etiqueta de que perjudicamos a los niños, estamos acabados.

—¿Puedo preguntarte dónde encontraste esos productos? —inquirió Dylan.

David les contó cómo el padre de Thuya había comprado el primer juego de Nasty Teeth, y la búsqueda que él había hecho con posterioridad en la zona del Gran Chicago. Carl le explicó los esfuerzos que su empresa había hecho para localizarlos y reconoció que Sonesta Games había llegado a dos acuerdos indemnizatorios por el mismo concepto en los últimos dieciocho meses. En esos momentos estaban razonable pero no completamente seguros de que los Nasty Teeth habían sido retirados del mercado y destruidos. Se hallaban en plena disputa con varias fábricas chinas y habían transferido su producción a otros países. La compra de Gunderson Toys les había supuesto un costoso error. Siguieron hablando de otros casos, como si ambas partes necesitaran tomarse un respiro para pensar en el acuerdo que tenían encima de la mesa.

Al cabo de una hora, los tres ejecutivos preguntaron a

David si este podía dejarlos a solas para que deliberaran en privado.

David salió a tomar un café con sus clientes, y al cabo de un cuarto de hora la misma secretaria apareció para conducirlo a la sala de reuniones. Cuando ella cerró la puerta, David estaba decidido a salir con un trato en los términos expuestos o a marcharse.

Cuando estuvieron todos sentados, Carl LaPorte dijo:

—Mira, David, estamos dispuestos a extender un cheque por valor de cinco millones de dólares, pero nos estás pidiendo mucho más.

—Es verdad, pero ni mis clientes ni yo vamos a aceptar cinco millones porque el caso vale como mínimo el doble. Nuestra cifra son seis millones y medio. O lo tomáis, o lo dejáis. Estoy dispuesto a presentar la demanda mañana mismo.

—Una demanda puede tardar años en resolverse. ¿Tus clientes pueden permitirse esperar tanto? —preguntó Dylan.

—Algunos jueces federales utilizan el procedimiento abreviado de la Norma Local Ochenta y tres-Diecinueve, y creedme si os digo que funciona. Podría tener este caso ante un jurado en menos de un año. Mi último asunto fue mucho más complicado que este y se vio a los diez meses de haberse presentado la demanda. Sí, mis clientes podrán sobrevivir hasta que el jurado dicte sentencia.

—No ganaste tu última demanda, ¿verdad? —preguntó Carl, arqueando las cejas como si lo supiera todo del caso Klopeck.

—Es cierto, no la gané, pero aprendí mucho. Carecía de las pruebas adecuadas, pero ahora dispongo de todas las que necesito y más. Cuando el jurado haya oído lo que tengo que exponerle, seis millones y medio os parecerán una bicoca.

—Nuestra oferta son cinco.

David tragó saliva y miró fijamente a LaPorte.

—No me has entendido, Carl, son seis millones y medio ahora o mucho más dentro de un año.

—¿Vas a rechazar cinco millones para esos pobres inmigrantes birmanos?

—Es lo que acabo de hacer. No tengo intención de negociar. Vuestra empresa está bien asegurada. Esos seis millones y medio no pesarán en la cuenta de resultados.

—Puede ser, pero las primas de los seguros no son precisamente baratas.

—No quiero discutir, Carl. ¿Tenemos un trato o no?

LaPorte suspiró y cruzó una mirada con sus colaboradores. Entonces se encogió de hombros, sonrió y tendió la mano a David.

—De acuerdo, trato hecho, pero con la condición de que todo esto sea absolutamente confidencial.

—Desde luego.

—Haré que los chicos del departamento jurídico redacten un acuerdo —dijo Dylan.

—No será necesario —repuso David. Metió la mano en la cartera, sacó cuatro copias de un documento y las repartió—. Este acuerdo indemnizatorio cubre todos los aspectos. Es bastante sencillo e incluye una amplia cláusula de confidencialidad. Trabajo en un pequeño bufete y ahora mismo tenemos unos cuantos problemas, de modo que soy el primer interesado en que todo esto no salga de aquí.

—¿Tenías preparado un documento de acuerdo por seis millones y medio? —preguntó Carl.

—Desde luego, ni un céntimo menos. Eso es lo que vale este caso.

—El acuerdo debe aprobarlo un tribunal —comentó Dylan.

—En efecto. Ya he establecido una custodia para el niño. El padre es su representante legal. El tribunal debe aprobar el acuerdo y se encargará de supervisar el dinero a lo largo del tiempo. Por mi parte se me pide que prepare un informe contable anual y me reúna con el juez una vez al año. En cualquier caso podéis pedir que sellen el expediente para garantizar la confidencialidad.

Revisaron el texto del acuerdo, y Carl LaPorte lo firmó en representación de la empresa. David estampó su firma y a continuación entraron Soe y Lwin. David les explicó los términos del acuerdo, y ellos firmaron un poco más abajo. Carl volvió a pedirles disculpas y les deseó lo mejor. El matrimonio estaba anonadado, abrumado por la emoción y era incapaz de hablar.

Al salir del edificio, Dylan le preguntó a David si tenía un momento para hablar de un asunto. Los Khaing se fueron a esperarlo al coche. El asesor jurídico de la empresa deslizó un sobre en blanco en la mano de David y le dijo.

—Yo nunca te he dado esto, ¿de acuerdo?

David se lo guardó rápidamente.

—¿De qué se trata? —preguntó.

—Es una lista de productos, juguetes en su mayoría, con una historia de intoxicación con plomo detrás. Muchos de ellos han sido fabricados en China, pero también hay otros que provienen de México, Vietnam y Paquistán. Se trata de juguetes hechos en el extranjero pero importados por empresas estadounidenses.

—Entiendo, y alguna de esas empresas son la competencia, ¿no?

—Lo has pillado.

—Gracias.

—Buena suerte.

50

La última reunión de Finley & Figg tuvo lugar aquella misma tarde. Por deseo expreso de David, los socios esperaron hasta que Rochelle se hubo marchado. Oscar estaba cansado y de mal humor, lo cual era buena señal. Su nueva pareja y chófer lo había dejado a las tres de la tarde, y Wally había prometido que lo llevaría a casa cuando acabara la reunión.

—Esto tiene que ser importante —dijo Wally cuando David cerró la puerta principal.

—Y lo es —convino este—. ¿Os acordáis del caso de intoxicación con plomo del que os hablé hace unos meses? —Lo recordaban, pero solo vagamente. Habían sucedido tantas cosas desde entonces...—. Muy bien, pues han ocurrido cosas interesantes.

—Explícanos —pidió Wally, que ya imaginaba algo agradable.

David se lanzó a explicarles con detalle sus actividades en nombre de los Khaing y dejó sobre la mesa un juego de Nasty Teeth mientras desarrollaba la historia hasta su increíble final.

—Esta mañana me he reunido con el presidente y los principales ejecutivos de la empresa y hemos pactado una indemnización.

Wally y Oscar no se perdían palabra e intercambiaban miradas nerviosas. Cuando David dijo: «Los honorarios ascienden a un millón y medio de dólares» los dos cerraron los ojos y bajaron la cabeza como si rezaran. David hizo una pausa y les entregó a cada uno una copia de un documento.

—Lo que tenéis delante es mi propuesta para la creación del nuevo bufete de Finley, Figg & Zinc.

Oscar y Wally tenían los papeles entre las manos, pero no los leían. Sencillamente miraban a David con expresión boquiabierta, demasiado perplejos para poder hablar.

—Se trata de un acuerdo con un reparto mensual de los ingresos a partes iguales. Vosotros conserváis el edificio a vuestro nombre. Quizá os guste echar un vistazo al tercer párrafo de la segunda página.

Nadie pasó la hoja.

—Explícanoslo tú —dijo Oscar.

—De acuerdo. Hay algunas precisiones bastantes claras acerca de las actividades a las que el nuevo bufete no se dedicará en ningún caso. No se pagarán más bonificaciones ni sobornos a policías, bomberos, conductores de ambulancia ni a nadie más a cambio de información de posibles casos. No nos anunciaremos más en paradas de autobús, billetes de bingo ni ninguna otra plataforma barata. De hecho, cualquier publicidad deberá ser aprobada por el comité de marketing que, al menos durante el primer año, estará compuesto únicamente por mí. En otras palabras, amigos, el nuevo bufete dejará de perseguir ambulancias.

—¿Y eso qué gracia tiene? —preguntó Wally.

David sonrió educadamente y prosiguió:

—He oído que habéis hablado de anunciaros en carteles y en televisión. Eso también queda descartado. Antes de que el bufete firme con un nuevo cliente, los tres socios tendremos que estar de acuerdo en aceptar el caso. Dicho de otra manera, el bufete se va a regir por los más altos estándares de profesionalidad. Todos los honorarios que se cobren en efectivo irán al libro de cuentas, del que a partir de ahora se ocupará un contable titulado. De hecho, caballeros, el nuevo bufete se comportará como un bufete de verdad. Este acuerdo tiene una validez de un año. Si alguno de los dos no cumplís con lo estipulado, la asociación se disolverá y me consideraré libre para buscarme la vida en otra parte.

—Volviendo a lo de los honorarios —dijo Wally—, creo que no has terminado de explicarnos de qué iba.

—Si estamos todos conformes con las normas del nuevo bufete, os propongo que utilicemos los honorarios del acuerdo de los Khaing para devolver el crédito al banco y limpiar el desastre del caso contra el Krayoxx, incluyendo los quince mil dólares de sanciones que nos impusieron durante el juicio. Eso supone unos doscientos mil dólares. Rochelle recibirá una gratificación de cien mil, lo cual deja un millón doscientos mil a repartir entre nosotros. Propongo que lo hagamos a partes iguales.

Wally cerró los ojos. Oscar dejó escapar un gruñido, se puso lentamente en pie y se acercó a la ventana y miró por ella.

—No tienes por qué hacerlo, David —dijo finalmente.

—Estoy de acuerdo —convino Wally, con bastante menos convicción—. Se trata de tu caso, nosotros no hicimos nada.

—Puede ser —contestó David—, pero yo lo veo de la siguiente manera: nunca habría encontrado ese caso si no hubiera estado aquí. Es así de sencillo. Hace un año estaba trabajando en algo que aborrecía. Por un azar acabé aquí y os conocí. Luego tuve suerte y encontré el caso.

—Bien visto, sí señor —dijo Wally.

Oscar estuvo de acuerdo. Regresó a la mesa, tomó asiento y se volvió hacia Wally.

—¿Cómo puede afectar mi divorcio a esto?

—No hay problema. Hemos firmado el mutuo acuerdo,

y tu mujer no tiene derecho a percibir nada de lo que ingreses a partir del momento en que ella firmó. El divorcio será definitivo en enero.

—Yo también lo veo así —dijo Oscar.

—Y yo —añadió David.

Se hizo un largo silencio que CA interrumpió cuando se levantó de su cojín y empezó a gruñir. Todos oyeron como se iba acercando poco a poco el lejano aullido de una sirena. Wally lanzó una mirada de tristeza más allá de la mesa de Rochelle, hacia la ventana.

—Ni lo sueñes —le dijo David.

—Lo siento, es la fuerza de la costumbre —contestó Wally.

Oscar reprimió la risa y al cabo de un segundo estaban todos riendo.

Epílogo

Bart Shaw cerró el expediente y se olvidó de sus amenazas de denuncia contra Finley & Figg por negligencia profesional, pero no por ello dejó de cobrar casi ochenta mil dólares de Varrick por sus exitosos intentos de atormentar al bufete y obligarlo a ir a juicio en el caso Klopeck. Adam Grand presentó ante el colegio de abogados una demanda contra el bufete por comportamiento poco ético, pero al final se desdijo. Otros cinco clientes de casos de no fallecimiento hicieron lo mismo y acabaron igual. Nadine Karros cumplió su promesa de no solicitar sanciones por presentar una demanda sin fundamento, pero Varrick organizó una agresiva y en general exitosa campaña en otros juzgados para sangrar al resto de bufetes demandantes. Jerry Alisandros fue objeto de una cuantiosa sanción en el sur de Florida cuando se hizo patente que no pensaba proseguir con el resto de las demandas contra el Krayoxx.

Thuya Khaing sufrió una serie de embolias y murió tres días después de Navidad en hospital infantil Lakeshore. David y Helen, acompañados por Wally, Oscar y Rochelle, asistieron al pequeño funeral. También estuvieron Carl LaPorte y Dylan Kott, quienes, con la ayuda de David, se las arreglaron para conversar discretamente con los padres del niño. Carl les ofreció su más sentido pésame y aceptó cualquier responsabilidad en nombre de su empresa. Según los términos del acuerdo de David, el dinero había sido asignado y sería pagado conforme a lo prometido.

El divorcio de Oscar se convirtió en definitivo a finales de enero. Por entonces vivía con su nueva pareja en un nuevo piso y parecía más feliz que nunca. Wally se mantenía en el dique seco e incluso se presentaba voluntario para ayudar a otros colegas a luchar contra sus adicciones.

Justin Bardall fue condenado a un año de cárcel por el intento de incendio de Finley & Figg. Entró en la sala en una silla de ruedas, y el juez lo requirió para que reconociera la presencia de Oscar, Wally y David. Bardall había colaborado con el fiscal con tal de obtener una condena leve. El juez, que había pasado los veinte primeros años de su carrera ejerciendo la abogacía en las calles del sudoeste de Chicago y tenía una pobre opinión de los matones que se dedicaban a prender fuego a los bufetes de abogados, no mostró compasión con los jefes de Justin. El propietario de Cicero Pipe fue condenado a cinco años de cárcel y su capataz de obra, a cuatro.

David ganó la demanda presentada por Bardall contra Oscar y el bufete.

Como era de esperar, la nueva asociación no sobrevivió. Tras su operación de corazón y el divorcio, Oscar había perdido fuelle y dedicaba cada vez menos horas al bufete. Tenía un poco de dinero en el banco, había empezado a cobrar una pensión de la Seguridad Social, y su pareja se ganaba bien la vida como masajista (de hecho la había conocido en el local de masajes de al lado). A los seis meses de la creación del nuevo bufete empezó a hablar de jubilarse. Wally seguía escocido por su aventura con el Krayoxx y ya no mostraba el mismo celo de antes a la hora de buscar nuevos casos. También él tenía un nuevo ligue, una mujer algo mayor con «un bonito saldo bancario», según la describió. Era dolorosamente obvio, al menos para David, que ninguno de los socios tenía el deseo ni el talento para hacerse cargo de casos importantes y llevarlos a juicio en caso necesario. Sinceramente, no podía imaginarse entrando en la sala de un tribunal acompañado por ninguno de los dos.

Tenía puestas todas las alertas y vio enseguida las señales de aviso. No tardó en planear su marcha.

Once meses después de la llegada de Emma, Helen dio a luz dos gemelos varones. Semejante acontecimiento empujó a David a hacer planes para un nuevo futuro. Alquiló una oficina no lejos de su casa, en Lincoln Park, y eligió cuidadosamente un despacho situado en la cuarta planta, con vistas al sur, desde donde podía divisar el perfil del centro de Chicago, en el que destacaba la Trust Tower. Era una vista que nunca dejaba de motivarlo.

Cuando lo tuvo todo listo informó a Oscar y a Wally de que pensaba marcharse cuando el acuerdo expirara. La separación fue difícil y triste, pero no inesperada. Oscar aprovechó la ocasión para anunciar su jubilación. También Wally pareció aliviado. Tanto él como Oscar decidieron vender el edificio de Preston y cerrar el bufete. Cuando los tres se despidieron y se desearon buena suerte, Wally ya estaba haciendo planes para largarse a Alaska.

David se quedó con el perro y con Rochelle, con quien llevaba negociando un par de meses. Nunca habría considerado llevársela de Finley & Figg, pero de repente ella estaba libre. Recibió el título de directora de oficina, además de un sueldo y unas pagas extras mejores, y se trasladó a las nuevas instalaciones de David E. Zinc, abogado.

El nuevo bufete se especializó en responsabilidad corporativa. Cuando David zanjó las indemnizaciones de otros dos casos de intoxicación con plomo, tanto él como Rochelle y su creciente plantilla se dieron cuenta de que aquella especialidad iba a convertirse en un negocio bastante lucrativo.

La mayor parte de su trabajo tenía lugar en los tribunales

federales, y a medida que el trabajo fue a más, David se vio visitando el centro de la ciudad con creciente frecuencia. Siempre que podía se detenía en Abner's para reírse un rato y comer algo, un sándwich y una gaseosa. En un par de ocasiones compartió un Pearl Harbor con la señorita Spence, que seguía echándose entre pecho y espalda tres de aquellos dulces brebajes todos los días. David solo era capaz de aguantar uno, y después regresaba en tren a su despacho y disfrutaba de una agradable siesta en su nuevo sofá.